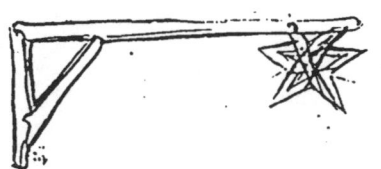

GÜNTHER THÖMMES
Der Bierzauberer

AUF LEBEN UND TOD *Ein altes, geheimnisvolles Buch, ein Brauer aus dem 13. Jahrhundert – und schon steht die Tür zum Kosmos des Mittelalters weit offen.*

Niklas von Hahnfurt macht sich auf den steinigen Weg, der beste Bierbrauer seiner Zeit zu werden. Von seiner fränkischen Heimat gelangt er dabei über das Kloster Weihenstephan nach St. Gallen, der Hochburg mittelalterlicher Braukunst. Als dort mehrere Pilger mit vergiftetem Bier ermordet werden, gerät Niklas ins Visier des fanatischen Inquisitors Bernard von Dauerling.

Es beginnt eine Jagd auf Leben und Tod. Niklas' Flucht führt ihn in die Bierstädte Regensburg, Bitburg und Köln, sogar bis nach Lübeck und London kommt der »Bierzauberer«. Doch am Ende ist ein letztes »Bierduell« mit seinem Todfeind unausweichlich …

Günther Thömmes, Jahrgang 1963, stammt aus Bitburg in der Eifel. Er erlernte dort den Beruf des Brauers und Mälzers; danach absolvierte er ein Studium zum Diplom-Braumeister in Freising-Weihenstephan. Seit über 15 Jahren ist er Weltreisender in Sachen Bier und Brauereien. Heute lebt er mit Frau und Kind in der Nähe von Wien. Er hat zahlreiche Fachartikel zu den Themen Bier und Brauhistorie in verschiedenen Zeitungen und Fachzeitschriften veröffentlicht. 2005 ist sein amüsantes Bier-Lexikon »Jetzt gibt es kein Bier, sondern Kölsch« erschienen. »Der Bierzauberer« ist sein erster historischer Roman www.bierzauberer.info.

Bisherige Veröffentlichungen im Gmeiner-Verlag:
Malz und Totschlag (2012)
Der Fluch des Bierzauberers (2010)
Das Erbe des Bierzauberers (2009)
Der Bierzauberer (2008)

GÜNTHER THÖMMES

Der Bierzauberer

Historischer Roman

Weitere Informationen rund ums Bier
und den ›Bierzauberer‹ gibt es unter
www.bierzauberer.info
E-mail: gthoemmes@bierzauberer.info

Besuchen Sie uns im Internet:
www.gmeiner-verlag.de

© 2008 – Gmeiner-Verlag GmbH
Im Ehnried 5, 88605 Meßkirch
Telefon 0 75 75/20 95-0
info@gmeiner-verlag.de
Alle Rechte vorbehalten
6. Auflage 2012

Lektorat: Claudia Senghaas, Kirchardt
Umschlaggestaltung: U.O.R.G. Lutz Eberle, Stuttgart
unter Verwendung des Bildes von Simone Martini: Fresken in Assisi:
Begräbnis des hl. Martin (Detail)
Druck: GGP Media GmbH, Pößneck
Printed in Germany
ISBN 978-3-89977-746-8

Und jedem Anfang wohnt ein Zauber inne,
Der uns beschützt und der uns hilft, zu leben.
Hermann Hesse (»Stufen«)

Für
Linus,
meinen
kleinen
Sonnenschein

Inhaltsverzeichnis

Das zweite Gottesurteil

So sass er an seinem letzten Abend in Köln in seinem beinahe leeren Haus.

An dem kleinen Tisch, den Kopf zwischen den Händen vergraben, dachte er nach, warum alles so gekommen war, wie es gekommen war.

Bei der Tür standen zwei gepackte Kisten, das war alles, was er mit nach Urbrach nehmen wollte.

Es klopfte an der Tür.

»Kommt herein, wer immer Ihr seid! Die Türe ist offen.«

Die Tür schwang auf, ein kalter Luftzug wehte durch die Stube.

Aus den Augenwinkeln sah Niklas das grobe Leinen einer Mönchskutte.

Er drehte sich nicht einmal um.

»Du hast meine Existenz zerstört, Bernard. Alles, was mir lieb und teuer war. Hast du immer noch nicht genug?«

Niklas erhob sich und lachte heiser.

»Willst du auch mein Leben? Das wirst du nicht so leicht bekommen.«

Bernard sagte kein Wort und setzte sich auf einen der beiden verbliebenen Stühle. Erst jetzt sah Niklas, dass Bernard einen Beutel mit sich führte, in dem irgendetwas klapperte.

»Setz dich her!«, herrschte Bernard ihn an. »Wir sind noch nicht am Ende.«

Niklas setzte sich ihm gegenüber.

Bernard verbreitete einen aufdringlichen, käsigen Geruch. Es war lange her, dass er sich zuletzt gewaschen hatte. Seinem Gesicht sah man den Mangel an Schlaf deutlich an. Seine Augen lagen tief in den Höhlen und versprühten eine Aura von Irrsinn.

Er nahm zwei gleich aussehende Krüge aus seinem Beutel und stellte sie auf den Tisch.

»Erinnerst du dich an das Gottesurteil, das dich damals in Urbrach gerettet hat?«

Niklas nickte stumm.

»Lass uns hier und heute mit einem weiteren Gottesurteil unsere Feindschaft ein für alle Male beenden. In einem dieser beiden Krüge ist ein gesundes, frisches Bier, in dem anderen ein Teufelsbier, gewürzt mit Bilsenkraut, Tollkirsche und Fingerhut. Aber beide sind mit deinem geliebten Hopfen gekocht worden, wodurch sie beinahe gleich bitter riechen und schmecken.«

Niklas ahnte bereits, was da kommen sollte. Er war plötzlich bereit, die Auseinandersetzung mit Bernard, obwohl er unschuldig war, bis zu diesem tödlichen Ende mitzuspielen.

Bernard nahm die Krüge.

»Wähle dir einen aus. Dann trinken wir gleichzeitig die Krüge bis zur Neige leer. Und einer von uns beiden geht zum Teufel.«

Niklas nahm den linken der Krüge, die Bernard ihm entgegenhielt, und sah Bernard direkt in die Augen.

In beiden Augenpaaren sah man nichts als Hass.

»Auf Nimmerwiedersehen, du Alptraum meines Lebens! Egal, wie es ausgeht.« Er verzichtete darauf, mit Bernard anzustoßen, setzte den Krug an und trank ihn aus. Er sah noch, dass Bernard nur zögerlich so tat, als tränke er, bevor er zu Boden stürzte.

Sein Gesicht wurde rot, die Augen verdrehten sich und quollen langsam aus den Höhlen, Speichel tropfte aus seinem Mund, ein paar Zuckungen mit beiden Armen und beiden Beinen, dann lag er still am Boden.

Bernard stand auf, hob den Krug und sagte:

»Mögest du in der Hölle schmoren, du ›Reiner Teufelsbrauer‹ Niklas!«

Dann leerte er den Krug.

Die Jagd war vorbei.

Eine sensationelle Entdeckung

DIESES GESCHEHNIS steht so in einem Buch aus dem 13. Jahrhundert, in dem die Lebensgeschichte eines Brauers niedergeschrieben ist. Sie werden sich zu Recht fragen, wie ein normaler Mensch wie ich in den Besitz eines solchen Buches kommen kann. Noch dazu eines solch wertvollen, interessanten Buches. Es ist etwa 125 Jahre älter als die Gutenberg-Bibel! Jedes Museum der Welt würde sich glücklich schätzen, einen solchen Schatz besitzen zu dürfen, jeder Historiker würde zu gerne einmal mehr als nur einen Blick hineinwerfen.

Zumal das Buch ja auch noch von Geheimnissen umgeben ist, die mit einigen der berühmtesten Brauereidynastien Deutschlands zu tun haben.

Dies ist aber nicht nur die Geschichte von der Entdeckung eines der unglaublichsten Bücher aller Zeiten, sondern dies ist die lange Geschichte des Buches selbst!

Die Art, wie ich zu dem Buch kam, war eigentlich einerseits zu banal für ein solches Fundstück, andererseits, wo sollte man ein wirklich antikes Buch über Bier finden, wenn nicht im Umfeld seiner Produktion?

Im Rahmen meiner Ausbildung zum Brauer und Mälzer verbrachte ich im Sommer des Jahres 1985 einige Wochen in einer Mälzerei in Andernach am Rhein. Die Mälzerei war in der Mitte des 19. Jahrhunderts gegründet worden und stellte ein Konglomerat aus alten Gebäuden dar, die nach und nach errichtet worden waren, sodass sie sich über die Jahrzehnte in ein regelrechtes Labyrinth verwandelt hatten.

Es gab ungezählte Gänge, Treppenhäuser, Getreideaufzüge und -förderbänder, die die diversen Keimkästen, Darren, Silos, Büros und Arbeitsräume miteinander verbanden. Viele waren staubig und verdreckt und offensichtlich schon seit Längerem nicht mehr benutzt worden.

Es dauerte eine Weile, bis wir, die neuen Auszubildenden, uns halbwegs zurechtfanden. Ich streifte gerne alleine durch die Gemäuer und hoffte immer, etwas Neues zu entdecken. Am besten ging es, wenn ich zum Silofegen abbestellt wurde.

Eigentlich war das todlangweilig, aber man konnte sich schnell und ungesehen im wahrsten Sinne des Wortes aus dem Staub machen. Deshalb war dies, neben dem Entladen der Getreideschiffe auf dem Rhein am frühen Morgen, meine Lieblingstätigkeit.

Und eines Tages gab es sogar die ideale Arbeitseinteilung: Fünf Uhr morgens Schiffe entladen, wenn ich gegen elf Uhr mit dem großen Absaugschlauch fertig sein würde, sollte ich noch etwa zwei Stunden auf dem Siloboden fegen und saubermachen, dann wäre Feierabend.

Das Entladen ging schneller als erwartet, um zehn Uhr fand ich mich bereits auf dem Dach wieder, das die hohen Getreidesilos bedeckte und das nebenbei auch eine traumhafte Aussicht über den Rhein bot. Nach der harten Arbeit beim Entladen hatte ich verständlicherweise keine Lust mehr auf öde Fegerei.

Ich hatte mir schon ein abgelegenes Treppenhaus mit einigen Seitentüren ausgesucht, in dem ich mich einmal etwas genauer umsehen wollte. Umso größer war meine Enttäuschung, als ich alle Türen verschlossen fand. Ich wollte gerade zurück zu den Silos gehen, um meine Sachen zu packen und ins Wochenende zu fahren, als ich noch eine kleine Seitentür erblickte.

Ich ging hin, sie war nicht verschlossen! Die Tür klemmte ein wenig, mit einem kräftigen Stoß konnte ich sie öffnen. Schnell ging ich hinein und machte die Tür hinter mir zu.

13

Es war stockdunkel und die Luft roch abgestanden und leicht modrig. Nach einer Weile hatte ich einen Lichtschalter gefunden. Ich stand in einem kleinen Raum, der wohl einmal als Büro gedient haben mochte. Ein kleiner, alter Schreibtisch aus dunklem Holz, dazu ein passender Stuhl, alles voller Staub und Spinnweben. Ein Kalender an der Wand deutete mir an, dass dieses Büro zuletzt im Jahr 1928 benutzt worden war.

Ich konnte meine Neugierde kaum zurückhalten!

Besonders faszinierte mich von Anfang an das dritte Möbelstück im Raum, ein kleiner, hölzerner Bücherschrank mit einer Glastür. Der Schlüssel steckte, und ich sah eine Reihe Bücher, fast genauso verstaubt, aber ansonsten in gutem Zustand.

Ich nahm einen Stapel heraus und legte ihn auf den Tisch. Die ersten waren Rechnungsbücher, von der Buchhaltung der Mälzerei aus früheren Jahren. Getreideeinkauf, Betriebskosten, Personal, alles war hier verzeichnet.

Als ich den ersten Stapel zurück in den Schrank legte, fiel mir ein Buch ins Auge, welches aus der Reihe herausragte, in Material und Größe war es nicht wie die anderen.

Ein schwerer Ledereinband, der wirklich alt aussah. Ein großes, umständliches Format, wie ein altertümliches Rezeptbuch. Auf dem Ledereinband prangte ein großer Stern. Ein Stern, wie ich ihn ansonsten als »Davidstern« kannte.

Ich überflog das Buch oberflächlich. Es war ein handschriftliches Manuskript, geschrieben in einem, wie ich fand, beinahe unmöglich zu entziffernden, sehr altmodischen Deutsch, aber einige wenige Passagen waren mit etwas Anstrengung durchaus lesbar.

Einen Teil des fein säuberlich und mit wenig Schnörkeln geschriebenen Textes konnte ich als Latein entziffern. Die Qualität des Papiers war, obwohl völlig vergilbt, bemerkenswert gut. Ich hatte keine Ahnung, wie alt es wirklich war, spürte jedoch schon, dass dies etwas Besonderes sein musste.

Bestimmt das älteste Buch, das ich jemals in der Hand gehalten hatte. Während ich durch das Buch blätterte, fielen einige einzelne Blätter heraus. Helleres Papier, in einer anderen Qualität, Papier neueren Datums.

Ich hob sie auf, legte sie auf die Seite und schlug das Buch vorne auf.

›Dies sind die Aufzeichnungen über die Profession der hohen Braukunst des Praxators Niklas Hahnfurt, geboren im Jahre des Herrn 1248.‹

Konnte das wahr sein? Ein Buch aus dem Mittelalter, hier in der Mälzerei!

Und sogar, wenn es tatsächlich echt war, wie war es hierhin gekommen?

Daher nahm ich das Buch mit nach Hause und legte es einem Freund vor, der an der Universität Trier Mediävistik lehrt und daher in alten Sprachen und Schriften sehr bewandert ist. Er schlug es hinten auf und überflog einige der letzten Sätze:

›Mein unstetes Leben neigt sich dem Ende zu, ich glaube nicht, dass ich das Ende des Jahres A. D. 1326 noch erleben werde. Ich habe während der letzten Jahre einige Stationen aus meinem Leben aufgeschrieben. Ich weiß nicht, ob mein Leben es wert war, aufgezeichnet zu werden, aber ich war gottesfürchtig und habe doch viel gesehen und erlebt.‹

Mein Sprachforscher war begeistert.

Wir versuchten, vorne weiterzulesen:

›Ich schreibe dies alles auf diesen wunderbaren Stoff, den Du, lieber Leser, in Deinen Händen hältst. Es handelt sich dabei um eine Neuigkeit, die ich als junger Mann in der neuen Mühle zu Ravensburg bekommen habe. Es sieht aus wie Papyrus, ist jedoch feiner und haltbarer. Die Feder lässt sich besser führen als auf unserem alten Pergament und man kann es besser zu Büchern binden. Du, wer auch immer Du bist, hältst eines der ersten Bücher in der Hand, das jemals in unseren Landen aus diesem neuen Stoff hergestellt wurde.

Ich habe es mehr als 50 Jahre lang mit mir getragen. Nun ist die Zeit gekommen, es zu beschreiben mit dem, was ich zu berichten habe. Über mein Leben, über die hohe Kunst des Bierbrauens, doch auch über die Bestie in Menschengestalt, die mich mein halbes Leben lang gejagt hat.‹

Mit einer Mischung aus Ehrfurcht und Schrecken legten wir das Buch weg und nahmen die losen Seiten zur Hand, die gleich zu Beginn aus dem Buch gefallen waren. Das erste Blatt war ebenfalls von Hand beschrieben.

›Dieses Buch ist im Moment in meinem Besitz. Wie es dahin kam, ist eine lange Geschichte, die ich vielleicht niemals erzählen werde. Sollten Sie, der Sie dies lesen, nicht zu denen gehören, für die dieses Buch bestimmt ist, legen Sie es bitte an seinen Platz zurück. Andernach, im Jahre des Herrn 1878, Theobald Simon aus Bitburg.‹

Donnerwetter, das wurde ja immer besser! Theobald Simon war der wichtigste Brauer aus der Dynastie der Bitburger Brauerei, einer der größten und erfolgreichsten Brauereien des Landes. Ich beschloss, mir seine Geschichte noch etwas aufzuheben, und sah das nächste Blatt an.

Schon die Unterschrift darauf reichte, um mich endgültig davon zu überzeugen, hier in ein ganz besonderes, fast schon mystisches Geheimnis hineingeraten zu sein.

Das Blatt endete mit den Worten:

›Und hiermit lasse ich dieses wunderbare Buch dort, wo es am besten von jemand aufzufinden ist, der es zu nutzen weiß. Gabriel Sedlmayr, Anno Domini 1819.‹

Gabriel Sedlmayr, einer der Ahnherren der Spaten-Brauerei in München, gleichfalls eine der ganz großen Gestalten in der deutschen Biergeschichte, hatte dieses Buch ebenfalls besessen.

Aber was sollte dieser mysteriöse Hinweis, er lasse das Buch dort, wo jemand es finden soll, der es zu nutzen weiß? Welches Geheimnis verbarg sich in diesem Buch? Wir beschlossen, uns ans Lesen beziehungsweise Dechiffrieren dieses dicken Manuskripts zu machen.

In den folgenden Wochen verbrachte ich jede freie Minute und darüber hinaus jede Minute, die ich mir bei der Arbeit ›frei machen‹ konnte, mit diesem alten Buch. Und während ich nach und nach entdeckte, welcher Schatz sich darin verbarg, versuchte ich, neben dem Lesen eine lesbarere Version mitzuschreiben. Dies war jedoch nicht so leicht, wie ich es mir vorstellte.

Daher nahm ich das Buch am Ende meiner Ausbildungszeit mit nach Hause. Immer legte ich die Teile davon, die für mich unleserlich waren – und das waren nicht wenige, meinem etymologisch bewanderten Freund vor.

Langsam kam ich hinter das Geheimnis des Buches. Doch dazu wollen wir gemeinsam zurück zum Anfang gehen.

Wir werden eine Zeitreise ins 13. und frühe 14. Jahrhundert unternehmen. Geführt von einem einfachen Bauernsohn aus Franken, der in seinem langen Leben in verschiedenen Klöstern lebte und die Kunst des Bierbrauens lernte, in der Stadt die Anfänge des professionellen, handwerklichen Brauens mitmachte und der dafür mehr als einmal im Gefängnis saß. Der im Krieg mitkämpfte, große Teile der damals bekannten Welt bereiste und doch meist einen tödlichen, gefährlichen Feind im Nacken sitzen hatte. Dem großes Elend und große Erfolge gleichermaßen widerfuhren und dem doch am Ende beinahe nichts blieb.

Ich lade Sie herzlich ein, mitzukommen!

DES BUCHES ERSTER TEIL

Brauen ist halt Weibersach'

1

DER HIEB AUF DEN RÜCKEN tat höllisch weh. Niklas tat einen leisen Schrei und war mit einem Schlag hellwach. Er drehte sich auf seinem Bett herum – seine Schlafstelle ›Bett‹ zu nennen war schmeichelhaft – und blickte nach oben.

Über ihm baute sich drohend die große, ungeschlachte Gestalt seines Vaters auf. Breite Schultern, Hände, die harte Arbeit auf dem Feld gewohnt waren, Beine wie Keulen, so stand er vor ihm. Ein kantiges Gesicht mit wulstigen Augenbrauen und einer fleischigen Nase sah ihn miss-billigend an.

»Steh schon auf, du Bengel, oder willst du deiner Mutter nicht zur Hand gehen?«

Die Stimme dröhnte laut und tief durch den ganzen Raum.

Plötzlich erinnerte er sich: Heute war Brautag. Der wich-tigste Tag der Woche!

»Natürlich, Vater«, erwiderte er leise und erhob sich von seiner Strohmatte. Der frische Geruch des Morgens, vermischt mit Stallgeruch, hing in der Luft. Niklas liebte diese Mixtur, besonders heute. Er war auch nicht zornig über die Härte seines Vaters, er war halt so, meinte es aber nicht böse.

Sein Vater verließ den Raum und begab sich an sein Tage-werk, 15 harte Stunden auf dem Acker, keine sehr benei-denswerte Arbeit. Es dämmerte gerade, Niklas ging in die Küche. Schon beim Hereinkommen roch er das Brot; das süß-malzige Aroma des gerösteten Getreides stieg ihm in die Nase.

Seine Mutter stand am großen, klobigen Holztisch, den Rücken ihm zugekehrt. Ihre dunkelbraunen Haare waren zu einem Dutt zusammengesteckt, darüber hatte sie ein Kopftuch gebunden. Während Niklas jetzt näher kam, konnte er nur die Nase seiner Mutter sehen, die aus dem Rahmen des Kopftuchs herausstach, das ganze hagere Gesicht sah er erst, als sie es drehte.

»Guten Morgen, Mutter!«

Sie lächelte ihn an.

»Da bist du ja, fein, dann können wir ja anfangen.«

Sie hatte natürlich bereits längst begonnen, war, wie schon seit jeher, eine Stunde vor allen anderen aufgestanden.

Die Reihenfolge war immer dieselbe: Erst Mutter, dann Vater, dann Niklas als Ältester; seine vier jüngeren Geschwister mussten erst aufstehen, wenn der Vater bereits auf dem Feld war. Er war im morgendlichen Gewimmel recht reizbar. Niemand hatte Lust, am frühen Morgen bereits Prügel oder wenigstens Schläge zu beziehen.

Eigentlich war der heutige Tag nicht nur Brau-, sondern auch Backtag. Das Backen war aber so alltäglich, dass man nur vom Brauen sprach.

Schnell hatte Niklas eine Portion Gerstenbrei mit Milch verschlungen. Mutter hatte schon alle Zutaten bereitgestellt. Am Vortag war Niklas mit seinem zwei Jahre jüngeren Bruder Matthias zur Mühle gelaufen, was den ganzen Tag lang gedauert hatte. Der gemahlene halbe Scheffel Gerste sollte ausreichen, um genügend Bier und Brot für zwei Wochen herzustellen.

Das Bier vom letzten Mal war bereits verdorben, und in sechs Tagen war St. Michaelis. Wenn sein Vater an seinem Namenstag kein Bier im Hause hatte, würde er bestimmt tobsüchtig. Es war, Gott sei Dank, bisher noch nicht vorgekommen.

Natürlich hatten sie beim Bierbrauen des öfteren Fehlschläge erlitten, aber das war gut so, denn das hatte jeder. Ständige Erfolge beim Bierbrauen waren verdächtig, diese Leute waren mit dem Bösen oder dem Übersinnlichen im Bunde, man ging ihnen aus dem Weg. Nur für Michaelis musste es klappen, Ende September war die Arbeit auf dem Feld fast getan, da musste ein gutes Bier her.

Die Mutter hatte bereits Wasser in den großen hölzernen Zuber gefüllt. Der jahrelange Gebrauch hatte dessen Farbe ausgelaugt und den Boden mürbe gemacht. Schon bald würden sie einen neuen Zuber brauchen.

Jetzt leerten sie gemeinsam einen Sack zerstoßene Gerste ins Wasser.

Niklas ergriff einen hölzernen Prügel und begann, mit diesem das Mehl zu verrühren. Dieser Teil war für ihn immer am mühsamsten. Während seine Mutter am glühenden Ofen hantierte und Feuerholz nachlegte, rührte er mit der ganzen Kraft seiner elf Lebensjahre in dem Zuber.

Nach ein paar Minuten Rühren kam seine Mutter und begutachtete seine Arbeit, wie sie es jedes Mal tat. Dann nahm sie, wie immer, einen ersten Klumpen Teig und formte ihn mit geübten Handgriffen zu einem Laib. Zuerst buken sie immer das Brot, im Anschluss daran machten sie Bier. Der erste Laib verschwand im Ofen, die Mutter formte bereits den nächsten. Die gesamte Menge des Getreides musste für ungefähr 15 Laibe Brot reichen. Sieben zum Essen, acht zum Bierbrauen. Wenn etwas übrig blieb, wurde gegen Ende noch ein letztes Brot gebacken. Das wurde dann zum Kloster geschickt, für die Armen. Obwohl Niklas' Familie ebenfalls arm war, hatten sie doch stets etwas übrig für die noch Ärmeren.

Außerdem wussten die Klosterherren sehr gut Bescheid über die Güte der Ernten und erwarteten als selbstverständlichen christlichen Obolus mindestens ihren Zehnten.

Der erste Laib war fertig. Außen schwarz verkohlt, kam er aus dem Ofen, um Platz für den nächsten zu machen. Die Mutter wusste genau, wie schwarz ein Brot sein musste, um innen genau richtig gebacken zu sein. Niklas liebte es, die schwarze Kruste abzuschaben, um von dem noch warmen Brot ein großes Stück abzubeißen.

Getreide und Wasser waren ihre Hauptnahrungsmittel. Für die Jüngeren gab es manchmal Milch, für die Größeren Bier. Fleisch oder Geflügel kam so gut wie nie auf den Tisch, bisweilen ein Huhn zu Weihnachten. Stattdessen gab es viel Brei oder Suppe aus Gerste, Hirse, Hafer, je nachdem, was gerade geerntet wurde, meist eine Mischung aus Verschiedenem. Selten mal mit etwas Gemüse oder Rüben darin.

Gerade wegen dieser Eintönigkeit liebte Niklas die Back- und Brautage, da gab es frisches Brot, und er saß an der Quelle!

Bis das siebente Brot im Ofen verschwand, hatte Niklas mit seiner Mutter gemeinsam die anderen acht Laibe vorgeformt. Ein wenig Teig war übrig geblieben und schon hatten sie eine weitere, etwas kleinere Kugel geformt. Niklas fegte schnell den Boden, sammelte die Körner auf, die heruntergefallen waren, und verklebte sie mit diesem Rest.

Seine Mutter hatte zeitig das Feuer unter dem großen Wasserkessel angefacht, den Niklas nun geschwind auffüllen musste. Die ›Bierbrote‹ wurden nicht schwarz gebacken. Sobald der erste Laib hellbraun war, nahm die Mutter das Brot aus dem Ofen.

Niklas nahm den heißen Brotlaib und riss ihn der Länge nach auf. Innen war ein matschiger, unfertig gebackener Teig, den Niklas jetzt in den Zuber zurückschüttete. Die immer noch weiche Kruste zerrieb er in kleine Stücke und warf sie dazu.

Der heiße Teig hatte ihm beim ersten Mal an den Händen gebrannt und ziemlich wehgetan, aber nach ein paar Brautagen hatte es ihm nichts mehr ausgemacht.

Als nach etwa eineinhalb Stunden alle acht Brote wieder auf diese Weise in den Zuber zurückgekehrt waren, nahm seine Mutter den Wasserkessel und schüttete das heiße Wasser zu den matschigen Broten. Niklas fing erneut an zu rühren, bis er seine Arme nicht mehr spürte.

In der Zwischenzeit füllte seine Mutter wieder etwas Wasser in den Kessel und gab einige Kräuter hinzu. Was sie genau hinzugab, verriet sie niemandem, aber Niklas wusste, dass es eine Mischung aus Wacholder, Eichenlaub und Laub und Rinde der Esche war.

Einige Zutaten erklärte sie, obwohl Niklas das meiste nicht verstand:

»Wacholder treibt den Harn und reinigt das Blut. Das Laub der Eiche hilft der Verdauung. Die Esche mildert Leiden an Gicht und Rheuma oder Frauenleiden, verzehrt das böse Phlegma im Menschen und erweicht die Milz.«

Jedes Haus hatte sein ganz eigenes Rezept. Sein Vater jedenfalls lobte ›sein‹ Bier immer ganz besonders. Die Rezepte konnten in besonderen Fällen tüchtig abgewandelt werden. Bier und die Kräuter darin wurden gegen fast alle Krankheiten eingesetzt. Nachdem die Kräuter, die die Mutter in den Topf gegeben hatte, kurz aufgekocht waren, wurden sie zum Sud dazugegeben.

Nun vermischte sich der herbwürzige, loheartige Geruch der Kräuter mit dem süßen, aromatischen Duft des Brotes.

Ein letztes Umrühren, dann war die Arbeit getan; jetzt halfen nur noch Glück und Beten.

Es hatte in der späten Nacht ein Gewitter gegeben, das galt schon als gutes Omen. Niklas' Mutter legte außerdem immer ein Brot auf den Zuber, nachdem dieser erkaltet und abgedeckt worden war. Dieser Glücksbringer hatte sich in vielen Fällen bewährt.

Bis jetzt hatten sie gerade so viel schlechtes Sauerbier produziert, um nicht aufzufallen.

Warum ein Bier einmal gut geriet, ein andermal hingegen sauer wurde, davon hatte Niklas, genau wie seine Eltern, keine Ahnung.

Ebenso wenig aber konnte er ahnen, dass kaum 30 Jahre später wahrscheinlich kein anderer Mensch auf der ganzen Welt so viel vom Bierbrauen verstand wie er, der kleine, arme Bauernsohn aus dem Fränkischen, der bis dahin ein wohlhabender Mann geworden war.

Das Michaelisbier gelang übrigens vortrefflich, und Niklas war mit seiner Mutter sehr stolz darauf. Am stolzesten jedoch war sein Vater auf ›sein‹ Bier.

2

Mɪᴛ ᴅᴇᴍ Tᴏᴅ Fʀɪᴇᴅʀɪᴄʜs II. im Jahre 1250 endete die 200-jährige Herrschaft der Staufer. Die Stauferzeit hinterließ eine vielfältige und großartige Kultur, im Deutschen Reich wie im übrigen Europa.

In Paris und Bologna öffneten die ersten Universitäten. Franz von Assisi und Dominikus gründeten bedeutende Orden.

Nach Friedrich II. führte der schon lange andauernde Kampf zwischen Papst und Kaiser zu einer Schwächung beider Ämter und zum sogenannten ›Interregnum‹, der kaiserlosen Zeit, von 1256 bis 1273. Danach wurde Rudolf von Habsburg deutscher König.

Zunächst entfaltete das Papsttum nach dem Ende der Staufer im Glauben an den Sieg über alle weltlichen Gewalten seine allumfassende Machtfülle. Dem Reichtum der Kirche stand jedoch in weiten Teilen Europas eine unvorstellbare Armut des einfachen Volkes gegenüber.

In dieser Zeit des Wandels und des Aufbruchs wurde im Jahre 1248 in dem kleinen fränkischen Dorf Hahnfurt, etwa 40 Kilometer von Nürnberg entfernt, der kleine Niklas als Sohn des unfreien Bauern Michael geboren. Weder Michael noch seine Frau, die Bauerntochter Elisabeth, nahmen von den politischen und kulturellen Umwälzungen sonderlich Kenntnis. Seit die Hohenzollern im Jahre 1192 Burggrafen von Nürnberg geworden waren, hatte lediglich der Herr gewechselt, die Umstände der einfachen Leute waren gleich geblieben. Hart war das Leben, der ständige Kampf ums tägliche Brot, die Abgaben an Obrigkeit und Klerus.

Die andauernden Bemühungen, die Familie zu ernähren, ließen die Menschen vorzeitig altern. Niklas' Vater sah mit 34 Jahren aus wie ein alter Mann, der Rücken gebeugt, das Gesicht voller Sorgenfalten. Auch die Mutter hatte innerhalb von zwölf Jahren viel von dem verloren, weshalb Michael damals um ihre Hand angehalten hatte. Die einstmals vollen, rosigen Backen hatten schon einiges von ihrer Frische verloren. Und schmaler waren sie ebenfalls geworden.

Sieben Geburten, die beiden Erstgeborenen überlebten das erste Jahr nicht, hatten nicht nur im Gesicht Spuren hinterlassen.

Niklas' Geburt war von Vorzeichen umwölkt, die Sonne verfinsterte sich zur Zeit der Niederkunft seiner Mutter; die plötzliche Dunkelheit drinnen, dazu Blitze, Sturm und Donner draußen vor der Tür, verwandelten die Stube, in der Elisabeth das Kind zur Welt bringen sollte, in ein mitternächtliches Panoptikum, obwohl es heller Tag war. Und auch er machte nicht den kräftigsten Eindruck, als seine Mutter ihn nach der Geburt und nachdem die Sonne wieder schien, auf den Arm nahm.

Michael hatte befürchtet, dass schon wieder eine schnelle Nottaufe, mit Wasser anstatt mit Milch oder Bier, fällig würde, jedoch Elisabeth gab ihm den Jungen und flüsterte mit mütterlicher Intuition:

»Ich glaube an diese Vorzeichen. Der Junge kommt durch, er soll Niklas heißen. Ich möchte, dass er in einer Woche getauft wird.«

Kinder wurden schnell, innerhalb von zehn Tagen nach der Geburt, getauft, um sie von der Sünde der Erbschuld zu befreien. Und Elisabeth und Michael glaubten, dass getaufte Kinder bessere Überlebenschancen hatten als ungetaufte. Sollten die Feen doch andere neugeborene, ungetaufte, noch namenlose Kinder rauben; aber nicht ihren Niklas.

Elisabeth sollte recht behalten, und nach kurzer Zeit war klar, dass der Junge kräftig genug war, um zu überleben. Als wäre mit Niklas' Geburt der Bann gebrochen worden, gab es bei den nächsten Entbindungen keine Nottaufen mehr. Regelmäßig kam so jedes zweite Jahr ein gesundes Kind zur Welt: Matthias, Elisabeth, Ruth und Adelheid.

Niklas wuchs die ersten sechs Jahre in einem Elternhaus auf, das ihn so gut behütete, wie es möglich war. Einerseits die Angst der Eltern, dass ihnen das erste Kind, das überlebt hatte, durch Unfall oder Krankheit wieder genommen werden würde.

Auf der anderen Seite waren die Eltern viel zu sehr mit dem täglichen Existenzkampf beschäftigt. Michael und Elisabeth mühten sich nach Kräften, die ständig hungrigen Mäuler zu stopfen. Da boten sich Niklas natürlich viele Gelegenheiten zu Streichen und Abenteuern, kleinen Schlägereien mit anderen Jungen und allerlei sonstigen Unternehmungen.

Diese unbeschwerte Zeit fand mit Niklas' sechstem Geburtstag ein Ende. Um diese Zeit war aus dem schmächtigen, um ein Haar notgetauften Kind ein aufgeweckter Junge geworden. Er war zwar nicht der Größte und Kräftigste, hatte sich aber durch zahllose Raufereien mit anderen Kindern eine Zähigkeit zugelegt, die den anderen Respekt einflößte.

Und seine wachen Augen, seine Stupsnase, seine verstrubbelten Haare signalisierten jedem: Bitte nicht unterschätzen!

Da die Mutter gerade das dritte Kind zur Welt gebracht hatte und diesmal sehr schwach auf den Beinen war, musste Niklas im Haushalt mit anfassen und der Mutter alle Arbeiten abnehmen, die er erledigen konnte.

Sobald dabei der Reiz des Neuen verschwunden war, was nicht lange dauerte, langweilte er sich schnell. Dann empfand er alle Arbeiten als mühsam und er fiel jeden Abend nur noch todmüde ins Bett. Die für einen kleinen Jungen sehr anstrengende Arbeit, die vielen Handreichungen für die Mutter hatten ihm schnell jeden Gedanken an Unsinn ausgetrieben.

Sein größter Trost in dieser Zeit war, dass er zu klein war, um mit dem Vater aufs Feld zu gehen. Insgeheim graute ihm schon vor diesem Tag, den sein Vater auf seinen zwölften Geburtstag datiert hatte. Nicht nur, weil dann der Ernst des Lebens beginnen würde.

Es war auch Brauch, dass die Väter ihre Söhne am zwölften Geburtstag hinaus aufs Feld führten. Dort zeigten sie ihnen die Begrenzungssteine der Felder, damit die Jungen sich den Standort merkten. Denn immer wieder versuchten die Bauern, sich gegenseitig die Steine zu versetzen und so ihr Land unrechtmäßig zu vergrößern.

Und damit der Sohn den Standort niemals vergaß, gab es anscheinend nur ein probates Mittel: Er wurde dort nach Strich und Faden verdroschen. Man erinnerte sich an den Ort einer Tracht Prügel besser als an einen einfachen Begrenzungsstein!

Die einzigen echten Abwechslungen, auf die er sich im Alltag freuen konnte, waren die Brautage. Seit ihn seine Mutter zum ersten Mal zum Backen und Brauen eingespannt hatte, waren dies immer seine liebsten Tage.

Niklas empfand das Brauen stets als eine Art Belohnung, da er im Gegensatz zu seinen Geschwistern schon richtig arbeiten musste. Vom ersten Zuschauen bis jetzt, fünf Jahre später, hatte ihn seine Mutter mehr und mehr Anteil nehmen lassen an der Bierherstellung.

Zuletzt durfte er alles Mehl, das er und sein Bruder von der Mühle zurückbrachten, sogar allein messen, er durfte den Teig anrühren und den Ofen heizen. Das Schönste war aber immer, die frischen, heißen Brotlaibe aus dem Ofen zu holen.

Nur das Formen der Laibe und das Mischen und Kochen der Bierkräuter ließ sich die Mutter nicht nehmen. Niklas war sicher, nach fünf Jahren ›Brau-Erfahrung‹ schon alles viel besser als seine Mutter zu wissen.

Er redete sich immer heimlich ein, dass er allein ein noch viel besseres Bier brauen könnte, wenn man ihn nur ließe. Sogar die Bierkräuter würde er anders und ohne Frage besser komponieren. Doch, so machte er sich Mut, seine Zeit würde kommen. Wenn da nur nicht die Drohung wäre, bald mit aufs Feld gehen zu müssen. Nur noch ein Jahr, dann war Schluss mit der Hausarbeit, dann freilich auch mit den Brautagen.

Dann würde es ernst werden mit der Arbeit, die sie zusätzlich für ihren Gutsherrn verrichten mussten: Dung ausbringen, Schafställe bauen und decken, den Mühlenteich reinigen, Zäune errichten, Waschen und Scheren der Schafe, Pflügen, Eggen und vieles mehr.

Dazu kam die Arbeit am eigenen Garten, am windschiefen Haus und auf dem kleinen, ihnen gehörenden Feld.

Gegen Ende des Herbstes bekamen sie vom Gutsherrn immer ausreichend Holz gestellt, um Haus und Zäune zu reparieren und damit auf den Winter vorzubereiten. Der Rest wurde als Brennholz eingelagert. Es gab also das ganze Jahr über zu tun.

Matthias, sein jüngerer Bruder, kümmerte sich mit der Mutter seit drei Jahren um den ärmlichen, kleinen Gemüsegarten, die paar Hühner darin sowie das Schwein, das sie sich leisten konnten und mit Essensabfällen, Nüssen und Eicheln ernährten.

Da auch er später mit aufs Feld sollte, hatte Michael schon bestimmt, dass Elisabeth, die jetzt acht Jahre alt war, im nächsten Jahr Niklas als Brauhelfer ablösen und dann ebenfalls irgendwann die Mutter beim Backen und Brauen einmal ganz ersetzen sollte. Diese Tätigkeiten waren seit eh und je Frauensache, die Männer kümmerten sich um die richtige Arbeit.

Anteil an der Bierherstellung nahmen sie lediglich, wenn die Resultate schlecht oder sauer waren, und dann auch nur in Form von Wutausbrüchen.

Dass Niklas überhaupt beim Brauen helfen durfte, war nur der körperlichen Schwäche seiner Mutter zuzuschreiben. Anfangs hatten ihn die anderen Kinder, sogar sein kleiner Bruder, verspottet, weil er Mädchenarbeit verrichten musste. Allerdings, je mehr ihm die Arbeit Spaß machte, desto mehr ignorierte er die hämischen Bemerkungen der anderen.

Er als Ältester würde eines Tages die Arbeiten des Vaters komplett übernehmen müssen, so war es vorgesehen. Insgeheim hoffte er noch auf einen Ausweg, tatsächlich waren die Chancen aber mehr als schlecht. Schließlich wusste jeder, dass Männer kein Bier brauten und es in Zukunft auch nicht tun würden. Wenn es das geben sollte, hätten seine Mutter oder sein Vater ihm bestimmt schon davon erzählt.

3

EINES TAGES SPIELTE NIKLAS mit ein paar anderen Kindern Steine werfen im Dorf. Niklas war niemals der, der am weitesten werfen konnte, aber es machte trotzdem Spaß. Während er dem Größten und Kräftigsten von ihnen, der Veit hieß und alle Anlagen hatte, als Dorftrottel zu enden, beim Werfen zusah, bemerkte er, dass ein Mann durch ihr Dorf kam, der ihm völlig unbekannt war. Er wirkte ärmlich, trotz des Esels, den er mit sich führte. Neben dem Esel ging ein kleiner Junge, etwa so groß und so alt wie Niklas. Im Dorf machten beide Rast, setzten sich auf den Boden, aßen etwas Brot und teilten sich eine Rübe.

Niklas entfernte sich von seinen Spielkameraden und kam näher. Schüchtern betrachtete er das Paar. Er hatte schon mehrmals Botengänge in der Gegend gemacht, war aber zu keiner Zeit völlig Fremden begegnet.

Hahnfurt lag etwas abseits, selten verirrten sich Auswärtige hierher; Niklas war, wie alle seine Geschwister, noch niemals weiter als zehn Kilometer von zu Hause weg gewesen. Er ging daher zu Recht davon aus, dass es draußen in der Welt genauso aussah wie hier im Dorf. Sogar das entfernte Nürnberg, von dem Vater einmal erzählt hatte, war für ihn nichts anderes als ein größeres Dorf.

Wenn nichts weiter passierte in Niklas' Leben, würde er für den Rest seines Daseins über Hahnfurt und Umgebung nicht hinauskommen.

Und er würde weiterhin die neuesten Nachrichten von auswärts nur über die Hillebillen erfahren, Bretter aus hartem Holz, gegen die man mit Knüppeln schlug, um Nachrichten weiterzutragen.

Nach einer Weile sah Niklas den Jungen an und der schaute, nicht einmal unfreundlich, zurück. Das machte ihn mutig, er kam näher.

Als er die beiden musterte, fiel ihm die große Ähnlichkeit zwischen dem Mann mit Kind und seinem eigenen Vater und ihm auf. Nicht, dass sie sich wirklich ähnlich gesehen hätten, dazu hatte der Junge zu schiefe Zähne und zu blasse Haut, so als wäre er immer im Keller eingesperrt gewesen. Aber es war unverkennbar, dass beide arme Bauern waren, die den gleichen Kampf ums tägliche Brot ausfochten.

Dieses gleichzeitige Erkennen desselben Schicksals machte sie einander sympathisch. Niklas lächelte, der fremde Junge lächelte mit seinen schiefen Zähnen zurück. Niklas kam näher.

»Woher kommt ihr?«, fragte er.

»Aus Dauerling bei Regensburg«, gab der Junge zur Antwort.

»Wo ist das?«

»Zwei Tagereisen von hier.«

»So weit weg! Und wo wollt ihr hin?«

Niklas platzte bald vor Neugierde.

»Ich weiß nicht genau, es sind aber angeblich noch einmal zwei Tagereisen«, sagte der fremde Junge.

Nun meldete sich der Vater zu Wort.

»Der Bub kommt ins Kloster, damit er was lernt und niemals hungern muss. Ich bringe ihn jetzt nach Urbrach und dort bleibt er dann. Nicht jeder Junge hat so viel Glück, dass die Mönche ihn aufnehmen. Wir hatten letztes Jahr endlich mal eine gute Ernte, da fiel genug fürs Kloster ab. Da hat der Bruder Prior mir versprochen, aus dem Buben einen tüchtigen Mönch zu machen. Dort soll er dann arbeiten, studieren und seinen Eltern keine Schande machen.«

Er klopfte seinem Sohn auf die Schultern.

»Du brauchst dir keine Sorgen mehr ums Überleben zu machen, ihr habts eigene Ställe, eigenes Vieh, Felder, ja sogar gutes, eigenes Bier habts dort.«

Beim Wort ›Bier‹ merkte Niklas auf.

Bei dem wenigen, das seine Eltern ihm gegenüber von Klöstern und Mönchen erwähnt hatten, war immer nur von Männern die Rede. Michael und Elisabeth waren fromme Leute, jedoch nur so fromm, wie das harte Leben es zuließ.

Daher hatte Niklas auch nur die normale Alltagsfrömmigkeit erlebt, ein Gebet vor jeder Mahlzeit und vor dem Schlafengehen, sonntags die heilige Messe in der kleinen Dorfkirche und an hohen Feiertagen zusätzliche Gebete, diese allerdings verbunden mit dem besseren Essen.

An Brautagen gab man ein Brot mit zum Kloster, das war die Regel. Darüber hinaus wurde zu Hause nie viel gesprochen, schon gar nicht über Klöster und Mönche.

»Wer macht denn das Bier im Kloster?«, fragte er keck, »da gibts doch nur Männer. Und Brauen ist doch Weibersache.«

Der Junge und sein Vater fingen an, laut zu lachen.

»Die Mönche machen ihr Bier natürlich selber«, sagte der Vater, »und sogar ein sehr gutes dazu.«

»Muss man Mönch sein, um im Kloster Bier zu machen?«, fragte Niklas, der sich durch das Lachen nicht verunsichern ließ.

»Ja freilich, das ist ein Grund, warum viele Menschen ins Kloster gehen, nie mehr Hunger oder Durst haben, das ist doch schon was.«

In diesem Moment fasste Niklas einen folgenschweren Entschluss.

Dann war die Rast beendet, Vater und Sohn standen auf und machten Anstalten, weiterzuziehen. Niklas wünschte ihnen eine gute Reise und machte sich auf den Heimweg.

Nachdem er fast zu Hause war, fiel ihm ein, dass er nicht mal die Namen des Jungen und seines Vaters wusste, die sein Leben so verändern sollten. Wie sehr sie es wirklich verändert hatten, wurde Niklas erst im Lauf der nächsten Jahre bewusst, sobald er gelegentlich an diesen Tag und diese zufällige Begegnung zurückdachte.

Für den Rest des Tages war er nicht mehr ansprechbar. Ruhig und in Gedanken versunken erledigte er seine Arbeiten. Er wollte erst überlegen, wie er es seinen Eltern sagen sollte, nur nicht gleich mit der Tür ins Haus fallen.

Wie der Vater des Jungen gesagt hatte, nahmen die Klöster nicht jeden. Und scheinbar dauerte es auch eine Weile. Aber bald wurde er zwölf, was tun? Viel Zeit blieb ihm nicht mehr.

4

Im zehnten und elften Jahrhundert gab es in Franken eine Reihe von Klostergründungen. Als Ableger eines größeren Klosters der Zisterzienser war im Jahre 1076 das Kloster Urbrach gegründet worden, hatte sich aber schnell eigenständig entwickelt. Durch den guten Ackerboden der Umgebung und die Umsicht der ersten Äbte wurde Urbrach sehr schnell sehr wohlhabend.

Besonders bekannt waren die Weine des Klosters, die sich nicht nur bei allen Ordensbrüdern großer Beliebtheit erfreuten. Nachdem im Jahre 1185 der Grundstein zu einer großen Kapelle gelegt worden war, die später zu einer der größten frühgotischen Kirchenbauten überhaupt ausgebaut wurde, entwickelte sich Urbrach auch über die direkte Umgebung hinaus zu einem religiösen und wirtschaftlichen Mittelpunkt. Das erfolgreiche Kloster konnte es sich leisten, sich nur den besten, talentiertesten oder zahlungskräftigsten Nachwuchs auszusuchen.

Bis jenseits von Nürnberg, sogar aus Regensburg, brachten die Väter ihre Söhne zur Erziehung nach Urbrach, immer mit der Gewissheit, dass es dem Jungen dort viel besser ergehen würde als dem Rest der Familie; zudem gab es dann einen Esser weniger im Haus.

In der Tat war es so: Wer bereit war, sich dem unerbittlich exakten Tagesablauf des Klosters zu unterwerfen, das fromme und arbeitsame Leben eines Mönches zu führen und die Klosterdisziplin niemals infrage zu stellen, der durfte sich wenigstens einer Sache sicher sein: Nie mehr Hunger oder Durst zu leiden!

Wenngleich Niklas' Eltern niemals über das Mönchs-leben Worte verloren hatten, so wussten sie doch darüber Bescheid.

Insgeheim wünschten sie beide sogar, dass einer ihrer Jungen das Glück hätte, ins Kloster zu gehen. Da Niklas' Schicksal als Ältester bereits vorherbestimmt war, galten diese Hoffnungen Matthias. Einfache Leute, die sie waren, hatten sie keine Hoffnung darauf. Gelegentlich ein Brot für die ganz Armen war bestimmt nicht genug, um eine solche Belohnung zu erhalten.

Und zu mehr reichte es einfach nicht, das wussten beide, also sprachen sie nicht darüber. Niklas hatte sich einige Tage lang überlegt, wie er es am klügsten angehen sollte, kam jedoch auf keine Lösung. Da half ihm der Zufall: Der Abt von Urbrach war vor Kurzem verstorben.

Dies allein sprach sich jedoch nicht herum bis zu dem zwei Tagereisen vom Kloster entfernten Hahnfurt. Erst als der neue Abt Kilian beschloss, zur Feier seiner Ernennung die Bruderschaft des Klosters Urbrach um 50 Novizen zu vergrößern und dies überall im Umkreis bekannt machte, wurde es auch in Hahnfurt zum Gesprächsthema. Niklas schnappte es auf der Straße auf, und abends sagte sogar der sonst so schweigsame Vater etwas zum Thema.

»Wir sollten doch einmal versuchen, einen von unseren Buben nach Urbrach zu bringen.«

Die daraufhin leuchtenden Augen von Niklas übersah er und fuhr fort:

»Ich denke, dass der Matthias einen tüchtigen Mönch abgeben würde. Er kennt sich schon aus im Garten und Gar-tenarbeit ist im Kloster das Wichtigste. Der Niklas hilft mir dann auf dem Feld und Elisabeth, Ruth und Adelheid bewirt-schaften den Garten mit dir. Bis wir sie verheiratet haben.«

»Im Kloster wird aber auch Bier gemacht«, warf Niklas zaghaft ein, »bitte lass mich ins Kloster gehen, Vater!«

Zuerst war Michael erzürnt über Niklas, dass er ihm vor der ganzen Familie widersprach. Er erinnerte ihn an seine Verantwortung, die er als Ältester für die Zukunft des Hofes trage. Dann sah er die Begeisterung in seinen Augen und versprach ihm:

»Ich werde es mir überlegen.«

Drei Wochen später war es tatsächlich so weit. Die Ernte war eingebracht und Michael konnte die Familie für ein paar Tage allein lassen. Der frühmorgendliche Abschied von der Mutter und den Geschwistern fiel überraschend schwer, obwohl alle annahmen, dass Niklas mit dem Vater wiederkäme. Niklas fühlte auf einmal zwei Seelen in seiner kleinen Brust. Neben dem unbändigen Verlangen danach, im Kloster Bier zu brauen, fühlte er doch so etwas wie Heimweh, obwohl sie noch nicht einmal abgereist waren. Was, wenn sie ihn im Kloster annehmen würden? Seine Sippe, seine Freunde, der kleine elterliche Hof in Hahnfurt wären dann außer Reichweite. Alles das, was bislang seine Welt war, sein kleiner, überschaubarer Niklas-Kosmos, wäre mit einem Mal verschwunden. Und mit einer Träne im Auge machte sich Niklas mit seinem Vater auf den Weg nach Urbrach.

Sie gingen zügig, der Vater mochte den Hof nicht zu lange unbemannt lassen. Niklas hatte Mühe, mit dem Vater Schritt zu halten. Doch Aufregung und Vorfreude ließen ihn alle Anstrengung leichter ertragen. Die Wege waren gut ausgetreten, relativ sicher, und »uns armen Leuten kann man sowieso nichts rauben«, wie Michael mehrfach betonte. Sie übernachteten unterwegs in einer Scheune, ein Gasthaus konnten sie sich nicht leisten.

Gegessen wurde, was Mutter ihnen mitgegeben hatte: Brot, Wurzelgemüse und Rüben. Wasser gab es in jedem Dorf, durch das sie wanderten. Es war teilweise abgestanden und brackig, also nahmen sie nur das Nötigste. Schon am Mittag des nächsten Tages standen sie an der Pforte des

Klosters Urbrach. Sie baten um Einlass und erklärten ihr Anliegen, Niklas dem neuen Abt als Novizen anzubieten.

Der Bruder an der Pforte öffnete, und als sie im Hof des Klosters standen, fühlte sich Niklas wie in einer neuen Welt. Außer der kleinen Hahnfurter Dorfkirche hatte er noch niemals ein Gebäude aus Stein gesehen. Alle Häuser, die er kannte, waren aus Holz, Lehm und Stroh notdürftig zusammengeflickt. Dass es eine solche Pracht überhaupt gab, hätte er sich niemals vorstellen können.

Dabei hatte das Kloster nicht einmal den Gipfel seines Reichtums erreicht, auch die große Kapelle war nach fast 100 Jahren Bauzeit immer noch nicht ganz fertiggestellt. Dennoch war das, was im Klosterhof zu sehen war, für die Augen einfacher Menschen beeindruckend.

Mit einer in Franken neuen Bauweise hatte man die Hauptgebäude des Klosters errichtet. Kräftige senkrechte, hölzerne Balken sorgten für die aufrechte Stärke der Gebäude. Waagerechte Hölzer lagen als Riegel dazwischen, um der ganzen Konstruktion die nötige Stabilität zu verleihen. Die Gefache zwischen Ständern und Riegeln waren fein und weiß verputzt, was den Eindruck von Reichtum und Sauberkeit noch unterstrich.

An einer Stelle eines Gebäudes wurde gearbeitet, und so sah Niklas, dass die Gefache vor dem Verputzen mit Ziegeln gefüllt wurden. Das Hauptgebäude war am prächtigsten. Hier war das Untergeschoss aus festem, behauenem Stein, darauf hatte man eine neue, Fachwerk genannte Bauweise gesetzt.

Vom Hof aus sah man reges Treiben, im Garten arbeitete eine Gruppe Mönche, und man konnte sogar in den Weinberg sehen, in dem ein paar Brüder mit Hacken den Boden bearbeiteten. Einen der Mönche sah Niklas mit einer großen, leeren Schüssel zu einem großen Bienenhaus eilen.

In der Mitte des Klosterhofs stand ein gewaltiger Lindenbaum, der größte, den Niklas und Michael jemals gesehen hatten.

»Der ist ja fast so groß wie der Weltenbaum«, flüsterte Michael ergriffen. »Schau einmal, der geht beinah bis in den Himmel.«

Und dann kam aus einem der Nebengebäude ein Geruch, der Niklas nur zu vertraut vorkam: Dort roch es warm, süßlich und würzig nach Maische, dort wurde Bier gebraut!

Vor Aufregung wäre er beinahe über seine eigenen Beine gestolpert und in eine große Pfütze gefallen. Nur die schnelle Reaktion seines Vaters verhinderte, dass er seine einzige gute Hose und sein einziges gutes Hemd total verdreckte.

»Nun pass doch auf, Niklas, und sag jetzt nur noch was, wenn du gefragt wirst!«

Nachdem sie etwa eine Stunde gewartet hatten, wurden sie zum Abt geführt. In dem Raum, den sie jetzt betraten, fiel zuerst der ungeheuer große Tisch ins Auge. An einer Längsseite saßen fünf Ordensbrüder, in der Mitte thronte ein Mann, der unschwer als der Abt zu erkennen war. Nachdem Michael sich und Niklas vorgestellt und seine Bitte vorgetragen hatte, durfte Michael sich setzen, Niklas musste stehen bleiben.

Der Abt Kilian musterte die Besucher. Er war für einen Abt, dazu der eines nicht unbedeutenden Klosters, erstaunlich jung. Weder Michael noch Niklas hatten jemals zuvor einen Abt gesehen, aber in der Vorstellung war die Würde des Amtes dennoch immer mit Alter verbunden gewesen.

Nun schaute sie ein hagerer, schmaler Mann von etwa 40 Jahren mit intelligenten, lebhaften Augen an. Obwohl er sich noch nicht von seinem prachtvoll geschnitzten Stuhl erhoben hatte, konnte man sehen, dass er groß gewachsen war. Auch ohne Tonsur waren ihm nur wenige Haare geblieben, sodass das ganze Gesicht von den Adleraugen dominiert wurde.

»So, Michael aus Hahnfurt, dann erkläre mir bitte einmal, warum dein Sohn Niklas in unsere Klostergemeinschaft aufgenommen werden soll. Du weißt sicher, dass wir nicht jeden dahergelaufenen Bauernsohn als würdig befinden; warum soll dein Sohn also würdig sein?«

Michael erzählte zuerst von sich und seiner Familie, von der harten täglichen Arbeit, den fünf lebenden Kindern, verschwieg nicht die toten, betonte aber auch die Gottesfürchtigkeit ihres Lebens und dass sie es ohne Bitterkeit ertrügen.

Dann wendete er sich zu Niklas und erzählte von dessen bisherigem Leben, er sei fleißig und aufgeweckt und habe der Mutter schon seit fünf Jahren regelmäßig viel Arbeit abgenommen.

Jetzt blickte Kilian zu Niklas und fragte ihn:

»Du weißt bestimmt, dass neben der Arbeit für Gott ein jeder Bruder auch eine Arbeit für die Gemeinschaft übernimmt. Um eine Arbeit gut zu machen, muss man sie aber gerne machen. Gesetzt den Fall, wir würden dich in unsere Gemeinschaft aufnehmen, was ist die Arbeit, die du am liebsten für deine Brüder oder mit deinen Brüdern machen würdest?«

Niklas schaute auf seinen Vater, um Zustimmung zum Antworten zu erhalten. Der Vater nickte und Niklas sagte schüchtern nur vier Worte: »Bier brauen, ehrwürdiger Abt.«

Zuerst fiel ihm auf, dass hier im Kloster niemand lachte, als er seine Liebe zum Brauen erklärte. Er schaute verlegen zu Kilian und sah ein Lächeln in dessen Gesicht.

»Ich glaube, Bruder Thomas könnte noch einen tüchtigen Lehrjungen brauchen«, sagte der Abt zu dem Bruder, der neben ihm saß.

Dann, wieder an Michael gewandt:

»Wir werden es mit Niklas versuchen. Wenn der Junge so fleißig und folgsam ist, wie du sagst, dann wird es ihm hier gut gehen. Sollten wir ihn ungeeignet finden, werden wir ihn jedoch bald in dein Dorf zurückschicken. Du kannst wieder zurückkehren nach Hahnfurt, der Junge soll hierbleiben.«

Michael und Niklas gingen zurück in den Hof, dort nahm Niklas kurz Abschied von seinem Vater, den er lange nicht mehr sehen sollte. Der Vater verließ den Klosterhof durch die Pforte, Niklas war allein. Sein erstes Ziel hatte er erreicht. Was würde die nächste Zeit bringen?

DES BUCHES ZWEITER TEIL

Klosterbier oder

›Flüssiges bricht das Fasten nicht‹

1

DIE NÄCHSTEN MONATE waren für Niklas ausgefüllter, als er es sich jemals hatte vorstellen können. Niemals hätte er gedacht, dass man an einem Tag so viel arbeiten konnte.

Seine Einführung in das Klosterleben brachte er mit einer Mischung aus Ehrfurcht und Aufregung hinter sich. Er lernte viel Interessantes über die Anfänge des Klosterlebens, erfuhr von Benedikt und Monte Cassino, St. Gallen, Bonifatius, Cluny, der Abtei Prüm und dem Reformkloster Hirsau. Er hatte Glück. Sein Lehrmeister, Bruder Thomas, war tolerant den anderen Orden gegenüber.

Er sagte immer wieder:

»Wir alle kämpfen für die gleiche Sache, nur mit anderen Mitteln. Wenn du älter bist, wirst du dir selbst ein Bild machen können. Wir sind hier nicht so streng wie in Cluny, wo die Brüder immer mit dem Kopf nicken müssen, wenn der Prior in der Nähe ist, um ihm zu zeigen, dass sie nicht schlafen. Bei uns ist auch während des Gebets ein Nickerchen erlaubt, wenn man vorher seine Arbeit gut gemacht hat.«

Und die Aufgaben im Kloster waren weiß Gott vielfältig, jeder hatte seinen Teil zu leisten: Äcker bestellen, Gärten pflegen, Bücher kopieren, Kunstwerke malen, alles Werkzeug dazu wurde in den eigenen Werkstätten hergestellt, dazu noch backen, brauen, melken, schlachten. Besucher und Kranke mussten versorgt werden. Und schließlich war die Führung des Klosters auch außerhalb der Mauern politisch und wirtschaftlich eine Macht.

An der Spitze des Klosters Urbrach stand der Abt Kilian. Er vertrat das Kloster nach außen hin, schloss Kauf- und

Pachtverträge ab, empfing die Gäste des Klosters und speiste mit ihnen an einem besonderen Tisch. Er hatte, da er über den Klosterregeln stand, eine eigene, reich und behaglich ausgestattete Wohnung und eine besondere Küche. Er leitete die kirchlichen Verrichtungen und stand im Rang eines Bischofs. Als Zeichen seiner Würde trug er bei offiziellen Anlässen einen gekrümmten Stab.

Kilian zur Seite stand der Prior Karlmann, der ihn in seiner Abwesenheit vertrat. Er leitete alle Übungen und Arbeiten der Mönche, nahm ihnen die Beichte ab, erlegte ihnen Bußen auf und überwachte die Einhaltung der Ordensvorschriften. Während alle Brüder untereinander sich mit ›Du‹ anredeten, gebrauchten sie Kilian und Karlmann gegenüber das ›Ihr‹.

Dem Provinzenmeister war die Aufsicht über die neu eintretenden Klosterbrüder anvertraut, solange sie noch nicht das Mönchsgelübde abgelegt hatten.

Der Sakristan oder Kustos hatte die äußere Ordnung des Gottesdienstes zu besorgen, zur Kirche zu läuten und alles, was zum Gottesdienst gehörte, wie Wachskerzen, Altarbekleidung, Abendmahlgeräte, in seine Obhut zu nehmen.

Der Singmeister oder Kantor leitete den Gesang in der Kirche, überwachte das Abschreiben der Bücher und hielt die Bibliothek in Verwahrung. Er hatte die größten Ohren, die Niklas jemals gesehen hatte.

Der Kellermeister Otto und Niklas' Lehrmeister, der Brauer Thomas, waren wichtige Persönlichkeiten im Kloster und hatten mehrere Gehilfen zur Besorgung ihrer umfangreichen Ämter unter sich. Unter Ottos Aufsicht standen die Ackerhöfe des Klosters; er sorgte dafür, dass die nötigen Vorräte in die Küche und in den Keller geschafft wurden und führte die Schlüssel zu den Vorratsräumen. Sowohl Otto als auch Thomas sah man an, dass sie die geistigen Getränke verwalteten. Beide trugen einen Kugelbauch vor sich her, die roten Knollennasen und die Tonsur ließen die Männer als gemütliche, fröhliche Naturen erscheinen. Otto schien ein paar Jahre älter zu sein als Thomas, dafür war Thomas der Größere von beiden.

Der Leiter der Backstube, Ansgar, war Otto untergeordnet.

Der Bruder Pförtner saß am Eingang des Klosters in einer besonderen Zelle. Wenn ein Fremder Einlass begehrte, meldete er ihn beim Abt und führte ihn nach erteilter Erlaubnis hinein. Die Klöster boten Pilgern und Reisenden gern gastfreundliche Herberge. An vorbeikommende Arme verteilte der Pförtner Brot und Reste vom Tisch. Amtspersonen untergeordneter Art waren der Kleidermeister, der die Schneider, Schuhmacher, Gerber und Weber beaufsichtigte, der Werkmeister, der den Bauleuten vorgesetzt war, und der Siechenmeister, der die Aufsicht über das Krankenhaus führte.

Niklas lernte unter Anleitung seiner Mitbrüder lesen und schreiben und dazu das unentbehrliche Latein. Er war so beschäftigt, dass er überhaupt nicht an Hahnfurt dachte und daran, dass er unter Umständen jahrelang nicht mehr nach Hause kommen würde.

Er wurde unterwiesen in Disziplin, Zucht und Bescheidenheit. Wer damit nicht zurechtkam, dem drohte die Klosterordnung mit schweren Strafen. Fasten, Ausschluss vom Gottesdienst, Kasteiung bis aufs Blut, mitunter sogar Verurteilung zum Hungertod und zur Einmauerung waren Strafen für Mönche, die sich Vergehen zuschulden kommen ließen.

Diese drakonischen Strafen wurden äußerst selten exekutiert und dienten mehr der Stärkung der Disziplin durch Abschreckung.

Die Novizenzeit dauerte ein ganzes Jahr lang, doch durften und mussten die Novizen schon bald wie die anderen

Mönche leben und mitarbeiten. Nur trugen sie nicht die Ordenstracht. Bewährten sie sich, so erfolgte die Einkleidung als Klosterbruder. Nach dem Schwören des Ordensgelübdes wurde ihnen das Haar geschoren, das Novizenkleid abgenommen und die Mönchskutte angezogen.

Nach diesem Jahr gehörte Niklas ganz dem Kloster.

Das Leben im Kloster machte ihm Freude. Die Brüder waren ein bunter Haufen. Manche waren als Findelkinder vor der Tür gefunden worden, andere kamen aus gutem Hause, waren jedoch nur Zweit- oder gar Drittgeborene. Einige wurden als Waisen aufgenommen, andere wiederum aufgrund ihres hellwachen Verstandes.

Niklas durfte nicht gleich vom ersten Tag an mit Thomas in der Brauerei arbeiten. Er wurde zuerst einmal zwei Wochen lang zusammen mit drei anderen Anwärtern im Gästehaus einquartiert. Während dieser Zeit wurden sie geprüft, ob ihre Motive, Absichten und Zukunftspläne zum Mönch passten. Abt Kilian hatte Thomas einmal erzählt, wie viele unglücklich verliebte Männer sich zum Kloster berufen fühlen würden, dies jedoch immer nur für eine kurze Zeit.

»Sobald der Weltschmerz vorbei ist, wollen sie wieder gehen. Deswegen akzeptieren wir grundsätzlich keine Anwärter mit Liebeskummer mehr«, erzählte er Niklas später lachend weiter.

Nach zwei Wochen zog Niklas um ins Novizenquartier. Dort blieb er zwei Monate unter Aufsicht eines alten, grantigen Provinzenmeisters, der nicht nur entsetzlich aus dem Mund stank, sondern auch immer eine Fahne säuerlichen Schweißes hinter sich herzog. Dieser las mit ihm jeden Abend die Klosterregeln, bis er sie auswendig konnte. Er schätzte diese Zeit nicht, wollte er doch an den Braukessel.

Die Vorfreude darauf machte ihm vieles leichter.

Er war froh, dass ihn der stinkende Bruder ansonsten in Ruhe ließ, hatte er immerhin von anderen Anwärtern schon über unsittliche und widernatürliche Versuche älterer Brüder gehört. Und trotz harter Strafen bis hin zum Auspeitschen gab es immer wieder Vorfälle.

Und eines Tages waren auch diese zwei Monate um und Bruder Thomas holte ihn ab, um ihm sein neues Reich zu zeigen.

Ab sofort trug er eine Art Tunika aus Leinen oder Wolle, darüber einen Schulterumhang. Für die Arbeit draußen gab es lange Mäntel aus haarigem Stoff mit Kapuze, die schützten sowohl gegen Kälte als auch gegen Sonne. Weiterhin erhielt er zwei Hemden, Strümpfe, Gamaschen und Pantoffeln und für den Winter ein Schaffell.

2

Vorbei war ab jetzt die Zeit, in der ein Brautag ein außergewöhnliches Ereignis war. Die Brüder im Kloster waren durstig und Bier war ihr hauptsächlicher Durstlöscher. Dreimal in der Woche wurde hier gebraut und an den anderen Tagen musste Niklas sauber machen oder die Vorräte auffüllen.

Und als wäre dies alles nicht genug, wurde er zudem regelmäßig zur Aushilfe zu anderen Brüdern geschickt.

Unter anderem erfuhr er etwas über die verschiedenen Zeiten für die Aussaat von Getreide. Sein Vater hatte eigentlich Jahr für Jahr das gleiche Getreide angebaut und ein Drittel des Ackers immer brach liegen lassen. Hier lernte er, dass es sowohl Sommergetreide als auch Wintergetreide gab.

Im Frühjahr säte man aus, was als Pferdefutter und zur Bierherstellung verwendet wurde: Hafer und Gerste vor allem.

Und im Herbst säten die Brüder Roggen und Weizen, das waren die ›Brotsorten‹.

Nebenbei wurden kleinere Mengen Hirse und Emmer angebaut.

Die wenigen Male, die er mit draußen auf den Feldern war, dachte Niklas an zu Hause und er wurde etwas wehmütig. Aber das ging schnell vorbei.

Denn er hatte es gut getroffen. Bruder Thomas war ein erfahrener Brauer und zudem ein gemütvoller, demütiger Mensch. Er wurde selten wütend, sogar wenn Niklas einen groben Fehler machte. Gleichzeitig zeigte er Niklas eine ganze Menge Tricks und Kniffe, auf die er niemals von allein gekommen wäre.

Er kannte verschiedene einfache Handgriffe, mit denen man über einen Hebel einen Bottich in einen anderen ausleeren konnte, sodass es fast keine Arbeit war.

Er verwendete mehr verschiedene Kräuter als seine Mutter und wusste auch besser über deren Wirkungen Bescheid.

Zuweilen zeigte er ihm einige Kräuter etwas genauer und sagte Sachen wie:

»Dies wird Wermut genannt; wenn du es dem Bier beigibst, tötet es Würmer, vertreibt die Verstopfung, stärkt den Magen und bekämpft Gelbsucht und Wassersucht. Und schlafen kann man danach wie ein Bär im Winter.«

Thomas zerrieb ein Stück einer Rispe zwischen seinen Fingern und ließ Niklas daran riechen und schmecken. Der aromatische Geruch passte überhaupt nicht zu dem extrem bitteren Geschmack. Der Wermut brannte Niklas auf der Zunge und er wandte sich schaudernd ab.

Thomas lachte und sagte:

»Im Bier entfalten viele Kräuter ein anderes Aroma, als wenn du es direkt mit der Zunge schmeckst. Lass dich einmal überraschen.«

Zu jedem dieser Kräuter hatte er ein Sprüchlein parat, die Niklas teilweise von seiner Mutter her kannte.

»Wacholder zum Beispiel, das hängst du in einem Säcklein ins Bier, wenn es schon vergoren ist; er macht das Bier sehr gesund, vertreibt die Steine aus dem Körper und ist gut bei Leiden an Niere und Blase. Er wirkt auch gut wider Vergiftungen.«

Der würzig-süßliche Geruch erinnerte Niklas an daheim und er musste schlucken, weil ihn so etwas wie Heimweh überkam.

Thomas warnte ihn eindringlich davor, eine Zutat ohne weitere Prüfung zum Bier zu geben, nur weil sie vielleicht gut roch.

»Es gibt eine Menge Kräuter, welche die Sinne verwirren, den Rausch verstärken oder den Körper richtig vergiften. Also sei vorsichtig mit dem, was du zum Bier dazugibst! Wenn du lange genug bei mir bleibst, werde ich dir noch so einiges zeigen.«

Auch beim Essen erzählte er gerne über Kräuter und Pflanzen.

»Die Kräuter hingegen, die uns der Herrgott zum Essen geschenkt hat, wie Zwiebeln, Lauch, Knoblauch, Senf oder Petersilie, die lass in jedem Falle raus aus dem Bier! Es wäre eine Sünde, sie für einen anderen Zweck zu entfremden.«

Niklas beschloss bald, so schnell wie möglich alles über Kräuter und ihre guten und schlechten Wirkungen zu lernen.

Aber was wohl das Interessanteste am Brauen mit Bruder Thomas war: Hier wurden keine Laibe mehr gebacken, um den ›Bierteig‹ herzustellen. Bruder Thomas mischte das Getreide direkt mit dem Wasser. Es wurde nur vorher zerstoßen, in einem großen Mörser, den er nach einiger Übung zu bedienen lernte.

Als Niklas beim ersten Mal vorlaut anmerkte, das könnte nach seiner Erfahrung nicht funktionieren und sauer werden, da lachte sein Meister und sagte:

»Lassen wir es doch einfach darauf ankommen.«

Es klappte nicht nur vorzüglich, das Bier war sogar sehr viel besser als alles, was sich Niklas vorher hatte vorstellen können. Es war nicht mehr so trüb und matschig wie das Bier, das er von zu Hause her kannte. Im Vergleich zu diesem hier hatte das Bier seiner Mutter regelrecht erdig-muffig gerochen und geschmeckt.

Dunkelbraun, aromatisch-süß duftend, stand es hier im Bottich und roch einfach verlockend.

Obwohl das Aufreißen der Brotlaibe entfiel, lernte er, dass man als Brauer letzten Endes immer mit Hitze zu tun hat und deswegen gelegentlich verbrannt wird. Die heiße Maische lief ihm manchmal über die Hand oder die Hose; besonders beim Umfüllen von einem Bottich in den nächsten passierte dies häufig. Nach ein paar Monaten hatte Niklas Hornhaut und dicke Schwielen an den Händen. Eine Folge sowohl der Verbrennungen als auch der harten körperlichen Arbeit.

Im Lauf der ersten Wochen erkannte Niklas dann, dass das Getreide keine einfache Gerste war. Es sah aus wie Gerste, nur etwas dunkler, roch wie Gerste, jedoch war etwas anders.

Dann fiel ihm auf, dass der Zugang zum Getreideboden immer abgesperrt war. Was mochte dort Geheimnisvolles vorgehen? Auf sein Fragen und Drängen wich Bruder Thomas immer aus:

»Der Tag kommt noch früh genug, an dem ich dich darin einweihen werde.«

Wann dieser Tag kommen würde, darüber schwieg er sich aus.

So vergingen die ersten Monate und der erste Winter ging vorbei. Die Mönche tranken fleißig Bier und gelegentlich schaute einer von ihnen im Brauhaus vorbei und sprach ein Lob aus.

Das konnte allerdings daher rühren, dass das Bier zur Fastenzeit und zur Vorweihnachtszeit stärker eingebraut wurde, da im Kloster die Fastenregeln nur für feste Nahrung galten.

Thomas war auch hier nicht um Antwort verlegen:

»Eine der ältesten Regeln unseres Klosterlebens ist ›Liquida non frangunt ieuneum – Flüssiges bricht das Fasten nicht‹. Das hat uns Brauer immer beliebt gemacht.«

Und gefastet wurde viel im Kloster. Zu den regelmäßigen Fasttagen kamen noch außerordentliche Fastenzeiten hinzu, die vom Abt angekündigt wurden. Bestimmte Heiligentage oder ein Gedenken an einen Märtyrer. Niemand durfte bis nach der Messe essen oder trinken, Fleischgenuss war auf jeden Fall untersagt, auf den Feldern und in den Gärten durfte nicht gearbeitet werden.

Es gab harte Bußen für Vergehen gegen die Fastenregeln, die schlimmsten waren jahre- oder sogar lebenslange Abstinenz von aller Nahrung außer Wasser und Brot. Die Abstinenz von Bier aber wäre für die meisten Mönche am tragischsten gewesen. Daher schlug nur selten einer über die Stränge.

Thomas wusste, dass dies nicht überall so war.

»Aber glaube mir, draußen auf dem Land und in den Städten, sogar in anderen Klöstern, geht es in der Fastenzeit nicht so ruhig zu wie bei uns. Der Erzbischof und Kurfürst von Trier hat erst kürzlich verlautbaren lassen: ›Ist ein Priester so betrunken, dass er die Psalmen nur noch lallt, soll er zwölf Tage von Brot und Wasser leben. Ist ein Mönch so voll, dass er speit, soll er 30 Tage Buße tun. Ist ein Bischof so besoffen, dass er in die Hostie kotzt, muss er 90 Tage büßen.‹ Dieser Spruch hat schnell die Runde durch das ganze Reich gemacht. Und da ist etwas dran!«

In dieser Zeit geschah es zum ersten Mal, dass Niklas einen Krug zu viel trank. Sie hatten den ganzen Tag hart gearbeitet und am Ende einen Sud zur Gärung bereitgestellt. Erschöpft saßen sie im Brauhaus. Niklas griff aus alter Gewohnheit, so alt eine Gewohnheit bei einem Zwölfjährigen sein kann, nach einem Krug Bier und stürzte ihn in einem Zug herunter. Gleich noch einen zweiten. Er hatte nur vergessen, dass das Bier viel stärker war als das, was er normalerweise trank.

Innerhalb von wenigen Minuten fing alles an, sich zu drehen, er konnte nicht mehr richtig sprechen und sein Kopf schien zu explodieren. Bruder Thomas sah richtig besorgt aus. Er brachte ihn sogleich in die Schlafkammer.

Am nächsten Tag ging es Niklas nicht gut und noch einige Tage lang musste er mit Thomas' mildem Spott leben.

Der Winter war lang und kalt und ideal zum Bierlagern. Es gab Eis in Hülle und Fülle und im Bierkeller des Klosters wurde nicht ein Eimer Bier sauer.

Niklas fühlte sich im Brauhaus wie zu Hause.

Dann kam das erste Frühjahr. So langsam musste sich Niklas damit vertraut machen, dass nun die problematische Zeit für die Brauer kam. Je wärmer der Sommer, desto schwieriger wurde die Lagerung des Bieres. In einem normalen Haushalt war es kein Problem, kleinere Mengen herzustellen und kühl zu lagern. Im Kloster wurden jedoch solche Mengen gefordert, dass sich Niklas beim besten Willen nicht vorstellen konnte, wie sie dies im Sommer bewerkstelligen sollten. Bruder Thomas war mit diesem Problem natürlich längst vertraut.

Es hatte schon Jahre gegeben, da war das Bier so schnell sauer geworden, dass sein eigener Ruf ernsthaft darunter gelitten hatte. Mittlerweile war er jedoch erfahren und angesehen genug, dass er lieber gar keines als ein saures Bier ausschenken ließ.

Als die Tage wärmer wurden und eine neue Fastenzeit vor der Tür stand, wurde wieder mal ein starkes Bier gebraut. Dieses Mal lag es nicht nur in der Fastenzeit begründet. Es war schon lange bekannt, dass ein stärkeres Bier besser haltbar ist als dünnes. Warum, das wusste niemand, dennoch wurde das Wissen genutzt, um die warme Jahreszeit so gut als möglich zu überbrücken.

Bis in den Juni hinein konnte das Bier manchmal reichen, dann gab es schlimmstenfalls drei Monate ohne Bier. Dieses Mal wurden gleich fünf Bottiche hintereinander gebraut, weil es vorläufig das letzte Bier war und noch vergären sollte, bevor es zu warm wurde.

Bruder Thomas mischte für jeden der fünf Bottiche eine andere Kräutermischung zurecht. Auch er wollte manchmal etwas Neues ausprobieren.

»Hier, riech einmal daran!«, forderte er Niklas auf.

Niklas öffnete das Säcklein, das er ihm hinhielt, und nahm ein paar Kräuter heraus. Sie hatten einen sehr intensiven, aromatischen Geruch und einen harzigen, leicht bitteren Geschmack, der ihn an Weihrauch erinnerte.

»Wieso tust du Weihrauchkraut ins Bier?«, fragte Niklas erstaunt.

»Es riecht nur so ähnlich wie unser Weihrauch, ist aber tatsächlich nur einfacher Rosmarin«, erwiderte Thomas. »In den ersten Bottich hängen wir ein Säcklein davon. Ein Bier, damit versetzt, stärkt Herz und Hirn, erquickt die Lebensgeister. Ich habe festgestellt, dass viele unserer Brüder, wenn sie melancholisch werden, nach einem Trunk Rosmarinbier schnell wieder voller Tatendrang sind.«

Niklas roch an den Zutaten für den nächsten Sud.

Eigentümlich und kampferartig, zugleich blumig, konnte er sich nicht entscheiden, ob er diesen Geruch mochte oder nicht.

»Den zweiten Bottich versetzen wir mit Lavendel, dieser wird anders auch Schwindelkraut genannt. Diese Pflanze kennst du wahrscheinlich nicht, sie kommt aus dem fernen Andalusien zu uns. Sie stärkt das Haupt, das Mark im Rücken und die Nieren. Es ergibt ein köstliches Bier und beugt vor gegen Schlag, Gicht und Lähmungen. Es beruhigt und fördert den Schlaf.«

Das nächste Kraut kam Niklas bekannt vor. Das starke und entfernt an Thymian erinnernde Aroma liebte er, ebenso den leicht brennenden, süßlichen Geschmack.

»Majoran kam aus dem fernen Indien und wir haben es von den Arabern bekommen. Mittlerweile pflanzen wir es in unserem Gewürzgarten an. Das geben wir zum dritten Bottich. Majoran vertreibt Schwindel und macht ein gutes Gedächtnis, außerdem hilft es bei Beschwerden von Galle und Milz.«

Der vierte Bottich wurde mit Schlehen versetzt, mit der Begründung, dass ein erfrischendes Schlehenbier in der Hitze des Sommers den Durst am allerbesten lösche.

Niklas konnte sich nicht vorstellen, wie der frische, zarte, mandelartige Duft der Schlehen zu dem süßen Bier passen würde; auf der anderen Seite hatte Thomas bislang immer recht behalten.

Aber bevor er alle Kräuter dazugab, rief er Niklas hinzu und zeigte ihm ein Kraut, welches dieser noch niemals gesehen hatte.

Es war ein kleiner, grüner Zapfen, mit kleinen Blättern, die wie Dachziegel angeordnet waren.

Bruder Thomas erklärte, was es mit der Pflanze auf sich hatte:

»Diese Pflanze hat mir letzten Monat einer unserer Händler mitgebracht. Ich glaube, es ist die gleiche Pflanze, über deren Wirkungen vor einigen Jahren die berühmte Hildegard von Bingen bereits geschrieben hat. Sie soll, wenn mitgekocht, eine beruhigende Wirkung haben und bei vielen verschiedenen Leiden vortrefflich wirken. Riech nur einmal an der Dolde.«

Niklas roch und war zuerst erschrocken über die harsche, intensive Bittere, die dieser Pflanze entströmte, Minuten später hatte er das Aroma noch in der Nase, empfand es dann aber als angenehm.

»Hildegard von Bingen nannte dieses Kraut Hoppho. Lass uns den fünften unserer Bottiche mit diesem Hopphokraut versetzen. Wenn es Gutes bewirkt, dann werde ich mehr davon beschaffen.«

Alle Bottiche wurden fertiggestellt und vergoren. Dann kamen sie in den auch um diese Jahreszeit kühlen Keller. Zuerst waren die Mitbrüder von dem Getränk mit der neuen, seltsamen Bittere nicht angetan. Aber Bruder Thomas hatte ihnen schon des Öfteren neue Rezepturen mit Erfolg schmackhaft gemacht.

Nach einer Weile tranken sie es genauso viel wie das Altbekannte. Der Sommer kam schneller als erwartet und der Keller wärmte sich entsprechend rasch auf. Eines Tages stellte Niklas fest, dass das erste Bier aus den fünf Bottichen verdorben war.

Das zweite folgte gleich danach. Bruder Thomas gab bekannt, dass die Biersaison fürs Erste beendet war und wies Niklas an, den Inhalt aller Bottiche wegzuschütten.

»Aber ein Bottich ist noch nicht verdorben«, sagte er.

Bruder Thomas wollte nichts hören und beharrte darauf, dass Niklas alles Bier wegschütten sollte. Erst als Niklas seinen Einwand wiederholte, schauten sie beide genauer hin. Ein Bottich war einwandfrei, kein Sauergeschmack, kein Belag obenauf. Bruder Thomas war sichtlich verwirrt.

»Ich habe keine Erklärung dafür. Außer, dass unser Herrgott uns etwas länger unser gutes Bier gönnt. Welcher Bottich ist denn dieser?«

Niklas schaute nach und sagte:

»Es ist der mit dem Hopphokraut.«

3

NACH DIESER INTERESSANTEN und ungewöhnlichen Entdeckung konnten beide Brauer den Herbst nur mehr mit Ungeduld erwarten. In der Zwischenzeit brachte ein Händler weitere dieser Hopphopflanzen zum Kloster mit. Als die Brauzeit im Spätsommer endlich losging, brauten die beiden praktisch ausschließlich mit Hopfen, wie sie die Pflanze nannten.

Beinahe alle der Mitbrüder wollten gar nichts anderes mehr trinken, und sie lobten neben dem Geschmack des Hopfenbiers besonders dessen Bekömmlichkeit. Nicht, dass die bisherigen Biere nicht bekömmlich gewesen wären, aber der Hopfen machte die Zugabe anderer Kräuter und Wurzeln, die bisweilen seltsame Nebenwirkungen hervorgerufen hatten, überflüssig.

Einige wenige wünschten sich die althergebrachten Biere zurück, die einmal nach Lorbeer, ein andermal dafür eigentümlich nach Kümmel geschmeckt hatten. Nicht so sehr wegen des Geschmacks, sondern aus Furcht vor Veränderung.

»Wir sind ein Ort der Aufbewahrung. Und dazu gehört unter anderem, dass wir nicht immer neue Speisen und Getränke verkosten möchten. Lasst uns bitte beim Althergebrachten bleiben«, sagte zum Beispiel der Prior Karlmann gerne.

Doch sogar die ›Bewahrer‹ beugten sich bald der Mehrheit der Hopfen-Biertrinker.

Nur einmal ermahnte Abt Kilian seine Brauer, nicht zu viel Bier auszuschenken, da einige Brüder das morgendliche Gebet verschlafen hatten. Dies musste Bruder Thomas dann zum Leidwesen seiner Mitbrüder befolgen.

Dadurch, dass das Bier nun länger haltbar war, konnten sich die Brauer die Arbeit ganz neu einteilen. Mussten sie bis dahin immer dann Bier brauen, wenn ein Ende der Bestände in Sicht war, konnten sie jetzt in einem regelmäßigen Ablauf Bier herstellen, sogar etwas auf Vorrat produzieren, unabhängig davon, ob viel oder wenig getrunken wurde; dadurch geschah es nie wieder, dass kein Bier zur Verfügung stand. Das ganze Klosterpersonal war von dieser neuen Entwicklung sehr angetan.

Bis auf Bruder Ansgar von der Backstube. Er wurde von den Brauern immer mit ›Zeug‹ versorgt, das am Ende der Gärung im Bottich liegen blieb. Mit diesem Zeug konnte er die Brote auf bessere Art backen als ohne. Nachdem Bruder Thomas und Niklas jedoch mehr und mehr mit Hopfen brauten, beschwerte sich Bruder Ansgar darüber, dass er das Zeug nicht mehr zum Backen verwenden könne, weil es so bitter sei.

Äußerlich eher das Gegenteil von Thomas, überragte Ansgar Thomas um Kopfeslänge. Die Größe kam allerdings nur von den langen Beinen, sein Rumpf war eigentlich gedrungen. Die Kutte verhüllte dies aber gnädig. Ansgar war kräftig, ohne dick zu sein, sein kurzer, dicker Hals ließ den Kopf wie direkt auf die breiten Schultern aufgesetzt erscheinen. Niklas hatte das Gefühl, dass Ansgar immer an ihm vorbeisah. Seine eng beieinander sitzenden Augen schielten nämlich leicht. Er mochte ihn von Anfang an nicht.

Als Ansgar sich zum ersten Mal beschweren kam, brachte er einen seiner Gehilfen mit. Niklas stellte erfreut fest, dass es der Junge mit den schiefen Zähnen war, den er damals in Hahnfurt getroffen hatte und der ihm, wenn auch nicht bewusst, den Weg nach Urbrach gewiesen hatte. Seine Blässe hatte er immer noch nicht abgelegt, in der dunklen Kutte der Novizen wirkte er wie ein kleines Gespenst.

»Ich bin Niklas, erkennst du mich wieder?«, fragte er verlegen.

Der Junge schüttelte zuerst den Kopf, dann besann er sich und grinste:

»Mein Name ist Bernard. Ich bin der Bäckergehilfe.«

»Und ich der Brauergehilfe«, erwiderte Niklas stolz.

»Hört auf, hier Reden zu schwingen«, fuhr Ansgar dazwischen, »ich habe ein ernstes Wort mit Thomas zu reden.«

Thomas ließ sich jedoch schnell überzeugen, dass die Brote wirklich nicht so gut schmeckten, und versprach Ansgar, in Zukunft gelegentlich einen Bottich nach alter Machart zu brauen.

Für dieses Bier verwendeten sie aber lediglich die bereits ausgelaugten Treber eines normalen Bieres anstatt frisches Getreide. Dadurch wurde das Bier dünn, farblos und labberig.

»Anderswo nennt man dieses Bier Convent, das ist für die Armen und Pilger«, lachte Thomas. »Zum Brotbacken hingegen ist das Zeug daraus genau richtig.«

Niklas hoffte in den kommenden Wochen, Bernard ab und zu einmal zu treffen, jedoch der volle Tagesablauf und die viele Arbeit ließen das nicht zu. Nur beim gemeinsamen Gebet sah man sich gelegentlich.

Das hopfenlose Bier nannten sie Gruit. Diesen Namen hatte Thomas einmal einen reisenden Mönch sagen hören, der zu Besuch im Kloster weilte. Erst später sollte Niklas lernen, dass man unter Gruit in jeder Region etwas anderes verstand. In jeder Region wuchsen andere Kräuter, die sich als Bierwürze eigneten, und so hatte jeder Brauer, wie schon seine Mutter, sein eigenes Gemisch. Eines freilich war allen Gruitbieren gemeinsam: Sie wurden nach alter Machart, ohne Hopfen, hergestellt.

Eines Tages sagte Niklas zu Bruder Thomas:

»Wenn ich einmal größer bin, in ein paar Jahren, dann werde ich diese Hildegard von Bingen besuchen. Sie scheint viel zu wissen, was uns nutzen kann. Ist es weit nach Bingen?«

Thomas fing an zu lachen und erwiderte:

»Es ist nicht nur weit bis nach Bingen, etwa zehn Tagereisen, sondern du kämst auch viel zu spät. Die edle Hildegard ist schon lange tot. Die Menschen verehren sie dennoch fast wie eine Heilige.«

Niklas bat um ein paar Geschichten aus dem Leben von Hildegard. Thomas erzählte, was er wusste. Und das war nicht wenig.

»Wir haben in unserer Bibliothek ein paar Aufzeichnungen und Briefe über sie. Hildegard wurde sehr alt, über 80 Jahre. Sie war Leiterin des Klosters auf dem Rupertsberg bei Bingen und gründete weitere Klöster. Sie schrieb viel, ihre Werke sind sehr bedeutend nicht nur für die Kirche, sondern auch für die Wissenschaft und die Medizin. Sie schrieb neben Gesängen und Visionen auch über die Heilkraft von Pflanzen, Tieren und Steinen. Ihre Bücher ›Physica‹ und ›Causae et Curae‹ sind in jedem Kloster vorhanden. Zum Fasten hatte sie eine gänzlich andere Einstellung als einige unserer Brüder; obwohl sie gelegentlich gerne Bier trank, schätzte sie das Fasten, weil es ›Türen nach innen öffnet‹.

Was für uns Brauer interessant ist, ist die Tatsache, dass sie als eine der Ersten über diese Hopphopflanze geschrieben hat, der sie diesen Namen gegeben hat. Sie starb nach einem großen Leben im Jahre 1179, also vor 82 Jahren. So, das sollte reichen. Mehr weiß ich im Moment nicht. Wenn du mehr wissen willst, schau in unserer Bibliothek nach.«

Niklas nahm sich das fest vor, kam allerdings in den nächsten Wochen nicht mehr dazu. Das Thema Hopfen beschäftigte ihn nicht weiter; der Gebrauch dieser Pflanze wurde zur Selbstverständlichkeit. Dies sollte noch einige Jahre so bleiben, zumindest, solange er in Urbrach war.

4

DIE NEUE REGELMÄSSIGKEIT beim Brauen erlaubte es Niklas, weit schneller und weit mehr, als bis dahin für einen Lehrjungen üblich, zu lernen. Die wiederkehrenden Abläufe des Schrotens mit dem Mörser und des Maischens erledigte er bald schon mit einer Routine, die Bruder Thomas staunen ließ.

Und eines Tages nahm er Niklas mit auf den geheimnisvollen Getreideboden.

Dort angekommen, forderte er Niklas auf:

»Beschreibe mir einmal, was du hier siehst!«

Niklas erkannte einen großen Haufen frischer Gerste, daneben einen zweiten mit der etwas anderen, dunkleren Gerste. Außerdem stand auf dem Boden ein großer Waschzuber und in einer anderen Ecke lag eine Fuhre nasser Gerste, deren etwas modriger und erdiger Duft in seine Nase stieg.

Im Nebenraum sah Niklas einen großen Verschlag, der ein wenig wie ein Ofen aussah und auch ein wenig rauchig, brenzlig roch, jedoch größer war. Auf diesem Ofen befand sich eine Art Plattform. All das teilte Niklas seinem Lehrmeister mit und fragte erstaunt:

»Was geht hier vor, Bruder Thomas?«

Dieser zeigte auf die frische Gerste und meinte:

»Ich nehme hier nur vorweg, was du früher mit deiner Mutter beim Brotbacken mit der Gerste getan hast. Ich weiche die Gerste in Wasser ein und lege sie hier auf den Boden, der auch Tenne genannt wird; daraufhin fangen die Körner an zu leben und zu wachsen. Das Korn wird weich, genau wie beim Backen. Man muss die nasse Gerste nur regelmäßig durch und durch wenden, so wie jetzt«, er nahm eine große Schaufel und wendete die Gerste einmal kräftig von unten nach oben, »sonst wird sie schlecht.«

Danach fuhr er fort: »Nach ein paar Tagen wird die nasse, belebte Gerste auf diesem Ofen getrocknet, den wir Darre nennen. Dadurch wird die Gerste wieder haltbar und ist zum Bierbrauen bestens geeignet. Hier, koste mal davon.«

Er reichte seinem Lehrjungen einige Körner und der erkannte sofort, dass sie süßer schmeckten als normale Gerste.

»Die Körner werden beim Backen süßer und dunkler, dem Bier ähnlich. Und das Gleiche passiert hier, wir können jedoch alles Getreide verwenden und müssen nichts erst außen anbrennen lassen, um das Innere zu nutzen. Außerdem werden die Körner erheblich haltbarer. Ich kann sie noch nach Monaten verwenden!«

Niklas erkannte gleich die große Bedeutung dessen, was Thomas ihm hier gezeigt hatte.

Im zweiten Jahr, als Niklas in Urbrach war, beschlossen die Brüder, eine neue Mühle zu bauen. Die alte Mühle war eine Reibmühle mit zwei runden Steinen. Einer der Brüder hatte auf einer Wallfahrt einen neuen Mühlentyp gesehen und sich Notizen darüber gemacht. Nach dieser Vorlage sollte jetzt gebaut werden. Es dauerte einige Wochen, den mächtigen Ständer mit seinen Kreuzstreben und Kreuzschwellen zu errichten. Die großen Windflügel waren danach aber schon von Weitem zu sehen. Nach Abschluss der Bauarbeiten durfte auch Niklas die neue Mühle besichtigen. Thomas führte ihn herum.

»Hier siehst du den Bodenstein mit dem Zapfen, der daraus hervorschaut. Auf diesem Zapfen hängt jetzt der Läuferstein. Der kann nun frei pendeln und dadurch viel besser mahlen. Man nennt diesen neuen Typus Schwenkmühle. Aber die größte Neuerung ist, dass der ganze Raum, in dem wir stehen, dieser Mühlenkasten, sich im Wind mitdreht. Dadurch kann unser Molinarius die Mühle immer in den Wind stellen und ist nicht länger auf die Windrichtung angewiesen.«

Auch hier dachte sich Niklas, dass diese Neuerung ihm in Zukunft in der Brauerei behilflich sein könnte.

Drei Jahre gingen vorbei. Niklas war immer noch mit Leib und Seele Bierbrauer. Die klösterlichen Pflichten verrichtete er mehr schlecht als recht, gerade so, um nicht aufzufallen, er zeigte aber keine übermäßige Begeisterung.

Im Jahre 1264 beschloss Abt Kilian, die Brauerei zu vergrößern und teilweise neu zu bauen. Bei dieser Gelegenheit bat er die Brüder Thomas und Niklas zum Gespräch.

»Ich bin sehr zufrieden mit der Art und Weise, wie ihr beide die Brauerei betreibt. Aber vergesst ihr nicht manchmal die Dinge der Kirche und des Glaubens? Etwas mehr Freude, Demut und Gottesfurcht hierbei stünde auch euch beiden gut zu Gesicht!«

Die Angesprochenen blickten betroffen zu Boden, entschuldigten sich und versprachen Besserung. Sie wussten, dass ihre Arbeit für das Kloster unabdingbar war und Kilian sie unmöglich aus der Brauerei versetzen konnte. Die Gelegenheit, die Brauerei nach ihren Vorstellungen zu erweitern, musste genutzt werden.

Kilian fragte die Brüder nach ihren Ideen und besonders Niklas vergaß alle Demut und sprudelte nur so über:

Er würde die großen Maischbottiche einen über den anderen stellen, aber trotzdem nebeneinander.

»So, dass wir den oberen noch leichter über einen Hebel umkippen könnten zum Ausleeren in den niedrigeren. Vielleicht finden wir auch einen Weg, um das Abseihen der Maische mit den Weidenkörben zu erleichtern.«

Außerdem würde er einen festen, gemauerten Ofen unter dem niedrigeren Bottich bauen, »damit man gleich gut einheizen kann und nicht immer mit heißem Wasser aufgießen muss«.

Daraufhin staunte Kilian nur und sagte:

»Und wie willst du den Boden machen, wenn auf der unteren Seite das Feuer ist und darüber unsere Maische? Es gibt noch keine Methode, so große Töpfe aus Eisen zu bauen, wie wir sie hier benötigen. Zumindest keine Töpfe, die dicht sind. Wie wir das Abseihen erleichtern wollen, das könnt ihr euch ja in nächster Zeit überlegen. Deine Vorschläge sind gut, aber zu viele Neuerungen erwecken Misstrauen bei unseren Mitbrüdern. Lasst uns daher nur die wichtigsten umsetzen.«

Und so wurde die neue Brauerei nur mit teilweisen Verbesserungen gebaut.

Jedoch besonders die neue Anordnung der Maischbottiche zeigte große Vorteile. Bei den Mengen, die sie mittlerweile produzierten, wäre es nicht mehr so leicht gewesen, einen Bottich in den nächsten umzufüllen, wenn die beiden auf gleicher Ebene gestanden hätten. So aber war es recht einfach.

Nur das Zubrühen mit kochend heißem Wasser war nach wie vor mühsam. Da hatten sie trotz vieler Überlegungen noch keinen anderen Weg gefunden.

Niklas machte sich weiterhin Gedanken, wie man die festen und flüssigen Bestandteile voneinander trennen könnte. Sie und eigentlich alle anderen Brauer fischten mit Körben die festen Bestandteile der Körner aus der heißen Flüssigkeit heraus. Das war nicht nur mühsam, sondern ließ immer viel zu viele Körner in dem Sud zurück.

Als sie mit dem Maischen wieder einmal so weit fertig waren, dass der Bottich praktisch leer war und nur die letzten Reste der festen Bestandteile darin lagen, lehnte sich Niklas wie immer ganz tief in den Bottich, in der Hand einen kleinen Abseihkorb.

Während er mit dem Korb hantierte, blieb sein Blick plötzlich an einem Zeichen hängen, das in den Bottichboden eingebrannt war. Es war ihm vorher noch niemals aufgefallen. Er hielt das Zeichen zuerst für den Stempel des Tischlers, der den Bottich gezimmert hatte.

Aber dann müsste er es schon des Öfteren gesehen haben, da alle Tische, Stühle und Schränke vom gleichen Tischler gemacht waren. Das seltsame Zeichen bestand aus zwei Dreiecken, die so ineinander gelegt waren, dass sie einen sechszackigen Stern bildeten.

Niklas erinnerte sich plötzlich, dass er dieses Zeichen bereits zweimal gesehen hatte. Einmal zu Hause in Hahnfurt, dort hatte seine Mutter eines Tages einen derartigen Stern, aus Holz geschnitzt, über die Tür gehängt. Zum zweiten Mal war ihm dieses Symbol aufgefallen, als er mit seinem Vater nach Urbrach unterwegs gewesen war. Sein Vater hatte auf das Schild gezeigt und gemurmelt: »Dort wohnt ein Geldverleiher, ein Jude, ein Christusmörder.«

Wie kam dieses Zeichen hierher in die Brauerei? Wie passte es zu seiner Mutter? Und wieso deutete es auf einen jüdischen Geldverleiher?

Niklas' Gedanken schwirrten umher, er wollte nach Antworten suchen.

Aber wo?

Der ›Pyrprew Herrtel‹ aus der Chronik von Konrad Mendel (1388) ist die älteste Darstellung eines deutschen Bierbrauers. Man beachte den Stern links oben.

5

Eine günstige Gelegenheit zum Fragen ergab sich am nächsten Brautag. Niklas ging wie immer zum Maischbottich, um die zerkleinerten Malzkörner hineinzuschütten. Er tat so, als entdecke er das Zeichen zum ersten Mal, und fragte Thomas ganz arglos:

»Wer war denn eigentlich der Zimmermann, der als Zeichen seiner Arbeit hier drin den sechszackigen Stern hinterlassen hat?«

Thomas schaute ernst, zu ernst, wie Niklas fand, und sagte:

»Ich weiß nicht, ob ich dir das schon sagen kann. Es kann sein, dass du bereit bist, aber ich muss noch einmal darüber schlafen. Wenn ich über Nacht zu dem Entschluss komme, dich in dieses Symbol einzuweihen, musst du mir ewiges Stillschweigen versprechen.«

Niklas spürte, wie sein Herz bebte!

Noch ein Geheimnis!

Er antwortete sofort, ohne lange nachzudenken:

»Sicher doch. Was immer das Geheimnis ist, bei mir ist es gut aufgehoben.«

Er schlief unruhig in dieser Nacht und dachte voller Hoffnung an den nächsten Tag.

Sie trafen frühmorgens im Brauhaus ein, doch Thomas nahm ihn gleich mit in die Bibliothek.

»Hier können wir zur Not nachlesen, falls dir nicht ausreicht, was ich dir an Wissenswertem zu diesem Zeichen erklären kann. Aber nun sag mir bitte, ob du ein solches Hexagramm, wie der sechszackige Stern auch heißt, schon einmal gesehen hast?«

Niklas erzählte von seiner Mutter und von dem jüdischen Geldverleiher.

Thomas hielt die Hände vor seinen Bauch, dessen Konturen durch die Kutte gut zu erkennen waren, dann wackelte er mit seinem fast kahlen Kopf hin und her.

»Ich glaube, du hast da etwas verwechselt. Bist du sicher, dass der Stern von deiner Mutter sechs Zacken hatte? Ich vermute, dass sie einen Fünfzack, ein Pentagramm, über die Tür gehängt hat. Dieses Pentagramm ist ein Zeichen des Aberglaubens, eines der ältesten überhaupt. Andere Namen dafür sind Drudenfuß, Nornenstapfe oder Maarfuß. Wenn du später einmal die Namen Signum Sanitatis oder Pentakel hören solltest, auch die sind gleichbedeutend mit dem Pentagramm. Damit du nicht denkst, ich wüsste dies alles auswendig: Die Frist von einer Nacht habe ich gebraucht, um noch einmal alles nachzulesen, was ich dir heute erzählen möchte.«

Er holte tief Luft und fuhr fort:

»Das Pentagramm war bei den alten Griechen ein Symbol für Gesundheit und Kraft, später zusätzlich für Vernunft, Denken und den Wahrheit suchenden Geist.

Die fünf Zacken stehen für die fünf Elemente: Feuer, Wasser, Luft, Erde und Geist.

Auf dem Kopf stehend, war es jedoch immer ein Symbol für Schwarze Magie und Hexerei.

Und hier hat sich wahrscheinlich deine leichtgläubige Mutter zu einem Aberglauben verleiten lassen.

Sie glaubte wohl, damit böse Geister von eurem Haus fernhalten zu können. Diese dummen Aberglauben sind sogar in heutigen, christlichen Zeiten leider noch weit verbreitet.

Aber in jedem Falle ist das Pentagramm kein Symbol Gottes und der Kirche, im schlimmsten Falle ist es ein Zei-

chen des Teufels. Also, halte dich davon fern und achte genau
darauf, es nicht zu verwechseln.«

Bruder Thomas legte eine kurze Pause ein, trank einen
Schluck Bier aus dem Krug, den er mitgebracht hatte, und
fuhr weiter fort:

»Das Zeichen, bei welchem dein Vater wohl abfällig ›Jude‹
gesagt hat, ist dieser Sechszack. Lass mich dir erklären, welche Verbindung das Judentum mit unserem Maischbottich
hat.

Dieses Zeichen ist uralt, wahrscheinlich älter als das Pentagramm. Es wurde überliefert von den Stämmen der Semiten,
aus deren Reihen ja der König David hervorging.

Daher wird das Hexagramm auch Davidstern genannt.
Überliefert ist ebenso, dass der Stern im Siegelring König
Salomos eingeschnitten gewesen war. Die zwölf Stämme
Israels werden durch die zwölf äußeren Ecken des Sterns
symbolisiert.«

Niklas gähnte verstohlen, er verstand nicht, was hier so
geheimnisvoll sein sollte. Er wollte keine Bibelstunde, er
wollte ein großes Geheimnis erfahren – und nun dies!

»Gedulde dich noch kurz, bald wirst du den Zusammenhang verstehen«, versprach Thomas.

»Im Laufe der Jahrhunderte wurde der Davidstern zum
Zeichen des jüdischen Glaubens. Da die Juden bestimmte
Berufe ausüben dürfen, die Christenmenschen verboten
sind, ist es einfach, dies mit dem Davidstern anzuzeigen.
Zu diesen Berufen gehört unter anderem, Geld gegen Zin-
sen zu verleihen, was guten Christenmenschen zum Glück
untersagt ist. Solltest du also einmal Geld brauchen, was
Gott verhüten möge, musst du lediglich nach diesem Stern
suchen.«

Niklas stand die Ungeduld ins Gesicht geschrieben.

»Warte, gleich bin ich so weit«, sagte Thomas. »Das Hexagramm wird ebenfalls seit langer Zeit als Symbol gegen böse

Dämonen verwendet. Dies ist natürlich genauso Aberglauben, aber immerhin keine schwarze Magie. Und damit wären wir am Ende der ersten Lektion. Die diente eigentlich nur dazu, dir zu zeigen, was das Hexagramm in der Brauerei n i c h t ist. Verstehst du?«

Niklas schüttelte enttäuscht den Kopf. Er verstand überhaupt nichts. Nicht mit einem Wort hatte Bruder Thomas ihm erklärt, wie das Zeichen in den Bottich gekommen war, und nichts von dieser Lektion hatte nach einem Geheimnis geklungen.

Thomas lachte und sagte:

»Sei nicht unglücklich, wir sind ja noch nicht fertig. Jetzt kommt der spannende Teil:

Vor etwa 400 Jahren wurde in den ersten Klöstern zum ersten Male Bier gebraut. Was diese Brüder ›Bier brauen‹ nannten, unterschied sich stark von allem, was bis dato als Bier bekannt war.

Und natürlich gab es auch damals schon gute und schlechte Brauer. Ebenso gab es Brauer, die ihr Wissen aus eigenem Antrieb erweiterten, und Brauer, die ihr Wissen lieber von anderen stahlen. Innerhalb weniger Jahre entstand ein Zirkel von Klosterbrauern, die untereinander neue Erkenntnisse, Erfahrungen und Erfindungen austauschten und die sich mit einem Eid vor dem allmächtigen Gott verpflichtet hatten, immer nur das bestmögliche Bier zu brauen und niemals Bier mit neuen Kräutern oder Wurzeln zu versetzen, ohne dass man sie vorher an der eigenen Person ausprobiert hatte.

Auf diese Weise wollte man sich von denen absondern, die Bier als vulgäres, billiges Gesöff betrachteten oder deren Bier so schlecht war, dass die Brauer eine Gefahr für die Menschen darstellten.

Und damit man erkannte, wer zum Zirkel dieser ›Reinen Brauer‹ gehört, brauchte es ein geheimes Zeichen. Aus irgendeinem Grund, frag mich bitte nicht warum, fiel die Wahl auf das Hexagramm.

Ich habe sagen hören, der Stern stehe für unsere wichtigen Brau-Elemente: Die Erde, auf der wir beim Brauen stehen, das Wasser, welches ein wichtiger Teil des Bieres ist, die Luft, die das Bier gären macht und das Feuer, das uns die Würze kocht. Die beiden anderen Zacken symbolisieren angeblich unsere beiden Rohstoffe:

Das Korn, aus dem die Essenz des Bieres kommt, und die Kräuter, beziehungsweise heute der Hopfen, der dem Bier die Würze gibt.

Ich weiß nicht, ob es stimmt. Aber an diesem Stern kannst du erkennen, ob ein Brauer unserem Ethos verpflichtet ist.

Solltest du später in deinem Leben einmal andere Brauhäuser besuchen, schau im Maischbottich nach, ob du das Hexagramm findest.«

Dann sah er Niklas mit feierlicher Miene an und nahm ihm das Gelöbnis ab, zu den ›Reinen Brauern‹ zu gehören.

»Dieser Eid bindet dich ein Leben lang.«

Niklas versprach, immer fest zu dieser Verpflichtung zu stehen, obwohl er nicht ahnen konnte, auf wie viele Proben diese Standfestigkeit in seinem weiteren Leben noch gestellt werden würde.

6

AN EINEM MORGEN Anfang März 1265 verzögerte sich das Maischen um eine Weile. In der Regel teilten sie die Arbeit so ein, dass sie beide während des Brauens eine Pause einlegen konnten, um zu Tisch zu gehen. Während Niklas noch mit dem Mörser hantierte, hatte Thomas seinen Teil der Arbeit schon erledigt.

»Ich gehe zu Tisch«, sagte er, »du kommst dann nach.«

Bis Niklas zum Essen erschien, hatten die anderen ihre Mahlzeit bereits beendet und Thomas kehrte ins Brauhaus zurück. Niklas aß allein, ging dann wieder ins Brauhaus, konnte aber Bruder Thomas nicht finden.

Niklas rief nach ihm und lief umher, um ihn zu suchen. Noch nie hatte er seine Arbeit mittendrin verlassen; das heiße Wasser hätte längst aufgegossen werden sollen! Schließlich lief er zum Maischbottich, da erblickte er ihn. Es sah aus wie ein Bild aus der Hölle!

Thomas war anscheinend auf dem Podest gestolpert und mit dem heißen Kessel in den Händen in den Bottich gefallen.

Seine Augen starrten leblos aus dem roten, verbrühten Gesicht. Von den Knien an aufwärts lag er im Bottich mit der heißen Maische, nur seine Füße ragten über den Rand. Kein Zweifel, er war tot!

Der verdrehte Oberkörper und die am Bottichrand festgekrallten Hände zeigten Niklas, dass sein tapferer Lehrmeister noch um sein Leben gekämpft hatte, bevor die Verbrühungen ihm so zugesetzt hatten, dass er aufgab.

Da das neue Brauhaus großzügig bemessen worden war, lag es etwas abseits. Bestimmt hatte Bruder Thomas nach

Hilfe gebrüllt und gerade da war er, Niklas, nicht da gewesen.

Unfähig, einen klaren Gedanken zu fassen, stand er da und bemerkte, wie ihm die Tränen die Backen hinabliefen. Er wusste nicht mehr, wie lange er so dagestanden hatte. Schließlich riss er sich zusammen und ging näher an die Leiche heran. Er überlegte, ob er sie allein aus dem Bottich ziehen könnte oder ob er Hilfe holen sollte.

Während er so davor stand und mit sich rang, betrat plötzlich Bernard von Dauerling das Brauhaus. Voller Schrecken erfasste er schnell die Situation und lief los, um Ansgar und andere Helfer herbeizuholen.

Mit vier Mann hievten sie den heißen, verbrühten Körper aus dem Bottich heraus und legten ihn auf den Boden.

»Weißt du, wie das passiert ist?«, herrschte Ansgar Niklas an. »Oder warst es am Ende du, der ihm einen heimtückischen Stoß versetzt hat? Du kannst wohl nicht schnell genug Vorsteher der Brauerei werden?«

Die älteren Männer befragten auch Bernard, ob er etwas gesehen habe, was dieser verneinte. Er gab Niklas mit der Hand ein kurzes Zeichen und grinste ihn mit seinen schiefen Zähnen an, was Niklas so verstand, dass Bernard ihm helfen wollte.

Niklas stand den Vorwürfen völlig fassungslos gegenüber. Er hätte niemals nur im Traum daran gedacht, dass ihm so etwas passieren könnte. Alles, was er die letzten sechs Jahre gelernt hatte, erschien ihm mit einem Mal bedeutungslos.

Erstaunlicherweise fühlte er sich mitschuldig am Tod seines Lehrers.

Am nächsten Tag kamen alle Bewohner des Klosters zusammen. Abt Kilian betrauerte den Tod von Bruder Thomas, lobte seinen Charakter, seinen Glauben und seine Brauerkenntnisse und verkündete die Vorkehrungen zu seinem Begräbnis.

Dann wandte er sich vor dem versammelten Kapitel an Niklas:

»Niklas, du bist jetzt einige Jahre bei uns hier in Urbrach. Niemals hast du dir etwas zuschulden kommen lassen. Einige unserer Brüder«, mit einem kurzen Seitenblick auf Ansgar, »behaupten, dass du an dem Unfall nicht ganz unschuldig gewesen seist. Ich meine zu sehen, dass deine Trauer echt ist, und glaube dir, dass dich an diesem grauenhaften Unfall keine Schuld trifft. Dennoch gibt es Regeln hier im Kloster. Und eine davon besagt, dass im Fall einer unbewiesenen Anschuldigung ein Gottesurteil zur Anwendung kommt. Diese Vorschrift ist sehr alt und sehr unüblich, und ein Gottesurteil wurde hier bei uns in Urbrach noch niemals ausgeführt. Trotzdem frage ich dich: Wirst du dich diesem Urteil stellen, egal, wie es aussieht und wie es ausgeht? Du solltest wissen, dass aufgrund eines Gottesurteils niemand verurteilt werden kann. Eine Schuldaussage in diesem Falle gilt lediglich innerhalb unseres Ordens. Das Schlimmste, was dir geschehen kann, ist die Verbannung aus Urbrach.«

Niklas zögerte kurz.

»Wenn es Euer Wunsch ist und ich dadurch meine Unschuld beweisen kann, werde ich jedes Gottesurteil annehmen.«

Kilian fuhr fort:

»Wir werden morgen nach der Vesper zusammenkommen, um das Urteil zu vollstrecken.«

Damit war die Versammlung beendet und Niklas verbrachte eine schlaflose Nacht. Er hatte schon von Gottesurteilen gehört, aber nie geglaubt, dass es einmal ihn treffen würde. Es gab zum Beispiel die Methode, jemanden in den Teich zu werfen. Schwamm man oben, war er oder sie schuldig; ging er oder sie unter, galt es als Zeichen der Unschuld.

74

Niklas hoffte nur, dass Kilian sich ein Gottesurteil ausdachte, bei dem er eine Möglichkeit hatte, mit heiler Haut herauszukommen.

Der nachfolgende Tag tröpfelte für Niklas zäh dahin. Er wünschte sich nichts sehnlicher, als die kommende Herausforderung schon abgeschlossen zu haben.

Schließlich war es so weit.

Kilian und fünf ausgesuchte Brüder kamen, um ihn abzuholen. Rainald, der Prior Karlmann, ein anderer Kilian, Otto und Michael waren gemeinsam mit dem Abt die ältesten und klügsten Mönche.

Sie gingen zusammen in die Brauerei, in der trotz der aus diesem Anlass verhängten Braupause alle Öfen brannten.

Kilian stellte sich vor Niklas:

»Wir haben lange überlegt, welches Gottesurteil wir dir zukommen lassen. Dabei sind wir zu dem Entschluss gelangt, dass es etwas mit dem Vergehen zu tun haben sollte, dessen man dich bezichtigt. Bruder Thomas ist in der Maische verbrannt, daher wollen wir sehen, ob du der Hitze besser standhalten kannst.«

Niklas fuhr der Schreck in alle Glieder und er konnte einen Schrei gerade noch unterdrücken.

»Wir werden gleich einen heißen, glühenden Stein aus dem Ofen holen und in deine Hand legen. Hältst du den Stein so lange fest, wie diese Sanduhr hier läuft, hat Gott dich diese Prüfung bestehen lassen. Lässt du ihn fallen, musst du uns verlassen.«

Niklas nickte mit dem Kopf, holte tief Luft und versuchte, sich gegen den überwältigenden Schmerz zu wappnen, der ihn gleich erwartete. Einer der Brüder ging zum Ofen, holte mit der Zange einen faustgroßen Stein heraus und kam näher.

Die Sanduhr wurde umgedreht.

Dann setzte der Schmerz ein!

Niklas schrie auf und versuchte mit allen Mitteln, seine Beherrschung zu behalten und den Stein nicht fallen zu lassen.

Und genauso plötzlich, wie der Schmerz gekommen war, war er auch schon wieder vorbei.

Mit einem Mal erkannte Niklas, dass dies nicht viel schlimmer war als dutzende Male vorher, wenn die heiße Maische über seine Hand lief.

Die Hornhaut, die sich über die Jahre auf seiner Hand gebildet hatte, war ihm endlich von Nutzen: Es schmerzte, jedoch nicht so, dass er es nicht aushalten konnte.

Die Sanduhr lief schneller leer, als er dachte. Die sechs Brüder, die im Halbkreis um ihn standen, sahen ihn mit Verwunderung an, unter die sich Achtung mischte.

Kilian entnahm den abgekühlten Stein aus Niklas' Hand. Ein anderer Bruder schüttete kaltes Wasser über die Hand, legte einige kühlende, minzeartig duftende Kräuter darauf und wickelte ein Tuch darum.

Kilian meinte:

»Ich weiß nicht, wie du es geschafft hast, doch es ist deutlich, dass du den Gottesbeweis eindeutig für dich entschieden hast. Von heute an bist du der Vorsteher unserer Kloster-Brauerei. Und unserem Bruder Ansgar wird ein wenig Eremitendasein gut tun. Vier Wochen lang soll er fasten und beten. Bernard soll in dieser Zeit unsere Brote allein backen.«

7

NIKLAS BEMÜHTE SICH in den folgenden Wochen mit unglaublichem Arbeitseinsatz in der Brauerei, das Geschehene vergessen zu machen. Sein Bier war besser als je zuvor, die meisten Brüder lobten ihn auch dafür.

Aber immer wieder gab es Sticheleien und hinterhältige Bemerkungen. Besonders Ansgar, den der Monat verordneter Klausur nicht geläutert hatte, bewegte sich mit seinen Sprüchen oft am Rande der Beleidigung.

Wenn es ihn in die Brauerei verschlug, um Hefe oder anderes abzuholen, ging er nie zu Niklas, sondern fragte immer zuerst einen der zwei neuen Brauernovizen, die Niklas mittlerweile zugeteilt worden waren.

Musste er durch die Brauerei gehen, machte er demonstrativ einen großen Bogen um die Maischbottiche, so als fürchte er, hineingestoßen zu werden.

War Niklas in der Nähe, machte Ansgar vor den Brauerjungen Bemerkungen wie »Pass doch auf mit der Maische, fast hättest du mich verbrüht!« oder »Sieh dich vor, dass du niemals alleine mit deinem Meister hier bist!«.

Ab und zu gerieten die beiden aneinander, standen sich gegenüber und rempelten sich wie junge Hirsche an, zu Gewalttätigkeiten oder Schlägereien kam es zum Glück aber nie. Zu sehr respektierten beide die Klosterordnung, die solches nicht toleriert hätte.

Wenn Niklas einmal mit Bernard zusammentraf, was selten genug vorkam, lästerten sie beide über Ansgar, wenngleich aus unterschiedlichen Gründen. Für Bernard war Ansgar ein harter Lehrmeister, der sogar vor Schlägen nicht zurückschreckte. Bernard ließ niemals durchblicken, ob er

Niklas um Thomas beneidet hatte. Eigentlich war Niklas als Vorsteher der Brauerei schon weiter als Bernard, der sich Ansgar unterordnen musste.

Da beide das Interesse an Getreide und dem, was man daraus machen konnte, teilten, gab es immer etwas zu reden. Bei einer dieser Gelegenheiten erzählte er Bernard von den ›Reinen Brauern‹ und fragte, ob es so etwas wie die ›Reinen Bäcker‹ gäbe. Bernard lachte, konnte ihm darauf jedoch keine Antwort geben.

»Da, wo man das Brot verkauft, wird ganz sicher immer betrogen und gelogen. Bei uns hingegen nicht, da wir nur unser eigenes Getreide verbacken und wir nur unserer Brüderschaft verpflichtet sind.«

Er versprach Niklas dennoch, einmal auf Zeichen zu achten, die auf einen Geheimbund der Bäcker hindeuten könnten.

Niklas war zwar nicht auf Streit mit Ansgar aus, vernachlässigte jedoch mit Absicht die Pflege des Gruit-Zeugs, welches Ansgar dringend für sein Brot benötigte. Da Ansgar es nicht wagte, Niklas offen anzugreifen, war dies eine gute Möglichkeit für Niklas, es ihm heimzuzahlen.

Tatsächlich wurde das Hefebrot immer schlechter und schlechter. Anfangs suchten die Brüder Ersatz, indem sie mehr Bier tranken.

Eines Tages aber wurde es Kilian zu viel. Er ließ die beiden Streithähne zu sich kommen und gab ihnen eine Woche Zeit, ihre Probleme zu schlichten. Sollte bis dahin keine Einigung erzielt sein, würde er eine Entscheidung treffen.

Niklas aber hatte bereits heimlich begonnen, sich nach einer neuen Brauerei und somit einem neuen Kloster umzuhören.

Er war die täglichen Grabenkämpfe und Sticheleien leid. Auch wenn er fühlte, dass die Mehrheit der Brüder im Kloster Urbrach auf seiner Seite war und sein Bier sehr schätzte, war dennoch keiner stark genug, Ansgar die Stirn zu bieten und ihm vor versammelter Gemeinschaft entgegenzutreten. Sogar auf Bernard konnte er hierbei nicht zählen, der war selber zu jung und ohne Einfluss auf Ansgar. Außerdem, so vermutete Niklas, war sogar Bernard als Bäcker mittlerweile wütend auf ihn wegen der Qualität des Zeugs. Nur, wie sollte er einen Abschied inszenieren, bei dem er in Würde gehen konnte? Wie konnte er Kilian überzeugen, dass er ungern ginge, es aber für das Kloster das Beste wäre? Er wollte einfach nur hören, dass ihn jemand vermissen würde, wenn er wegginge; und sei es nur um seines Bieres willen.

Nach einigen durchwachten Nächten, in denen er wie im Fieber dalag und über seine Zukunft nachdachte, suchte er schließlich ein Gespräch mit seinem Abt. Niklas beichtete Kilian sein Unbehagen in Urbrach in der letzten Zeit und bat darum, das Kloster verlassen zu dürfen. Kilian bedauerte den Entschluss und fragte, ob er denn die Brauer, die mittlerweile angelernt waren, für ausreichend fähig halte.

»Ich traue beiden zu, die Brauerei gut zu führen. Zwei Jahre mit mir und Thomas sollten genügen.«

»Nun denn, mein lieber Niklas, ich denke, man sollte nicht zu leicht aufgeben, wenn man von einer Sache überzeugt ist. Aber ich sehe dein jugendliches Feuer und deine Ungeduld. Vielleicht kommst du später zu dem Entschluss, dass deine Entscheidung, uns zu verlassen, ein Fehler war. Dann bist du jederzeit wieder in unserer Mitte willkommen. Wir werden dich im Herzen behalten und hoffen, dass du deinen Weg finden wirst.«

Kilian machte eine kurze Pause und sah Niklas fragend an:

»Weißt du denn schon, wohin du gehen möchtest? Unser Orden hat einige andere Klöster, die sicherlich froh wären, einen Brauer wie dich zu haben. Wenn du dich ein paar Wochen geduldest, kann ich Boten aussenden und zusehen, wo du am besten unterkommst.

In der Nähe von Bamberg gibt es das Kloster Ebrach, weiterhin könnte ich dich nach Fürstenfeld vermitteln. Dort gibt es ein recht neues Kloster, das der Regent Ludwig der Zweite, den sie auch den Strengen nennen, vor etwa 20 Jahren gegründet hat.

Dort suchen unsere Mitbrüder immer tüchtige Mönche. Als Drittes könnte ich dir noch meine Vermittlung zum Kloster Heilsbronn in der Nähe von Eichstätt anbieten. Dieses wurde bereits vor über 100 Jahren gegründet, von dem berühmten Bischof Otto von Bamberg. Was sagst du?«

Niklas hörte jedoch eigentlich nur mit halbem Ohr hin, weil er seine Entscheidung bereits getroffen hatte.

»Ich möchte nach Freising gehen. Dort gibt es auf dem Nährberg das Kloster Weihenstephan. Das ist gerade dabei, sich durch sein Bier bekannt zu machen. Es sind zwar Benediktiner, ich hoffe dennoch, dass sie mich aufnehmen werden.«

Kilian war überrascht, als er vor diese vollendeten Tatsachen gestellt wurde. Dann bemerkte er, dass sich Niklas die Sache schon vorher wohl überlegt hatte, und ein Grinsen ging über sein Gesicht.

»Ich hätte mir die lange Rede sparen können. Wie auch immer, ich werde dir einen Brief mitgeben, der dir hoffentlich ein paar Türen öffnet. Wann möchtest du uns verlassen?«

»In zwei Tagen sollte ich reisefertig sein.«

»Geh noch beim Hofmeister vorbei und lass dir ein paar Pfennige für die Reise geben. Der Weg nach Freising ist lang und du wirst nicht immer in anderen Klöstern übernachten können. Ich werde außerdem eine Nachricht an deine Eltern schicken, damit sie Bescheid wissen.«

Niklas bedankte sich und ging.

Am übernächsten Tag war es so weit: Ein kleines Bündel, verschnürt auf dem Rücken, war Niklas' ganzes Gepäck. In einem kleinen Lederbeutel klimperten ein paar Kupferstücke, die Luft war erfüllt von Abschiedsstimmung.

Einige der ihm wohlgesinnten Brüder hatten sich beim Tor versammelt, als er nach fast sechs Jahren das Kloster Urbrach verließ. Bernard war natürlich dabei und drückte ihm zum Abschied die Hand.

»Hoffentlich sehen wir uns einmal wieder«, das waren die einzigen Worte, die er zu hören bekam.

Die anderen Brüder winkten ihm zum Abschied, sagten aber nichts.

Dass Ansgar fehlte, hatte er erwartet.

In dem Moment, wo er die Pforte zur Außenwelt durchschritt, erkannte Niklas plötzlich, dass er zum ersten Mal in seinem Leben überhaupt Geld besaß. Und dass er gerade 18 Jahre alt geworden war.

8

DER WEG NACH FREISING verlief einfach und ohne Schwierigkeiten. Zuerst hielt er sich auf der alten Handelsstraße
von Nürnberg in Richtung Wien. In Neumarkt wandte er
sich nach Süden und überquerte die Altmühl bei Bilingriez
(Beilngries).

Es war April, die gute Reisezeit hatte angefangen. Die
Strafen für Räuber, die sich an Geistlichen oder Ordens-
mitgliedern vergriffen, waren erheblich höher als jene für
Überfälle auf einfache Leute. Somit konnte man sich in einer
Kutte ziemlich sicher fühlen, zumal bekannt war, dass die
Ordensbrüder immer mit wenig Geld und ansonsten nur
mit dem Notwendigsten unterwegs waren.

Die weitere Strecke führte durch das ziemlich sichere
Gebiet der Grafen von Moosburg.

Nach fünf Tagen klopfte er an die Pforte des Klosters
Weihenstephan, übergab den Brief von Abt Kilian und fragte
nach dem Vorsteher. Man ließ ihn ein paar Stunden warten,
ehe er eintreten durfte.

Als er dem Abt endlich gegenüberstand, wusste er, dass
sehr viel von dieser ersten Begegnung abhing. Der Abt war
ungefähr doppelt so dick wie Kilian, nur etwas kleiner. Die
wenigen kurzen, blonden Haare, die ihm die Tonsur gelassen hatte, fielen fast gar nicht auf, sodass er beinahe glatz-
köpfig wirkte. Aber eine dicke, fleischige Nase und ein großer Mund mit erstaunlich vielen und weißen Zähnen ver-
rieten eine gewisse Lebensfreude. Der Mann, wiewohl Abt,
schien gerne zu lachen.

Er stellte sich vor mit dem Namen Arnold, »wie der Abt
Arnold, der dem Bischof Engilbert von Freising seinerzeit

das Brau- und Schankrecht abgehandelt hat. Wir hier im Kloster Weihenstephan haben bereits seit über 200 Jahren die Erlaubnis zum Bierbrauen!«

Arnold hielt den Brief in der Hand.

»Sag mir bitte, warum du zu uns gekommen bist!«

Niklas erzählte seine Geschichte und vom Tode Thomas'. Zusätzlich betonte er noch seine eigene Liebe zum Bierbrauen sowie den guten Ruf, den sich das Kloster Weihenstephan in den letzten 200 Jahren erworben hatte.

»Weißt du, dass wir bei den Benediktinern nach etwas anderen Regeln leben als bei den Zisterziensern? Die Unterschiede sind zwar gering, dennoch sollte dir bewusst sein, dass wir eine andere Ordensgemeinschaft sind.«

Niklas bejahte und gab wieder, was er über die Benediktiner wusste. Das meiste hatte ihm Thomas beigebracht, als er in den Anfängen seiner Zeit in Urbrach stand.

Arnold holte aus:

»Wir Benediktiner haben einige der ältesten und berühmtesten Klöster im ganzen Land gegründet. Klöster wie Benediktbeuren oder Tegernsee sind schon 500 Jahre alt. Es gibt jedoch auch neuere Gründungen wie das Schottenkloster in Würzburg.

Wir Weihenstephaner gehen eigentlich auf den heiligen Korbinian zurück. Das war ein Wanderbischof, der im Jahre 720 auf den Nährberg kam und dort eine Mönchszelle neben der Stephanuskirche errichtete.«

Er lächelte und ergänzte:

»Was unser Korbinian neben seinen heiligen Taten für Tollkühnheiten vollbrachte, erfährst du vielleicht ein andermal.«

Dann fuhr er fort:

»100 Jahre später gründete dann Bischof Hitto unser Kloster. Benediktiner sind erst seit 1021 hier in Weihenstephan. Die Mönche, die vorher hier waren, haben damals alles mitgenommen und wir haben praktisch wieder ganz von vorne angefangen.«

Weiter erklärte er Niklas:

»Nur die Brautradition, nach der du hier in Weihenstephan suchst, ist älter als die Benediktiner. Sogar unsere Vorgänger, die Kanoniker, hatten, aller Askese zum Trotz, bereits Bier hergestellt und gar kein schlechtes, wie uns überliefert wurde.«

Jetzt wedelte Arnold mit dem Brief in der Hand.

»Nun zu dir. Ich habe vorab, bevor ich deinen Brief gelesen habe, von Bruder Thomas' Unfall und den Schuldvorwürfen gegen dich gehört. Ebenso von diesem fragwürdigen Gottesurteil und wie du daraus hervorgegangen bist. Ich verlasse mich dennoch lieber auf meinen persönlichen Eindruck als auf diese Art von Urteil. Und mein erster Eindruck ist, dass du kein Mörder bist. Außerdem sollst du ein guter Brauer sein.

Ich denke, wir werden dich in unserer Mitte willkommen heißen. Du weißt, dass unser Kloster nicht so von Glück gesegnet ist wie Urbrach. Unsere Mauern sind immerhin bereits zweimal abgebrannt.

Die Klostergebäude wurden von den Ungarn im zehnten Jahrhundert zweimal komplett zerstört. Und wir haben aufgrund von Missernten und Hungersnot mehrmals nicht brauen können.

Zudem ist unser Bruder Joachim, der zusammen mit Bruder Peter für die Brauerei zuständig war, am Schwarzen Tod gestorben. Es war schon die zweite Seuche in der Gegend in den letzten 20 Jahren. Bruder Joachim hatte wohl in Freising die Seuche bekommen.

Er war unser Botengänger zum Hof des Herzogs. Nachdem wir ihn aber schnell isoliert und keine weiteren Opfer zu beklagen hatten, hoffen wir, dass Gott mit uns wieder versöhnt ist. Du kannst also versuchen, Bruder Joachims

Posten zu übernehmen. Ich hoffe, dass es dir auch sonst gelingt, dich in unseren Tagesablauf einzufügen. Du wirst bei uns erst zwei Wochen in Klausur gehen müssen, bevor wir dich in unsere Gemeinschaft aufnehmen.«

Die Klausur verging rasch, weil die Brüder auf ihn warteten und er immer wieder Besuch von ihnen bekam. Er unterhielt sich dabei mit ihnen durch die geschlossene Tür.

Einer hieß Leonhard und war laut eigener Aussage der Kellermeister. Er erzählte gerne und viel von der Geschichte des Klosters und kannte viele Anekdoten über Bier und Wein. Er machte Niklas mit der Legende vertraut, dass der heilige Korbinian vor langer Zeit einen Bären, der sein Saumross vor dem Pflug gerissen hatte, mit eigener Hand bändigte, ins Zaumzeug einspannte und mit ihm weiterpflügte.

»Wenn du später einmal im Hospiz vorbeischaust, da hängt eine Steinfigur von Korbinian mit dem Bären von der Decke«, erzählte Leonhard, lachte aber und ergänzte:

»Was der wohl für ein stärkendes Bier getrunken hatte und wie viel davon?«

Niklas stimmte ins Lachen ein und sagte: »Ich will mein Bestes geben, um uns alle mit stärkendem Trunk zu versorgen.«

So kannte Niklas schon einige Namen, als die Tür sich endlich für ihn öffnete.

Er fügte sich schnell in die Gemeinschaft ein, die Mitbrüder waren freundlich und halfen Niklas immer, wenn er etwas wissen musste.

Einige Brüder lästerten sogar über Bruder Peter und sagten, vielleicht könne er, Niklas, ja endlich einmal für trinkbares Bier sorgen. Die Biere von Peter schmeckten zumeist entweder verbrannt oder zu süß und dann bekamen alle Durchfall.

Niklas erkannte wieder einmal, wie die Qualität eines Bieres wirklich wichtig sein konnte für den Tagesablauf einer größeren Gemeinschaft.

Er hatte es mit Bruder Thomas in Urbach gleich zu Beginn so gut getroffen, dass ihm niemals der Gedanke gekommen war, es könnte anderswo schlechter gehen. So trat er zum ersten Arbeitstag in der Brauerei mit Hintergedanken über Bruder Peter an, die nicht freundlich waren.

Es sollte zunächst ganz anders kommen.

Peter begrüßte ihn freundlich. Er war von durchschnittlicher Statur, seine Tonsur zeigte Reste von roten Haaren und im Gesicht zeigten sich Sommersprossen. Als er den Mund öffnete, waren einige Zahnlücken sowie zwei völlig schwarze Zähne zu sehen. Niklas erschrak, wurde durch die freundlichen Worte jedoch schnell wieder abgelenkt.

Beim ersten gemeinsamen Brauen von Niklas mit Bruder Peter nahm dieser aus einem Korb ein paar Dolden und setzte sie dem Sud zu. Niklas stockte der Atem. »Woher kennst du das Geheimnis der Hopfenpflanze?«, fragte er Peter.

Dieser lachte und sagte: »Da ist hier kein Geheimnis hinter. Wir Brauer von Weihenstephan verwenden Hopfen seit fast 500 Jahren. Sogar zu einer Zeit, als das Kloster noch gar kein Braurecht hatte, wurde in einem Garten in der Nähe des Klosters Hopfen angebaut. Der Besitzer bringt uns seither den Zehnten und den Rest kauft das Kloster zum Bierbrauen.

Ich persönlich mag den Hopfen allerdings nicht so, er macht das Bier bitter. Daher braue ich immer einen Sud nach der alten Gruitart und für die Brüder, die es bitter mögen, einen Hopfensud. So haben wir es immer hier gehalten. Es gibt einige Kräuter, die ich viel lieber im Bier mag. Diese Hopfenpflanze hat keine Zukunft beim Bierbrauen.«

Niklas wollte widersprechen, besann sich jedoch eines Besseren. Eines Tages, dachte er bei sich, werde ich dir zeigen, wie man ein perfektes Bier macht.

Zuerst musste er jedoch lernen, sich in Weihenstephan einzuleben. Die Zahl der Gebäude nahm beinah wöchentlich zu; sich da als Neuling zurechtzufinden, war gar nicht einfach. Die Brauerei war nicht so neu und komfortabel wie die in Urbrach.

Das kann ja noch werden, dachte sich Niklas. Wenn ich erst einmal lange genug hier bin, werde ich zeigen, was ich gelernt habe.

Besonders angetan hatte es ihm die Buchmalerwerkstatt, die über die Grenzen des Landes hinaus bekannt war. Immer wieder, wenn er den Mönchen zusah, wie sie, über die Buchdeckel gebeugt, wundervolle Malereien erzeugten, war er fasziniert von der Exaktheit der Zeichnungen, der Fülle der Farben und der Stärke des Ausdrucks.

Wäre ich kein Brauer, wäre das meine Berufung, dachte er sich gelegentlich.

Danach schimpfte er mit sich selber:

»Dummkopf, du hast den schönsten Beruf auf der ganzen Welt. Was willst du noch mehr?«

Sogar die Geschichte Weihenstephans musste er lernen.

Er erfuhr, dass das Kloster seit 1145 seinen Abt frei wählen konnte, nachdem Papst Eugen ihnen das Recht dazu verschafft hatte. Auch die wechselseitigen Besitzverhältnisse waren interessant. Über die Grafen von Scheuern war das Kloster in die Hände der Wittelsbacher gelangt. 1255 hatten diese es jedoch an die Landshuter Herzöge verkauft und dadurch dem Zugriff des Freisinger Bischofs entzogen. Abt Arnold und seine Mitbrüder wurden nicht müde, diese ungewöhnliche Unabhängigkeit immer wieder zu betonen.

Innerhalb kürzester Zeit fühlte sich Niklas sehr wohl in der Weihenstephaner Klostergemeinschaft. Er bemerkte schnell, dass er den Habitus der älteren Mönche annahm, ja sogar nachahmte und in Gesten und Sprache schon bald ein bis dahin nicht gespürtes Selbstbewusstsein an den Tag legte.

9

Dieses Selbstbewusstsein wurde durch die Ergebnisse seiner Brauerarbeit bestätigt und gefördert. Niklas führte, im Gegensatz zu Peter, Buch über die Rezepturen und die entsprechenden Ergebnisse, machte sich Gedanken über neue Rezepturen oder darüber, wie man die bestehenden verbessern könnte.

Bruder Peter machte im Prinzip immer alles gleich: Er braute nur zwei Sorten, mit und ohne Hopfen.

Seine Kräutermischung, die er für das Bier ohne Hopfen verwendete, schmeckte und roch an guten Tagen leicht nussig, ohne dass Niklas wusste, woher der Nussgeschmack kam. An schlechten Tagen hingegen verströmte das Bier einen leicht ranzigen Geruch, dem von faulen Eiern nicht unähnlich. Der Geschmack war ähnlich unangenehm. Aber es gab sogar Brüder, die sich an diese Biere bereits gewöhnt hatten und sie sehr schätzten.

Bei den Gängen in die Klosterbäckerei, um Zeug vorbeizubringen, dachte Niklas des Öfteren an Bernard und wie es ihm in Urbrach und mit Ansgar wohl erging. Er beschloss, bei Gelegenheit einmal einen Brief nach Urbrach zu schicken.

Niklas bemerkte bald, dass die Biere, die er braute, beliebter waren und viel schneller getrunken wurden als die von Bruder Peter. Da er jedoch schon einmal in Urbrach den Eindruck erweckt hatte, zu ehrgeizig zu sein, versuchte er, Bescheidenheit zu zeigen.

Peter nahm diese Bescheidenheit zum Anlass, sich gelegentlich selbst zu überschätzen. Kam ein Mönch in die Brauerei, um ein besonders gelungenes Bier anzusprechen, heuchelte er ebenfalls Bescheidenheit und sagte Dinge wie:

»Ich habe doch immer gesagt, dass es keine Kunst ist, ein gutes Bier zu brauen. Mit Geduld und Sorgfalt ist alles möglich. Sogar Niklas wird das noch lernen, eines Tages.«

Mit großem Interesse sah Niklas, dass Bruder Peter einige Dinge anders machte als Thomas in Urbrach. Zum Beispiel wurde hier die Maische nicht mit heißem Wasser aufgebrüht. Im Brauhaus gab es einen gewaltigen gemauerten Ofen.

Auf einem eisernen Rost lagen einige große Steine über dem Feuer. War es an der Zeit, die Maische heißer zu machen, nahmen zwei Gehilfen mit großen Zangen die Steine und warfen sie in die Maische.

Das zischte und dampfte gefährlich, erfüllte seinen Zweck aber ausgezeichnet. Zuerst nahm Niklas dieses Verfahren nicht ernst, überlegte sich eines Tages jedoch, dass Thomas niemals zu Tode gekommen wäre, hätten sie auf diese Weise gearbeitet.

Außerdem gaben die Steine der Bierwürze und dem späteren Bier ein rauchiges Aroma, das den Bierdurst förderte.

Wieder einmal sah er, dass es zur Behebung eines Problems meistens mehr als eine Lösung gab. Und er schalt sich einen Narren, weil er Bruder Peter unterschätzt hatte. Peter erläuterte ihm die Natur der Steine, wo man sie fand und dass man ganz spezielle Steine suchen müsste, »welche ausreichend Feuer speichern können und nicht zerspringen, wenn sie in die kalte Maische geworfen werden.«

Über die Monate spielte es sich ein, dass Niklas nur noch mit Hopfen braute. Peter machte die Gruitbiere und versorgte die Bäckerei.

Niklas versuchte alles, um seine Rezepturen weiter zu verbessern und stellte Versuche mit dem Hopfen an. Eine Schwierigkeit, die sich beim Hopfen ergab, war die Haltbarkeit. Niklas bemerkte schnell, dass die Wirkstoffe des Hopfens, auf die es ihm ankam, nach ein paar Wochen Lagerung vergingen. Er hatte keine Erklärung dafür. So musste er sich damit behelfen, im Frühjahr, wenn der Hopfen zur Neige ging, immer mehr in die Pfanne zu geben, um die gleiche Bittere zu erreichen.

Da für die Brauerei in Weihenstephan in der Zwischenzeit eine, wenn auch kleine, Mälzerei gebaut worden war, fand Niklas neue Möglichkeiten für seine Versuche.

Er überlegte zum Beispiel:

Wenn das Gerstenkorn durch die Hitze auf der Darre haltbar gemacht werden kann, geht das vielleicht beim Hopfen ebenso.

Er sagte jedoch niemandem etwas von seinen Ideen.

Von der nächsten Hopfenlieferung nahm Niklas einen guten Teil und legte ihn auf die Darre, kurz nachdem dort Malz getrocknet worden war und die Luft noch heiß war.

Am nächsten Tag schlich er in die Darre, nahm den Hopfen und legte ihn in das normale Lager.

Als er dann seinen nächsten Sud braute, setzte er den getrockneten Hopfen zu. Die Ergebnisse waren alles andere als brauchbar. Das Bier war schlapp und die Bittere schmeckte wie ranzige Butter. Die Brüder schimpften und lästerten.

Plötzlich schlug die Waagschale wieder zugunsten von Peter aus. Niklas aber hatte dazugelernt; dieses Mal die Lektion, wie schwankend die Zuneigung der ›Kunden‹ ist, wenn es um den Biergeschmack geht.

Trotzdem beschloss er, nicht aufzugeben.

Sein nächster Versuch ging in die andere Richtung:

Wenn Feuer und Hitze den Hopfen nicht haltbar machen, dann helfen vielleicht Kälte und Dunkelheit?

In den nächsten Wochen redete er viel mit dem Weinkellermeister Leonhard, dessen Anekdoten er schon während seiner anfänglichen Klausur durch die geschlossene Tür kennengelernt hatte.

Die Männer verstanden sich ausgezeichnet, was bei der natürlichen Konkurrenz der beiden nicht ganz zu erwarten gewesen war.

Die Weinkeller waren die kühlsten und dunkelsten Winkel des ganzen Klosters, bis auf die Wintermonate, in denen Eis zum Kühlen des Biers in den Felsenkeller eingelagert wurde. Die Keller rochen sehr intensiv, Niklas war fasziniert von dieser Mischung aus altem Holz, Erde und Wein und verbrachte mehr Zeit darin, als eigentlich für seine Versuche nötig war.

Als er dann die Freundschaft mit Leonhard so weit gefestigt glaubte, dass er es wagen konnte, weihte er ihn in seine Versuche ein. Es war überraschend leicht, ihn zu überzeugen, der Brauerei zur Lagerung des Hopfens eine dunkle Ecke in den Kellergewölben zu überlassen.

Niklas ließ ein paar alte, trockene Holzfässer hinunterbringen und lagerte darin von der nächsten Lieferung einen Teil des Hopfens ein.

Peter bemerkte gar nicht, dass ein guter Teil des Hopfens fehlte, so beschäftigt war er mit der Produktion von Gruitbier.

Im nächsten Frühjahr, als die Experten unter den Biertrinkern erwarteten, dass das Hopfenbier zur Neige ginge oder zumindest immer schlechter würde, erlebten sie eine Überraschung.

Der Hopfen, der jetzt aus dem Keller geholt wurde, war frisch und kräftig, mit einer angenehmen Bittere. Nicht ganz so gut wie ein frischer Hopfen, dennoch weit besser als der abgedarrte oder der normal gelagerte.

Und schon war Niklas wieder obenauf in der Beliebtheit.

Er sagte niemandem etwas von seinen Versuchen, vor allem Peter nicht. Er hatte schon mehrfach erfahren, dass es im Kloster nicht gerade üblich war, Neues oder gar Verbesserungen zu suchen. Die Brüder betrachteten alle Neuerungen mit Misstrauen, da war es ratsam, nicht alles weiterzuerzählen.

In seinem zweiten Jahr in Weihenstephan wurde ihnen eine zusätzliche Arbeitskraft zugeteilt. Albert, ein 14-jähriger Novize, sollte zum Brauer ausgebildet werden.

Obwohl lang aufgeschossen, fast einen Kopf größer als Niklas, stand der Neue stumm und eingeschüchtert da. Er war so schmal, dass Niklas zuerst dachte, dieser Albert sei am Verhungern.

Während Peter grummelte: »Als ob wir nicht genug Arbeit hätten, müssen wir uns noch um so ein Milchgesicht kümmern!«, empfand Niklas sofort Sympathie für den schüchternen, schmächtigen Jungen. Er erinnerte sich an seinen ersten Tag in Urbrach und schwor sich, ein mindestens ebenso guter Lehrmeister zu sein wie der tote Thomas.

Er war zwar nur sechs Jahre älter als Albert, aber das störte ihn nicht.

In der Folgezeit versuchte er, Albert all das beizubringen, was er über das Bierbrauen wusste.

Albert zeigte schnell, dass er wissbegierig war und Neues aufsaugte wie ein Schwamm. Durch das gute Essen hatte er in kurzer Zeit endlich etwas an Körperfülle zugelegt und bald war er derjenige, der die schwersten anstrengenden Tätigkeiten erledigen konnte. Er wuchs zu einem äußerst kräftigen Mann heran und war eine echte Hilfe für Niklas und Peter.

Niklas ermutigte ihn zur Neugier und dazu, Dinge infrage zu stellen. Dabei half ihm unter anderem eine Schrift, die er in der Bibliothek des Klosters gefunden hatte und die er sich vom Librarius ausgeliehen hatte.

Durch die umfangreiche Bibliothek konnte Niklas zum ersten Mal richtig studieren. Er suchte alles, was nur im Entferntesten mit Bier und seinen Rohstoffen zu tun hatte.

Er war dann zu seiner großen Freude auf die Klosterchronik von St. Gallen gestoßen, die ein gewisser Ekkehard dort zu Anfang des elften Jahrhunderts geschrieben hatte. Ein großer Teil seiner Schriften handelte vom Essen und Trinken, ganz besonders vom Bier. Albert und er sogen den Inhalt dieser Schriften förmlich in sich auf. In jeder freien Minute redeten sie über Rezepte, Verfahren, Getreide und Kräuter. Sogar über die Planung einer neuen Brauerei wurde heftig diskutiert.

Neben einer detaillierten Beschreibung der Brauerei erläuterte Ekkehard die angewendeten Verfahren. In einem alten Plan zeigte er ›Granarium, ubi mundatum frumentum servetur et quod at cervisam preparatur‹ – Kornspeicher, wo das Getreide gelagert und zu Bier vorbereitet werden soll.

Hier fand er zum ersten Mal Hinweise über den Vorgang des Mälzens. Zuerst war er enttäuscht, als er erkannte, dass nicht Bruder Thomas das Mälzen erfunden hatte. Dann sah er ein, dass die Erkenntnis einer guten Erfindung und der Nutzen derselben genauso wichtig sind wie die Erfindung an sich. Dennoch beschloss er, dass auch er der Gemeinschaft der Brauer noch die eine oder andere Erfindung schenken wolle.

Ekkehard verwies bei allen Beschreibungen immer gerne auf alte antike Quellen, die offiziell sogar als Ketzerschriften verboten waren, zumindest teilweise. Er kannte die Naturgeschichte von Plinius, in der im Detail vom Mälzen geschrieben wurde. Plinius hatte im ersten Jahrhundert nach Christus, als Erster überhaupt, etwas über den Hopfen geschrieben. Er nannte die Pflanze ›Lupum salictarium‹.

»Lupus, der Wolf und Salix, die Weide? Warum?«, fragte sich Niklas.

Plinius lieferte auch die Erklärung: Weil die Pflanze wie ein Wolf die Weide anfällt und bewächst. Nach Plinius' Meinung taugte sie nur zum Essen, dann aber als Delikatesse.

Die Werke von Zosymos von Panapolis beschrieben den Mälzungsprozess der alten Ägypter. Weiter gab es die Schriften von Orosius, der den Stand des Mälzens und Brauens im sechsten Jahrhundert festgehalten hatte.

Ekkehard erwähnte sie alle und stellte die Entwicklung bis zum elften Jahrhundert für Niklas und Albert sehr anschaulich dar.

Schließlich fanden sie sogar noch eine Notiz über einen Araber-Arzt. Bücher von Heiden wurden gewöhnlich unter Verschluss gehalten, diese Notiz war im Buch von Ekkehard eingeklemmt. Nach diesem Mesue dem Jüngeren reinigte Hopfen das Blut, wie dann später fast überall zu lesen war. Außerdem vertreibe er die Gelbe Galle. Daneben empfahl er Hopfen bei Asthma, Leber- und Milzleiden, gegen Fieber und Entzündungen.

Zum ersten Mal hatte Niklas die Möglichkeit, seine Ideen und Überlegungen jemandem mitzuteilen, ohne Angst davor zu haben, ausgelacht zu werden.

Albert war offen für alles, mit einer großen gegenseitigen Ehrlichkeit zerstörten sie auch manche Idee gleich wieder im Ansatz. Niklas genoss diese Diskussionen sehr und wünschte sich einfach mehr Zeit, um die wichtigsten Argumente von ihnen beiden niederzuschreiben.

10

EINE DER GRÖSSTEN SCHWIERIGKEITEN in jedem Brauhaus war die schnelle Kühlung der heißen, flüssigen Bierwürze. Schon die ersten Brauer hatten bald herausgefunden, dass die Gärung erst losging, wenn die Temperatur weit abgesunken war.

Wie weit, wusste niemand so ganz genau, erfahrene Brauer zum Beispiel fühlten es mit ihren Fingern, die sie kurz eintauchten. Die Bierwürze sollte nicht mehr heißer sein ›als die Luft an einem Sommertag‹, so lautete zum Beispiel eine Redewendung. Bis es so weit war, dauerte es Stunde um Stunde.

Manchmal war die Würze sogar bereits verdorben, bevor die Gärung beginnen konnte. Eigentlich war dies einer der häufigsten Gründe, wenn ein Bier misslang.

Eines Tages hatten er und Albert wieder einen Hopfensud fertig. Sie wussten, jetzt hatten sie viel Zeit, bis der Bottich hinreichend abgekühlt war.

Der Auslauf des Bottichs war mit einem Holzpflock verschlossen. Niklas war bereits früher aufgefallen, dass der Pflock beinahe verfault war und wollte bei Bruder Lothar, dem Zimmermann des Klosters, bald einen neuen Verschluss bestellen.

Während er und Albert in einer anderen Ecke des Brauhauses noch die letzten Vorbereitungen bei den Gärbehältern trafen, löste sich der Pflock und die heiße Bierwürze lief auf den Boden.

Keiner der beiden bemerkte etwas, bis der süßliche, malzige Geruch der frischen, heißen Würze zu ihnen drang. Albert wollte gleich hinlaufen, Niklas hielt ihn, im Gedenken an das, was Bruder Thomas passiert war, behutsam zurück.

»Halt, Albert, es ist gefährlich heiß dort. Lass uns ganz vorsichtig sein, damit wir uns nicht verbrühen.«

Langsam gingen sie um die immer größer werdende Pfütze auf dem Boden herum. Sie hatte schon beängstigende Ausmaße angenommen. Bei dem Versuch, den Pflock aufzuheben, der herausgerutscht und auf den Boden gefallen war, tappte Niklas mit seiner Sandale in die Pfütze hinein.

Albert erwartete einen markerschütternden Schmerzensschrei, der blieb indes aus. Stattdessen tauchte Niklas auch eine Hand erstaunt in die Lache und murmelte:

»Das ist erstaunlich, von der Hitze ist nicht mehr viel übrig geblieben. Wie kommt das?« Erst da verstand Albert, dass Niklas schon weiter gedacht hatte.

In den nächsten Tagen grübelte und experimentierte Niklas herum. Allein die Tatsache, wie es möglich war, die Hitze so schnell aus der Würze herauszunehmen, beflügelte seine Kräfte und seinen Erfindergeist. Er versuchte herauszufinden, ob der Steinboden verantwortlich war für die wundersame Abkühlung. Er baute einen kleinen Bottich aus Stein und verglich die Temperatur mit der eines Holzbottichs. Nein, das konnte nicht der Grund sein!

Schließlich stellte er fest: Die Größe der Pfütze im Vergleich zur Tiefe war das Entscheidende.

Auch auf die Gefahr hin, eine neue Erfindung könnte als Gotteslästerung angesehen werden, ließ er Lothar ins Brauhaus kommen und gab ihm einen Auftrag.

»Bau uns bitte ein Gefäß, das groß genug ist, um den Inhalt von einem großen Bottich aufzunehmen. Gleichzeitig jedoch darf die Würze nicht höher als eine Handbreit stehen.«

Lothar verstand zuerst nicht, was Niklas wollte. Schließlich nahm Niklas etwas Kreide und zeichnete unbeholfen auf dem Boden auf, was er haben wollte. Lothar schüttelte nur den Kopf über so viel Unverstand, sagte dennoch die Arbeit zu und ging.

Während Lothar an dem neuen Bottich arbeitete, räumten Niklas, Albert und ein paar Helfer das Brauhaus so um, dass das neue Gefäß unter die Braugefäße zu stehen kam. Peter tauchte ein paar Mal auf und schimpfte los, aber er ließ sie gewähren, »solange ich mein Zeug noch wiederfinde, wenn ich es brauche«.

Nach vier Wochen war es so weit; Lothar und seine Gehilfen brachten das Gefäß ins Brauhaus. Es war an der längsten Stelle zwölf Ellen lang und an der breitesten acht Ellen breit. Noch nie hatte jemand so ein seltsames Gefäß gesehen.

Die schmalen Seitenwände hatte Lothar schräg angesetzt, sodass es oben größer war als auf der Unterseite. Ebenfalls waren die Seitenwände nicht gerade, sondern nach außen hin leicht gekrümmt.

»Na prächtig, Lothar, was hast du denn da für ein seltsames Schiff gebaut?«

»Bist du jetzt unter die Schiffbauer gegangen?«

»Dabei ist das Meer so weit weg!«

So spotteten einige der Brüder, die aus Neugierde vorbeigekommen waren.

Tatsächlich hatte das seltsame Gefäß entfernt Ähnlichkeit mit einem Schiff, wenn auch einem sehr breiten, flachen.

Nur das Segel fehlte.

Niklas hörte mit und war erstaunlicherweise froh über diesen Spott, weil er nicht bösartiger oder misstrauischer Natur war, und so gab er dem Gefäß spontan den Namen Kühlschiff.

Auch Peter machte Scherze darüber und sogar Albert konnte ein Grinsen nicht unterdrücken, als Niklas mit stolzgeschwellter Brust um das Kühlschiff herumlief, hier etwas überprüfte, dort fast schon zärtlich über das Holz strich.

»Dieses Kühlschiff, wie ich es ab heute nenne, wird unsere Abkühlzeit bis zur Gärung um eine große Zeitspanne verkürzen. Nie mehr werden wir stundenlang warten müssen und nie mehr wird uns ein Bier misslingen, weil wir zu lange warten mussten.«

Um zu beweisen, dass es funktionierte, konnte Niklas seinen Brauhausvorsteher Peter überreden, am nächsten Tag zur gleichen Zeit mit ihm einen Sud zu brauen. Den ganzen Tag arbeiteten sie nebeneinander, redeten nicht viel und am Nachmittag war der Moment der Wahrheit gekommen.

Nachdem beide Brauer ihren Sud als ›fertig zur Gärung‹ erklärt hatten, ging es los:

Niklas und Albert standen gespannt neben ihrem Bottich und Niklas zog den neuen Pflock aus dem Spundloch. Die Würze lief in das neue Kühlschiff hinein, und nach ein paar Minuten lag sie da wie eine große, dampfende Pfütze.

Peter stand nur daneben, er musste ja nichts tun. Seine Würze blieb im Bottich, jedoch er wollte dableiben, um sicherzustellen, dass die anderen beiden keine faulen Tricks versuchten.

Nach einer Weile traute sich Niklas, den kleinen Finger in die Würze zu stecken. Sofort zog er ihn wieder heraus. Es war heiß!

Also wieder warten, warten, warten …

Beim nächsten Mal war die Bierwürze nur noch warm.

Als Niklas seinen Finger zum dritten Mal in den süßen See steckte, lächelte er und sagte: »Das genügt, ich denke, wir können mit der Gärung beginnen.«

Peter, der bis dahin vor sich hin gedöst hatte, war mit einem Mal hellwach. Sobald er erfasste, dass die beiden so weit fertig waren, griff er mit seiner ganzen rechten Hand in seinen Bottich, zum allerersten Mal überhaupt. Lässig wollte er die Würze in seine hohle Hand laufen lassen, als er in der Bewegung erstarrte. Dann lief sein Gesicht purpurrot an und ein unterdrückter Schrei kam aus seinem Mund.

Schnell steckte er seine verbrannte Hand in einen Eimer mit kaltem Wasser. Die Hand war zum Glück nicht richtig verbrüht, nur ein paar Rötungen musste Peter eine Weile mit sich herumtragen.

Voller Respekt betrachtete er Niklas, der neben seiner neuen Erfindung stand. Von da an schimpfte er nie wieder mit oder über Niklas. Ganz im Gegenteil, er holte sich des Öfteren dessen Rat und ließ sich nach dessen Vorgaben noch ein Kühlschiff bauen.

Die Arbeit mit dem Kühlschiff erleichterte nicht nur das Brauen an sich, man konnte damit Zeit einsparen, die man anderswo besser nutzen konnte. Leichter zu reinigen war es sowieso, da die große Fläche sich besser schrubben ließ als ein schmaler, hoher Bottich.

Das Kühlschiff wurde als neueste Brauereierfindung schnell in den Klöstern in der Umgebung bekannt. Aus immer größerem Umkreis kamen Besucher, sogar aus Nürnberg und Regensburg.

Durch die regelmäßigen Besucher konnten Niklas und Albert nicht nur erfahren, was außerhalb des Klosters gerade passierte. Weil es häufig Braumeister oder zumindest die Braugehilfen waren, die das neue Wundergerät ansehen sollten, erfuhren sie auch Gutes und Schlechtes über die anderen Brauereien.

Gute und schlechte Biere, Unglücksfälle und Katastrophen, neue Rezepturen und Verfahrensweisen ergaben eine Menge spannende Themen, mit denen sich die Weihenstephaner Brauer und ihre Besucher die Zeit vertrieben.

Ein junger Braugehilfe aus der Nähe von Nürnberg kam eines Tages zu Besuch. Sein Brauhaus stand in einem kleinen, recht neuen Kloster, nur eine Tagereise von Urbrach entfernt.

Nach zwei, drei Krügen des frischen Hopfenbiers wurde er so redselig, wie es Niklas und Albert noch niemals bei einem Menschen erlebt hatten. Sie fragten ihn ein wenig aus über seine Gegend, hoffte doch Niklas, etwas über seine alte Heimat zu erfahren.

»Warst du denn schon einmal in Urbrach?«, fragte Niklas den Burschen, nicht ganz ohne Hintergedanken.

Die arglose Antwort überraschte beide:

»Ich bin oft in Urbrach zu Gast. Wenn du Ahnung von Bier hast, dann solltest du wissen, dass im Kloster Urbrach die schlechtesten Biere weit und breit gebraut werden. Sie hatten mal einen, nein, sogar zwei gute Brauer, so wird erzählt. Von denen ist einer gestorben und den anderen haben sie davongejagt. Jetzt ist nur noch ein alter Mann im Brauhaus, der die schauderhaftesten Gruitbiere braut. Nein, des Biers wegen kommt niemand mehr nach Urbrach.«

Sie erfuhren auch, dass Bernard fort war. Er hatte sich mit Ansgar zerstritten und war voller Zorn von Urbrach weg nach Augsburg gegangen. Dort hatte er sich dem Dominikanerkonvent angeschlossen.

11

Monate gingen ins Land. Das Kloster und die Brauerei florierten. Die Brüder arbeiteten hart, immer gab es etwas zu bauen, zu erneuern oder zu reparieren. Niklas empfand einen Stolz für ›seine‹ Brauerei und seine Arbeit, den er noch niemals zuvor verspürt hatte.

Sogar, wenn es hin und wieder einen Hinweis von oben gab, sich etwas weniger profan zu geben und Demut, Gottesfurcht und das Geistige mehr zu achten: Nicht einmal in den besten Tagen in Urbrach hatte er sich so wohl dabei gefühlt, für die Herstellung der Klosterbiere verantwortlich zu sein. Hauptverantwortlicher war nach wie vor Bruder Peter, aber Niklas wurde inoffiziell von den meisten bereits als Vorsteher der Brauerei angesehen.

Peter war in den letzten zwei Jahren zusehends gealtert und so vergesslich geworden, dass er regelrecht vertrottelt wirkte. Manchmal braute er gute Biere und dann gab es Tage, an denen er alles bei seiner Rezeptur verwechselte und die erstaunlichsten Geschmacksfehler produzierte.

Erst vor Kurzem hatte er wieder einmal ein Bier mit Koriander gebraut. Allerdings hatte er dieses Mal statt der Früchte die Blätter mitgekocht. Das Ergebnis war verheerend. Während einige Brüder schimpften, das Bier schmecke und rieche nach Seife, wusste Niklas auf einmal, woher der Koriander seinen Namen hatte und warum er auch Stinkdill oder Wanzenkraut genannt wurde. Das Bier schmeckte nämlich nach zerquetschten Wanzen. Und aus dem griechischen Wort ›Coris‹ für Wanze war der Name Koriander entstanden.

Weil Peter aber seinen Frieden mit Niklas gemacht hatte und neidlos anerkannte, dass dieser der bessere Brauer war, kam es zu keinerlei Auseinandersetzungen.

Beide brauten nebeneinander her und Niklas musste manchmal Albert zurücknehmen, wenn dieser sich über Peter lustig machen wollte.

Alles lief reibungslos im Kloster Weihenstephan, bis zum Jahr 1270. Es hatte seit Jahren keine Katastrophen mehr gegeben, die letzte Missernte lag auch immerhin drei Jahre zurück und alle waren zufrieden ob der blühenden Aussichten.

Wenn es Schwierigkeiten gab, dann waren diese eher von geringerer bis teilweise eigentlich belustigender Natur. Ein Problem war zum Beispiel seit einigen Monaten die ständige Überfüllung des Klosterlazaretts. Dies hatte aber nichts mit Seuchen oder größerer Krankheitsanfälligkeit der Weihenstephaner Brüder zu tun. Es hing vielmehr zusammen mit den strengen Regeln des heiligen Benedikt hinsichtlich des Fleisch- und Wurstverzehrs. Benedikt hatte vorgeschrieben, dass nur Kranke und Schwache zur Stärkung Fleisch essen dürfen.

Und seitdem das Kloster einen neuen Koch hatte, der nicht nur Fleisch gut zubereiten konnte, sondern sogar eine neue Art von Wurst, quoll das Lazarett geradezu über vor Patienten.

Arnold verfügte daraufhin, dass es von der Regel des Benedikt Ausnahmen geben sollte und es an bestimmten Tagen auch für gesunde Brüder erlaubt sein sollte, Fleisch und Wurst zu essen.

Besonders die neue Wurst, in der sich alle Fleischreste wiederfanden, die nicht an die Schweine verfüttert wurden, hatte es allen angetan. Erfunden in Mittelitalien vor 300 Jahren, war die Mortadella genannte Wurst mittlerweile auch in den Klosterküchen vertreten.

Alle freuten sich über Arnolds Verfügung, und das Lazarett leerte sich langsam wieder.

Die Septembernacht 1270 war lau, obwohl der Herbst weit vorangeschritten war in Niklas' viertem Jahr in Weihenstephan. Alle hatten sich nach der Komplet schon zur Nachtruhe begeben. Auch Niklas schlief bereits tief und fest, da wurde er höchst unsanft geweckt.

Sein Bett, nein, der ganze Raum schwankte heftig hin und her wie ein Ochsenkarren, der mit zu großer Geschwindigkeit über einen holperigen Feldweg gezogen wird, wie ein kleines Boot im Sturm. Der Boden bebte und die Wände wackelten.

Aus der Tiefe der Erde kam ein furchtbares Grollen. Es hörte sich an, als käme es aus dem Boden direkt unter seinem Bett.

Er hatte keine Ahnung, was da geschah, er spürte nur, dass etwas Schreckliches im Gange war.

Ohne weiter nachzudenken, griff er nach dem Türgriff und lief hinaus. Obwohl er noch niemals auf einem Schiff gewesen war, stellte er sich das Gehen dort ähnlich vor. Breitbeinig, um nicht hinzufallen, ging er schnell den Gang hinunter und über eine Seitentür hinaus in den Garten.

Neben dem Erdbeben fiel ihm sofort die völlige Dunkelheit auf. Er suchte den Mond, sah aber nur in einen stockfinsteren Nachthimmel. Es war ganz plötzlich kalt und windig geworden, als wäre eine Horde Geister über das Kloster hergefallen.

Alle Bewohner des Klosters schienen in Bewegung zu sein und versuchten, sich in der Dunkelheit zu orientieren. Mit den ersten Erdstößen waren Töpfe, Schränke, Tische und Stühle umgeworfen worden, alles, was an den Wänden gehangen hatte, lag jetzt verstreut auf dem Boden.

Viele Menschen wurden von niederstürzenden Gegenständen getroffen und fanden in der Finsternis ihren Weg hinaus nicht mehr. Unbekannte neue Wände versperrten auch denen, die täglich dort entlanggingen, den Weg.

Steine aller Größen und Formen prasselten hernieder, Niklas musste sehr gut aufpassen, um nicht getroffen zu werden.

Der Innenhof des Klosters war erfüllt von Erregung, Schreien und hektischen Bewegungen. Einige Menschen rannten umher, ohne Ziel, auf der Suche nach einem sicheren Ort, bis das Erdbeben vorbei war.

Andere liefen in die Kirche, weil sie dies für den sichersten Ort hielten. Das sollte sich indes als Fehler herausstellen.

Ein Teil von Niklas' Bewusstsein nahm das immer noch in voller Stärke andauernde Beben wahr. Ein anderer Teil versuchte zu erkennen, wo Hilfe gefordert war und wo schnell etwas getan werden musste. Genau wie alle anderen jedoch war Niklas von nackter Panik gepackt und fühlte sich hilflos den Elementen preisgegeben. Ein fallender Stein streifte ihn und einmal musste er in letzter Sekunde einem fallenden, brennenden Holzbalken ausweichen. Bis auf ein paar blutige Kratzer blieb er trotzdem unverletzt.

Das war die Ausnahme. Überall lagen Menschen im Gras, manche weinten, andere bluteten aus hässlichen Wunden und bei einigen war schon zu sehen, dass jede Hilfe zu spät kam.

Das Hospiz, in dem die auswärtigen Gäste untergebracht waren, neigte sich zur Seite und machte Anstalten, in sich zusammenzufallen. Ein paar der Gäste entkamen in letzter Sekunde. Schließlich kippte es einfach um, der Sturz wurde jedoch gestoppt durch die stabile Wand des Refektoriums. Auch aus diesem Gebäude kamen schreiende Menschen herausgelaufen. Als sie sahen, dass die Mauer des Hospizes nicht weiter zu fallen schien, glaubten sie sich gerettet, einander wildfremde Menschen fielen sich in die Arme. Dann stürzte die Mauer doch in sich zusammen und riss einen Teil des Refektoriums mit sich. Nachdem die Staubwolke abgezogen war, konnte Niklas die Toten sehen, die sich immer noch umarmten.

Mittlerweile war an drei Stellen Feuer ausgebrochen, weil Teile der hölzernen Gebäude, in denen die nächtlichen Heizfeuer brannten, eingestürzt waren. In den immer höher lodernden Flammen begann Niklas das Ausmaß der Verwüstung zu erahnen.

Und auf einmal war Ruhe. Alles totenstill!

So schnell und laut, wie die Erde gebebt hatte, so schnell war wieder Ruhe eingekehrt. Das Beben hatte vielleicht nur zwei Minuten gedauert. Diese zwei Minuten hatten die Arbeit von Jahren zerstört.

Noch zweimal wurden alle, die sich im Klosterhof aufhielten, von Nachbeben erschreckt, diese richteten jedoch keine weiteren Schäden mehr an.

Mittlerweile schien auch der Mond wieder. Als hätte er sich nur angesichts dieser Katastrophe versteckt, tauchte er am Himmel auf, begleitet von angstvollen Schreien der Überlebenden.

Niklas bemerkte, wie sein panischer Schrecken nachließ; und als er einigermaßen klar denken konnte, beschloss er, erst dann nach der Brauerei zu schauen, wenn er sehen würde, dass für die Verletzten und Toten ausreichend gesorgt war.

So ging er zuerst einmal umher, verteilte Tücher, die irgendjemand besorgt hatte, verband Wunden oder versuchte einfach Trost zu spenden. Viele der starken Blutungen sahen zwar grausam aus, waren aber nicht tödlich. Lediglich diejenigen, die am Kopf getroffen worden waren, konnten kaum hoffen, ihre Verletzungen zu überleben.

Niklas und einige andere, die weitgehend unverletzt geblieben waren, übernahmen auch die weitere Versorgung der Schwerverletzten. Ein Feuer wurde entfacht und darauf Holunderöl aufgekocht. Damit wurden die Verletzten kauterisiert, das heißt, das kochende Öl wurde auf die offenen Wunden gegossen. Die Schmerzen und das Geschrei der Opfer waren entsetzlich. Das Holunderöl verfehlte jedoch seine Wirkung selten, reinigte die Wunden und stillte die Blutungen.

Nach dem ersten Schock beruhigten sich die derart Versorgten bald wieder, wenn sie nicht schon vorher ohnmächtig geworden waren.

Es wurde ruhig im Hof.

Niklas sah sich um.

Eine junge Frau lag mit ihren beiden Kindern tot in der Lücke zwischen dem ehemaligen Hospiz und dem Refektorium. Sie hatten es zwar heraus geschafft, waren dann aber von Steinen des Glockenturms erschlagen worden.

Langsam ging er durch die Reihen der verzweifelten Menschen, die auf Trümmern saßen, umherstanden, weinten oder hilflos den überlebenden Helfern zusahen. Sie hofften, dass die Menschen, nach denen sie Ausschau hielten, vielleicht doch noch unversehrt aus den Ruinen oder einem der weniger beschädigten Gebäudeteile herauskommen würden.

Die meisten Gebäude waren in der Art errichtet worden, die man Fachwerk nannte und die Niklas zum ersten Mal in Urbrach gesehen hatte. Hospiz und Werkstätten waren unter anderem auf diese Weise gebaut worden. Diese waren völlig in sich zusammengestürzt. Nichts war mehr von der ursprünglichen Form zu erkennen. Staub und Schutt, Holzbalken, Steine und Haushaltsgegenstände lagen wild durcheinander.

Unter der Steinfigur des heiligen Korbinian mit dem Bären lagen zwei Männer, die von der schweren Figur erschlagen worden waren.

Es gab indes einige Gebäude, wie das Refektorium und die Kirche, die aus solidem Stein gemauert worden waren. Bei diesen waren Teile der Wände umgefallen wie eine Wand aus einer schlecht gezimmerten Kiste. Die ursprüngliche Form war weiterhin gut zu erkennen und diese Gebäude konnten hoffentlich wiederhergestellt werden.

Sogar in der Kirche waren einige der Menschen, die dort Zuflucht gesucht hatten, von herabstürzenden Steinen und Balken erschlagen worden.

Während Niklas und die anderen Helfer taten, was möglich war, arbeitete sich Niklas unbewusst immer näher an die Brauerei heran. Hier waren noch drei Verletzte mit Wasser zu versorgen, dann kam die Hausecke, hinter der Niklas die Brauerei wusste.

Schließlich wagte er einen Blick und erschaute nur eine gähnende Leere, wo vorher die Brauerei gestanden hatte.

Das Gebäude war, auch aus Fachwerk, völlig in sich zusammengestürzt. Nur gut, dass niemals des Nachts gebraut wurde, sonst hätte diesen Zusammenbruch niemand überlebt. Während er sich näherte, hörte er ein Stöhnen aus den Trümmern.

Schnell lief er hin und zog den schwer verletzten Bruder Peter unter einem Holzbalken hervor.

Später stellte sich heraus, dass Peter nicht bei Beginn des Erdbebens in der Brauerei weilte, sondern ihn sein erster Gedanke in der Katastrophe dorthin geführt hatte. Er war gerade dort angelangt, als das Gebäude in sich zusammenfiel, und daher wurde er nicht mittendrin, sondern nur am Rand getroffen.

Dennoch war die Verletzung schwer genug, um sich ernsthaft Sorgen zu machen. Niklas holte Hilfe und gemeinsam trugen sie Peter in den großen Speisesaal, der als provisorisches Krankenquartier diente.

Eins seiner Beine war unnatürlich verdreht, ein Knochen ragte heraus und aus einer großen Wunde am Kopf blutete er stark.

Sie hielten ihn fest und drehten das Bein wieder halbwegs in die richtige Position, richteten den Knochen wieder ein, kauterisierten und schienten das Bein. Zum Glück war Peter vor Schmerzen schnell ohnmächtig geworden. Schließlich verbanden sie noch die Blutung am Kopf.

Als Niklas sah, dass Peter in guten Händen war, und schließlich auch Albert, zu Tode erschrocken, total verdreckt und verkratzt, ansonsten aber unversehrt, auftauchte, ging er mit diesem zu den qualmenden Überresten dessen, was bis vor Kurzem noch ihre Brauerei gewesen war.

Mit Tränen in den Augen standen sie davor und versuchten zu erkennen, ob sich noch etwas retten ließ.

»Warten wir ab, bis sich der Staub und der Rauch verzogen haben. Wir alle benötigen eine Pause. Lass uns später nachsehen«, meinte Niklas.

12

DIE BILANZ DES ERDBEBENS war verheerend:

Zwölf Brüder waren umgekommen, 19 von knapp über 30 Gästen, die sich im Hospiz aufgehalten hatten, waren ebenfalls tot.

Bei vielen Verletzten war noch nicht abzusehen, ob sie jemals wieder vollends gesunden würden. Bruder Peters Bein würde für immer verkrüppelt bleiben und somit schied er als Brauer in der Zukunft aus.

Viele Gebäude waren völlig zerstört, neben Hospiz, Brauerei und Werkstätten ebenfalls alle Ställe, in denen die Hälfte des Viehs nicht überlebt hatte.

Brunnen und Bienenstöcke waren in sich zusammengefallen, die Wein- und Hopfengärten verwüstet.

Abt Arnold entschied schnell und, ohne Widerspruch zu dulden, wie der Wiederaufbau durchgeführt werden sollte.

»Und vor allen Dingen erlaube ich nicht, dass irgendjemand beschuldigt wird, dieses Erdbeben ausgelöst zu haben. Es mag eine Prüfung Gottes sein, jedoch sicher nicht, weil wir oder Einzelne von uns falsch leben oder handeln. Und wir werden schon noch herausfinden, warum der Mond sich versteckt hat in dieser Nacht.«

Dennoch, nachdem das Erdbeben ›seine‹ Brauerei komplett zerstört hatte, wusste Niklas nicht, ob er bleiben und beim Wiederaufbau helfen sollte oder ob er nicht vielleicht doch, trotz Arnolds Warnung, als Schuldiger gesehen werden würde und deswegen besser gehen sollte. Es gab zwar keinerlei Grund zur Annahme, irgendwer könnte ihn beschuldigen, er zweifelte trotzdem schon wieder einmal an seiner Bestimmung als Brauer.

Nach Thomas war Peter der zweite Brauer, der ihm vorgesetzt und bei der Arbeit verunglückt war. Auch wenn es diesmal nicht tödlich ausgegangen war.

Vielleicht ist das ein Zeichen Gottes, dass unsere oder meine Brauereiarbeit nicht gesegnet ist, dachte er bei sich. Warum nur?

Nach langem, zähem Ringen mit sich und seinem Gewissen ging er eines Tages zu seinem Abt und bat um seine Entlassung zum Ende des Jahres.

Arnold war sichtlich überrascht und fragte nach dem Grund.

»Ich weiß es eigentlich nicht so recht. Ihr habt mich hier aufgenommen, nachdem mir in Urbrach dieses Missgeschick widerfahren war. Dafür bin ich Euch auf immer dankbar. Ich habe jedoch das Gefühl, über meiner Arbeit steht ein schlechter Stern, und ich möchte diesen Unstern nicht in den Wiederaufbau der Brauerei mit einbringen.«

Arnold war überrascht von dieser Entscheidung und reagierte verärgert:

»Bist du dir über diese Verletzung einer Grundregel unseres Ordens im Klaren, die ›Stabilitas Loci‹? Bereits der heilige Benedikt hatte verfügt, der Ordensschwur gelte nicht nur für den Orden, sondern auch für das jeweilige Kloster. Und dies ist neben der Regel ›Ora et labora‹ die zweitwichtigste in unserer Gemeinschaft.«

Niklas war überrascht, daran hatte er nicht gedacht.

»Wenn du gehst, ohne mein Einverständnis zu haben, dann gibt es kein Zurück mehr in unsere Gemeinschaft.«

Arnold sah die Fassungslosigkeit in Niklas' Gesicht und fragte, bereits in versöhnlicherem Ton:

»Weißt du denn, wohin du gehen würdest, wenn ich dich ließe?«

»Ich habe vom Kloster in St. Gallen viele gute Dinge gehört, besonders von deren Braukunst. Die Schriften von

Ekkehard haben mein Interesse geweckt. Dort würde ich mich hinwenden und sehen, ob sie mich als Brauer aufnehmen. Vielleicht kann ich durch fleißiges Lernen, Beten und Arbeiten meinen Unstern besänftigen.«

»So, unsere Brüder in Helvetien würdest du besuchen! Dann würdest du uns Benediktinern erhalten bleiben. Angesichts der Tatsache, dass du wirklich vom Pech verfolgt zu sein scheinst, ist es vielleicht tatsächlich sinnvoll, dich anderswo dein Glück versuchen zu lassen. Ich gebe dir ein Schreiben für deren Abt mit. Das wird dir den Zugang dort leichter machen.«

Er legte Niklas noch einige Bußgebete auf und fuhr fort, indem er über St. Gallen erzählte:

»Das Kloster St. Gallen ist ein Licht in der Dunkelheit in dieser Region. Dies gilt nicht nur, aber auch für das Bierbrauen. Wenngleich sich seit dem guten Ekkehard einiges geändert hat. Ich habe das Kloster vor Jahren einmal besucht. Es ist mit unserem nicht zu vergleichen. Besonders die Brauereien, damals waren es drei, sind ungleich besser ausgestattet als die unseren.«

Einige Wochen später war er bereit zur Abreise.

Der Abschied von Peter war kurz, aber freundlich.

Mit Albert sprach er dagegen noch länger. Neben dem Wiederaufbau der Brauerei, geplanten Verbesserungen und neuen Rezepturen erzählte Niklas ihm auch vom Bund der ›Reinen Brauer‹. Er war zum einen sicher, dass Albert geeignet war, zum anderen brauchte die Brauerei in Weihenstephan gerade jetzt einen Brauer, der sich diesem Ethos verpflichtet fühlte.

Albert nahm die Auszeichnung, wie er es betrachtete, gerne an, leistete den Eid und versprach, alle neuen Bottiche der Brauerei mit dem Brauerstern zu versehen.

Zum Schluss sagte Niklas nur:

»Du hast alles, was ein guter Brauer braucht. Ich wünsche dir viel Erfolg mit dem Wiederaufbau der Brauerei.

Nutze Peters Wissen um das Brauen! Er wird dir noch viel beibringen können. Ich hoffe, dass wir uns einmal wiedersehen werden.«

Und so, nach vier Jahren im Kloster Weihenstephan, machte sich Niklas auf den Weg.

Es war Frühjahr.

Er war jetzt 22 Jahre alt.

13

AUF DER HAUPTSTRECKE schloss er sich anfangs einer Reisegruppe an, um vor Räubern sicherer zu sein. Nach kurzer Zeit schon wurde ihm das Tempo aber zu langsam und er entschied sich dafür, allein zu wandern. Er hatte wenig zu befürchten, da er kaum Geld bei sich hatte und seine Kleidung ihn als Mönch erkennen ließ.

Außerdem war jetzt, zu Beginn des Jahres, das Wetter viel zu schlecht. Wer Zeit hatte und Geld, auf das die Räuber aus waren, der reiste erst in ein paar Monaten.

Niklas beschloss, einen kleinen Umweg über Augsburg zu machen. Seit ihm der durchreisende Brauer in Weihenstephan von Bernards Umzug nach Augsburg erzählt hatte, dachte Niklas daran, ihn zu besuchen. Nun war die Gelegenheit günstig.

Gegen Ende des dritten Tages klopfte er an die Pforte des Dominikanerkonvents von Augsburg und fragte nach Bernard von Dauerling, den er seit über vier Jahren nicht gesehen hatte.

Als er Bernard dann gegenüberstand, wunderte er sich sehr. In den vier Jahren war Bernard ein gutes Stück über Niklas hinausgewachsen, hatte aber im Gegenzug an Fülle verloren. Seine schon krankhafte Blässe unterstrich diese Hagerkeit, nach wie vor hatte er schiefe Zähne. Mit einem freundlichen Lachen begrüßte er Niklas herzlich. »Willkommen in Augsburg, mein lieber Freund und Bruder, was führt dich zu uns? Halt, warte, wir werden uns etwas zu trinken und zu essen holen, sobald es unser Tagesplan erlaubt. Dann kannst du mir alles erzählen.«

Während sie durch den Konvent gingen, um für den Besucher ein Nachtlager zu beschaffen, zeigte Bernard Niklas auch die wichtigsten Räume des Klosters. Sie plauderten ungezwungen und Niklas machte eine Bemerkung über Bernards mangelnde Leibesfülle.

»Habt ihr so schlechtes Bier in Augsburg oder schmeckt dir am Ende dein eigenes Brot nicht mehr?«

Bernards Antwort war nicht die erwartete:

»Das sollte dich nicht kümmern. Ich habe meine Gründe, warum ich mich von den fressenden und saufenden Brüdern fernhalte.«

Irgendwie hatte sich Bernard verändert.

Schließlich setzten sie sich im Hospiz zu Tisch und Bernard schien seine gute Laune wiedergefunden zu haben.

Es wurde Gebäck serviert in Form einer leicht verdrehten Acht. Niklas schaute überrascht, und Bernard erklärte lachend:

»Das habe ich mir ausgedacht, als ich noch in der Bäckerei arbeitete. Und, du wirst es kaum glauben, ich habe dabei an dich gedacht!«

Niklas' Miene wechselte zwischen Erstaunen und Unglauben, während Bernard fortfuhr:

»Wie du soeben gesehen hast, liegen hier die Küche und die Bäckerei direkt neben der Brauerei. Nicht so wie in Urbrach, wo wir uns das Zeug und andere Braureste immer von weiter her abholen mussten. Und als ich einmal in der Backstube stand und Brotlaibe formte, fiel mein Blick aus dem Fenster auf eine Reihe von Mitbrüdern, die um ihre tägliche Bierration anstanden. Während des Wartens kreuzen sie immer die Arme vor der Brust. Du weißt, dass wir diese Haltung, nach dem lateinischen ›Braces‹ für Arme, ›Brachitum‹ nennen. Und weil ich daran dachte, um wie viel länger die Brüder für dein Bier anstehen würden, habe ich einen

Teig in Brachitum-Form gelegt und gebacken. Die Brüder hier mögen sie und wir nennen sie ›Braces‹.«

Beide lachten herzhaft und prosteten sich mit frischem Bier zu; auch die Dominikaner brauten ihr eigenes Bier.

Niklas bemerkte aber gleich, dass Bernard ein anderes Bier trank, als er ihm kredenzte. Sein eigener Krug enthielt das dunkle, süße Bier der Gastfreundschaft, Bernard trank ein dünnes, nur leicht mit Honig gesüßtes Bier.

Als er ihn darauf ansprach, verfinsterte sich Bernards Miene.

»Dass ich heute überhaupt Bier trinke, geschieht nur dir zuliebe. Ansonsten trinke ich weder Bier noch Wein.«

»Wie kommst du darauf?«, fragte Niklas erstaunt.

»Einige Monate, nachdem du Urbrach verlassen hattest, habe ich mit Ansgar einmal das Brauhaus besucht, um mit deinen Nachfolgern die Versorgung des Zeugs gütlich zu regeln. Dabei haben wir einige Krüge geleert, zu viele Krüge.«

Sein Gesicht verfinsterte sich.

»Was ich dir jetzt erzähle, habe ich noch niemandem erzählt. Ich hoffe, dass es bei dir gut aufgehoben ist.«

Er fuhr fort.

»Als ich am nächsten Morgen wach wurde, lag ich in meiner Kammer. Ich war nackt, meine Kutte lag auf dem Boden und war durchnässt, anscheinend war ich so berauscht gewesen, dass ich das Wasser nicht halten konnte.«

Jetzt wechselte sein Gesicht von finster auf rot.

»Und neben mir lag ein stinkender, immer noch schlafender Ansgar und war ebenfalls nackt. Ich weiß nicht, ob etwas Schlimmes geschehen war, jedoch das war schon genug. Ich zog mir eine Kutte über und ging hinaus.«

Niklas wollte etwas sagen, aber Bernard wischte mit der Hand durch die Luft und redete weiter.

»Stunden später kam ich wieder in meine Kammer, und Ansgar war natürlich fort. Ich habe nie mit ihm darüber geredet. Das war der wichtigste Grund, aus Urbrach fortzugehen. Und ich habe beschlossen, mir niemals wieder einen solchen Rausch anzutrinken. Der Antichrist wartet nur darauf, dass wir uns mit Rausch und Völlerei selbst erniedrigen.«

Seine Stimme wurde lauter.

»Und ich bin bereit, dem Antichristen entgegenzutreten! Deswegen habe ich mich den Dominikanern angeschlossen.«

Niklas wollte das Thema wechseln, weil ihm dieses Gespräch unangenehm war, und fragte:

»Arbeitest du etwa nicht mehr in der Backstube und erschaffst solche Köstlichkeiten wie die Braces?«

»Nein, ich bin jetzt auf dem Wege, ein Diener des Herrn zu werden, der mit dem Geiste arbeitet. Ich studiere hier im Konvent Dialektik, Logik und die Geschichte der Heiligen Mutter Kirche.«

Niklas fühlte sich, gestählt durch die langen Gespräche mit Thomas und Albert, mutig genug, um eine Diskussion anzuzetteln, und fragte keck, um wieder in ruhigeres Fahrwasser zu gelangen:

»So, ein Meister der Dialektik willst du werden. Dann sage mir bitte, welche Speise wichtiger ist für den Menschen: die für Geist und Seele oder die für den Körper.«

Bernard entspannte sich sichtlich, grinste und sagte:

»Nichts leichter als das: Nur Geist und Seele unterscheiden den Menschen vom Tier. Daher ist diese wichtiger, denn sonst wären wir keine Menschen mehr.«

Niklas parierte:

»Aber ohne Speise stirbt der Körper. Also ist diese wohl wichtiger.«

»Die Seele lebt indes weiter.«

»Du kannst sie jedoch nicht mehr mit Speisen füttern.«

Und so ging es noch einige Zeit hin und her.

Sie suchten sich neue Objekte, die sie nach diesem Schema miteinander vergleichen konnten.

Beim Vergleich Bier zu Wein waren sich beide schnell einig, dass Bier der bessere Trunk sei, wie Niklas deklamierte:

»Alleine schon die Tatsache, dass der Heilige Vater den Genuss von Wein an Fasttagen untersagt, den von Bier aber nicht, beweist, dass Bier nützlicher ist.«

Zum Schluss verglichen sie noch Bier und Brot miteinander, hatten sie dazu doch sehr gegensätzliche Ansichten.

Niklas brachte wieder das Fastenargument, welches den Verzehr von Brot untersagte, im Gegensatz zu Bier.

»Die Regel ›Flüssiges bricht das Fasten nicht‹ ist eine der ältesten Regeln überhaupt!«

Bernard konterte:

»Weißt du überhaupt, warum das so ist? Brüder früherer Generationen wollten sich vom Heiligen Vater die Erlaubnis geben lassen, in der Fastenzeit Bier zu trinken. Um ihm einen Eindruck vom Fastenbier zu geben und so die Erlaubnis zu erwirken, dieses für den Verzehr im Kloster herstellen zu dürfen, füllte man ein Fässchen ab und schickte es nach Rom. Beim Transport über die Alpen wurde es indes kräftig geschüttelt und unter italienischer Sonne immer wieder erwärmt. So kam es Wochen später – unterdessen sauer geworden – beim Heiligen Vater an. Der kostete vom viel gepriesenen Trunk – fand ihn entsetzlich zum Trinken und deswegen dem Seelenheil der Brüder nicht weiter abträglich. Also erteilte er die gewünschte Braugenehmigung. Aber nur, merk es dir, weil das Bier so schlecht war!«

Er hob seinen Krug und trank.

Niklas hatte drei Krüge starken Biers getrunken, während Bernard immer noch den ersten Krug in Händen hielt.

Was er nun so, leise lachend, vor sich her sagte, sollte er sein ganzes späteres Leben lang bereuen:

»Wir vom Bund der ›Reinen Brauer‹ hätten dem Heiligen Vater ein Bier geschickt, das er mit Genuss getrunken hätte. Vielleicht sogar eines mehr, als ihm gut getan hätte. Und deswegen auch sicher für die Fastenzeit erlaubt hätte, damit man dann wenigstens ein kleines Labsal hat.«

Ob Bernard ihn falsch verstanden hatte oder falsch verstehen wollte, war unklar. Er erhob sich und stemmte beide Fäuste auf den Tisch. Mit dicken Zornesadern auf der Stirn schrie er Niklas an:

»Du wagst es, die heilige Fastenzeit und den Heiligen Vater lächerlich zu machen! Du und deine ›Reinen Brauer‹ mit eurem Geheimzeichen. Wer ein geheimes Zeichen braucht, hat etwas zu verbergen! Hüte dich, Niklas, in Zukunft zu offen von den ›Reinen Brauern‹ zu sprechen! Und etwas mehr Gottesfurcht stünde dir gut an! Sonst wird es kein gutes Ende mit dir nehmen!«

So sprach er, stand auf und ging grußlos in seine Kammer.

Sogar am nächsten Morgen zeigte er sich nicht, als Niklas in der Frühe das Kloster verließ, um seine Reise fortzusetzen.

Er war bedrückt, weil er wohl einen Freund verloren hatte, ohne dass er es gewollt hatte.

Und er hatte sich wahrscheinlich einen Feind geschaffen.

14

Er grübelte den ganzen Tag lang über das nach, was am Vorabend geschehen war. Konnte ein Mensch sich wirklich so verändern? Und konnte Bernard ihm irgendetwas anhaben? Zur ersten Frage fand er keine Antwort, die zweite verneinte er. Daher versuchte er bald, auf andere, fröhlichere Gedanken zu kommen.

Nach ein paar Tagen erreichte Niklas die Stadt Ravensburg. Dort übernachtete er in einem Gasthaus, weil er nicht wusste, dass ein Kloster in der Nähe war.

Abends leistete er sich zum ersten Mal ein richtiges Abendessen, mit Graupensuppe und kaltem Huhn, etwas Kalbfleisch, Essig, Gurken und Obst. Dazu zwei große Krüge dunkles, süßes Bier, für seinen Geschmack viel zu süß, aber gleichzeitig mit einem schlechten Sauergeruch. Am Nebentisch hörte er zwei andere Gäste über eine neue Erfindung, eine sogenannte ›Papiermühle‹, reden.

»Teufelswerk«, sagte der eine. »Unfug«, meinte der andere, »sogar wir Christenmenschen können von den Heiden bisweilen etwas lernen.« Nachdem sie einige Krüge Bier vertilgt hatten, waren die beiden bereit, sich über diese Frage die Schädel einzuschlagen.

Dann wurden sie abgelenkt durch eine fette, grell bemalte Hure, die durch die Reihen der Gäste ging und ihre Dienste anbot. Auch Niklas starrte sie an, hatte er doch weder in der Provinz Hahnfurts noch in den Klöstern Urbrach und Weihenstephan Gelegenheit gehabt, diese Art Frauen zu sehen. Als die Frau zu ihm kam, zuckte er zusammen.

Trotz seiner 22 Jahre war er niemals einer Frau nahe gewesen. Obwohl diese hier alles andere als hübsch war, empfand er eine gewisse Faszination für die aufgetakelte, nicht mehr ganz junge Dirne.

Sie machte ordinäre Witze. Dabei lachte sie schrill und mit ihr die ganze Gaststube. Niklas errötete, sagte aber nichts. Er fühlte sich unsicher und so schob er sie weg, um seinen Mangel an Interesse zu zeigen.

Die Hure war nicht einmal beleidigt, sondern ging gleich zum nächsten möglichen Freier. Nach dieser kurzen Ablenkung sah er die beiden Gäste immer noch über die Mühle diskutieren.

Seine Neugier war auf jeden Fall geweckt. Er wollte sehen, was der Unterschied war zwischen der Getreidemühle aus Urbrach und der neuen Mühle. Am nächsten Tag erfragte er sich den Weg zur Papiermühle.

Dem Müller stellte er sich als Mönch vor, der auf dem Weg zum Kloster St. Gallen war. Der Mann, der sich Heinrich der Molinarius nannte, war zuerst sehr misstrauisch.

»Die Klöster reißen alles Wissen an sich, stehen trotzdem dem Fortschritt im Wege. In dem Moment, wo sie wüssten, was ich weiß, würden sie es auch machen. Und meist machen sie es besser, geben ihr Wissen jedoch nicht weiter.«

Niklas konnte ihn beruhigen und überzeugen, dass er nichts dergleichen vorhatte.

»Ich bin ein Praxator und kenne ebenfalls Dinge, die nicht jedermann wissen muss. Die erzähle ich nur Menschen, denen ich vertraue. Ich kann ein Geheimnis bewahren und nichts liegt mir ferner, als Papier zu fabrizieren.«

Schließlich taute Heinrich auf und erzählte Niklas über die Kunst des Papiermachens:

»Wir haben diese neue Kunst bei den Sarazenen gesehen. Im Orient hat dieses neue Papier das Pergament schon völlig verdrängt. Seit etwa 100 Jahren kann man es in Italien kaufen.

Die ersten Mühlen wurden in Italien gebaut. Ein paar kluge Kaufleute haben den Arabern das Geheimnis abgekauft.

Ich rettete einem von ihnen das Leben, als er von Räubern überfallen wurde und schwer verletzt in meinem Haus unterkam. Zum Dank zeigte er mir die neue Maschine. Zuerst wollte ich meine alte Getreidemühle umbauen. Wir konnten von der Arbeit mit dieser Mühle leben, aber die Leute mochten uns nicht. Seit der Herzog seine Unfreien zwang, ihr Getreide zu mir zu bringen, damit er genau wusste, wie viel gemahlen wurde, besuchte uns niemand mehr freiwillig.

Jetzt habe ich die neue Mühle neben der alten gebaut und nichts ist mehr wie früher. Kaufleute aus allen Ländern, besonders aus dem Norden, kommen und wollen mein Papier kaufen. Wenn ich so weitermache, bin ich in zehn Jahren so wohlhabend wie ein König! Wenn auch die Städte eines Tages Papier verwenden, was mit Sicherheit passieren wird, dann können wir Molinarii sogar mit ein paar neuen Mühlen nicht genug davon herstellen.«

Er führte aus, dass viele Städte Papier noch nicht für Urkunden und Verträge gestatteten. Im Moment wurde es von Mönchen genutzt, um Bücher und Gebete für die Wallfahrer zu schreiben, und von Kaufleuten, um Bücher zu führen.

»Auch Bücher binden wir hier. Verträge und Urkunden auf Papier sind nicht gültig, aber die Zeit wird kommen. Bald wird neben uns eine bürgerliche Buchmalerei ihr Tagewerk beginnen. Dann kann jeder, der lesen kann und Geld hat, sein eigenes Buch besitzen. Nicht nur die Klöster sollen mit Büchern umgehen können.«

Sie gingen nach draußen. Vor der Tür standen mehrere Unfreie mit Karren voller Lumpen, die auch Hadern genannt wurden.

Heinrich verhandelte kurz, daraufhin leerten die Männer die Karren aus und errichteten aus den Hadern einen großen Haufen. Die Männer sahen alle krank aus, hatten Pusteln und Hautausschlag. Zum Teil lief aus den offenen Wunden der Eiter heraus. Heinrich warnte Niklas, den Männern nicht zu nahe zu kommen.

»Sie haben die Hadernseuche. Sie befällt vor allem arme Leute, aber im Besonderen Abdecker, Gerber und Kürschner. Es muss etwas Schlechtes dran sein an diesen Berufen. Eine meiner Mägde hat sie ebenfalls schon.«

Der Müller rief einmal laut nach seinem Gehilfen. Dieser und drei Mägde kamen angelaufen, darunter auch die von der Hadernseuche schon sichtlich Entstellte.

Alle gingen hinein, Niklas folgte mit etwas Abstand.

Alle vier nahmen die Lumpen und fingen an, sie gemeinsam mit den unfreien Lumpensammlern in Fetzen zu zerreißen. Die Fetzen legten sie dann in einen großen Zuber, in dem sich vier Stampfhämmer befanden.

Am Ende des Raumes war eine Tür, vor der eine Rampe bis zum Wasser führte. Dort draußen stand ein Mühlrad mit großen Schaufeln, von dem aus durch die Wand ein Getriebe zu den Stampfhämmern führte.

Fasziniert beobachtete Niklas, wie nach Zugabe von Wasser in den Zuber das Mühlrad entriegelt wurde und anfing sich zu drehen, während gleichzeitig die Hämmer begannen, auf die nassen Lumpenfetzen einzustampfen.

Heinrich erklärte weiter:

»Die Lumpen werden jetzt von dem Mühlrad und den Hämmern zu Brei zerstampft. Es dauert eine Weile, und das Geheimnis eines guten Papiermüllers ist es, den richtigen Zeitpunkt zu erkennen. Hier ist noch eine Neuigkeit.«

Er hob ein Sieb hoch, dessen Maschen aus Draht geflochten waren. »Diese Maschen sind jetzt aus dünnem Eisendraht, das macht das Abschöpfen des Breis und das Abpressen der Papierbögen erheblich leichter. Bis vor Kurzem mussten wir mit Schilfsieben abschöpfen, die waren nach zweimal Schöpfen hin und wir mussten neue machen. Diese hier aus Eisen halten eine Ewigkeit und es geht viel schneller.«

Sie gingen weiter durch die Mühle, aus einem Raum stank es entsetzlich.

»Was ist dort drinnen?«, fragte Niklas.

»Ach, das ist mein letztes kleines Geheimnis. Dort kocht ein Topf mit Leim von toten Tieren. Wenn ich mein Papier damit bestreiche, hält es länger und die Feder streicht leichter darüber. Fühl einmal an …« Er hielt Niklas einen Bogen Papier hin und der konnte sich davon überzeugen, dass nichts übertrieben war. Was für ein Unterschied zum herkömmlichen Pergament! Es musste eine Lust sein, darauf zu schreiben.

Heinrich sah die begehrlichen Blicke von Niklas und sagte:

»Eines Tages wirst du dir auch ein Buch mit richtigem Papier leisten können. Solltest du Erfolg haben, komm zu mir zurück und ich werde dir das beste Buch geben, das ich herstellen kann. Oder bring mir ein Fuder Bier, wenn meine Tochter heiratet.«

Niklas erkannte die Möglichkeit und antwortete rasch:

»Wenn der Termin für die Hochzeit bekannt ist, lass es mich zwei Wochen vorher wissen. Schicke mir einen Boten ins Kloster nach St. Gallen, ich werde versuchen, dich nicht zu enttäuschen.«

15

AUF DEM WEITEREN WEG nach St. Gallen musste er sich entscheiden, über den Konstanzer See zu setzen oder ihn über Bregenz gehend zu umrunden. Er entschied sich für die Umrundung, nicht zuletzt wegen des dichten Nebels; man konnte die Hand nicht vor den Augen sehen.

Hinter Bregenz gab es ein schweres Gewitter mit starkem Regen, der Niklas bis auf die Haut durchnässte. Während er durch das Unwetter lief, um einen Platz zum Unterstellen zu finden, zuckten die Blitze um ihn herum, der Regen prasselte und Niklas glaubte für eine Weile, die Welt gehe unter, und fürchtete sich zu Tode. Am Wegrand sah er sieben Kiefern stehen, die der Reihe nach immer kleiner wurden. Von der ersten, groß gewachsenen Kiefer bis zur letzten, verkrüppelten kleinen standen sie dort, als hätte sie eine höhere Macht mit voller Absicht in solch unterschiedlichen Stadien des Wachstums aufgestellt. Vor der Kulisse des gewaltigen Unwetters sah es umso mehr zum Fürchten aus. Niklas glaubte, in den Formen der Äste Hände oder gar Gesichter zu erkennen.

Hände, die nach ihm griffen, Gesichter, die ihn gierig anglotzten. Einmal vermeinte er, Bernards zornige Fratze zu entdecken. Ihm grauste davor und er sah darin ein schlechtes Vorzeichen für seine Ankunft in St. Gallen. Aber bald fand er einen Unterstand, und auch das schlimmste Gewitter geht irgendwann vorbei.

Wie schon in Weihenstephan, so öffnete ihm in St. Gallen das Schreiben des Abtes ebenfalls die Tür und er wurde willkommen geheißen. Auch in der Umgebung von St. Gallen hatte es zuletzt einige Katastrophen gegeben. Missernten und Seuchen hatten die Bevölkerung so dezimiert, dass viele Ländereien nicht mehr ordentlich bearbeitet wurden. Überall herrschte Mangel an Menschen, sogar im Kloster. Da freute man sich über einen gut ausgebildeten Neuankömmling, zumal er aus den eigenen Reihen kam.

Die nötigen Prozeduren zu Anfang kannte Niklas ja schon: zwei Wochen Klausur, dann Einführung ins Kloster. Die 14 Tage waren schnell vorbei, dann ging es los.

Der zuständige Praxator hieß Notker und war ein älterer, ungehobelter Bursche mit einem Dialekt, von dem Niklas nicht ein Wort verstand. Seine ersten Brauer hießen David und Dieto, sie waren um einiges besser zu verstehen und beide nur wenig älter als er.

David war genauso groß wie Niklas, hatte trotz seiner jungen Jahre bereits aschgraue Haare und war am Hals durch einen großen, kugelförmigen Kropf verunstaltet.

Dieto war größer und zeichnete sich durch eine große Warze auf der Nase aus, die dennoch kaum von seinen feuerroten Haaren ablenken konnte.

Auf den ersten Blick waren die beiden bemitleidenswert hässlich, Niklas bemerkte jedoch schnell, dass sowohl Dieto als auch David ein gutes Herz und für ihn immer ein offenes Ohr hatten.

Sie zeigten ihm die ausgedehnten Brauereianlagen. Wie der Abt Arnold gesagt hatte, gab es tatsächlich drei Brauhäuser. Neben David und Dieto gab es noch den Brauer Reginald, ein jeder der drei stand einem Brauhaus vor. David dem größten. Und Notker war der Vorsteher von allem.

Zahllose Braugehilfen liefen fleißig herum und erzeugten eine Aura der Betriebsamkeit, die Niklas völlig unbekannt war.

Zum ersten Mal sah er Zeichnungen von einer Brauerei. Er hätte niemals daran gedacht, in Urbrach oder Weihenstephan Zeichnungen von den Gebäuden und Einrichtungen anzufertigen. Hier herrschte ein Geist des Fortschritts, wie er ihn noch in keinem seiner vorherigen Klöster erlebt hatte.

Die Lagerräume für das Getreide, daneben die Malzquetsche – Niklas fiel sofort auf, dass es hier keine Mühle gab –, eine große Darre sowie die Kühl- und Gärräume. Und die Brauhäuser mittendrin. Sogar die Böttcherwerkstätten waren eingezeichnet.

Die Malzquetschen wurden mit Wasserkraft angetrieben, was Niklas aber erst später bemerkte.

Unter einem Dach mit der Bierherstellung lagen hier auch die Bäckereien. Genau wie bei den Brauhäusern gab es eine große für die Klosterbewohner und zwei kleinere für die durchreisenden Pilger und vornehmen Besucher von außerhalb.

Die Mälzerei versorgte alle drei Brauereien.

David wies gleich drauf hin, dass neue Erfindungen in St. Gallen nicht mit Misstrauen betrachtet oder als unsittlich empfunden wurden.

Er ließ sich auch ausführlich über die Vergangenheit des Klosters aus.

Das St. Galler Kloster hatte eine lange Brauergeschichte. Nicht nur Ekkehard hatte über Bier geschrieben. Die ältesten Dokumente waren bereits fast 500 Jahre alt! Notker zeigte Niklas über 50 Dokumente über Bier, die aus dem vorherigen Jahrtausend stammten. Zum Beispiel hatte ein gewisser Rothpald seine Güter dem Kloster vermacht, die er aber bis zum Tode weiter bewirtschaften würde. Im Gegenzug erhielt das Kloster für sein Seelenheil jährlich 30 Eimer Bier als Zins.

Dieto und Niklas dachten im selben Moment das Gleiche und lachten beide los: »Das Bier war wohl so schlecht, dass die Mönche sofort beschlossen, ihr eigenes Bier zu brauen.«

Während David und Dieto ihn herumführten, konnte Niklas immer wieder die Übereinstimmung zwischen den Zeichnungen und den tatsächlichen Räumen bewundern.

»Hier ist unsere Tenne«, erklärte David.

»Wie du siehst, ist der Raum in Form eines Kreuzes angelegt. Das soll uns versichern, dass der Segen des Heilands auf diesem Dreschraum ruht.«

Besonders interessant war die Darre, auf der das gekeimte Korn getrocknet wurde. Sie war so groß, dass ein Mann im Stehen in diesem riesigen Ofen die Wände bei Bedarf mit Lehm ausschmieren konnte. Eine Hürde aus Weidenflechten lief um den Ofen herum. Der Ofen hatte in der Decke einen kleinen Kamin mit einem Rauchloch, und darüber sammelte ein Rauchfang den Rauch und leitete ihn ins Freie.

»Die Darre reicht aus für mehr als 100 Malter Hafer«, sagte David nicht ohne Stolz.

»Damit werden jeden Tag 2000 bis 2500 Krüge Bier hergestellt. Für uns, die Pilger und unsere anderen Besucher.«

Niklas hatte noch niemals jemanden mit Hafer brauen sehen. Als er dann aber zum ersten Mal beim Brauen dabei sein durfte, bemerkte er, dass die Rohstoffe tatsächlich anders waren. Neben Weizen und Gerste, die sowohl in seiner Heimat als auch in Urbrach und in Weihenstephan verwendet wurden, kam hier wirklich in großen Mengen Hafer zum Einsatz.

So erklärte er sich die Unterschiede im Geschmack, nachdem er das Bier dann endlich verkostet hatte.

»Das Bier mit viel Hafer drin heißt Cervisa«, führte Dieto aus.

»Das ist unser tägliches Getränk. Damit wir nicht faul und genügsam werden, nehmen wir das schlechtere Bier aus Hafer zu uns. Das bessere Bier, welches aus Gerste und Weizen hergestellt wird, nennen wir Celia. Das ist stärker und leider nur für unsere Gäste vorgesehen.«

David psalmodierte: »Fortis ab invicta cruce celia sit benedicta! – Gesegnet seist du, edles Starkbier, vom unbesiegten Kreuze!«

»Manchmal schmeckt uns unser eigenes Cervisa nicht so gut«, fügte er ergänzend hinzu. »Dann geben wir Honig hinzu.«

Beide schmatzten laut und sagten gleichzeitig: »Cervisa mellita ist etwas ganz besonders Leckeres.«

Im Brauhaus stockte Niklas zuerst der Atem, als er seine ureigenste Erfindung, ein Kühlschiff, sah. Allerdings bestand es nur aus einem ausgehöhlten Baumstamm.

David sah sein Erstaunen und erläuterte:

»Wir haben davon gehört, dass man die Würze in einem flachen Gefäß schneller zur Gärung bringen kann und dass es Klöster gibt, die dies bereits erfolgreich anwenden. Unser Zimmermann hatte nur bisher keine Zeit, um uns so ein Gefäß herzustellen. Daher behelfen wir uns mit Backtrögen aus der Bäckerei. Die tuns auch.«

Für die beiden größten Probleme, an denen er in Urbrach wie auch in Weihenstephan vergeblich gearbeitet hatte, sah er hier die Lösung.

Zum einen hatte zumindest das große Brauhaus ein zusätzliches Gefäß. Dieses stand unter den Maischbottichen und war mit gepresstem Stroh ausgelegt.

Ohne Erklärung von David erkannte Niklas es als ›Abseihbottich‹, wie er es für sich nannte. Er ärgerte sich, nicht von sich aus auf diese Idee gekommen zu sein, und nahm sich vor, möglichst viel damit zu arbeiten, um nach weiteren Verbesserungen zu suchen.

Außerdem hatte es der hiesige Schmied irgendwie geschafft, den größten eisernen Kessel zu schmieden, den Niklas je gesehen hatte. Damit konnte dann sowohl die Maische als auch die Würze richtig gekocht werden. Alle umständlichen Schritte wie das Zubrühen mit kochend heißem Wasser oder das Hineinwerfen von glühend heißen Steinen waren nicht mehr notwendig.

Weiterhin gab es getrennte Bottiche für die Gärung. In allen vorherigen Brauereien wurde das Bier in den gleichen Bottichen vergoren, in denen es gebraut wurde.

»Es wird wohl keine schönere Brauerei geben als diese hier«, sagte er sich und war froh, die Entscheidung getroffen zu haben, nach St. Gallen zu gehen.

Mit Dieto und David verstand Niklas sich bestens und er wurde eingeteilt, im ersten Jahr alle vier Monate in einem anderen Brauhaus zu arbeiten, bis er alle drei Brauhäuser kannte.

Er begann bei Dieto und lernte, mit dem Eisenkessel umzugehen. Dieses Brauhaus besaß leider keinen Abseihbottich, und trotz aller Freude an der Arbeit konnte Niklas kaum erwarten, bis die vier Monate vorbei waren und er im großen Brauhaus arbeiten konnte.

Die letzten vier Monate seines ersten Jahres gefielen ihm überhaupt nicht. Reginald war ein schweigsamer Mann, der auf die 50 Jahre zuging. Seine kleinen Knopfaugen ließen ihn verschlagen dreinblicken, er ging immer leicht geduckt, so, als fürchte er sich. Dadurch wirkte er wie ein Buckliger. Wenn er gerade ginge, würde er alle drei jüngeren Brauer leicht überragen.

Am auffälligsten jedoch waren seine Hände. Ob durch harte Arbeit oder zu viel Bier und fettes Essen erworben: Die knochigen, langen Finger waren überzogen mit hässlichen Gichtknoten. Seine Haltung beim Gehen hing ebenfalls mit der Gichtplage zusammen.

Reginald hatte anscheinend nicht verwunden, dass junge Mönche wie David und Dieto ihn in der Hierarchie der Brauer so leicht überrundet hatten. Ständig ließ er seine schlechte Laune an den Braugehilfen wie Niklas aus.

Selten kamen Besucher, weil seine unfrommen Verwünschungen allseits bekannt waren. Diese hatten sogar schon zu Ermahnungen von Seiten des Abtes geführt. Nach Ablauf des Jahres 1271 wechselte Niklas zu Davids Brauhaus. Weitere vier Monate später teilte Notker Niklas dann ganz offiziell David und Dieto zu.

Alle verstanden sich zusehends schlechter mit Reginald, deswegen wurde bald nach dem Ende von Niklas' Probezeit eine Neuordnung beschlossen.

Niklas übernahm die Führung des dritten, kleinsten Brauhauses von Reginald.

Reginald wurde angehalten, sich um den Ausschank des Bieres zu kümmern sowie mehr in der Mälzerei zu arbeiten.

Er sollte sich in Zukunft von der Produktion des Bieres fernhalten.

Damit er allen wirklich aus dem Weg gehen konnte, bekam er eine eigene Kammer hinter den Bäckereien zugeteilt.

Alle außer Reginald waren froh über diese neue Regelung.

Niklas wurde mehrmals ermahnt, das dritte Brauhaus in Zukunft so gut zu führen, dass niemand sich darüber beschweren könnte.

Und er zeigte sich dieser Aufgabe mehr als gewachsen.

Reginald verschwand fast gänzlich aus den Brauhäusern. Er tauchte nur gelegentlich auf, nahm dann immer einen Eimer Maische oder Bier mit in seine Kammer, ohne zu sagen, was er damit machen würde.

Dieto, David und Niklas hielten den Mund, um Streit mit Reginald zu vermeiden.

Das Kloster St. Gallen in einem Kupferstich von Matthias Merian, 1642
(Ausschnitt)

16

Im Frühjahr 1272 brachte ein Bote ein Paket für Niklas ins Kloster. Auf dem beiliegenden Brief stand nur lapidar ›An den Praxator-Bruder Niklas im Kloster St. Gallen‹. Der Brief kam vom zuständigen Vogt für die Umgebung von Ravensburg.

›Wir haben unter dem Nachlass von Heinrich dem Molinarius dieses Buch gefunden. Es war für den Bruder Niklas bestimmt, der, wenn Heinrichs Tochter Hochzeit feiern würde, ein Fuder Bier brauen sollte.

Die Hochzeit wird nicht stattfinden, denn Heinrich und seine gesamte Sippe sind im letzten Monat an der Hadernseuche verschieden. Da ebenfalls alle Männer und Frauen, die in der Papiermühle gearbeitet haben, an der Hadernseuche gestorben sind, hat der ehrwürdige Landvogt die Papiermühle als Quelle des Übels ersehen.

Die Mühle wurde bis auf die Grundmauern verbrannt. Das Eigentum von Heinrich wurde dem Landvogt zugesprochen. Aus Ehrerbietung gegenüber dem Kloster St. Gallen schenke ich Euch dieses Buch, welches Euch zugedacht war. Ihr könnt es beruhigt anfassen. Wir haben alles aus dem Nachlass des Molinarius, was von Wert war, mit geweihtem Wasser gewaschen, um das Böse zu vertreiben, das an ihm haftete.‹

Niklas öffnete das Paket und fand ein dickes, neues Buch in einem einfachen, aber schönen Ledereinband. Die Seiten waren exakt und sauber geschnitten.

Hier könnte ich eines Tages meine Brauer-Geheimnisse hineinschreiben, dachte Niklas. Wenn ich lange genug lebe.

Er schickte einige Gebete zum Himmel im Gedenken an Heinrich den Molinarius und seine Familie.

Das Buch wickelte er in ein großes, schweres Wachstuch und hob es wie eine Kostbarkeit auf.

Die Arbeit mit Bruder David machte ihm große Freude. Er lernte zum ersten Mal nicht nur durch Zuschauen und Erklärungen des Älteren, sondern erfuhr, wie man beim Brauen alle einzelnen Arbeitsschritte beschreiben und damit auf eine Basis der Vernunft stellen konnte.

Er lernte die Namen für alle Werkzeuge, die sie benutzten. Einige von ihnen waren so speziell, dass nur die eingeweihten Brauer wussten, was gemeint war. In den anderen Klöstern hatten sie meistens nur auf den gewünschten Gegenstand gedeutet, wenn einer der Gehilfen ihnen zur Hand gehen sollte. David hatte die nötige Geduld, ihm auch die Instrumente zu erklären, deren Gebrauch er bis dahin nicht gekannt hatte.

Neben den bekannten Hilfsmitteln und Geräten wie Maischeholz und Schaumkelle gab es hier ein großes Sortiment verschiedener Zangen, Messer, Haken und Hämmer für Brauerei und Mälzerei, mehrere Arten von Lampen für die jeweiligen Räume sowie einige ganz neue, ungewöhnliche Sieb- und Trichtervorrichtungen in Sudhaus und Gärkeller.

Die größte Neuerung war jedoch die Arbeit mit Pech. In St. Gallen wurde auch Bier in Fässer gefüllt und diese wurden regelmäßig neu gepicht, um sie dicht zu halten. Niklas lernte den Gebrauch des Blasebalgs, des Pech-Trichters und des Pech-Kessels, lernte, das Spundloch mit dem Spundmesser auszukratzen, aber auch den Hahn mit Wucht ins Fass hineinzuschlagen.

Über all dies machte Niklas sich Notizen und Skizzen.

Ebenso über die Aufteilung der Brauhäuser. Er kopierte die Zeichnungen mit Erlaubnis von Notker, so gut er es konnte und versuchte sogar, eigene Entwürfe der Bottiche, Gefäße und Fässer anzufertigen.

Er bemerkte schnell, wie unbeholfen und schlecht die Ergebnisse waren. Dennoch waren sie ihm eine große Hilfe, weil er dadurch die Namen auswendig lernte.

Seine Zeichenkünste wurden zusehends besser.

Eines Tages sind meine Bilder vielleicht so gut, dass ich sie sogar jemandem zeigen kann, dachte er manchmal.

Am liebsten war ihm das ›Lernen‹, wenn er mit David oder Dieto am Ende des Tages im Brauhaus auf der Bank saß, frisches Bier trank und sie über neue Rezepturen, Verfahren oder die jüngsten Brauresultate diskutierten.

Dann blieb die Zeit für alle drei stehen, und mehr als einmal versäumten sie die Vesper.

Und mehr als einmal wurde es ein Krug Bier mehr als geplant.

Im Brauhaus, welchem David vorstand, entdeckte er eines Tages zu seiner allergrößten Freude den Stern der ›Reinen Brauer‹.

Seit ihm Bruder Thomas die Bedeutung des Sterns erklärt und ihm den Eid abgenommen hatte, waren beinahe acht Jahre vergangen.

In Weihenstephan hatte er Albert bei seinem Abschied zum ›Reinen Brauer‹ eingeschworen. Ansonsten hatte er in Peters Brauerei gearbeitet und Peter war beileibe kein ›Reiner Brauer‹ gewesen.

Deswegen hatte er es schon fast wieder vergessen.

Bei der nächsten Gelegenheit, bei der er mit David allein war, sprach er ihn darauf an:

»Ich habe vor einigen Jahren in Urbrach den Schwur auf die ›Reinen Brauer‹ geleistet. Seit wann bist du dabei?«

David erzählte:

»Ich wurde vor etwa zwei Jahren von Notker in unser Geheimnis eingeweiht. Mittlerweile ist Dieto ebenfalls dabei.

Reginald hingegen noch nicht. Wir, besser gesagt, Notker, glauben nicht, dass er den Willen zum ›Reinen Brauer‹ hat. Das war mit ein Grund, ihn aus dem Brauhaus zu entfernen. Wir mussten nur warten, bis jemand da war, der seine Arbeit übernehmen konnte. Und du machst deine Sache wirklich gut.«

»Weiß eigentlich jemand, was Reginald in seiner Kammer treibt, in der er oft stundenlang beschäftigt ist?«, fragte Niklas. »Hat das noch was mit Bierbrauen zu tun?«

David wusste es nicht. Beide waren sich indes schnell einig, dass der unfeine, beißend-scharfe Gestank, der manchmal aus der Kammer waberte, nichts, aber auch gar nichts mit Bier gemein hatte.

Seine Neugier war jedoch geweckt und er beschloss herauszufinden, was Reginald so trieb.

17

MITTE SEPTEMBER KAM DIE GELEGENHEIT, mehr über Reginalds Aktivitäten in Erfahrung zu bringen.

Niklas wusste, dass Reginald für ein paar Tage verreist war.

Er öffnete die Tür zu Reginalds Kammer. Neben einem kleinen Tisch, auf dem sich Blätter und Bücher stapelten, stand ein großer, höherer Tisch.

Dieser war voll mit seltsamen Apparaturen, die Niklas noch nie zuvor gesehen hatte.

Davor lagen verschiedene Kräuter.

Da lag eine Ranunkel, die gegen Nasenbluten und bei Hundebissen empfohlen wurde. Daher wurde sie auch ›Sanguinaria‹ genannt und war sowohl Arznei als auch Gift. Niklas kannte die Pflanze, weil er auf Reisen mehrmals gesehen hatte, wie sich Bettler damit abstoßend aussehende Wunden auf der Haut zufügten, um mehr Mitleid zu erregen.

Daneben eine wilde Distel, die ›Cameleia‹. Sie wurde gegen Leberbeschwerden, Vergiftungen und bei Wassersucht eingesetzt. Als Niklas sie anfasste, stach er sich an den langen Dornen in den Finger.

Auch eine Hauswurz sah er dort liegen. Der Saft sollte bei Insektenstichen und Verbrennungen helfen. Niklas kannte Hauswurz von seinem Elternhaus in Hahnfurt. Seine Mutter hatte sie gerne auf der Mauer und dem Dach angepflanzt, weil sie vor Unwetter schützen sollte. Sie hatte außerdem geglaubt, dass weiße Blüten einen Todesfall in der Familie ankündigen und lila Blüten Glück bringen.

Niklas dachte, dass Reginald wohl mit medizinischen Kräutern Rezepturen ausprobiere.

»Das sieht ihm gar nicht ähnlich, so etwas Gutes bewirken zu wollen.«

Dann sah er die seltsam geformte Wurzel. Er hatte nur einmal ein Bild einer Alraune gesehen, seine Mutter hatte diese aber ab und zu erwähnt. Dennoch wusste er sofort, was es war.

Schon das Ausgraben war tödlich, man musste die Wurzel an einer Kette von dem daran hängenden Hund aus dem Boden ziehen lassen. Der Hund ging daran zugrunde, die Wurzel war eine tödliche Sache. Sie sollte zwar bei Augenkrankheiten, Schlangenbissen, Hautflecken und Gelenkschmerzen helfen. Durch die Ähnlichkeit mit der menschlichen Gestalt wurde die Alraune jedoch nur von Magiern ausgegraben und verwendet.

Und das Beste, was man ihr nachsagen konnte, war, dass kleine Mengen eines Alraunsudes zum sofortigen Erbrechen führen konnten, größere Mengen aber zum schmerzhaften Tod.

Schon Hildegard von Bingen hatte geschrieben, der Teufel wohne in der Alraune. Von dem aromatischen, angenehmen Duft, der ein wenig an die Erdbeeren erinnerte, die er gelegentlich im Wald gepflückt hatte, sollte man sich nicht täuschen lassen: Wer mit einer Alraunwurzel arbeitete, konnte nichts Gutes im Schilde führen.

Und die anderen Kräuter, die neben der Alraune lagen und die Niklas fast alle bekannt waren, überzeugten ihn endgültig von den gefährlichen Wegen, die Reginald beschritt.

Der giftige Wacholder ›Juniperus Sabina‹ wurde von den einfachen Leuten Abtreibungskraut oder Mägdeblume genannt. Er hatte schon viele unschuldige junge Mädchen hingerichtet, die verzweifelt genug gewesen waren, sich dieses Kraut zu beschaffen.

Weiterhin lagen dort Tollkirschen, Bilsenkraut und mehrere Fingerhutpflanzen. Allesamt hochgiftig und sehr gefährlich.

Warum hatte Reginald die Tür nicht verschlossen, als er wegging? Wahrscheinlich glaubte er, niemand außer ihm könne erkennen, mit welchen Experimenten er sich beschäftigte.

Außerdem erlaubte die Klosterordnung nicht, Türen zu verschließen. Ebenso wie Takt und Höflichkeit geboten, sich nicht in Kammern anderer Brüder umzusehen. Sein Verstoß dagegen war Niklas aber bereits vorher klar gewesen.

Er wusste jedoch nicht, ob er sich Notker, David oder anderen Brüdern schon anvertrauen durfte. Er wollte erst sicher sein, dass Reginald wirklich etwas Böses plante.

So beschloss er, erst einmal weiter allein zu beobachten.

Er fand im Fußboden über Reginalds Kammer ein paar Holzplanken, die einen Spalt weit auseinanderstanden. So konnte er hineinsehen, ohne selbst gesehen zu werden.

Reginald kam bald zurück von seiner Reise.

Nun verfolgte Niklas sein Treiben, wann immer er konnte.

Er sah, wie dieser aus verschiedenen Körben Wurzeln, Kräuter, Früchte und Blüten herausnahm, mischte und verteilte. Reginald hantierte mit Waagen, stampfte Pulver, kochte Flüssigkeiten auf und rührte ›Latwerge‹ an, eine Art Salbe, die auf die Haut aufgetragen wurde.

Es brodelte und dampfte, roch mal aromatisch, mal senfartig, mal scharfbitter, aber immer sehr eigentümlich.

In dem Durcheinander aus Körben, Waagen, Schachteln, Mörsern, Stößeln, Kochvorrichtungen und Pokalen hätte sich Niklas niemals zurechtgefunden.

Dann wurde, kurz vor Weihnachten 1272, die erste Leiche gefunden.

Es war einer der durchreisenden ärmeren Händler, die im Kloster ein billiges Bett und Verpflegung suchten und in der Regel im Haus für die Gefolgschaft auch fanden.

Er lag im Gang zwischen der Unterkunft für Wärter und Knechte und der Bäckerei, mit grünlich angelaufenem Gesicht, angeschwärzten Gliedmaßen und in schmerzhaft verkrümmter Lage inmitten einer Pfütze von Erbrochenem.

Der Bruder von der Krankenstation stellte eine Vergiftung fest, konnte aber nicht sagen, was die Vergiftung verursacht hatte.

Auch wenn Niklas gleich einen Verdacht hatte, beweisen konnte er nichts.

Bei nächster Gelegenheit, als er ein Gespräch mit Notker hatte, versuchte er, das Thema zwanglos auf Kräuter und Arzneien zu bringen, jedoch ohne Reginald zu erwähnen.

Die arglosen und wenig sinnvollen Antworten Notkers überzeugten Niklas, dass er mit ihm nicht darüber reden konnte.

Bald ergab sich erneut eine Möglichkeit, Reginald fuhr wieder für ein paar Tage fort.

Niklas machte sich ans Studium der Bücher in Reginalds Kammer.

Ein Buch handelte von Alchemie, von der Herstellung von Gold und anderen wertvollen Metallen. Reginald hatte jedoch nie Anzeichen gezeigt, dass ihm Gold wichtig sei. Daher nahm Niklas an, dass lediglich die dargestellten Apparaturen für Reginald von Interesse waren. In der Tat, es herrschte große Ähnlichkeit zwischen den Abbildungen des Buches und den Aufbauten auf dem Tisch.

Niklas wusste bald, anhand der Beschreibungen, zu unterscheiden zwischen Heizkessel, Destillierkolben und anderen Auffang- und Mischbehältern.

Andere Texte erläuterten das Destillieren von Pflanzen, um aromatische Substanzen zu erhalten; Öle, Rosenwasser und Melissengeist zum Beispiel.

Reginald spielte auch mit Stoffen wie Ammoniumsalz, Schwefel, Vitriol und Salpeter. Damit ließ sich das sogenannte ›aquae acutae – scharfes Wasser‹ gewinnen.

Mit Wein oder Bier, jetzt war er sicher, auf der richtigen Spur zu sein, konnte man ›aqua ardens – brennendes Wasser‹ herausdestillieren.

In Verbindung mit ein paar tödlichen Kräutern war so kein Leben mehr sicher.

Auch wenn Niklas später feststellen musste, dass Reginalds Motive noch weiter gesteckt waren, kam er der Wahrheit, die Todesursache betreffend, schon sehr nahe.

18

Im März 1273 wurde der nächste Tote gefunden.
Diesmal zwischen zwei Stallgebäuden.
Der Tote war ein Gefolgsmann eines hohen Besuchers.
Wieder vergiftet, aber mit anderen Symptomen.
Erneut war keine exakte Diagnose möglich.

Die Brüder in St. Gallen waren sichtlich aufgeregt. Der Abt und Notker, der als Leiter aller Brauhäuser eine leitende Position im Kloster innehatte, berieten sich.

Da sie keinen Verdacht hatten, konnten sie auch keine eigene Ermittlung einleiten.

Ein paar Tage später rief Notker seine Brauer zusammen und verkündete:

»Aufgrund der ungeklärten Todesfälle in unserer Mitte haben wir beim Heiligen Stuhl in Rom einen Inquisitor beantragt. Er wird in Kürze erscheinen und die Fälle untersuchen. Haltet euch bereit, auch wir werden dazu befragt werden.«

Dieto, David und Niklas sprachen in den nächsten Tagen des Öfteren über den angekündigten Inquisitor. Alle drei kannten die Inquisition eigentlich bislang nur vom Hörensagen, aber das Wenige reichte aus, um alle in Angst und Schrecken zu versetzen.

War einmal der Verdacht des Ketzertums auf einen gefallen, so war es fast unmöglich, diesen wieder loszuwerden. Der große Kirchenlehrer Augustinus von Hippo, der vor fast 1000 Jahren gelebt hatte, hatte das Fundament dafür gelegt, indem er Andersgläubige als ›Unkraut‹ und ›Tiere‹ bezeichnet hatte.

»Diese Frösche sitzen im Sumpf und quaken: ›Wir sind die einzigen Christen!‹ Doch mit offenen Augen fahren sie zur Hölle hinab.« Augustinus akzeptierte die Notwendigkeit, Andersgläubigen durch harte Strafen, striktes polizeiliches Durchgreifen und Verbot des Zugangs zu Gerichten zuzusetzen. Seine Rechtfertigung war ein Satz aus dem Gleichnis Jesu: »Nötige die Leute hereinzukommen – cogite intrare«, wie es im Evangelium des heiligen Lukas geschrieben steht. Er machte jedoch aus ›nötige sie‹ ein ›zwingt sie‹; damit nahm das Unheil seinen Lauf. Duldung war für Augustinus nur ›unergiebig und nichtig – infructuosa et vana‹. Er forderte die Bekehrung Andersgläubiger durch ›heilsamen Zwang – terrore perculsi‹. Dieser ›heilsame Zwang‹ wurde mittlerweile ›peinliches Verhör‹ genannt und viele Verhörte überlebten dies nicht oder blieben für den Rest ihres Lebens verkrüppelt oder geisteskrank.

Dies wollten die drei St. Galler Brauer um jeden Preis vermeiden.

Im Kloster kursierte ein Bild von einem Verhörkeller der Inquisition. Seit Niklas nur einmal einen Blick auf dieses Bild erhascht hatte, wurde er zeitweilig von Alpträumen geplagt.

Seit dem Konzil von Toulouse im Jahre 1229 war es sehr einfach geworden, unliebsame Feinde an die Inquisition auszuliefern, die offiziell in den Händen der Dominikaner lag. Die heimliche Denunziation wurde von allen offiziellen Stellen gebilligt.

Wer mit einem Ketzer verkehrte – sei es auch nur in einem Wirtshaus – oder ihm Almosen gab oder mit ihm verheiratet war, machte sich bereits verdächtig. Wer auf eine Vorladung nicht erschien, galt bereits als schuldig. Wer erschien, wurde allerdings meistens eingekerkert.

Währenddessen versuchte die Klosterführung, bis zur Klärung erst einmal die Morde zu vertuschen. Alle Brüder wurden angehalten, ihre Mahlzeiten nur gemeinsam mit den anderen im Refektorium einzunehmen. Besucher von auswärts wurden lediglich in dringenden Fällen eingelassen, wenn die Ankunft zu spät war, um sie noch weiterreisen zu lassen.

Und diese auswärtigen oder durchreisenden Besucher wurden ohne weitere Begründung dazu aufgefordert, nicht im Kloster umherzuwandern. Sie sollten sich auf die Räume beschränken, die ausdrücklich für die Besucher da waren.

Nach drei Wochen kam der mit der Untersuchung beauftragte Mönch.

Niklas traute kaum seinen Ohren!

Er hatte zwar einen Dominikanermönch erwartet, aber dass dieser aus Augsburg kam, war doch überraschend.

»Bernard von Dauerling heißt der Inquisitor«, flüsterte Dieto Niklas zu, als sie sich im Brauhaus begegneten.

Niklas stockte der Atem. Er wusste nicht, ob das ein gutes oder ein schlechtes Zeichen war.

Ihr Wiedersehen war eher trocken und formell, von der damaligen Freundschaft schien nichts mehr übrig geblieben zu sein.

»So sieht man sich wieder, Niklas von Hahnfurt!«, begrüßte Bernard ihn. »Ich untersuche hier zwei Morde und treffe einen ›Reinen Brauer‹! Hoffentlich ist das nur ein Zufall!«

Obwohl die Brauer, allen voran Niklas, versuchten, Bernard das Leben in St. Gallen so angenehm wie möglich zu machen, benahm sich dieser kalt und abweisend.

Zu Reginald genau wie zu allen anderen.

»Solange ihr alle verdächtig seid, darf ich mit niemandem fraternisieren. Und seid sicher, ich werde die Verdächtigen sortieren, befragen und am Ende den Schuldigen finden!«

Bernard hielt sich etwa drei Wochen in St. Gallen auf, dann kehrte er unverrichteter Dinge zurück nach Augsburg. Er hatte noch keinen Verdacht, den er durch peinliche Befragungen erhärten konnte.

In der Folgezeit beobachtete Niklas Reginald genau.

Etwa drei Monate nach Auffinden der zweiten Leiche und etwa sechs Wochen nach Bernards Abreise sah er, wie Reginald abends zum Haus ging, in dem die Gefolgschaft höherer Gäste untergebracht wurde.

Er folgte ihm unauffällig.

Dabei kamen sie an den Stallungen vorbei sowie am Gesindehaus.

Niklas bemerkte, dass sie den Fundort der zweiten Leiche passierten.

Überdies fiel ihm der Umweg zum Gefolgschaftshaus auf, den Reginald wählte.

Auf diesem Weg war die erste Leiche gefunden worden.

Reginald betrat das Haus und ließ sich auf einer Bank nieder. Trotz der verminderten Gästezahl waren viele Bänke besetzt. Die Besucher zechten lauthals und sehr unfromm vor sich hin.

Auf Reginalds Bank saß bereits ein halbes Dutzend Männer und ließ sich das Celia munden; einige hatten schon sichtlich größere Mengen genossen.

Niklas nahm in einem anderen Teil des Saals Platz, sodass er Reginald im Blick behalten konnte. Dieser war bald an der lautstarken Unterhaltung der Männer beteiligt. Es wurde gelacht, geflucht und bisweilen sogar gesungen.

Niklas verstand inzwischen, warum für jede Klasse von Gästen eigene Häuser gebaut worden waren. Dies hier wäre der Zucht und Ordnung im Klosterleben nicht förderlich gewesen.

Nachdem alle etwa fünf große Krüge geleert hatten, stand einer der Männer auf und wankte in Richtung Ausgangstür. Wahrscheinlich musste er sich erleichtern, auf die eine oder andere Art und Weise.

Reginald erhob sich ebenfalls, verabschiedete sich aber von seinen Tischgenossen und schwankte hinaus. Sobald er allein vor der Tür war, ging er mit einem Mal völlig normal. Er hatte nur vorgetäuscht, angetrunken zu sein.

Niklas war mittlerweile ebenfalls auf den Beinen und verfolgte, was nun passierte.

Reginald fand den Mann, der sich gerade an einer Hauswand erbrach und tat fürsorglich.

Er redete dem Mann gut zu und sagte:

»Komm mit nach hinten zu uns in die Brauerei. Ich habe dort eine kleine Apotheke mit eigens für diese Zwecke gebrauten Mitteln. Da ist bestimmt etwas für dich dabei.«

Der Mann rülpste laut und schwankte hinter Reginald her. Reginald ging den gleichen Weg, auf dem er gekommen und der um diese Zeit menschenleer war.

Niklas hielt sich im Schatten der Häuser. Als sie das Backhaus erreichten, wäre Niklas um ein Haar gestolpert und hätte alles verraten. Er konnte den beiden ab jetzt aber nicht mehr folgen, ohne Gefahr zu laufen, entdeckt zu werden. So ging er in seine Kammer und schlief sehr schlecht.

Er befürchtete das Allerschlimmste.

Am nächsten Morgen fand man den dritten Toten.

Niklas machte sich schwere Vorwürfe.

Er glaubte, wenn er stark genug gewesen wäre, hätte er zumindest den dritten Mord verhindern können.

19

DREI WOCHEN DANACH war Bernard wieder da.

Die Untersuchungen zum dritten Mord verliefen zuerst wieder im Sande. Reginald hatte aber anscheinend bemerkt, dass ein, wenn auch nur leichter, Verdacht auf ihn gefallen war. Er verhielt sich ungewohnt freundlich zu allen, war hilfsbereit und tat alles, um jeden Verdacht von sich abzulenken.

Dann denunzierte er heimlich Ludger, einen älteren Mönch, der wechselweise im Weinkeller und in der Backstube aushalf, bei Bernard und behauptete, ihn bei dem zweiten Mord auf frischer Tat ertappt zu haben.

Bernard ließ ein Gästehaus räumen, baute dort mit seinen Gehilfen die Geräte auf, die sie zur peinlichen Befragung benötigten, und lud den armen Ludger zum Verhör.

Die Schreie gellten durch das ganze Kloster und gingen allen durch Mark und Bein. Sie dauerten jedoch nicht lange, nach zwölf Stunden Verhör hatte Ludger alles gestanden, nicht nur die drei Morde, sondern auch Sodomie, Unzucht mit dem Teufel sowie weitere Todsünden, und bat nur noch wimmernd darum, von seinen Sünden und seinen Leiden erlöst zu werden.

Am nächsten Sonntag bereits wurde er auf dem Scheiterhaufen im Klosterhof bei lebendigem Leib verbrannt, und Bernard konnte, triumphierend über diesen sichtlichen Erfolg, zufrieden abreisen.

Der Gestank des verbrannten Fleisches lag noch einige Tage lang über dem Klosterhof, wie, um die St. Galler Brüder an die Macht der Inquisition zu gemahnen.

Niklas war rastlos und ratlos. Sein Gewissen quälte ihn, er betete mehr und intensiver als jemals zuvor in seinem Leben.

Niemand stand ihm jedoch nahe genug, mit dem er sein Wissen teilen und Reginald schließlich seiner gerechten Strafe zuführen konnte. Er versuchte, sein Mitwissen, welches er als Mitschuld sah, zu verdrängen, so gut es ging.

Nachdem nun scheinbar Ruhe einkehrte, kam auch die Normalität zurück. Gäste aus ganz Europa suchten die Gastfreundschaft von St. Gallen. Die Brauerei mit ihren drei Brauhäusern florierte und der Ruhm des St. Galler Bieres verbreitete sich bis weit über die Grenzen.

Dieto, David und Niklas wurden vom Tagesgeschäft des Bierbrauens so in Anspruch genommen, dass weniger Zeit als im Vorjahr für ihre Diskussionen über Verbesserungen der Brautechnik und das Ethos der ›Reinen Brauer‹ blieb.

Und wenn sie zusammensaßen und einander Geschichten erzählten, wurde die Zeit nie lang.

Einmal hörte Niklas einen Namen, den er zuletzt in Urbrach gehört hatte. Dieto hatte gerade einen äußerst nahrhaften Trinkspruch auf das Cervisa Melitta ausgebracht:

»Das Bier aber macht das Fleisch des Menschen fett und gibt seinem Antlitz eine schöne Farbe durch die Kraft und den guten Saft des Getreides!« Dieto und David lachten, David sagte: »Jaja, die gute Hildegard von Bingen, die hatte eine Menge vom Bier verstanden.«

In St. Gallen gab es tägliche Zuteilungen für die Mönche von sieben Mahlzeiten mit reichlich Brot sowie fünf Zumessungen Bier.

Kein Wunder, dass Mönche, die körperlich weniger anstrengende Tätigkeiten hatten, schnell auch einmal fetteres Fleisch auf den Rippen und eine rosigere Farbe im Gesicht hatten, als es Hildegard von Bingen gefallen hätte.

Nach dem vierten oder fünften Krug ergötzten sich die drei dann an mehr oder weniger frommen Erzählungen, die meist mit Bier zu tun hatten.

Wie die vom heiligen Columban, der im sechsten Jahrhundert gelebt hatte. Die Antwort zweier Mönche auf seine Frage nach ihrer Ernährung lautete, dass sie täglich zwei Brote und ein bisschen Bier verzehren würden.

»Zwei Brote und ein bisschen Bier – die Armen!«, lachte Dieto. »Die sollten mal zu uns kommen!«

Dann erzählte David über Columbans wundersame Vermehrung dieser wichtigen Lebensmittel: »Vater, wir haben nichts als zwei Brote und ein wenig Cervisa; aber alle tranken und aßen, bis sie satt waren, und die Körbe und Krüge wurden voller, statt sich zu leeren.«

Und sie lachten, bis sie nach Luft schnappen mussten, und leerten schnell den nächsten Krug.

Manchmal zweifelte Niklas, ob er sich den Verdacht gegenüber Reginald nicht ausgedacht hatte. Dann ging er in den Raum über Reginalds Kammer, schaute durch den Spalt und vergewisserte sich, dass er nicht geträumt hatte.

Im Sommer traf er Reginald einmal beim Trinken im Bierkeller für die Mönche, der sich im Erdgeschoss befand, im Gebäude gleich neben der Brauerei.

Er setzte sich zu ihm und begann ein Gespräch. Reginald war zuerst freundlich, bis Niklas das Thema auf Kräuter und Experimente mit diesen lenkte, da verstockte er zusehends.

Niklas' Absicht war, ihm so deutlich, wie es auf indirektem Wege ging, zu verstehen zu geben, dass er von Reginalds Treiben Kenntnis hatte. Er wollte ihm die Möglichkeit geben, die Sache zu beenden.

Reginald würde wahrscheinlich aus dem Kloster verbannt werden und somit vermutlich glimpflich davonkommen, wenn er die Morde nicht als Morde, sondern als missglückte Experimente zum Wohle der Menschen erklären würde. Sogar die Denunziation von Ludger könnte er mit einer Mittäterschaft begründen.

Das Gespräch nahm jedoch eine ganz andere Richtung. Reginald begann, Niklas unverhüllt zu drohen. Er werde ihn als Mörder bloßstellen, ihm die Kenntnisse der Alchimie nachweisen und dafür sorgen, dass er peinlich verhört werde.

»Seit die Kirche die Heilige Inquisition offiziell eingesetzt hat, wartet sie nur auf Leute wie dich.«

Niklas wusste mittlerweile genug über die Inquisition, um eine, im wahrsten Sinne des Wortes, Höllenangst davor zu haben. Und auch, wenn er wusste, dass die Schuldfrage exakt umgekehrt war, wie Reginald es darstellen würde, war er sich doch bewusst, dass Unschuld in diesen Fällen nicht immer vor Verfolgung schützte.

Reginald hatte auf seinen zahlreichen Reisen, wie Niklas gehört hatte, nicht nur die Dominikanerklöster in Bern, Basel, Zürich und Rottweil besucht.

Sondern auch Augsburg.

Und dabei sicher gute Kontakte geknüpft.

Bessere, als Niklas jemals zu haben hoffte.

»Was glaubst du, wer dafür gesorgt hat, dass Bernard von Dauerling das Verhör leitet? Er ist jung, ehrgeizig und skrupellos. Das habe ich in Augsburg gelernt. Ich durfte ihm in Augsburg einmal bei einem Verhör zusehen. Und er liebt den Erfolg mehr als die Untersuchung. Wenn ich ihm deinen Namen nenne, wird er dich mit Freude verhören.«

Derart von Reginald in Grund und Boden geredet, machte er sich keine Illusionen, wer diesen Kampf gewinnen würde.

Schweren Herzens sah er seinen nächsten Abschied bereits in aller Deutlichkeit vor sich.

Er überzeugte Reginald, dass er ihn nicht anzeigen würde, und Reginald sagte ebenfalls Stillschweigen zu. Er wollte ja weitermachen mit seinen Experimenten, und eine Anzeige von Niklas hätte bei ihm ebenfalls zu Untersuchungen geführt.

Niklas benötigte noch ein paar Wochen, um seinem Aufbruch keinen Anschein von Hast zu geben.

Dann sprach er mit dem Abt und mit Notker und bat um Entbindung von seinem Ordensschwur. Er erklärte, er wolle sich in Zukunft nur noch dem Bierbrauen widmen und da ermangele es ihm an Begeisterung und Disziplin für die strengen Klosterregeln.

Der Abt entließ ihn aus seinem Gelübde und Notker ließ ihn widerstrebend gehen. Niklas konnte nicht widerstehen und machte noch eine Bemerkung über Reginald, die jedoch von Notker wieder einmal nicht verstanden wurde, aber die nächsten Jahre wie eine Gewitterwolke über Niklas' Leben hängen sollte.

Der Abschied von David und Dieto war lang und bewegend. Viele Krüge Cervisa melitta wurden geleert, viele nahrhafte Trinksprüche ausgebracht, bis alle drei traurig und betrunken auf der Bank hockten und sich gegenseitig alles Gute für die Zukunft wünschten.

Notker hatte ihm zum Dank für seine gute Arbeit in der Brauerei vom Prior eine Börse mit Geld aushändigen lassen; genug, um einige Monate über die Runden zu kommen. Vom Kellermeister bekam er einen prall gefüllten Sack mit köstlichem Käse, getrockneter Wurst, Brot und einem Beutel Wein für die Reise. Niklas' Klosterzeit war vorbei.

Notker wiederholte bei nächster Gelegenheit Reginald gegenüber Niklas' letzte Bemerkung, weil er dachte, es hätte sich um einen Scherz gehandelt.

Reginald schrieb daraufhin heimlich einen Brief an Bernard, in dem er Niklas als wahren Mörder denunzierte. Er habe Ludger nur genannt, weil Niklas ihn erpresst habe. Jetzt, nachdem Niklas geflohen sei, – brauchte es einen klareren Beweis für seine Schuld? – sei er, Reginald, nicht mehr an die Erpressung gebunden und könne jetzt, endlich, die Wahrheit ans Licht bringen.

Zum Glück hatte Niklas beim Abschied in St. Gallen niemandem gesagt, wohin er sich wenden wollte. Das rettete ihm einstweilen das Leben.

1

Sein erster Weg aus St. Gallen hinaus führte ihn nach Hause, zum Dorf seiner Kindheit.

Das Jahr 1273 ging dem Ende entgegen. Er war jetzt im 26. Lebensjahr und seit fast fünf Jahren nicht mehr in Hahnfurt gewesen. Während seiner Zeit in Urbrach hatte er einmal im Jahr seine Familie besuchen dürfen, während sie ihn einmal im Jahr im Kloster sehen konnte. Sogar während der Zeit in Weihenstephan war er zweimal nach Hause gereist.

St. Gallen war einfach zu weit weg gewesen.

Während Urbrach nur zwei Tagereisen von Hahnfurt entfernt lag, war es nach Weihenstephan immerhin schon ein Weg von fünf Tagen. Die zehn Tage nach St. Gallen hätten einen Reiseaufwand von etwa drei Wochen allein für Hin- und Rückweg bedeutet. So lange hatte er nicht fortbleiben können.

Wie bisher fast immer, reiste er auch diesmal allein. Er war arm, doch groß und kräftig und konnte sich seiner Haut gut erwehren.

Das Wetter war die meiste Zeit über schlecht, schlammige Straßen erschwerten das Weiterkommen. Immer wieder sah man wohlhabende Reisende, die mit ihren Kutschen stecken geblieben waren.

Zu Fuß zu reisen war zwar schmutziger und unbequemer, aber Niklas zog diese Art der Fortbewegung wegen der weitgehenden Unabhängigkeit vom Wetter und anderen Widrigkeiten allen anderen, zudem auch teureren, vor.

In der Nähe von Donauwörth erlebte er die Pest zum ersten Mal aus nächster Nähe. Er hatte von dieser furchtbaren Geißel Gottes gehört, nur gehofft hatte er, sie niemals am eigenen Leib erfahren zu müssen.

Ein ganzes Dorf auf seinem Weg war Opfer des Schwarzen Todes geworden. Menschen kamen ihm entgegen und warnten ihn davor, hier weiterzugehen. Süßlicher Verwesungsgeruch hing in der Luft, vermischt mit dem Rauch brennender Hütten.

Einige fragten ihn nach seinem Weg und wollten sich ihm anschließen:

»Die Luft in unserem Dorf ist durch Miasmen verseucht, die Pest ist nicht mehr zu vertreiben. Im Sommer war die Sonne zu heiß und hat die Sümpfe in der Umgebung aufgeheizt. Dadurch ist alles hier vergiftet, Menschen und Tiere. Wir müssen uns einen neuen Ort zum Leben suchen. Doktoren in dicken Kostümen und mit Schnabelmasken laufen überall herum und öffnen die Pestbeulen, damit Eiter und Blut abfließen können.«

Andere erzählten von grausamen, entsetzlichen Geschehnissen, die sich dort in den letzten Tagen abgespielt hatten: Todgeweihte, die noch lebten, wurden ihrer Kleider und ihres Schmuckes beraubt, vor den Blicken der Kranken wurden die Häuser geplündert, und oft wurden die halbverwesten und stinkenden Kadaver erst nach einigen Tagen gefunden und dann begraben.

Mütter erschlugen ihre Kinder, damit diese nicht den qualvollen Tod sterben mussten, Männer beerdigten sich selbst bei lebendigem Leib, um nicht vor dem Sterben bereits von Mäusen, Ratten oder Würmern angefressen zu werden.

Die Menschen, die sich für ihre Verwandten unter den Pestopfern noch ein Begräbnis leisten konnten, mieteten sich spezielle Pestsärge. Diese hatten Klappen im Boden, durch die die Leiche schnell ins Grab befördert werden konnte. Dann gab man den Sarg zurück.

Die anderen wurden lagenweise in Löcher geworfen und mit Erde bedeckt, um gleich darauf die nächste Lage von Toten zu werfen.

Die Straßen waren übersät mit Leichen und boten einen grausigen Anblick. Und dies war nur ein kleines Dorf! Was würde wohl geschehen, wenn der Schwarze Tod die größeren Orte und Städte erreichte?

Schlimmer wurde es noch dadurch, dass den Pestepidemien meistens Hungersnöte folgten, weil zu wenige Menschen da waren, um die Ernten einzubringen, und die Bäcker, Metzger und Bauern genauso starben wie alle anderen Menschen.

Etwa 20 Personen schlossen sich ihm nach und nach an und wollten mit Richtung Nürnberg oder Regensburg gehen oder sich unterwegs ein neues Zuhause suchen.

Auf dem Umweg um die Pestgegend sahen sie an den Mauern der Kirchhöfe und Klöster immer häufiger die Totentänze, die ihnen eindringlich zeigten, was sie sowieso nicht vergessen konnten: ›Memento Mori‹.

Bisweilen sahen sie auch kleine Gruppen von Flagellanten, die, ihre Körper geißelnd, durch die Lande zogen und so die Apokalypse abzuwenden hofften. Überall beteten die Menschen. Mittlerweile gab es mehr als 50 verschiedene Pestheilige, die angerufen wurden, darunter der heilige Sebastian und der heilige Rochus. Die Pest hatte sogar bereits die Riten der Heiligen Kirche verändert.

Die Absolution wurde nur noch aus der Ferne erteilt und das Abendmahl mit zwei Meter langen Löffeln gereicht.

Beinahe zur gleichen Zeit, als Niklas nur wenige Kilometer an Augsburg vorbeikam und dann Donauwörth passierte, erhielt Bernard den Brief von Reginald. Ein paar Tage später machte er sich auf den Weg nach St. Gallen. Er wollte Niklas ausfindig machen, indem er dessen Weg folgte.

Währenddessen lernte dieser seine neuen Mitreisenden kennen. Einer stellte sich als Kaufmann Joachim vor und erzählte ihm von sich und seiner Familie:

»Vor zwei Wochen hatte ich noch eine Frau und fünf Kinder, zwei Söhne und drei Töchter. Meine Töchter hätten alle drei innerhalb der nächsten vier Jahre heiraten können, meine Jungen waren noch klein, aber sehr aufgeweckt und haben uns bereits viel geholfen. Dann kam unser Nachbar, ebenfalls ein Kaufmann, zurück aus Augsburg. Er hatte dort einen Tuchhändler besucht. Ab dem nächsten Tag hatte der Schwarze Tod ihn im Würgegriff, er starb schnell. Zwei Tage später traf es mein Weib, dann zwei meiner Töchter. Innerhalb einer Woche war meine ganze Familie tot, bis auf Maria, die zweite Tochter. Ich weiß nicht, warum gerade wir aufgespart wurden von Gott, vielleicht hat er noch etwas vor mit uns. Aber den Anblick werde ich niemals vergessen. Die Entzündungen und Schwellungen an den Beinen, dick wie Hühnereier, die nach kurzer Zeit anfangen zu pulsieren. Das Gleiche geschieht am Hals und unter den Armen. Dann das Fieber. Das Erbrechen und Husten. Sie bekommen keine Luft mehr. Sie können Kot und Harn nicht mehr halten. Die körperlich Starken können aufstehen, taumeln aber wie Betrunkene einher. Schließlich verfärben sie sich blau und sterben unter großen Schmerzen. Wer immer sich diese Krankheit ausgedacht hat, es muss der Teufel persönlich gewesen sein!«

Niklas sah neben Joachim ein Mädchen stehen, die Trauer stand ihr noch ins Gesicht geschrieben, die Augen verquollen vom vielen Weinen, die Kleider schmutzig von der Reise.

Der Aufbruch war natürlich hastig erfolgt, die Kleider waren zurückgelassen oder verbrannt worden. Man wusste zwar noch nicht viel über diese Krankheit, aber dass sie auch in den Kleidern stecken konnte, war allgemein bekannt.

Sie war ein gutes Stück kleiner als er, sehr zart und zierlich gebaut, sodass man ihr eigentlich nicht zutraute, als einziges von fünf Kindern eine Seuche zu überleben. Trotz der verquollenen Augen erkannte er ein hübsches Gesicht, und als sie ihn ansah, war er fasziniert von ihren großen, tiefgrünen Augen. Solche Augen hatte er noch niemals gesehen.

Und der Duft, den sie ausstrahlte, zart, süßlich und frisch, verdrehte ihm endgültig den Kopf.

Er war bislang zu keiner Zeit seines Lebens verliebt gewesen. Im Kloster mangelte es an Gelegenheit, auch war er eigentlich immer nur mit anderen Dingen beschäftigt gewesen.

Freundlich sprach er Maria an, nur zaghaft lächelte sie zurück, ihre Augen strahlten dagegen.

Joachim, ihrem Vater, entging das nicht. Er sagte aber nichts.

Die Reise war sehr anstrengend, und das Mädchen hatte wirklich genug durchgemacht. Ein Lächeln schadete ihr sicher nicht.

In den folgenden Tagen verbrachten sie unterwegs viel Zeit zusammen, erzählten einander aus ihrem Leben. Niklas streute die eine oder andere Anekdote aus dem Brauerleben ein. Maria konnte bisweilen sogar wieder lachen. Einmal griff sie zaghaft nach seiner Hand, zumindest erschien es Niklas so. Er legte ihre Hand in seine und ließ sie spielerisch seine Hornhaut fühlen, die ihn damals beim Gottesurteil gerettet hatte.

Die Zeit verging viel zu schnell …

Kurz hinter Ingolstadt trennten sie sich.

Niklas ging weiter in Richtung Hahnfurt, und da der kleine Ort nicht sehr bekannt war, musste er ab jetzt häufiger nach dem Weg fragen.

Währenddessen war Bernard wieder in St. Gallen angekommen, hatte alle befragt, die etwas zu Niklas' ›Flucht‹ aussagen konnten und sich nach nur zwei Nächten wieder auf den Weg gemacht. Da Niklas nicht wusste, dass er verfolgt wurde, hatte er auch bei Gesprächen mit anderen Reisenden keinen Hehl aus seinem Reiseziel gemacht. So erfuhr Bernard durch Herumfragen schnell, dass Niklas Richtung Hahnfurt unterwegs war.

Joachim und Maria gingen nun ohne Niklas in Richtung Regensburg weiter.

»Ich werde in Regensburg einen neuen Anfang machen«, sagte Joachim. »Ich habe dort noch einige Waren im Kontor der Kaufleute. Das wird mir helfen. Du warst uns ein guter Reisegefährte. Ich wünsche dir alles Gute. Solltest du einmal nach Regensburg kommen, bist du immer eingeladen, unser Gast zu sein.«

Maria zeigte ihre Traurigkeit über die Trennung offener als Niklas.

Die Schüchternheit der ersten Tage war einer Natürlichkeit gewichen, die Niklas völlig überrumpelte. Sie zerdrückte ein paar Tränen, dann fiel sie ihm um den Hals und zur Krönung schmatzte sie zwei dicke Küsse auf seine Backen.

»Komm uns bitte bald besuchen!«, bat sie fast flehentlich.

2

Niklas versprach es und ging seines Weges, in weitem Bogen an Nürnberg vorbei. Je näher er dahin kam, wo er Hahnfurt vermutete, desto düsterer wurden die Anzeichen, dass etwas Furchtbares geschehen war.

Die Mementi Mori wurden zahlreicher, die Flagellanten auch. Der Geruch des Todes wurde unerträglich, dauernder Brechreiz legte sich auf seinen Gaumen.

Als er Hahnfurt erreichte, sah er ein totes Dorf.

Die Pest hatte ganze Arbeit geleistet.

Hahnfurt hatte nur etwa 200 Bewohner gehabt, davon lebte jetzt niemand mehr.

Das Dorf sah genauso aus, wie ihm von anderen Dörfern aus der Donauwörther Gegend berichtet worden war.

Auch hier lagen halb verweste Tote auf der Straße, ein entsetzlicher Gestank nach verbranntem Fleisch hing in der Luft.

Daneben der Geruch von Essig, Rauch, Schwefel und Parfum. Man hatte alles unternommen, um sich vor der Krankheit zu schützen, vergebens.

Offenbar hatten die letzten Menschen, bevor sie den Ort verließen, versucht, alles zu verbrennen.

Mit Tränen in den Augen suchte Niklas sein Elternhaus und fand es unbeschädigt vor.

Im Haus allerdings lag seine Mutter, tot und schwarz von der Pest. Neben ihr lag ein Brief. Ein diktierter Brief, denn soweit Niklas wusste, hatte seine Mutter weder lesen noch schreiben können. In Pestzeiten zogen Schreiber durch die Lande und schrieben für teures Geld den letzten Willen der von Tod Gezeichneten auf.

»Ich bin die Letzte unserer Familie hier in Hahnfurt. Und der Schwarze Tod wird auch mich holen. Mein Mann, Michael, ist vor drei Wochen von mir gegangen, ebenso Matthias, Ruth und Adelheid. Lediglich Niklas und Elisabeth sind noch am Leben. Niklas ist als Brauer im Kloster, er sollte in St. Gallen zu finden sein. Elisabeth ist verheiratet mit dem Bauern Thomas in Velburg. Wenn jemand diesen Brief findet, meldet es bitte unseren Kindern. Wir haben nichts, was wir ihnen vermachen können, außer unserem Segen. Der wird auch an den Überbringer erteilt. Vielen Dank, Gott segne Euch.«

Voller Trauer schossen ihm die Tränen in die Augen. Seine Familie war ausgerottet von dieser Geißel Gottes, er hatte keine Sippe mehr, einzig ihn und Elisabeth gab es noch. Elisabeth, zu der er niemals ein richtiges Geschwisterverhältnis gehabt hatte, zu früh hatte er das Elternhaus verlassen.

Er überlegte kurz, dann stand seine Entscheidung fest. Er beerdigte seine Mutter und sprach ein paar Gebete für seine toten Eltern und Geschwister.

Er verbrannte alle Habseligkeiten seiner Sippe und machte sich auf den Weg nach Regensburg. Jetzt hatte er keine Familie mehr, also war es an der Zeit, eine eigene zu gründen.

Und so sah er nach nur knapp drei Wochen Trennung Maria wieder.

Diesmal reiste er ganz allein, niemandem konnte er von seinem neuen Reiseziel erzählen. Als Bernard ein paar Tage nach Niklas Hahnfurt erreichte, erkannte er sofort, dass seine Verfolgung hier vorläufig am Ende war. Er wusste nicht, wo Niklas gewohnt hatte, sah aber all die Toten und kehrte schnell nach Augsburg zurück.

Dort nahm er seine Studien wieder auf und wartete wie ein Zeck darauf, durch eine neue Nachricht über Niklas die

Verfolgung wieder aufnehmen zu können. Zur Not würde er jahrelang warten. Er war geduldig.

Niklas wurde in Regensburg empfangen wie ein alter Freund. Seine traurige Geschichte konnten Maria und Joachim leicht nachempfinden, und aus dem Gast aus Notwendigkeit wurde zuerst ein Dauergast, dann quasi ein Familienmitglied.

Joachim hatte bereits sein neues Geschäft begonnen, die Zeichen standen gut, und er schätzte den jungen, tüchtigen Pierpreu, sogar wenn dieser noch keine Arbeit gefunden hatte und von seinen Ersparnissen aus St. Gallen lebte.

Er achtete sehr darauf, dass alles im Rahmen von Zucht und Anstand vor sich ging, und Niklas hielt sich daran. Zu wichtig war ihm die Freundschaft von Joachim, zu wertvoll die junge Liebe, die sich beide mittlerweile voll entgegenbrachten.

Niklas spielte mit dem Gedanken, sich bei der Regensburger Spitalbrauerei als Brauer zu bewerben.

Die Spitalbrauerei war zusammen mit dem St. Katharinenspital am nördlichen Donauufer im Jahre 1226 gegründet worden, mit von Bischof Konrad IV. gespendeten 7000 Regensburger Pfennigen.

Noch niemals hatte Niklas von so viel Geld gehört, allein die Zahl sprengte seine Vorstellungskraft.

Im Katharinenspital fanden Pilger und Reisende, Bedürftige aller Art, Behinderte und Waisen Aufnahme. Es war eine denkwürdige Einrichtung, und die Idee der Brauerei für die Insassen des Spitals gefiel ihm ausnehmend gut.

Die Führung des Spitals, die zur einen Hälfte aus weltlichen Herren, den Patriziern des Stadtrats, zur anderen Hälfte aus kirchlichen Würdenträgern, Dompropst, Domkustos, Domdekan und Dompfarrer, bestand, sagte ihm gleichermaßen zu.

Er dachte, dadurch würden Entscheidungen über die Art, wie die Brauerei arbeitete, ausgewogener und unparteiischer gefällt werden.

Bevor er sich dort bewerben konnte, erwies sich seine Freundschaft zu Joachim schon bei der Suche nach Arbeit als ungemein wertvoll.

Joachim unterhielt eine Geschäftsbeziehung zu einem adeligen Herrn mit Namen Albrecht von dem Marchte, der Kämmerer im Kloster Metten war.

Die Benediktinerabtei St. Michael in Metten in der Diözese Regensburg lag zwischen den Ausläufern des Bayerischen Waldes und dem Donautal nahe Deggendorf.

Nebenbei war er noch Besitzer einer erblichen Braustätte in Regensburg und Mitglied des dortigen Stadtrats.

Als Joachim das hörte, zögerte er keine Sekunde und fragte gleich nach Arbeit für Niklas.

Niklas' Referenzen sprachen für ihn, besonders für den Kämmerer eines Benediktinerordens.

Albrecht beschied Niklas:

»Ich will es mit dir versuchen. Von deiner Erfahrung her möchte ich dich das Brauhaus in kürzester Frist alleine führen sehen, damit du mich davon entlastest.«

Und in der Tat, Albrechts Brauerei »Zur Gestochenen Sau« erwies sich als leichte Aufgabe für Niklas. Zum einen war sie viel kleiner als die in St. Gallen, zum anderen waren der Stand der Braukunst und die Bierqualität bis dahin mitleiderregend schlecht gewesen.

Niklas kam zu der Erkenntnis, dass die wahre Braukunst immer noch überwiegend in den Klöstern zu finden war, nicht in den Städten.

Er konnte eigentlich alles nur besser machen.

Und während er geduldig um Maria warb, braute er Biere, die Albrechts Brauerei in Regensburg und im ganzen Umland berühmt machten.

Im Herbst des Jahres 1274 hörte er zum ersten Mal seinen neuen Spitznamen, ›Bier-Magus – der Bier-Zauberer‹.

Seine Gehilfen hatten anscheinend erzählt, Niklas sei noch niemals ein Sud misslungen, und so jemand musste wohl mit Zauberkraft versehen sein.

So sehr sich Niklas geschmeichelt fühlte, so sehr fühlte er auch die Gefahr, die von solchem Lob ausging.

Er hatte bereits erlebt, wie wankelmütig das Glück sein konnte, und in schlechten Zeiten war eine Zauberer-Reputation geradezu die Garantie für eine Einladung zum Verhör bei der Heiligen Inquisition.

Also vergatterte er seine Gehilfen dazu, ab sofort auch einmal Gerüchte über fehlgegangene Gärungen und gelegentlich ein saures Bier aus der ›Sau‹ in die Welt zu setzen.

Er hoffte, es würde helfen.

Ansonsten genoss er das Leben, wie er es seit Langem nicht mehr getan hatte. Die Arbeit machte ihm Freude und das reichlich zugeteilte Lob spornte ihn zu immer neuen Bestleistungen an.

Das Einzige, was er gelegentlich vermisste, waren gesellige Abende mit anderen Brauern wie Albert, Dieto oder David.

Darüber tröstete er sich dann mit Spott hinweg:

»In Regensburg mit den kleinen Krügen kann sowieso keine rechte Freude aufkommen. So ein Regensburger Köpfl ist nur was für den hohlen Zahn. Was waren das noch für Zuteilungen in St. Gallen!«

Gegen Ende des Jahres wagte er es und hielt bei Joachim um Marias Hand an. Unter anderen Umständen wäre dies völlig ausgeschlossen gewesen. Er hatte nichts vorzuweisen, kein Geld für eine anständige Morgengabe und keine Familie, die darauf wenigstens eine Anzahlung leisten könnte. Dennoch glaubte er an eine erfolgreiche Werbung. Und obwohl Joachim auf dem besten Weg war, wohlhabend zu werden, störte es ihn überraschenderweise nicht, seine einzige und letzte Tochter einem eigentlich noch Unfreien zur Muntehe zu überlassen.

Er hatte bereits verstanden, dass die Stände nicht mehr starr und undurchlässig waren, dass Bewegung in eine jahrhundertealte Gesellschaftsordnung gekommen war. Der Spruch ›Stadtluft macht frei‹ war in aller Munde.

Und er traute Niklas für die nächsten Jahre noch einiges zu. So handelten die beiden denn einen Ehevertrag aus, der anstelle eines Brautschatzes einen Wechsel auf zukünftige Einnahmen aus Niklas' Brauertätigkeit enthielt.

Marias Augen glühten vor Begeisterung, als ihr Vater die Hochzeit zusagte. Sie war in kurzer Zeit von einem hübschen, aber schüchternen Mädchen zu einer stattlichen, schönen Frau geworden; man sah ihr an, dass sie verliebt und glücklich war.

Kurz vor Weihnachten wurde die Hochzeit gefeiert. Die Verlobungszeit war kurz gewesen, da sich die beiden schon ziemlich gut kannten und bereits länger unter einem Dach gelebt hatten.

Neben dem traditionellen Ritual rezitierte Maria für Niklas auch eines der Minnegedichte, die gerade sehr beliebt waren:

»Da sprach der liebende Mund,
Der meine Seele küsste wund,
In seinen erhabenen Worten,
Die ich niemals würdig hörte:
Du bist meiner Sehnsucht Liebesfühlen,
Du bist meiner Brust ein süßes Kühlen,
Du bist ein inniger Kuss meines Mundes,
Du bist eine selige Freude meines Fundes,
Ich bin in dir, du bist in Mir,

Wir können einander nicht näher sein,
Denn wir sind beide in eins geflossen
Und sind in eine Form gegossen
Und verbleiben so ewig unverdrossen.«

Niklas warf sich in Pose und erwiderte mit seiner schönsten
Stimme:
»Frau, du schöne, nun komm mit mir.
Liebes und Leides, das teile ich mit dir.
Solang ich am Leben bin, so bist du mir
sehr lieb.
Nur wenn du einen Schlechten liebst,
das gönn ich dir nicht.«

Er küsste Maria auf den Mund, alle Gäste applaudierten,
dann war die Eheschließung vollzogen. Da Niklas' einzige
Freunde weit weg im Kloster lebten, hatte er lediglich seine
Schwester Elisabeth an seiner Seite, die er zu diesem Anlass
ausfindig gemacht hatte.

Niklas und Joachim trugen beide ein festliches Gewand, das
sie eigens für diesen Tag hatten schneidern lassen. Beider
Hosen zierte ein prächtiger Hosenlatz, Joachim trug Grün,
Niklas Feuerrot. Dazu eine pelzverbrämte Jacke. Niklas
fühlte sich wie ein freier Bürger.

Maria trug ein neues, himmelblaues Leinenkleid, das mit
mehreren farbigen Tüchern verziert war. Ihr Haar trug sie
in Zöpfen, was Niklas immer besonders gut gefiel.

Bier und Wein flossen in Strömen. Der Tisch bog sich
vor Delikatessen. Gänse und Kapaune, Hühner, Lerchen
und Krammetsvögel kamen plattenweise, ein großes Spanferkel hing am Spieß über dem Feuer. Dazu Schmalz und
Butter, Eier, Speck und Gurken, sogar Salz und Gewürze
hatte Joachim auffahren lassen.

Die bestellten Musiker spielten auf. Die Tänze dauerten bis in die Nacht hinein, bis alle, müde vom Tanz, die Bäuche voll, die Beine schwer von Bier und Wein, in die Betten fielen.

Joachim bot ihnen an, auch nach der Hochzeit bei ihm wohnen zu bleiben und räumte zwei zusätzliche Kammern für sie.

3

Im März 1275 erhielt Bernard in Augsburg Besuch von einem Ordensbruder, der sich als Odilo vorstellte.

»Ich komme soeben vom Benediktinerkloster St. Michael in Metten. Bei der Untersuchung eines Vorfalles traf ich auch mit dem Kämmerer des Klosters zusammen. Wir tranken einige Krüge eines wirklich vorzüglichen Biers. Dann erzählte er mir ungefragt, er besäße in Regensburg die Brauerei ›Zur Gestochenen Sau‹, die von einem Bier-Magus betrieben werde. Diesem Zauberer würde beinahe jedes Bier gelingen. Und die Leute auf der Straße reden schon von ihm als einem Magier. Er soll ein ehemaliger Klosterbruder sein. Sucht Ihr nicht einen dieser Sorte wegen der Morde von St. Gallen?«

Bernard sah sich im Geist seine Verfolgung bereits wieder aufnehmen, wiegelte aber ab und sagte:

»Es gibt viele ehemalige Klosterbrüder. Bei meinem nächsten Besuch in Regensburg werde ich nachsehen. Hab dennoch vielen Dank für den Bericht.«

Er wusste bereits, dass eine Jagd auf Niklas in einer Freien Reichsstadt wie Regensburg sehr viel schwerer war als auf dem Land oder im Kloster.

Der Regensburger Bischof war schwach und bei den Städtern unbeliebt. Auf dessen Unterstützung konnte er nicht zählen.

Aber herausfinden, ob es sich um Niklas handelte, wollte er auf alle Fälle.

Auch Niklas wurde im folgenden Sommer an seine Vergangenheit als Klosterbrauer erinnert und das gleich zweimal.

Zuerst erhielt er einen Brief aus St. Gallen. Der Brief hatte fast vier Monate gebraucht, um zu ihm zu finden.

Dieto hatte ihm geschrieben:

›Lieber Niklas, ich hoffe, dass der Brief Dich erreicht und Du wohlauf bist. Wir haben uns ein wenig umgehört unter den Brauern, aber auch unter den Kaufleuten, die bei uns einkehren. Und einer erzählte von einem Brauer Niklas von Hahnfurt, der sich jetzt in Regensburg mit dem besten Bier hervortut.

Wir wollen Dir nämlich berichten, was mit Reginald geschehen ist. Im Februar dieses Jahres fehlte Reginald bei der Vesper, ich ging ihn suchen und fand ihn tot in seiner Kammer liegen. Offensichtlich hatte er ein Gift genommen, denn seine Haut war verfärbt und aufgequollen. Neben ihm lag ein Bogen Papier mit den Worten ›LEST MEINE AUFZEICHNUNGEN!‹.

Ich habe dann in seiner Kammer ein Buch gefunden, in dem er seine Versuche genau aufgezeichnet hat. Es besteht kein Zweifel, dass Reginald am Ende wahnsinnig geworden ist. Er beschreibt in diesen Aufzeichnungen seine verzweifelte Suche nach dem ›aqua vitae – dem endgültigen Lebenselixier‹.

Auf dieser Suche hat er acht Menschen getötet, an denen er seine Rezepturen ausprobiert hat. Vier dieser Morde geschehen in St. Gallen, drei davon, während Du als Brauer bei uns warst. Eine weitere Leiche fanden wir im letzten Jahr und vier Menschen hatte er auf seinen Reisen umgebracht.

Im Februar hat er wohl eingesehen, dass diese Suche auf immer fruchtlos sein wird. Daraufhin hat er sich mit einer Mixtur seiner tödlichsten Kräuter vergiftet.

Er hat Dich mit beiliegendem Brief entlastet und bereut darin, Dich zu Unrecht bei Bernard von Dauerling als Mörder denunziert zu haben.

Die Heilige Inquisition ist wieder bei uns zu Gast und untersucht, ob Reginald alleine handelte oder ob er angestiftet wurde. Bernard ist dieses Mal nicht dabei, die anderen Dominikanermönche verbreiten hier im Kloster jedoch die gleiche düstere Stimmung. Ich werde froh sein, wenn sie wieder abgereist sind. Ich schreibe Dir all dies, weil ich das Gefühl habe, Du wusstest oder ahntest von Reginalds Verbrechen.

Sollten diese mit Deinem doch ziemlich plötzlichen Abschied von uns zu tun haben, so sei Dir versichert, dass der Weg zurück für Dich jetzt wieder offen ist. Wenn Du jemals die Entbindung von Deinem Eid bereust, lass es mich bitte wissen. Du hast Freunde gefunden hier in St. Gallen, die Dir zur Seite stehen, wenn Du sie benötigst.

Natürlich hoffen wir alle hier trotzdem, dass es Dir gut geht und Du die Regensburger mit gutem, kräftigem Bier versorgst. Unsere Brauereien florieren, obwohl wir für das dritte Brauhaus noch immer keinen Nachfolger für Dich gefunden haben.

Notker, David und auch ich wünschen uns, dass Deine Wege Dich wieder einmal nach Helvetien führen und Du mit uns den einen oder anderen Krug Cervisa melitta trinken wirst.‹

Als Niklas den anderen, kurzen Brief von Reginald las, der, um Vergebung bittend, an ihn gerichtet war, erfuhr er zum ersten Mal von dieser Denunziation, ahnte freilich sogleich, in welcher Gefahr er in letzter Zeit geschwebt hatte, ohne es auch nur zu ahnen. Er beschloss, die beiden Briefe bis an sein Lebensende mit sich zu führen, da sie einen Freibrief für seine Unschuld darstellten.

Er schrieb sogleich zurück, bestritt dennoch nach wie vor, dass sein Abschied etwas mit Reginald zu tun gehabt hätte. Er hatte beileibe keine Lust, noch einmal von der Heiligen Inquisition befragt zu werden.

Maria und Joachim erzählte er nichts von Reginald und Bernard.

Im September des Jahres 1275 tauchte überraschend Albert aus Weihenstephan zu Besuch auf. Ohne vorherige Nachricht oder Ankündigung stand er plötzlich im Hof der Brauerei.

Albert durfte seine Familie besuchen und hatte beschlossen, bei dieser Gelegenheit auch Niklas wiederzusehen.

Die beiden fielen sich in die Arme vor Freude. Niklas gab die Arbeit, die er noch zu erledigen hatte, gleich an die beiden jungen Brauerburschen weiter, die ihm unterstellt waren. Er holte zwei große Krüge mit dunklem Bier und führte Albert in die Brauerstube gleich neben dem Sudhaus.

»Na, dann erzähl mal, wie es euch in Weihenstephan so ergeht.«

Albert berichtete vom Neuaufbau der Brauerei. Es erfüllte Niklas mit Stolz, zu hören, dass beim Wiederaufbau viele seiner damaligen Vorschläge umgesetzt worden waren. Sogar eine seiner allerersten Ideen, die er vor fast 15 Jahren in Urbrach gehabt hatte, als dort die neue Mühle installiert worden war, war teilweise beherzigt worden.

»Du hattest mir davon erzählt«, berichtete Albert stolz. »Als du noch in Urbrach warst, hattest du die Idee, das Getreide wie ein Molinarius mit einer Reibmühle zu bearbeiten und erst nach dem Mahlen einzumaischen. Und dass diese Reibmühle vom Wind angetrieben werden könnte.«

Er trank einen tiefen Schluck, bevor er fortfuhr:

»Nun, leider ging das nicht alles gut, die Mühle ist zu klein und wollte sich nicht recht im Wind drehen. Trotzdem, die Reibmühle bringt viel bessere Ergebnisse als die Quetschen, das Bier schmeckt feiner und die Gärung läuft besser. Nur das Absehen ist jetzt schwieriger, weil die Partikel jetzt viel kleiner sind. Wir versuchen immer noch, dies zu verbessern.«

Niklas erzählte von den Abseihbottichen in St. Gallen, und Albert beschloss, diese ebenfalls in Weihenstephan einzubauen.

»Und wie geht es Bruder Peter?«, fragte Niklas.

Albert erzählte voller Trauer, dass Peter auf seine alten Tage verrückt geworden sei, wohl als Folge des Erdbebens, wo ihn ein Balken am Kopf getroffen hatte.

»Peter glaubte zum Schluss, er sei ein Malzkorn, und hatte panische Angst davor, in die Brauerei zu gehen und dort versehentlich mit eingemaischt zu werden. Genauso fürchtete er sich davor, hinauszugehen und von den Hühnern aufgepickt zu werden. So verbrachte er seine letzten Monate zwischen seiner Kammer und der Kapelle.«

Ein weiterer tiefer Schluck aus dem Krug.

»Er starb im letzten Monat. Ich habe jetzt zwei Novizen, die mir zur Hand gehen. Beide machen sich sehr gut. In spätestens einem Jahr werde ich sie den Eid der ›Reinen Brauer‹ schwören lassen.«

Obwohl Niklas ein wenig Trauer empfand, als er von Peters Tod hörte, musste er über die wunderliche Verrücktheit doch lachen.

»Ganz gewiss ist er jetzt im Himmel wieder ein Brauer. Obwohl die Heiligen dort oben sich erst einmal an sein schauerliches Gruitbier gewöhnen müssen. Hoffentlich kommt dort oben niemand auf die Idee, uns früher abzuberufen, damit wir ein wahrhaft himmlisches Hopfenbier brauen.«

Auch Albert brach jetzt in Gelächter aus.

Da er die Erlaubnis hatte, außerhalb des Klosters zu übernachten, wurde es eine lange Nacht mit vielen Krügen dunklen, starken Biers.

Am nächsten Morgen verabschiedete sich Albert.

Beide beschlossen, sich mindestens einmal jährlich zu schreiben.

Es sollte allerdings viele Jahre dauern, bis sie sich dann tatsächlich wieder einmal sahen.

4

Es war ein Glücksfall für Niklas, dass sein Dienstherr Albrecht von dem Marchte war.

Er ließ ihm weitgehend freie Hand bei der Auswahl des Getreides und des Hopfens sowie bei der Bierproduktion. Hatte Niklas seine Wahl bei Gerste, Emmer oder Roggen getroffen, verhandelte und kaufte Albrecht so geschickt, dass die ›Gestochene Sau‹ immer gut versorgt war und niemals irgendwelchen Mangel litt.

Albrecht sorgte für die Verkäufe des Biers, und Niklas hörte ein ums andere Mal ein Lob, sowohl von Albrecht als auch von Kunden, die das Bier bei ihm in der Brauerei abholten.

Maria war eine gute Ehefrau, die gerade mit dem ersten Kind schwanger ging. Er hätte wirklich zufrieden sein können.

Dennoch gab es eine Sache, die er gerne geändert hätte: Er war immer noch ein Unfreier wie sein Vater.

Im Kloster war dies egal gewesen, da die Klosterordnung keine Freien und Unfreien kannte.

Nichts erschien ihm nun erstrebenswerter, als die Bürgerrechte zu erwerben und ein echter, vollwertiger Bürger zu werden.

Bürger hatten die Möglichkeit, einen zweiten Namen an ihre Vornamen zu hängen. In den Städten begannen die Menschen mittlerweile damit, um Verwechslungen unter den vielen gleichen Vornamen auszuschließen.

Häufig wurden aus Spitznamen Nachnamen gemacht, nicht immer schmeichelhaft. Und Niklas wollte vermeiden, nachher ›Sauerbier‹ oder ›Dünnbier‹ genannt zu werden. Man wusste nie, was den Leuten so einfiel. Er hätte den Zusatz ›von Hahnfurt‹ oder ›Hahnfurt‹ gewählt.

Bürger Niklas Hahnfurt, das hatte einen guten Klang!

Dieses Verlangen nagte an ihm, Tag für Tag.

Zwar war er in einer Stadt, und Regensburg war immerhin bereits seit 30 Jahren Freie Reichsstadt, aber eine Bürgerurkunde erhielt man nicht durch Abwarten.

Und als Bürger würde er auch keine Lohnarbeit mehr für andere verrichten wollen.

Also beschloss er, seine Bürgerrechte mit dem Schicksal seiner eigenen, zukünftigen Brauerei zu verbinden.

Der Tag würde kommen.

Mittlerweile war auch Bernard über Reginalds Freitod informiert worden. Der Augsburger Prior hatte Bernard daraufhin eindringlich davor gewarnt, weiter nach Niklas zu suchen.

»Die Morde sind aufgeklärt, der Schuldige wird ohne Vergebung in der Hölle schmoren.«

Nur Bernard war inzwischen so verblendet, stur und starrsinnig, so überzeugt von Niklas' Schuld, dass er alles, was Reginald geschrieben hatte, als Auswüchse von dessen spätem Wahnsinn sah.

›Vielleicht haben sie gemeinsam die teuflischen Experimente unternommen, Niklas war auf jeden Fall dabei. Diese ›Reinen Brauer‹ mit ihrem geheimen Zeichen, das ist Teufelswerk.‹

Wenn sogar die Heilige Inquisition Niklas freisprach, dann musste er sich allein an die Verfolgung machen.

Die Zukunft von Niklas und Maria war indes völlig unklar, als am Allerheiligentag des Jahres 1275 in der ›Gestochenen Sau‹ ein Vorbote des Schicksals erschien, in Form seines Brotherrn und seines hohen Gastes.

Der hohe Gast war niemand Geringerer als Albertus, genannt ›Magnus – der Große‹.

Niklas hatte in allen Klöstern, in denen er tätig gewesen war, von ihm gehört. Ein großer Kirchenlehrer mit dem Ehrentitel ›doctor universalis‹ und mit vielen anderen Namen; neben dem ›Großen‹ wurde er bisweilen einmal als Albert der Deutsche, ein anderes Mal als Albert von Lauingen, gelegentlich sogar falsch als Albert von Bollstädt tituliert.

Albertus hatte immer den Ruf eines Alchimisten besessen, weil er als allwissend galt und überdies Werke der Heiden, Araber, Hexen und allerlei andere verbotene Bücher studiert hatte.

Er war mittlerweile bereits 75 Jahre alt, aber immer noch von großer Statur und sprach mit sonorer, beinahe dröhnender Stimme, die er über die Jahrzehnte als Dozent und gefragter Disputant gekräftigt hatte. Albertus Magnus war Philosoph, Naturwissenschaftler, Theologe, Dominikaner und 15 Jahre zuvor sogar Bischof von Regensburg gewesen. Und auch wenn Niklas gewusst hätte, dass Albertus ein Dominikaner war, es hätte an ihrem Zusammentreffen nichts geändert. Seit fünf Jahren nämlich lebte Albertus zurückgezogen im Dominikanerkloster zum Heiligen Kreuz in Köln.

Nun, bei einem seiner selten gewordenen Besuche an seiner früheren Wirkungsstätte, hatte er auch seinen alten Freund Albrecht von dem Marchte besucht. Und dieser hatte Albertus voller Stolz von seiner neuerdings florierenden Brauerei berichtet.

Albertus erzählte daraufhin von seinen eigenen Scherflein, welche er zur Geschichte des Bieres beigetragen hatte:

»Die Kölner sind ja so geldgierig, alle wollen immer die Finger im Steuertopf haben. Nun lasst uns erst einmal Euer Gebräu hier verkosten. Ich habe ein gutes Bier immer zu schätzen gewusst«, wie er jetzt lachend zu Albrecht sagte,

»nur bei Euch gab es noch niemals was Gutes zu trinken.
Mal sehen, ob Ihr recht habt mit Eurer Prahlerei.«

Beide setzten sich in die Bierstube neben dem Brauhaus,
baten Niklas zu sich und trugen ihm auf, »das beste Bier
Regensburgs auf den Tisch zu bringen«.

Niklas kredenzte sein süßestes, dunkelstes Bier, setzte
sich zu ihnen und alle drei langten kräftig zu. Der süße
Malzgeruch verbreitete sich in der Stube.

»Das ist ja mal ein prächtiges Gesöff«, jubelte Albertus
bereits nach dem ersten Köpfl, »und das in sehr großen Krügen. Bei uns in Köln sind die Krüge viel kleiner!«

Niklas lächelte, war seine Meinung hinsichtlich der Größe
der Regensburger Krüge doch gerade andersherum.

»So, schenkt noch einen ein, dann erzähle ich Euch die
Geschichte vom Kölner Biersteuerkrieg. Vor knapp 40 Jahren – So lange ist das schon her? – ergatterte der Kölner Erzbischof vom Kaiser Friedrich II. das Privileg, die Biersteuer
zu erheben und einzutreiben. Er brauchte nämlich sehr viel
Geld für seinen neuen Dom. Dabei hatten die beiden Gauner vergessen, dass die Kölner bereits seit Längerem einen
Mahl- und Braupfennig an den Kölner Rat abführen mussten. Die Kölner wehrten sich gegen diese Doppelbesteue-
rung, indem sie erst mal kein Bier mehr tranken. Und das fast
20 Jahre lang. Das hält doch auf Dauer kein Mensch aus, die
Steuergelder fehlten ebenso, und so wurde ich als Schieds-
mann gerufen. Und damit wir alle wieder unser Bier genießen konnten, habe ich vorgeschlagen, die Steuern sollten auf
zehn Jahre hin genau zwischen dem Erzbischof und der Stadt
geteilt werden. Das war ein sehr leichtes Urteil, alle haben es
angenommen und ich wurde nicht nur gut entlohnt dafür,
sondern kann auch auf Lebenszeit in Köln mein Bier umsonst
trinken. Und das ist auch bereits mehr als 20 Jahre her.«

Er holte Luft, um einen weiteren Schluck Bier zu nehmen.

»So etwas wie das hier habe ich in der Tat noch niemals getrunken. Dunkel, süß und schwer, aber diese Bittere macht alles wieder etwas leichter. Und es riecht einfach herrlich.«

Alle sprachen dem Bier reichlich zu.

Besonders Albertus.

Aus zwei Köpfln wurden vier, ein kräftiger Rülpser zwischendurch, dann sechs, dann acht. Albertus war voll des Lobes über Niklas' Bier.

»In Köln wärt Ihr damit ein reicher Mann«, sagte er mehr als einmal.

Mit hochrotem Kopf, der Schweiß lief in Strömen Stirn und Backen hinunter, versuchte Albrecht, Schritt zu halten mit Albertus' Trinkgeschwindigkeit.

Niklas wurde mehrmals ins Brauhaus hinausgerufen und konnte daher gelassen zusehen, wie die beiden älteren Männer nach und nach immer betrunkener wurden.

Albertus verabschiedete sich nach 14 Köpfln in den Schlaf.

»Niklas, Ihr seid ein Magus, genau wie ich. Nur mit Bier anstatt mit Alchemie. Geht nach Köln. Dort warten sie auf Männer wie Euch. Geht nach Kölnchhhrnnnnn«, waren seine letzten Worte, bevor er noch einmal kräftig rülpste und sitzend auf der Bank einschlief.

Wenngleich es die Worte eines Betrunkenen waren, Niklas nahm sie ernst.

Und er begann, mit Maria darüber zu sprechen.

Sie war nicht gerade erfreut, doch sagte sie mit fester Stimme, dass sie bei ihm bleiben werde, egal wohin es ihn ziehe.

Nur die Geburt des Kindes sollte hier in Regensburg und nicht irgendwo unterwegs geschehen.

Niklas verstand dies als Zustimmung und bei nächster Gelegenheit sprach er seinen Schwiegervater darauf an.

Joachim war genauso skeptisch, sicherte jedoch zu, mit zu überlegen, wie die beiden – oder dann hoffentlich drei, einen Umzug am besten bewerkstelligen könnten.

»Auf jeden Fall solltet ihr im Sommer reisen. Nur dann kann ein beinah Neugeborenes die Strapazen ertragen. Und wo ihr hingehen könnt, überlege ich mir noch.«

Bis dahin gab es in der Brauerei immer ausreichend zu tun.

Zum Jahresende weihte Niklas zwei seiner Gehilfen in die Lehre der ›Reinen Brauer‹ ein. Einer der beiden war Markus, genannt der Schnaitter – sein Vater war Schneider.

Der andere hieß Lukas. Weil seine Eltern aus der Habsburgerstadt Wels im Ostreich nach Regensburg gekommen waren, hieß er nur der Welser.

Beide waren begabte Brauer und versprachen, mit Leib und Seele ›Reine Brauer‹ zu bleiben.

Markus und Lukas wurden von Niklas schon mit dem Wissen in alle Arbeitsschritte eingeweiht, dass Niklas' Abschied irgendwann in naher Zukunft kommen würde.

Im Januar des Jahres 1276 kam Matthias Friedrich zur Welt. Maria hatte eine leichte Geburt gehabt. Es war nicht auszumachen, wer stolzer war: Niklas, der Vater, oder der Großvater Joachim.

Beide benahmen sich, als hätten sie höchstpersönlich die Wehen durchgestanden und verbrachten eine bierselige Nacht miteinander.

In dieser Nacht beredeten die beiden den Abschied der Familie aus Regensburg.

Joachim hatte Erkundigungen eingezogen.

»Wenn es dir um eine eigene Brauerei und Bürgerrechte geht, solltest du vielleicht zuerst in eine kleinere Stadt gehen und dein Glück machen. Köln ist ein Moloch, der euch verschlingen könnte. Warte lieber noch ein paar Jahre, bevor du dorthin gehst.«

Ein halbes Köpfl Bier, bevor er fortfuhr:

»Ich habe einen Vetter namens Valentin, der hat sich als Kerzenmacher im Bidgau des Rheinlands niedergelassen. Er lebt in einer kleinen Stadt namens Bitzburg an der uralten Handelsstrecke, die seit Römerzeiten zwischen ›Treviris – Trier‹ und Köln existiert. Versuche es dort, auch dort kannst du freier Bürger werden. Ich werde ihm schreiben, damit er dich im Sommer erwartet.«

Das war nicht genau das, was Niklas geplant hatte, andererseits hatte er auch ein wenig Angst vor Köln. Zu groß, zu viele Menschen, so hatte er gehört. Und neben denen, die dort Erfolg hatten, gab es mindestens ebenso viele, die alles verloren, Hab, Gut und Leben.

Nach Köln war es nicht so weit, das konnte er sich zwischendurch schon einmal ansehen.

Ansonsten war es beschlossene Sache: Im Sommer sollte es aufgehen nach Bitzburg!

5

NACHDEM DAS FRÜHJAHR VORBEI WAR und der kleine
Matthias Friedrich sich gut entwickelte, wurde gepackt.

Zum ersten Mal reichte es bei Niklas nicht mehr aus, sein
Bündel zu schnüren und loszugehen.

Er musste jetzt die Verantwortung für Maria und den
Säugling übernehmen.

Joachim unterstützte ihn finanziell so gut, dass sie auf
einem Wagen mitfahren konnten, auf dem auch alle ihre
Habseligkeiten Platz fanden.

Zu ihrer Überraschung wurde der Tross von Wachen
begleitet, die die Kaufmannschaft Regensburg zum Schutz
ihrer Waren bis nach Koblenz bezahlt hatte.

Albrecht war sehr unglücklich über Niklas' Entscheidung
und versuchte, ihn mit mehr Geld zum Bleiben zu bewegen. Aber erst, nachdem Niklas ihm versichert hatte, dass
der Schnaitter und der Welser alles wüssten und könnten,
um die ›Gestochene Sau‹ weiter erfolgreich zu betreiben,
gab er nach.

»Du wirst immer willkommen sein in Regensburg! Ich
wünsche dir alles Gute und bin sicher, dass ich von deiner
Braukunst noch einmal hören werde.«

Joachim schärfte ihnen beim Abschied noch einmal
ein:

»Wenn ihr in Bitzburg angekommen seid, fragt nach
Valentin dem Kerzenmacher, genannt Lichter. Er weiß, dass
ihr kommt und wird euch am Anfang behilflich sein. Viel
Glück und Gottes Segen.«

Maria und das Kind lagen weich, Niklas stapfte daneben
her.

So ging es los. Über Weißenburg und Rothenburg ob der Tauber nach Miltenberg am Main.

Dort konnten sie wählen, ob sie den Main hinunter bis nach Mainz fahren oder auf dem Landweg die Krönungsstraße, die von Frankfurt über Sinzig und die Nordeifel bis nach Aachen führte, reisen wollten.

Sie entschieden sich für das Schiff. Bei Bingen musste Niklas an Hildegard denken, die er als junger Mann im Kloster Urbrach so verehrt hatte und unbedingt hatte besuchen wollen. Jetzt war er hier, aber er hatte nicht einmal die Möglichkeit, ihre Grabstätte zu sehen.

Von Bingen aus ging es ohne Verzug den Rhein abwärts. Nach zwölf Tagen waren sie ohne Schwierigkeiten in Koblenz angekommen.

Im Gegensatz zur Reise nach Regensburg, bei der Maria und Niklas ihre Familien verloren, sich aber kennengelernt hatten, herrschte diesmal fröhliche Stimmung auf der Reise. Maria sang gerne Lieder und rezitierte Gedichte der beliebtesten fahrenden Sänger, wie Ulrich von Lichtenstein, dem berühmten Archipoeta von Köln, Dietmar von Aist oder Walther von der Vogelweide.

Für die Weiterreise nach Bitzburg waren sie auf sich allein gestellt. Da Maria zum ersten Mal ohne ihren Vater reiste, hatte sie große Angst vor Waldgeistern, Werwölfen und anderen Schreckensgestalten. Die Eifel war in diesem Teil morastig und karg, spärlich besiedelt und nur selten trafen sie Menschen. Die sanften Hügel, mit weniger Wäldern bestanden als der erste, längere Teil der Reisestrecke, wirkten unwirtlich und ärmlich, erleichterten aber das Weiterkommen erheblich. Dadurch fürchtete sich Maria zu Niklas' Freude mit jedem Schritt, den sie sich Bitzburg näherten, weniger.

Nach weiteren drei Tagen standen sie am Stadttor von Bitzburg und begehrten Einlass.

Zur gleichen Zeit, gleich nach Niklas' und Marias Abreise, lernte Joachim in Regensburg in seiner üblichen Schankstube einen durchreisenden Dominikanermönch kennen. Dieser hatte schon viel von dem berühmten Bier der ›Gestochenen Sau‹ gehört.

»Wo kann ich diesen Bierzauberer antreffen? Gewiss kann er mir wertvolle Hinweise geben, wie wir unser grausliches Bier im Augsburger Konvent verbessern können.«

»Der Praxator Niklas ist mein Eidam. Und ist soeben mit meiner Tochter fortgezogen, um seine eigene Brauerei zu gründen.«

»Ei, das ist aber schade. Wollen wir hoffen, dass das Unternehmen gut gelingt.«

»Dazu habe ich ihn nach Bitzburg im Rheinland geschickt. In einer kleineren Stadt sollte es leichter gelingen, Fuß zu fassen.«

»Bitzburg, habe ich noch nie gehört. Seis drum, ich muss morgen weiterreisen. Vielleicht sehen wir uns bei meinem nächsten Besuch in Regensburg wieder.«

Valentin Lichter, der Kerzenmacher, war schnell gefunden, er freute sich sehr über die Geschenke seines Vetters Joachim und bot ihnen für die erste Zeit seine Gastfreundschaft an.

Niklas begann sogleich, an seinem ehrgeizigen Ziel, dem Erwerb der Bürgerrechte, zu arbeiten. Dazu musste er zuerst einmal die Stadt kennenlernen, deren Bürger er werden wollte.

Bitzburg war eigentlich der am seltensten verwendete Name der Stadt, häufiger wurde Bidburg oder Bitburg gesagt und geschrieben, in Luxemburg auch Bittburgh, im Lateinischen ›Bedeburgo‹.

Die Stadt war als römisches ›Vicus Beda‹, eine Tagereise nördlich von Trier, ein Posten auf Roms wichtigster Strecke im sogenannten ›Germania Inferior‹ gewesen, die die beiden größten Städte Roms in Germanien, Trier und Köln, miteinander verband.

Zu der Zeit von Niklas' Ankunft in Bitburg ging es mit der Stadt gerade wieder langsam aufwärts.

Im achten Jahrhundert gab es hier eine ›villa regia‹ der fränkischen Könige, und Bitburg war gleichzeitig Hauptort eines ausgedehnten Gaues, des Bidgaues, gewesen. Aber nicht nur jahrelange Fehden und politische Auseinandersetzungen um die Stadt zwischen der Grafschaft Luxemburg und dem Trierer Bischof hatten für ein Klima der Unruhe und Unzufriedenheit gesorgt. Sogar die Kirchenfürsten untereinander waren uneins. Bitburg lag genau zwischen den berühmten Klöstern Echternach, Prüm und St. Maximin in Trier, und so versuchten alle drei, möglichst viel von der Propstei Bidgau, wie das Bitburger Umland immer noch genannt wurde, unter ihre Kontrolle zu bekommen und auszubeuten. Viele Menschen waren weggezogen, vorzugsweise in die größeren Städte.

Bitburg lag, umgeben von Wald, Heide und Wasser, auf einem flachen Plateau. Jenseits der Stadtmauern führten die Straßen durch Landwehre, Wälle mit Gräben, um etwaigen Feinden schon am Anfang den Zugang zur Stadt zu erschweren. Die Wälle waren mit Dornengebüsch besetzt, vereinzelte Warttürme sollten sicherstellen, dass anrückende Feinde schon früh erspäht wurden.

Zwei Ereignisse in jüngster Zeit hatten Bitburg aber Auftrieb gegeben, Märkte fanden jetzt wieder jede Woche statt, die Einwohnerzahl wuchs. Im Moment drängten sich mehr als 2000 Menschen innerhalb der Stadtmauern. Und es wurden wöchentlich mehr. Die Stadt war dabei, sich auszudehnen.

Das erste wichtige Ereignis in Bitburgs Geschichte war der Trier-Luxemburger Vertrag zwischen dem Trierer Erzbischof und der Gräfin Ermesindis von Luxemburg, der 1239 geschlossen wurde.

Darin wurde Bitburg erstmals als ›Oppidum-Stadt‹ bezeichnet, der Erzbischof verzichtete weitgehend auf seine Ansprüche an Bitburg und die Luxemburger verpflichteten sich, die Stadt zu befestigen.

Damit war die eine Unsicherheit vorerst gebannt.

Der Sohn der Gräfin Ermesindis hieß Heinrich der Blonde.

Und er entließ im Jahre 1262 Bitburg endgültig mit Brief und Siegel in die Freiheit einer Stadt.

›Im Namen der Heiligen und unteilbaren Dreifaltigkeit.

Heinrich, Graf zu Luxemburg und Laroche, Markgraf zu Arlon.

Wir wollen, dass alle Christgläubigen, gegenwärtige und zukünftige, wissen, dass wir in dem Bestreben, für Frieden und Ruhe unserer Bürger zu Bitburg zu sorgen, beschlossen haben, sie mit dem Privileg der Freiheit auszuzeichnen.‹

Diese Freiheit gab Bürgern und Schöffen das Recht, einen der ihren zum Richter zu wählen, eigenes Gericht zu halten, eigene Masse und Gewichte festzusetzen, Weiden, Gewässer und Wälder der Stadt zu nutzen sowie die Stadt zu bewachen.

Der letzte Satz der Proklamation lautete:

›Die Bürger von Bitburg sollen hinsichtlich ihrer Personen und ihrer Habe auf ewige Zeiten Freiheit und Sicherheit genießen, vorbehaltlich der vorstehenden Verpflichtungen und vorbehaltlich der Strafen, die sie bei persönlichen Vergehen von alters her nach Schöffenurteil abzutragen gewohnt sind.‹

Das klang wie Musik in Niklas' Ohren.

Die Worte ›vorstehenden Verpflichtungen‹ nahm er nicht zur Kenntnis, die volle Tragweite ging ihm erst nach einigen Monaten auf.

Denn Freiheit hat ihren Preis, immer und überall.

So ließen sich denn auch die Luxemburger die gewährten Privilegien teuer bezahlen.

Jeder Bürger musste jährlich zwölf luxemburgische Denare zahlen, bei Verzug sogar doppelt. Alle Verkäufe innerhalb der Stadtgrenzen, mit Ausnahme des Getreides, wurden besteuert. Allerdings wurde überführten Steuerhinterziehern Straffreiheit gewährt, wenn sie nachzahlten.

Beim Getreide wurden die Käufer besteuert, beim Wein die Händler.

Und der Kriegsdienst für die Luxemburger war so selbstverständlich wie der tägliche Sonnenuntergang.

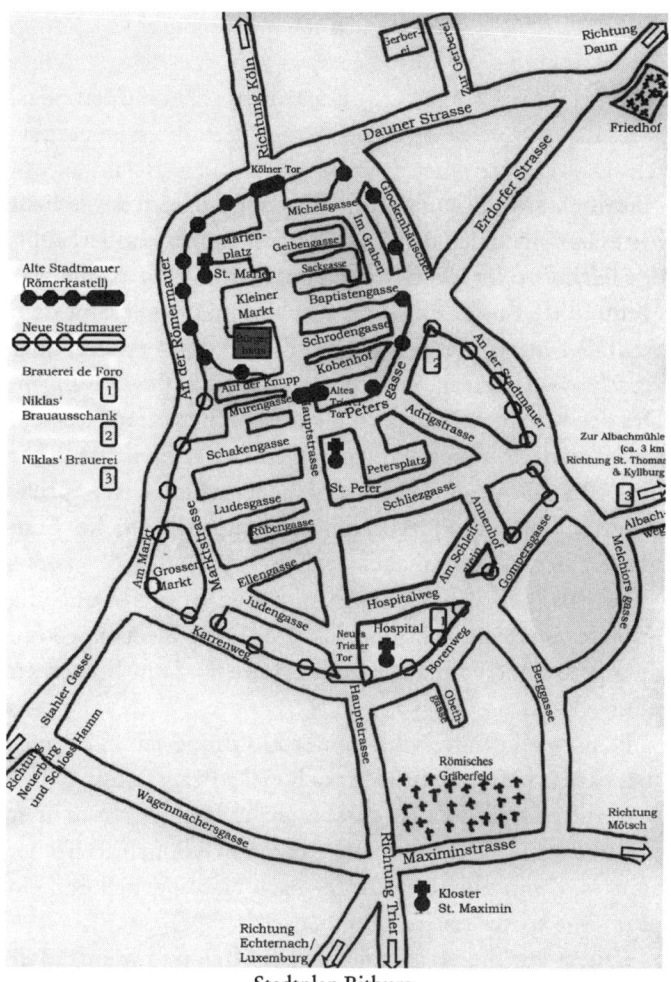

Stadtplan Bitburg

6

NACHDEM SICH NIKLAS einige Tage lang die Stadt angeschaut hatte, setzte er einen Brief auf und ging zum Stadtoberhaupt, der Richter oder Zender genannt wurde. Sein Name war Manfred de Porta. Er und die Schöffen, die allesamt dem Stadtadel entstammten und alle miteinander verwandt oder verschwägert waren, entschieden über die Bewerbungen. Der Freiheitsbrief hatte zu viele Ausnahmen offen gelassen, als dass jeder Einwohner in den Genuss der Freiheitsrechte kam. Der Bitburger Adel wollte sichergehen, wen er privilegierte. Denn die Bürgerrechte galten nicht nur für Frau und Kinder, sie waren auch erblich.

Es gab in Bitburg derzeit nur eine Brauerei und die gehörte einem der Schöffen, Peter de Foro. Sie hieß, getreu dem Bitburger Faible für derbe Namen, ›Zum Lüsternen Eber‹.

Dennoch konnte Niklas guter Hoffnung sein. Die meisten Städte hatten drei oder noch mehr Braustätten.

Manfred de Porta las Niklas' Brief laut vor, in dem er sich und seine Familie vorstellte und sein Können als Brauer anpries. Dann durfte er wieder nach Hause gehen und ein paar Tage später erneut kommen.

Er trat vor die versammelten Schöffen und Manfred de Porta erhob das Wort. »Niklas von Hahnfurt, Ihr habt Euch gut angepriesen und wohl wäre Platz hier in Bitburg für Euch und Eure Familie. Bevor wir aber eine Entscheidung fällen, harrt noch eine andere Sache ihrer Aufklärung.«

Er nahm eine kleine Glocke, die auf dem Tisch lag, und läutete dreimal laut und vernehmlich.

Niklas hörte eilige Schritte näher kommen, die Tür wurde geöffnet und herein trat – Bernard von Dauerling.

Die Reaktionen hätten unterschiedlicher nicht sein können!

Niklas wurde rot vor Zorn, schrie sofort:

»Warum verfolgst du mich, du Missgeburt, was habe ich dir getan?«

Und schon wollte er Bernard an die Gurgel gehen. Zwei Schöffen hielten ihn zurück.

Bernard grinste säuerlich unter der Kapuze hervor, die schiefen Zähne verliehen seinem Grinsen etwas Groteskes und unsagbar Hässliches.

»Für jeden Sünder kommt einmal der Tag der Abrechnung. Wir werden dich jetzt einer Befragung unterziehen. Meister de Porta, habt Ihr ein Haus, welches Ihr mir zur Verfügung stellen könnt?«

Bevor de Porta antworten konnte, brüllte Niklas lautstark:

»Ich kann meine Unschuld beweisen! Diese Anklage ist nichts als die Wahnidee eines verbohrten, starrköpfigen Mannes, der mich aus irgendeinem Grunde vernichten will.«

Er nahm seine Geldkatze, die er immer bei sich trug, und entnahm ihr zwei Briefe, die er, säuberlich zusammengefaltet, darin aufbewahrte.

Während er sie verlas, wurde Bernard noch blasser, als er ohnehin schon war, sein Grinsen verschwand und er setzte sich auf eine Bank am Rande des Fensters.

Am Ende der Briefe angekommen, überreichte Niklas sie an de Porta zur Prüfung. Schließlich ergriff de Porta das Wort:

»Es hat den Anschein, verehrter Bernard von Dauerling, dass Ihr Euer Wasser am falschen Baum abschlagt. Diese Briefe beweisen eindeutig, dass dieser Mensch, Niklas von

Hahnfurt, an den Taten, derer Ihr ihn beschuldigt, vollkommen unbeteiligt war. Also schlagt Euch eine weitere Befragung aus dem Kopf und verlasst unsere Stadt.«

Wutentbrannt, gedemütigt und mit hochrotem Gesicht – Niklas lachte später darüber und meinte: »Zum ersten Mal hatte sein Gesicht etwas Farbe bekommen!« – schlich Bernard von dannen. Aber aufgeben wollte er immer noch nicht. Er würde dem ›Reinen Brauer‹ das Handwerk schon legen.

Niklas' Antrag auf die Bürgerrechte wurde angenommen, und nach Zahlung einer nicht kleinen Summe Geldes sowie eines halben Fuders Wein für die Schöffen bekam er feierlich seine Bürgerurkunde ausgehändigt. Diese war, wie Niklas bemerkte, aus Pergament. Die Prophezeiung von Heinrich dem Molinarius war bislang nicht eingetroffen, dass Papier bald auch für Urkunden verwendet werden würde.

Er legte den Treueid auf die Stadt ab und das erste große Ziel war somit erreicht.

Nun begann die weitere Planung, er brauchte einen Platz für die Brauerei, zum Ausschank des Bieres und ein Haus zum Wohnen.

Der alte Stadtkern, der im Oval des Kastells aus der Römerzeit lag, hatte eine fast 1000 Jahre alte Stadtmauer mit fast vier Meter dicken Mauern, zwei Toren und 13 Rundtürmen. Die Türme waren rund oder quadratisch gebaut, von ungleicher Höhe und Dicke, mit Erkern und kleinen Fenstern. Auf den Dächern flatterten kleine Fahnen, hier und da war auch ein vergoldetes Kreuz zu sehen. Es war ein schöner Anblick.

Die Altstadt war bereits zu klein geworden und war bald nach Erlangung der Stadt- und Freiheitsrechte durch ein zweites, doppelt so großes Oval nach Süden erweitert worden.

Die beiden alten Stadttore, eines nach Trier und eines nach Köln hin, waren zwar geblieben, im Süden war bereits ein neues gebaut worden, sodass das alte Trierer Tor keine Bedeutung mehr hatte. Niklas spielte kurz mit dem Gedanken, dort eine Bierschänke einzurichten, verwarf ihn aber dann wieder.

Peter de Foro hatte seine Brauerei im neuen, südlichen Oval nahe dem Hospital gebaut. Daher hätte es für Niklas nahegelegen, in die Altstadt zu gehen.

Dort jedoch war die Wasserversorgung schlecht, weil die Altstadt auf einem Hügel lag. Die Ziehbrunnen reichten zur Wäsche und für den alltäglichen Bedarf, jedoch nicht für die Ansprüche eines Brauhauses.

Er hatte es noch niemandem gesagt, doch er hatte bereits eine Idee, wo er bauen wollte: Dort, wo der Albach in die Kyll floss, würde er seine Brauerei verwirklichen.

Der Platz hatte erst einmal den Vorteil guten Wassers für das Bier. Schließlich wurde in den Teil, aus dem er sauberes Wasser entnehmen wollte, kein Kloakenwasser hineingespült. Dies geschah mehr am Oberlauf, etwa drei Kilometer vorher. Er hatte des Öfteren gehört, wie mühsam es war, per Ratsbeschluss zu erreichen, dass vor Brautagen nicht mehr in den Bach geschissen werden durfte. Die Leute hielten sich einfach nicht daran, beschwerten sich aber hinterher gerne über den Geschmack des Bieres. Außerdem gab es fließendes Wasser zum Betrieb der Mahl- und Rührwerke, die er plante. Der Platz lag etwas abseits, gehörte trotzdem immer noch zum Stadtgebiet.

Er lag auf dem Weg nach Kyllburg und St. Thomas, zwei von Pilgern und Kaufleuten viel besuchten Orten, und dieser war dazu einer der Hauptwege, um in die Stadt zu gelangen. Auch der Bitburger Stadtadel betrieb Viehzucht und Ackerbau auf den Weiden, Äckern und Wiesen im Umland. Die Viehställe lagen teilweise in der Stadt, so wurde das Vieh regelmäßig hinein- und hinausgetrieben. Und das machte durstig, so folgerte Niklas.

Für den weiteren Ausschank plante er eine zusätzliche Bierstube in der Petersgasse, die am äußeren Rand der alten Stadtmauer lag. Der größte Ziehbrunnen der Altstadt lag direkt davor auf dem Petersplatz, was Niklas ebenfalls als Vorteil ansah. Um die Schöpftröge aus Stein, die dort laufend nachgefüllt wurden, war immer emsiges Treiben. Diese Arbeit verlangte genauso nach Bier.

Und wohnen wollte er mit Maria und dem Kind in der Nähe beider Plätze, in der Petersgasse oder am Albach, um rasch zu Hause zu sein, wenn die Arbeit einmal zu lange dauerte.

Viele Bitburger, die ihn begrüßten und ihm gratulierten, gaben ihm gute Ratschläge oder wollten mit ihm ins Geschäft kommen.

Der Pastor der Kirche St. Maximin kam als einer der Ersten und bat ihn um Bier für sein Hospiz neben der Kirche.

»Die armen Zisterzienserinnen aus dem Kloster St. Thomas, zu denen wir gehören, lassen uns hier ziemlich im Stich. Wenn du uns aushilfst, könntest du dein Getreide als Gegenleistung in der Mühle in Rittersdorf mahlen, die zu uns gehört.«

Niklas entgegnete:

»Die Mühle brauche ich nicht, aber ich weiß aus eigener Erfahrung, dass ein Klosterleben ohne Bier keine rechte Freude ist. Ich werde dich also ab und zu bedenken.«

Bitburg war als Stadt zu klein, um eine Brauerzunft zu haben. In einigen größeren Städten gab es das bereits als Fortführung der alten Handwerkergilden der ›Brassatores‹, wie die Brauer westlich des Rheins, in Luxemburg und Flandern, genannt wurden. Er musste lediglich mit Peter de Foro als Konkurrent zurechtkommen.

Niklas rechnete es durch. Das Geld seines Schwiegervaters würde noch eine Zeit lang zum Leben reichen, nicht aber für den Kauf von zwei Häusern und einer Brauerei nebst Interieur für alles. Daher nahm er einen Kredit bei einem jüdischen Geldverleiher auf, den er im nächsten Frühjahr, nach der ersten erfolgreichen Brausaison, zurückzahlen wollte.

Er kaufte ein Haus in der Petersgasse, zwei Häuser daneben mietete er für einen günstigen Zins eine Schankstube. Schließlich zogen sie um. Nicht, ohne sich bei Valentin Lichter herzlich zu bedanken und ihm Freibier für lange Zeit zuzusichern.

Maria hatte sichtlich Freude daran, zum ersten Mal einen eigenen Hausstand einzurichten. Besonders die Auswahl der Küchengeräte fiel sehr ausgiebig aus.

Da sie ihren persönlichen Haushalt, die Schankstube sowie das Brauhaus am Albach hatten, beschloss sie erst einmal, alles dreifach zu bestellen.

Dabei kam es zum ersten Streit zwischen Niklas und Maria. Als der eines Tages nach Hause kam und die Unmengen von Geschirr sah, die dort bereits herumlagen, fuhr er Maria an:

»Weib, bist du von Sinnen, willst du uns gleich zu Beginn ruinieren?«

Maria war den Tränen nahe, sie besprachen das Ganze und beschlossen, nicht alles dreimal zu kaufen, sondern nur die wirklich notwendigen Gerätschaften. Der Rest sollte im Lauf der Zeit folgen.

»Also denn, Kochgeschirr wie Stielpfanne und Kessel brauchen wir dreierlei, ebenso Schürgabel und Blasebalg. Bratrost, Bratspieße, Hackmesser und irdene Deckeltöpfe brauchen wir an zwei Stellen, ebenso wie Herdbesen und Pfannenringe. Und vergiss nicht die zwei Salzfässer!«

Damit war der häusliche Frieden einstweilen wieder hergestellt.

Weiterhin kaufte er einen Wagen, mit dem er sein Bier transportieren wollte, sowie ein neues Kummet, um Pferde oder Ochsen darin einzuspannen.

Von dem Pferdehändler Tixus, mit dem Valentin befreundet war, erstand er zwei kräftige Arbeitspferde, die er Sonne und Mond nannte und im Stall am Albach unterbringen wollte. Niklas konnte nicht reiten, dies war dem Adel vorbehalten, aber er wollte nicht all seine Reisen per Pedes oder im Eselskarren absolvieren. Nach kurzer Bedenkzeit kaufte er daher noch einen zweiten, leichteren Wagen, der sich von nur einem Pferd ziehen ließ.

Da Niklas sich in Bitburg jetzt vor weiterer Verfolgung durch Bernard sicher fühlte, nahm er seine Lebensversicherung – die beiden Briefe – aus seiner Geldkatze heraus und klemmte sie zwischen zwei Balken in ihrem Schlafgemach. Dort würden sie sicher sein.

Das Grundstück am Albach war schnell erworben und der Baumeister begann mit dem Bau des Gebäudes nach Zeichnungen, die Niklas angefertigt hatte. Neben der Brauerei wollte er sein eigenes Malz herstellen. Dazu brauchte er eine Tenne zum Lagern des Getreides, eine Darre zum Trocknen des fertig gekeimten Malzes sowie einen Lagerraum für das fertige Malz.

Niklas hatte nach dem, was er in den Klosterbrauereien gesehen und gelernt hatte, noch zusätzliche Ideen. Das Mühlrad sollte nicht nur zum Antrieb der Malzquetsche dienen. Durch ein raffiniertes System aus Ledergurten sollten zusätzlich verschiedene Hebel zum Heben oder Umkippen die Arbeit im Brauhaus erleichtern.

Der wichtigste Mann für ihn war der Zimmermann, der sowohl die Mühle als auch die Bottiche herstellen sollte. Es gab zwar zwei Küfer in Bitburg, deren Fertigkeiten reichten jedoch meist nicht über Fässer hinaus.

Schließlich wurde er fündig. Der Zimmermann Wilhelm, ein erfahrener, etwas seltsamer Mann, der leicht hinkte, erschien ihm geeignet für diese Aufgabe.

Er hatte die Angewohnheit, seine Bäume grundsätzlich nur in der Nacht und am liebsten bei Vollmond zu fällen.

Ungefragt erzählte er dies alles, während er Niklas einen Schuppen zeigte, in dem er große Mengen an gutem, altem Holz zum Trocknen gelagert hatte.

»Vollmondholz hält länger, lässt sich besser verarbeiten und bringt dem Besitzer mehr Segen als anderes Holz.« Diese nächtlichen Aktivitäten waren auch der Grund für seinen latinisierten Beinamen ›Notte‹.

Einige Bitburger fürchteten sich vor ihm, der oftmals in der Nacht zur Arbeit ging.

»Die Nacht gehört den Toten«, flüsterten sie ihm hinterher.

Niklas zeigte Wilhelm seine Pläne, Zeichnungen der Mühle, die Größe der Bottiche und die geplanten Vorrichtungen zum Ausleeren der Bottiche ineinander. Und, natürlich, auch die Zeichnung für den Bau eines schönen Kühlschiffs. Niklas freute sich sehr darauf, von seiner Erfindung endlich ein eigenes Exemplar zu besitzen.

Während Wilhelm sich an die Arbeit machte, ging Niklas auf Kundensuche und überlegte, wo er überall sein Bier verkaufen könnte.

Wertvoll könnten zum Beispiel die Markttage sein. In der Zeit, wo am Rathaus die rote Fahne ausgesteckt war, hatten auch fremde Verkäufer das Marktrecht. Dann drängten sich alle um die Buden, viel Volk kam von auswärts und musste versorgt werden. Niklas plante, den Bierverkauf mit einem eigenen Marktstand anzukurbeln.

Die Gerberei, die gerade außerhalb der Stadttore lag, hatte er ebenso ins Auge gefasst.

Zusätzlich reiste er viel durch das Bitburger Umland. Er hatte noch ein paar Wochen Zeit, bis im Herbst die Brausaison begann, und wollte gerne neben der Stadtbevölkerung einige der zahlreichen Burgen, Schlösser und Klöster in der Umgebung beliefern. Er hatte schon erfahren, dass Peter de Foro nichts dergleichen getan und sich immer nur mit der Versorgung der Bitburger Stadtbevölkerung zufriedengegeben hatte.

Zuerst richtete er sein Auge auf die Herren von Hamm. Das Schloss Hamm, etwa acht Kilometer westlich gelegen, wurde gerade groß ausgebaut. Die eindrucksvolle Wehranlage, die bereits seit über 200 Jahren bewohnt war, lag auf einem lang gestreckten, von der Prüm umflossenen Bergsporn. Im Schloss Hamm wurden regelmäßig Ritterturniere und andere Feste abgehalten. Da wollte er dabei sein. Die Herren von Hamm hatten auch einen guten Leumund bei den Handwerkern und Bauern. Sie zahlten gut und pünktlich. Er bat um Vorsprache, erklärte sein Anliegen und erhielt das Versprechen, beim nächsten Fest als Bierlieferant dabei zu sein. Für den Rest seiner Zeit in Bitburg sollten die Herren von Hamm gute, zufriedene Kunden von Niklas sein.

Nun wandte er seinen Blick in die andere Richtung. Im Nordosten von Bitburg gab es das Zisterzienserinnenkloster von St. Thomas, das älteste Deutschlands, von dem er bereits durch den Pastor von St. Maximin in Bitburg gehört hatte. Das Kloster war etwa 100 Jahre zuvor zu Ehren des 1170 ermordeten und bereits drei Jahre später heiliggesprochenen Erzbischofs von Canterbury, Thomas Becket, im Kylltal gegründet worden.

Die Nonnen von St. Thomas brauten kein eigenes Bier und wollten gerne von Niklas beliefert werden. Sie lagen seit dem Bau der Kyllburg mit dem Ritter Rudolf von Malberg um Besitztümer der Agnes von Malberg im Streit. Agnes hatte ihre Lehen an den Erzbischof gegeben, dieser hatte die

Lehen für 200 Pfund ans Kloster St. Thomas verkauft, um die Kyllburg zu finanzieren. Rudolf von Malberg jedoch hatte nach dem Tod von Agnes versucht, diese Lehen mit Gewalt an sich zu reißen. Rudolf befehdete das Kloster, und die Nonnen mussten es verlassen; sie zogen nach Trier, wo sie täglich in Prozessionen zur hohen Domkirche zogen und während des Gottesdienstes mit lauten, kläglichen Stimmen ›Media vita in morte sumus‹ und ›Salve regina mater misericordiae‹ sangen, bis ihnen der Erzbischof gegen ihren gewalttätigen Nachbarn zu Hilfe eilte. Nachdem der Erzbischof gesiegt hatte, herrschte vorerst wieder Ruhe, Bier gab es dort trotzdem nicht und die Nonnen von St. Thomas waren knapp bei Kasse. Die nächstgelegenen Brauereien aus Kyllburg und Oberkail verkauften ihr Bier einfach zu teuer.

Also sagte Niklas zu, ihnen das zu liefern, was übrig bleiben und nicht verkauft werden würde. Dies allerdings besonders günstig. Durch den Erfolg, den Niklas mit seiner Brauerei in den nächsten Jahren hatte, kamen die durstigen Kehlen in St. Thomas allerdings zu kurz und wurden bald wieder regelmäßig von der näher gelegenen Brauerei in Kyllburg beliefert.

Dieses Kyllburg sah er sich auf seinem Rückweg von St. Thomas auch einmal an. Wenngleich er nicht hoffen konnte, in Kyllburg Geschäfte zu machen, schließlich existierte eine angesehene Brauerei dort, gab es doch so einiges zu sehen. Er war interessiert an der großen Baustelle für die neue Stiftskirche, die gerade begonnen worden war. Er war sehr beeindruckt von den neuen Bautechniken. Überhaupt war es die größte Baustelle, die er jemals gesehen hatte. Er sah zum ersten Mal, wie mit Hilfe von Aufzugzangen die gewaltigsten Sandsteinquader nach oben gehoben wurden. Er hatte sich nie vorstellen können, wie man so etwas fertigbringen könnte. Wie meist, wenn er etwas Neues sah, versuchte er, sich möglichst davon viel im Gedächtnis zu behalten. Man konnte nie wissen, ob es einmal von Nutzen sein könnte.

Das Interessanteste war jedoch die Burg des Trierer Erzbischofs, deren Bau erst vor 35 Jahren begonnen hatte, als Eck- und Grenzfeste Kurtriers. Die Kyllburg war mittlerweile zu einem echten Bollwerk herangewachsen. Vor 20 Jahren, mit der Fertigstellung der Burg, war der mit starken Mauern und Toren befestigte Ort Kyllburg endlich mit Stadtrechten versehen worden. Kyllburg, obwohl kleiner als Bitburg, besaß wie dies alles Charakteristische einer Stadt, die von Rittern, Wächtern, Pförtnern und Bürgern bewohnt war und in der Märkte abgehalten wurden. Die Bürger wurden zur Verteidigung ihrer Stadt in die Pflicht genommen. Und schließlich besaß Kyllburg sogar das wichtigste Merkmal einer Stadt, das Hochgerichtsschöffentum.

Niklas schaute sich die Stadt an, er besichtigte das Brauhaus in der Mühlengasse, wenngleich nur von außen, und gab sich nicht zu erkennen. Erst wollte er durch sein Bier bekannt werden.

Einen Besuch der Brauerei in Oberkail vermied er gleichfalls, obwohl er gute Dinge darüber gehört hatte. Dort gab es das berühmteste Bier weit und breit. Die beste, die obere Quelle, nach der Oberkail benannt worden war, befand sich im Besitz der Brauerei. Diese Quelle wurde scherzhaft Brubbel oder Wallender Born genannt, in Anlehnung an den kalten Vulkangeysir, der im 20 Kilometer entfernten Wallenborn seine stinkenden Gase und schwefliges Wasser ausspuckte. Der Oberkailer Brauherr hatte sich seit Längerem schon mit dem Spitznamen Wallenborner abfinden müssen.

Die letzte Reise im Umland führte ihn nach Norden zur Fürstabtei Prüm, einem der größten Machtfaktoren der ganzen

Region. Schon in seiner Klosterzeit hatte er von dieser Abtei gehört. Bruder Thomas hatte ihm in Urbrach darüber erzählt. Die Abtei war bereits über 500 Jahre alt und war seinerzeit von König Pippin und seiner Frau Bertrada der Jüngeren, der Mutter Karls des Großen, gegründet worden. Obwohl sie zweimal von den Normannen niedergebrannt worden war, war sie immer wieder aufgebaut worden. Prüm hatte stets hoch in der Gunst der Karolinger gestanden, wohl auch, weil Karl der Große der Legende nach hier geboren worden war und Kaiser Lothar I. hier begraben lag. Von Lothar stammte der bekannte Ausspruch ›Omnia mutantur, nos et mutamur in illis. – Alles ändert sich, und wir ändern uns mit ihm‹. Diesen Spruch wollte sich Niklas zum Motto nehmen, so genau passte er auf ihn und sein Wanderleben. Und er gefiel ihm besser als das ebenso bekannte Gedicht, in dem es hieß: ›Alles, was sich verändert, verliert seinen Wert.‹ Er war gerade dabei, sich zu verändern, wollte aber nicht schlechter werden.

Der Besitz der Abtei war riesig und reichte bis zur Bretagne und zur Rhône. Ungezählte Orte, unter anderem in der Eifel und an der Ahr, auf dem Taunus, in der Umgebung von St. Goar, in Frankreich, Belgien und den Niederlanden gehörten dazu. Um den weitläufigen Besitz zu verwalten, waren der Abtei Prüm Vogteien und Filialklöster unterstellt, darunter Revin in Frankreich, Güsten bei Jülich, Münstereifel, Kesseling an der Ahr und Altrip. Berühmt war die Abtei nicht zuletzt aufgrund ihrer Klosterschule. In Prüm hatten neben anderen St. Markward, der Berater Ludwigs des Frommen, die heiliggesprochenen Ado von Vienne, Ansbald und Hungerus Frisius sowie der Dichter Wandalbert gelebt. Der berühmte Geschichtsschreiber Regino war vor 300 Jahren Abt von Prüm gewesen. Seit ungefähr 50 Jahren war die Abtei ein eigenes Fürstentum, von Kaiser Friedrichs II. Gnaden, das mit eigener Stimme auf den Reichstagen vertreten war. Die wachsende Macht der Abtei hatte den Neid anderer Mächte hervorgerufen, vor allem der Kurfürsten von Trier. Und unter den Leidtragenden waren fast immer die Bitburger gewesen.

Als Niklas nun in Prüm vorsprach, hieß der Abt Walter von Blankenheim. Walter war ein mürrischer, alter Mann, der anscheinend keine Freude mehr am Leben hatte. Klein und gedrungen von Gestalt, empfing er ihn in einem für seine Größe viel zu großen, thronartigen, hölzernen Prachtsessel sitzend, in dem er beinahe verschwand.

Niklas fühlte sich gleich unbehaglich in seiner Gegenwart.

»Was wollt Ihr von uns?«, herrschte Walter von Blankenheim Niklas an.

Niklas erläuterte sein Anliegen und wurde kurz und knapp beschieden:»Wir trinken wenig Bier, wir haben eigene Weingüter an der Ahr und der Wein von dort ist köstlich. Mögen auch andere Klöster eine Vorliebe für diese stinkende Getreidesuppe haben, wir nicht. Zumindest nicht, solange ich hier das Sagen habe. Und nun trollt Euch, Ihr stehlt mir meine kostbare Zeit.«

Niklas fuhr unverrichteter Dinge wieder nach Hause, grämte sich aber nicht zu lange. Es gab hinreichend Möglichkeiten, Bier zu verkaufen.

7

JETZT MUSSTE ER sich aber noch um die Versorgung der Brauerei kümmern. Getreide, Fässer und alles, was man sonst noch brauchte, gab es in Bitburg zu kaufen. Niklas hatte beschlossen, nicht mit den Tonkrügen zu arbeiten, die sonst zur Lagerung und zum Transport des Bieres verwendet wurden, sondern, wie er es in St. Gallen gesehen hatte, mit hölzernen, gepichten Fässern.

Lediglich die Versorgung mit Hopfen bereitete ihm Sorgen. Man hatte in Bitburg bislang nur Gruitbier gebraut. Die Gruit bestand hauptsächlich aus Blättern des Gagelstrauchs, einem Myrtengewächs. Diese betäubend duftende Pflanze, deren starkes Aroma ein wenig an Lorbeer erinnerte, wurde meistens von Bäckereien als Gewürz verwendet und daher vielfach Bäckerhusch genannt. Für Niklas war klar, Bäckerhuschbier kam nicht infrage. Also setzte er eine Prämie aus für den, der in Bitburg oder im Umkreis Hopfen finden würde.

Innerhalb von einer Woche kam die gute Nachricht: In Holsthum, etwa 15 Kilometer entfernt, gab es wilden Hopfen. Niklas fuhr hin und erntete ihn ab. Dann sprach er mit den Bauern, auf deren Land dieser Hopfen wuchs, den man bislang als Unkraut betrachtet hatte. Sie versprachen, den Hopfen zukünftig zu pflegen und für ihn bereitzuhalten, wenn er dafür bezahlen würde. Der geforderte Preis war immer noch niedriger als der Preis für den Bäckerhusch, und so sagte Niklas zu.

Der Herbst kam und die Brauerei war fertiggestellt. Die beiden Ausschankstellen waren eingerichtet mit Theke, Tischen und Bänken und bereit, ihre Gäste zu empfangen.

Die Namensgebung war schwieriger als erwartet. Eigentlich wollte Niklas der Brauerei einen Namen geben, der mit seinem Schicksal oder seiner Verbindung zu den ›Reinen Brauern‹ zu tun hatte. Er befürchtete aber zu Recht, dies könnte Misstrauen wecken, und außerdem wollte er sich nicht zu weit vom ›Lüsternen Eber‹ de Foros abgrenzen, weil er nach wie vor auf dessen guten Willen als Konkurrent angewiesen war. Also gab er seiner Brauerei, wohl wissend um die Vorliebe der alten Bitburger Römer für Wein statt Bier, schließlich den Namen ›Zum Feisten Römer‹. Seine Gaststube in der Petersgasse nannte er ›Zum Gescheuerten Arschleder‹. Er wollte schon mit dem Namen zeigen, seine Gäste könnten lange sitzen bleiben, solange sie nur genug Bier tranken.

Niklas gab drei Schilder in Auftrag: Zweimal machte der Schmied einen sechszackigen Brauerstern mit dem jeweiligen Namen als Aushänger für die Häuser an der Albach und in der Petersgasse. Und ein Schild schnitt Wilhelm, genannt der Notte, aus einem soliden Eichenbrett heraus und gravierte dort ein:

›Ein böses Weib, ein saures Bier, behüt' der Himmel uns dafür.‹

Das hängte Niklas ins Sudhaus seiner neuen Brauerei.

Als Brauerknecht verdingte sich ein kräftiger, etwas pummeliger Gehilfe namens Thomas, der wohnte in der Ellengasse und wurde bald nur mehr Elli gerufen.

Er machte sich gut als Schoppenbrauer, wie die Brauerknechte hier auch hießen. Da Maria in der Petersgasse arbeiten wollte, stellte er in der Brauerei die Hülfersfrau Magdalena als Brühfrau ein. Dann konnte es losgehen.

Das Geschäft lief gut an, die Bitburger waren neugierig. Es gab einige, die sein ›Römerbier‹ nicht so mochten, und so hatte auch die de-Foro-Brauerei ihre Kunden. Dennoch verkaufte Niklas mehr Bier, als er gehofft hatte.

Zu seiner Freude entdeckte er in der Nähe der Brauerei eine Grotte in der kleinen Schlucht des Albachs, die er aushauen ließ und sich als Eiskeller herrichtete.

Dadurch, und weil das Hopfenbier erwiesenermaßen länger hielt als das Gruitbier, konnte er bis in den Juni Bier verkaufen. De Foro musste bereits im April passen.

Den ersten großen Beweis seiner Geschäftstüchtigkeit stellte Niklas bereits im März 1277 unter Beweis. Das Kyllburger Hochgericht hatte in der Nähe von Orsfeld auf der Flur, die den Namen ›Am Gericht‹ trug, seine Richtstätte. Im Frühjahr 1277 wurde ein neuer Galgen errichtet. Dazu sollten fünf Verbrecher gehängt werden, und das Ganze würde nicht nur den Charakter eines Volksfestes haben, es würde eines sein.

Niklas hörte rechtzeitig davon und beantragte beim Erzbischof von Trier, auf dessen Ländereien die Richtstätte lag, den Bitburger Brauern, das hieß ihm und de Foro, das Privileg zum Bierausschank für diesen Ort zu erteilen.

Dieses Privileg wurde erteilt, natürlich nur wieder gegen klingende Münze, und die Kyllburger und Oberkailer Brauer machten lange Gesichter, als der Tag des Gerichts da war.

Hunderte von Menschen waren gekommen, alle hungrig und durstig, denn neben der mühsamen Anreise dauerte die ganze Veranstaltung viele Stunden.

Für den Adel, der angereist war, hatte man eigens eine Tribüne errichtet.

Gaukler, Jongleure und fahrende Sänger unterhielten das Publikum.

Niemand beschwerte sich, wenn ein Krug Bier, der normal zwei Pfennige kostete, hier für das Doppelte verkauft wurde.

Als die Delinquenten im Karren vorgefahren wurden, war die Stimmung bereits bestens. Man durfte sie ungehindert beschimpfen, bespucken oder bewerfen. Viele fassten sie an, weil es als Glücksbringer galt, einen Todgeweihten zu berühren.

Zuerst wurden nacheinander zwei gewöhnliche Diebe hingerichtet. Am Galgen standen zwei Leitern. Der Henker befestigte die Schlinge aus Hanfseil am Galgenhaken, bevor er mit dem Verurteilten hinaufstieg. Oben angekommen, legte er dem Dieb die Schlinge um den Hals und stieg wieder hinunter. Er stieß die andere Leiter um und der Todgeweihte hing frei in der Luft. Innerhalb weniger Minuten sorgte die Schwere des eigenen Körpers für den Tod, indem Luftröhre und Blutgefäße abgedrückt und verschlossen wurden.

Das Publikum johlte und unterhielt sich aufs Köstlichste. Die Kinder durften ganz vorne sitzen und johlten mit. Die nächste Delinquentin war eine Kindsmörderin. Für sie war der Galgen vorgesehen. Normal wäre der ihr bestimmte Tod das Säcken gewesen. Sie wäre in einen Sack gesteckt und ertränkt worden. Die Richtstatt besaß jedoch keinen Teich, und schließlich wollte man dem Publikum auch etwas bieten.

Sie weinte und wehrte sich und schrie wie besessen. Das Publikum durfte sie beschimpfen und mit fauligem Obst bewerfen. Von Mitleid keine Spur. Als sie endlich hing, gab es hier wiederum großen Applaus. Besonders bei ihrem Todeskampf, bei dem die Gebärmutter und die unteren Eingeweide zwischen den Beinen herausfielen. Dies geschah fast immer, wenn Frauen gehängt wurden.

Und zum Schluss gab es zwei Raubmörder und Wegelagerer zu richten. Sie wurden vorher zusätzlich gefoltert, um die Schwere ihrer Verbrechen zu zeigen. Man flocht sie aufs Rad und zerschmetterte ihre Glieder, bevor man sie halbtot an einem Pferd festband und kopfüber zum Galgen hochzog. Das Hochziehen war ungleich qualvoller als das einfache Hängen. Aufgrund der besonderen Niedertracht ihrer Taten wurden zusätzlich zwei lebende Hunde links und rechts neben den Verurteilten an den Hinterpfoten aufgehängt. Dies galt als besonders schändlich. Die leidenden Tiere verbissen sich in die Delinquenten und bereiteten ihnen zusätzliche Qualen.

Die Menschen gingen schließlich mit der Gewissheit nach Hause, einen unterhaltsamen Tag verbracht zu haben. Niklas und de Foro, die sich bei dieser Gelegenheit prächtig verstanden hatten, taten dies mit der Genugtuung, einen mehr als einträglichen Tag verbracht zu haben.

Niklas ließ sich gleich in der Woche darauf dieses Privileg vom Erzbischof auf zehn Jahre festschreiben, bevor andere Brauer Einspruch einlegen konnten.

8

DIE WOCHEN GINGEN INS LAND, Niklas und seine Familie fühlten sich wohl in Bitburg. Der ›Feiste Römer‹ war bald anerkannt, der Ausschank ›Zum Gescheuerten Arschleder‹ lief gut, bis auf gelegentliche Raufereien war alles friedlich. Maria und das Kind waren gesund, der Kredit, den er zum Kauf der Häuser und der Brauerei aufgenommen hatte, beinahe schon abbezahlt.

Er störte sich auch nicht an einigen wenigen Gerüchten, die Bernard vor seinem Abschied noch in Bitburg hinterlassen hatte. Nicht nur ›Bierzauberer‹, sogar ›Teufelsbrauer‹, ›Bieralchimist‹ und ›Antichrist‹ wurden, wenn auch selten, hinter seinem Rücken geflüstert. Aber spätestens dann, wenn das Bier schwarzbraun, süß und dick im Krug dastand, wollte keiner der Verleumder mehr etwas davon wissen. Und nach mehreren Krügen erregten sich die Gleichen, jetzt mit erhitzten Köpfen, darüber, wie jemand etwas Schlechtes über einen solchen Brassator reden konnte.

Er hatte für sich und Maria im Winter neben ihren normalen Spangenschuhen bereits feste und solide, vornehme Holzschuhe machen lassen, mit denen sie an den Sonntagen durch die matschigen, von den Schweinen zerwühlten Straßen flanierten.

Dabei durfte Maria gelegentlich ein duftendes Tüchlein an die Nase halten, um dem üblen Gestank, der von den Schweinen und vom menschlichen und tierischen Unrat ausging, zumindest sonntags einmal zu entkommen.

Auch hatten sich beide für diese Spaziergänge eine neue Garderobe anpassen lassen. Maria trug nun über ihrem leinenen Unterhemd und Halbstrümpfen einen langen Leibrock, darüber ein Surkot genanntes Oberkleid mit Brustschlitz und auswechselbaren Ärmeln. Auf dem Kopf trug sie das Gebende, eine Art Stoffband, das unter dem Kinn verschnürt wurde.

Niklas zog strumpfartige Beinlinge und eine leinene Unterhose an, darüber ebenfalls einen Leibrock und ein farbiges Surkot.

Meist trug er die weiße Bundhaube, gelegentlich aber voller Stolz auch einen Hut.

Niklas liebte die deftige Kost, die immer auf den Tisch kam. Er liebte den Geruch von Kohl und Lauch, Bohnen, Erbsen und Zwiebeln. Dazu gab es manchmal Äpfel, Birnen, Nüsse oder Kirschen. Begleitet von dunklem, kräftig riechendem Brot, festem Käse und gutem Römerbier. Was wollte er mehr?

Aber wie fast immer, wenn er dachte, alles würde gut laufen, kam ihm das Schicksal in die Quere. Diesmal weniger schwer als in Weihenstephan oder Urbrach und auch nicht in Form einer Naturkatastrophe oder eines Unfalls, sondern in Gestalt des Schöffen Dronckmann.

Wilhelm Dronckmann gehörte einer alten Bitburger Adelsfamilie an, neben den de Portas der ältesten. Seine Aufgabe als Schöffe war die Finanzverwaltung der Stadt, und da er ein guter Rechner und kluger Kopf war, war die Stadtkasse unter seiner Ägide gut gefüllt.

Dronckmann setzte sich eines Abends im ›Gescheuerten Arschleder‹ an den Tisch, wischte sich seine künstlichen Stirnlocken beiseite – der letzte Schrei der aktuellen Mode – und verlangte nach Bier und Essen. Obwohl es bereits Mai war, gab es noch Bier und er ließ es sich schmecken. Dann bat er

Niklas an seinen Tisch, lobte das Bier und begann eine Unterhaltung. Dronckmann fragte beiläufig nach dem Geschäft, den Bierpreisen und der Konkurrenz von der de-Foro-Brauerei. Niklas antwortete ehrlich und arglos, es kam ihm nicht in den Sinn, dass etwas faul sein könnte. Sogar die Biermengen, die er im ersten Winter in Bitburg an den Mann gebracht hatte, offenbarte er ehrlich und mit einem gewissen Stolz.

Auch als Dronckmann ihn direkt fragte, wie er sein Bier so viel billiger als de Foro verkaufen könne, ging ihm immer noch kein Licht auf. Er antwortete, er würde sparsamer und günstiger produzieren und weniger Profit machen als de Foro.

Dronckmann bedankte sich, zahlte und ging seiner Wege.

Eine Woche später erhielt Niklas eine Vorladung von Manfred de Porta, ohne Angabe, um was es ging.

Als Niklas ins Bürgerhaus kam, waren alle Schöffen versammelt. Man kam gleich zur Sache:

»Niklas Hahnfurt, als Ihr im letzten Jahr um die Bürgerrechte angesucht habt, die Euch gewährt wurden, dachten wir, einen ehrsamen Brauer in Bitburg anzusiedeln. Wieso habt Ihr, seitdem Ihr Eure Brauerei betreibt, nicht einen Pfennig Steuern für Euer Gewerbe bezahlt?«

Niklas fiel aus allen Wolken. Seine Überraschung war ihm so deutlich anzumerken, dass sie unmöglich gekünstelt sein konnte.

Dronckmann stand auf und hielt einen kurzen Vortrag über Niklas' Versäumnisse und Pflichten.

»Alles Bier in Bitburg wird besteuert, ob Dünnbier oder Dickbier, Gruitbier oder Hopfenbier, ob hier gebraut oder von auswärts gebracht.

Diese Büttensteuer ist im Nachhinein bis spätestens zum April zu entrichten, wenn feststeht, wie viel Bier im Winter verkauft wurde.

Folgende Steuern sind zu entrichten: Getreidesteuer für Käufer, Büttensteuer für Brauer, Malzpfennig für den Mälzer, Bierpfennig für den Ausschank des Bieres.«

Niklas rieb sich die Augen, so verwundert war er über den Erfindungsreichtum der Schöffen.

Manfred de Porta erhob sich und sagte zu Niklas:

»Wir wissen, dass Ihr das Brauen im Kloster gelernt habt, und dies wahrhaft gut. Diese Brauerei ist Euer erster eigener Betrieb. Was die Steuern und das Brauen angeht, haben die Klöster natürlich erhebliche Vorteile gegenüber einer solchen Stadtbrauerei. Nicht nur, dass die Rohstoffe von den eigenen Ländereien kommen und die Arbeitskräfte ohne Bezahlung arbeiten. Vor allem aber genießen sie, leider, Steuerfreiheit und werden niemals mit einem Brauverbot belegt. Wir mussten solche Verbote bei Missernten, oder wenn durch Unwetter oder Krieg die Felder verwüstet wurden, schon des Öfteren erlassen. Dann gehen zwar die Brot- und Getreidepreise in die Höhe, aber das mag das kleinere Übel sein, als dass die Bevölkerung hungert.«

Er holte noch einmal aus und sagte mit ernstem Gesicht:

»Niklas, wir glauben Euch, dass Ihr nicht in böser, schändlicher Absicht gehandelt habt, sondern aus Unwissenheit. Dass Ihr Eure Bürgerabgaben für die Luxemburger bereits bezahlt habt, mag Euch hier zum Vorteil anerkannt werden. Dennoch müssen wir Euch bestrafen: Ihr müsst zwei Wochen im Schuldenturm verbringen und dann innerhalb von zwölf Tagen Eure Steuerschulden begleichen, aber ohne Strafzins. Solltet Ihr die Schulden nicht aufbringen können, müsst Ihr eine weitere Woche in den Schuldenturm für jeden luxemburgischen Denar, den Ihr schuldig bleibt.«

Niklas blieb nichts anderes übrig, als das Urteil anzunehmen und seine Lehren daraus zu ziehen.

Er bezog für zwei Wochen, in der braufreien Sommerzeit, Quartier im Kobenturm, der für Schuldner vorgesehen war. Die Zeit verging rasch, Maria kam ihn oft besuchen, und Zutritt mit Verpflegung für den Häftling war gestattet. Sie hatten beide im Winter sparsam gewirtschaftet und das meiste von dem verdienten Geld zurückbehalten. So konnte er die Steuerschuld problemlos abzahlen, die Summen waren sowieso nicht so groß, wie er anfangs befürchtet hatte.

Sonst wäre das Bier zu teuer geworden.

Zur neuen Saison, die bei kaltem Sommerwetter bereits Ende August losgehen konnte, war er bereit. Er hatte sich leere Bücher gekauft, in denen er genau aufschreiben wollte, was er kaufen und verkaufen würde.

Noch einmal würde er nicht im Schuldenturm sitzen.

9

DIE NEUE SAISON begann trotzdem mit Ärger. Der Böttcher
Melchior hatte ihm die bestellten Fässer pünktlich gelie-
fert. Doch beim ersten Befüllen lief das Bier aus dem Fass
heraus und kurz darauf fiel es auseinander. Niklas schaute
sich das Fass an, stellte fest, dass sowohl die Ränder als auch
die Fassringe, die Bänder, nicht richtig befestigt waren. Und
noch rund ein Dutzend andere Fässer hatten den gleichen
Makel. Er ließ Melchior holen.

»Deine Fässer sind außer Rand und Band!«, herrschte
er ihn an.

Melchior versprach, die Reparatur und den Ersatz schnell
durchzuführen. Niklas musste für den Anfang mit weniger
Fässern auskommen.

Dann kam aber gleich eine gute Nachricht: Maria erwartete ihr zweites Kind. Ansonsten lief das Geschäft gut; so
gut, dass Niklas sich wieder mit Basteleien und Verbesserungen in der Brauerei beschäftigen konnte. Der Teil des
Brauhauses, der ihm immer noch nicht gut genug funktionierte, war der Mechanismus, mit dem sie die festen Teile
des Getreides von der Flüssigkeit trennten. Er hatte bereits
verschiedene Abseihvorrichtungen gesehen und mit ihnen
gearbeitet. Er hatte sich in Bitburg die gleiche bauen lassen
wie in St. Gallen: einen Bottich, der unten einen Auslauf
hatte und der am Boden mit gepresstem Stroh ausgelegt war.
In Weihenstephan hatten sie eine Art riesengroßen Strumpf
aus grobem Leinen verwendet. Auch de Foro verwendete
diese Art Abseihvorrichtung. Die Arbeit mit dem Strumpf
war aber sehr mühselig, da man ihn zwischendurch immer

wieder ausleeren musste. Das war die dreckigste und anstrengendste Arbeit im gesamten Brauhaus.

Jetzt versuchte Niklas, diese beiden Ideen zu kombinieren. Er ließ sich einen kleinen Bottich herrichten, mit einem Auslauf unten im Boden. Als besondere Vorrichtung bat er den Zimmermann Notte, unten an der Innenseite des Bottichs eine Anzahl Klemmen einzubauen. Damit klemmte er ein großes rundes Tuch aus stabilem Sackleinen rundum über dem Boden des Bottichs fest.

Nun ließ er die heiße Maische darauflaufen. Die Ergebnisse waren ausgezeichnet, viel besser, als Niklas sich vorgestellt hatte. Leider war das Ganze sehr arbeitsaufwändig. Sein Brauknecht Elli brauchte Unterstützung.

Der Zufall ergab es, dass der Stadtadlige Christoffel La Penna, der auch Schöffe war, eines Abends bei Niklas im ›Arschleder‹, wie der Ausschank in der Petersgasse mittlerweile im Volk genannt wurde, einkehrte. Nach ein paar Krügen Bier bat er Niklas an den Tisch. Ein paar lobende Worte über die Qualität des Bieres, schließlich kam er zur Sache:

»Ich habe einen Sohn, Hugo, der bald 15 Jahre alt wird. Ich möchte, dass er kein Taugenichts wird, sondern ein gescheites Handwerk lernt.«

Anders als bei offiziellen Anlässen, sprach er ihn mit ›Du‹ an.

»Hättest du Platz zu arbeiten für ihn? Im ersten Jahr würde ich dir sechs Denare dazuzuzahlen. Sobald er wirklich arbeiten kann, wäre sein Lohn der normale Brauerlohn, den du auch deinem anderen Burschen zahlst. Und das für zwei weitere Jahre. Dann sehen wir weiter.«

Niklas befürchtete zwar, sich unter Umständen einen zukünftigen Konkurrenten ins Haus zu holen, aber willigte trotzdem ein.

Hugo La Penna fing bald an und erwies sich als geschickter, fleißiger Junge. So konnte sich Niklas mehr denn je dem Thema Abseihbottich widmen. Es stellte sich bald heraus, dass die Tücher sehr schnell rissen, wenn das Gewicht der Maische darauf lastete. Niklas ließ den Schmied kommen und stellte ihn vor eine echte Herausforderung:

»Ich brauche eine runde, glatte Platte aus Metall, Kupfer oder Eisen zum Beispiel. Diese soll genauso groß sein wie der Boden des Bottichs, kann ruhig auch aus zwei Teilen bestehen. Kannst du das für mich herstellen?«

Der Schmied versprach, sein Bestes zu geben, ohne zu wissen, wofür es gut war.

Nach vier Wochen war die Platte aus Kupfer fertig. Der Schmied hatte sie in zwei Teilen gefertigt, was Transport und Handhabung erleichterte.

Danach verbrachte Niklas mehrere Tage damit, mit einem kleinen spitzen Meißel, der nach vorne ein wenig abgerundet war, viele kleine Löcher in die Platte zu schlagen. Die Arbeit machte er im Geheimen, weil er nicht sicher war, ob es funktionieren würde. Seine Idee war, dass die Flüssigkeit durch die kleinen Löcher nach unten abfließen, die Körner dagegen auf der Platte liegen bleiben könnten.

Er hatte sich vom Zimmermann 20 kleine Füßchen aus Holz bauen lassen. Er legte die Kupferplatten daraufhin auf diese Füßchen, direkt über den Boden des Bottichs.

Schon nach dem ersten Sud war klar: Er wollte nie wieder anders arbeiten. Qualität und Klarheit der Flüssigkeit waren brillant, die Arbeitserleichterung war unschätzbar.

Um diese Vorrichtung als Vorteil für sich zu behalten, ließ Niklas zum Jahresende seine beiden Brauer, Elli und Hugo, den Eid der ›Reinen Brauer‹ leisten. Zusätzlich nahm er ihnen das Versprechen ab, keine Geheimnisse aus der Brauerei an andere weiterzutragen, insbesondere nicht an de Foro, die Kyllburger oder die Oberkailer Brauer.

Niklas bestellte bald eine zweite Kupferplatte, und sie bauten den vorhandenen Stroh-Abseiher um. Ab Februar war Niklas' Brauerei komplett umgestellt.

Im März 1278 brachte Maria eine gesunde Tochter zur Welt, die sie Agnes Maria nannten.

Niklas ließ für den kleinen Matthias Friedrich kleine Holzwerkzeuge anfertigen, die den großen Werkzeugen in der Brauerei nachempfunden waren. Alle Gäste lachten immer, wenn der Kleine mit seiner Miniaturausgabe von Rührgabel, Schöpfkelle, Schlegel und Zapfen durch die Gaststube fegte und mit den Holzeimern, die ihm Maria dazugestellt hatte, den Pierpreu spielte.

Sie brauten bis in den Mai hinein, Niklas verdiente viel Geld, zahlte alle Steuern pünktlich und war mit sich und dem Leben zufrieden.

10

Im Frühjahr 1279 wurde das Bier ganz plötzlich viel schneller aufgebraucht als geplant, und zwar aus einem ganz besonderen Grund. Eines Morgens Anfang April warf der kleine Matthias Friedrich im Obergeschoss ihres kleinen Wohnhauses in der Petersgasse eine Kerze um. Ein Tuch und eine Decke fingen sofort Feuer, innerhalb von Minuten brannte eine Seite des Dachstuhls, kurz darauf die andere. Zum Glück konnten Niklas, Maria und die Kinder rechtzeitig und sicher das Haus verlassen. Niklas lief zweimal zurück, um seine Geldkatze und sein Brauerbuch zu retten. Sein sonstiges Vermögen lag, gut gesichert, in einer festen, verschlossenen Eisentruhe im ›Feisten Römer‹.

Die Bitburger Bürger eilten herbei und halfen, so gut es ging, beim Löschen des Brandes. Als der Brunnen am Petersplatz zu versiegen drohte, öffnete Niklas die Tür und den Keller zum ›Arschleder‹ und ließ den Brand mit den bisher nicht verkauften Resten seines eigenen Bieres löschen. Eimer- und krügeweise schütteten die Bitburger den kostbaren Gerstensaft in die lodernden Flammen. Einige konnten nicht widerstehen und probierten immer erst einen Schluck, bevor sie das ›Löschwasser‹ vergossen. So wurde aus dem Löschen bald ein, dem Umstand nicht angemessenes, heiteres Trinkgelage. Obwohl der Brand dann letztendlich gelöscht werden konnte, bevor das Haus bis auf die Grundmauern niederbrannte, war es danach für einige Zeit unbewohnbar.

Die Bitburger erzählten noch lange und gerne von ihren

Heldentaten, wie sie, den Bierkrug in der Hand, den Flammen mit Römerbier getrotzt hatten.

Niklas hingegen haderte mit dem Schicksal, das ihm wieder einmal Hindernisse in den Weg warf; wollte er eigentlich nur ein sorgenfreies Leben führen.

Die Anteilnahme, die er in den folgenden Wochen von Seiten der Bitburger erfuhr, machte jedoch einiges wieder wett. Er erhielt tatkräftige Hilfe beim Wiederaufbau des Hauses. Brände dieser Art passierten öfter, und da galt es als erste Bürgerpflicht, sich gegenseitig zu helfen.

Er machte sich deswegen keine weiteren Sorgen darum, dass seine Lebensversicherung gegenüber Bernard, die beiden Briefe, im Dachstuhl mit verbrannt waren. Er wähnte sich, seit er in Bitburg Bürger war, erlöst und frei von Bernards Verfolgung.

Zu Braubeginn im Herbst hatten sich alle vom Schrecken des Brandes erholt und das Leben ging in gewohnten Bahnen im neu aufgebauten Haus in der Petersgasse weiter.

Nachdem er sich anfangs mit Peter de Foro gut verstanden hatte, wurde das Verhältnis ab dem Frühjahr 1280 zusehends schlechter. Peter de Foro war eigentlich nicht sehr geschäftstüchtig, wiewohl sehr reich, und verstand sich aber gut mit dem Stadtadel von Bitburg und den Mächtigen der Umgebung. Hatte er zuerst von Niklas mit profitiert, wie bei den Volksfesten auf der Kyllburger Richtstatt, so wurde die Nachfrage nach seinem Bier nun immer geringer.

Niklas hatte zudem den Fehler gemacht, de Foro den Wortlaut seiner Abmachung mit dem Erzbischof zu sagen. Darin war nicht die Rede von Niklas, sondern von den ›Bitburger Brassatores‹. Das, so folgerte de Foro für sich, könnte ja auch er allein sein.

Und dieses Geschäft am Volksfest beim Hochgericht nur für ihn, einmal im Jahr, dann bräuchte er den Rest des Jahres eigentlich fast nichts mehr zu machen!

Also fing er an, Niklas' Bier schlechtzumachen und mit allerlei Gespött und Gerede dafür zu sorgen, dass die Leute wirklich das Gefühl bekamen, mit Niklas' Bier wäre etwas nicht in Ordnung. Er setzte die alten Verleumdungen von Bernard erneut in die Welt.

›Römerbier ist Teufelsbier.‹

›Schaut ihm aufs Handwerk! Das geht nicht mit rechten Dingen zu.‹

Und dergleichen mehr.

Diese Kampagne zog sich über mehr als ein Jahr hin.

Mit allen Mitteln sorgte de Foro dafür, dass Niklas die Lust verlor, in Bitburg eine Brauerei zu betreiben. Hatte Niklas in seiner zweiten Saison den lukrativen Auftrag zur Belieferung des Bitburger Hospitals erhalten, bekam dieses Geschäft schon bald den ersten Dämpfer.

Peter de Foros Bruder Otto wurde Ende 1279 zum Hospitalmeister gewählt, und Anfang 1280 wurde Niklas mitgeteilt, dass die Bierlieferungen für das St. Johannis-Hospital künftig wieder durch den ›Lüsternen Eber‹ erfolgen würden.

Der Gipfel der Kampagne waren dann ein Jahr später kleine bedruckte Zettel, die überall auftauchten, wie aus dem Nichts.

Auf diesem Zettel war das Bild eines Mannes abgedruckt, der sich gerade vor einem anderen erbrach, und darunter stand nur:

Vom Römer Pier,
wie schlecht ward mir

Vom Römer Pier
wie schlecht ward mir

Niklas konnte den Urheber nicht ausfindig machen, auch wenn er wusste, dass de Foro dahinter steckte. Er beschwerte sich beim Zender und bei den Schöffen, aber außer Gespött erntete er nichts. Es war keine Straftat, diese Zettel zu verteilen, und so musste Niklas damit klarkommen, dass ihm die Leute Spottverse nachriefen.

Besonders seine Familie litt darunter. Maria war viel dünnhäutiger als er und Matthias Friedrich und Agnes

Maria zu jung, um zu verstehen, weshalb die anderen Kinder sie verlachten.

Also startete er im Verborgenen Verhandlungen über den Verkauf der Brauerei. Der Betrieb war von ihm gut geplant worden, erst vier Jahre alt und in sehr gutem Zustand. Niklas glaubte nicht, dass es im weiteren Umkreis etwas Vergleichbares gab. Ein guter Verkauf würde ihn aller Geldsorgen vorerst entledigen.

Er streckte seine Fühler nach Trier und nach Echternach aus, um Interessenten zu finden. Zu seiner allergrößten Überraschung stand aber an einem Herbsttag des Jahres 1281 Peter de Foro persönlich in der Tür. Er heuchelte Anteilnahme und fragte, warum Niklas denn nicht ihn über den Verkauf der Brauerei informiert hätte. Schließlich seien sie alte Freunde und als Bitburger Brauer müssten sie ja zuerst miteinander reden.

Niklas musste sich sehr zusammennehmen, de Foro nicht hinauszuwerfen. Er sagte etwas spöttisch, er glaube nicht, dass de Foro sich eine zweite Brauerei leisten könne. De Foro entgegnete: »Da hast du recht, Niklas. Ich würde die andere Brauerei dann ja auch schließen. Sag mir deinen Preis.«

Niklas nannte, nur um ihn endgültig loszuwerden, eine Summe, die etwa um die Hälfte höher lag als die Summe, die er den Trierern und Luxemburgern genannt hatte.

Außerdem müssten seine Brauer und Knechte mit übernommen werden. Und er werde bis zum Saisonende noch brauen, die Brauerei also erst ab nächstem Sommer hergeben. De Foro grinste, sagte nur: »Teuer, aber annehmbar!«, und schlug ein.

Niklas hatte keine Brauerei mehr, war aber ein gemachter Mann.

Nun konnte er endlich Albertus Magnus' Empfehlung nach-kommen. Er war gereift und dabei erfahrener, aber auch wohlhabender geworden.

Köln wartete auf ihn …

11

KÖLN! DIE GRÖSSTE STADT EUROPAS, vielleicht sogar der ganzen Welt!

Hauptstadt des Handels, aber auch der Gauner und Dirnen. Seine Begleiter waren schon oft dort gewesen und erzählten Niklas unterwegs allerlei Geschichten.

»Die Dirnen sind noch das Harmloseste, was dir dort begegnen kann«, erzählte der eine. »Wir nennen sie ›Kuniberts Gänse‹ und du erkennst sie an den gelben Schleifen an den Schuhen. Vor 200 Jahren, unter Bischof Sigewin, gab es ein Feuer, das auch den alten Dom einzufangen drohte. In der Nähe arbeiteten Dirnen, die halfen, das Feuer zu löschen. Schließlich brachten die Stiftsherren den Schrein des heiligen Kunibert herbei. Und wie durch ein Wunder erlosch das Feuer. Die Stiftsherren haben die Dirnen aber gesegnet, obwohl offensichtlich der tote Kunibert das Wunder vollbracht hatte. Der Dom ist mittlerweile trotzdem abgerissen worden, um Platz für einen neuen zu machen.«

Sein anderer Begleiter fabulierte weiter:

»Ich kenne keine Stadt, wo die Gauner so viele verschiedene Berufe ausüben. Sogar die gewöhnlichen Diebe machen Unterschiede, wo und wie sie ihr schändliches Werk treiben. Die Zieher gehen über die Märkte, Flatterer stehlen Wäschestücke, die sie wieder verkaufen, Schnecken stehlen Jacken und Mäntel, Klingelbeutelputzer machen sogar vor dem Eigentum der Kirche nicht Halt. Dazu eine große Zahl gewöhnlicher Einbrecher und Gelegenheitsdiebe, aber sogar auch Raubmörder.«

Der Erste ergänzte:

»Dann gibt es zum Beispiel die sogenannten Griechen, die ihr Leben mit falschem Kartenspiel fristen. Wenn du vom Land in die Stadt kommst, sei auf der Hut vor den Bauernfängern, die dir falsche Preziosen verkaufen wollen. Falsche Geistliche wollen dein Almosen für die Kirche haben und die Trickbetrüger und Zechpreller kennen jede Methode, um andere aufs Kreuz zu legen.«

»Pass aber auch auf vor denen, die Anfälle simulieren und dich dadurch von deiner Geldkatze ablenken«, fiel ihm der Zweite erneut ins Wort.

»Und wenn du gerne einen Krug Bier oder Wein mehr trinkst, als dir zuträglich ist, tu das niemals alleine. Die Saufauspacker, wir nennen sie auch Leichenfledderer, lassen dir manchmal noch nicht mal dein letztes Hemd.«

Derart vorgewarnt, verging die Reise von Bitburg nach Köln wie im Flug und nach vier Tagen, Anfang Mai 1282, standen sie vor der beeindruckenden, erst 23 Jahre zuvor fertiggestellten Stadtmauer.

Ohne die Erlaubnis des Kölner Erzbischofs Philipp von Heinsberg hatten die Kölner Bürger im Jahre 1179 mit dem Bau einer neuen Stadtbefestigung begonnen. Dadurch wurde das Stadtgebiet auf über 400 Hektar vergrößert. Zuerst hatten sie einen Wallgraben ausgehoben, der später die Grundlage für die Stadtmauer wurde und Köln somit zu einer unbezwingbaren Festung machte.

Da der Erzbischof und der Herzog von Sachsen, Heinrich der Löwe, in dauernder Fehde lagen und die Rheinlande schon wiederholt von marodierenden Söldnern, besonders von denen des Erzbischofs, verwüstet worden waren, war dies dringend erforderlich. Sogar gegen das Verbot des Erzbischofs.

Die Fertigstellung des gesamten Baus dauerte etwa 80 Jahre, obwohl Kaiser Barbarossa, Friedrich I., bereits im Jahre 1180 den Bau der Stadtmauer genehmigt hatte.

Zur Finanzierung der Stadtmauer erhoben die Kölner einfach neue Mahl- und Brausteuern. Da Köln bereits auf dem Weg war, Hauptstadt des Biers zu werden – wenn auch langsam –, war dies ein kluger und lukrativer Schachzug.

Durch die Stadtmauer sollte der größte Schatz der Stadt endlich angemessen gesichert werden, die Gebeine der Heiligen Drei Könige, die Köln neben Jerusalem und Rom zur Heiligen Stadt machten. Und um das Jahr 1259 war es dann so weit: Die Arbeiten waren beendet, Köln war nun die größte Stadt nördlich der Alpen. Die neue Stadtbefestigung, bestehend aus Wall, Graben und Mauer, hatte eine Gesamtlänge von über fünfzehntausend Ellen. Die Kölner legten bei der Anlage Wert darauf, dass diese Stadtmauer, ›ebenso wie Jerusalem‹, zwölf gewaltige Torburgen bekam sowie 52 Wehrtürme und zwölf weitere Stadttore zum Rheinufer hin. Dieses Gebiet sollte nun für die folgenden Jahrhunderte das Stadtgebiet sein.

Das Erste, was Niklas bewundernd auffiel, waren die Turmuhren. Er hatte noch niemals eine mechanische Uhr gesehen, geschweige denn so große. Sie hatten einen Zeiger, mit dem sie die Stunden anzeigten, was für die Kölner Bürger sehr hilfreich war. In der Stadt war die genaue Zeit wichtiger als im Kloster oder auf dem Land. Für die Landbevölkerung war das gesamte Alltags- und Arbeitsleben an den Wechsel von Tag und Nacht gebunden. Der Tag begann mit dem Hahnenschrei zu Sonnenaufgang und endete mit dem Sonnenuntergang. Eine genaue Zeitmessung gab es nicht. Die Tageszeit bestimmte man nach dem Stand der Sonne und dem Glockengeläut der nahen Kirche. Im Kloster hingegen hatte man die Zeit zum nächsten Gebet mit Kerzen oder Sanduhren bestimmt. Diese Uhren hatte er auch immer zum Brauen verwendet. In Regensburg und Bitburg hatte er jeweils eine große Sanduhr im Sudhaus stehen gehabt. In Weihenstephan gab es zudem eine große

Sonnenuhr im Garten. In St. Gallen hatten sie Versuche mit Wasseruhren gemacht, die aber im Winter immer eingefroren und zerplatzt waren. Daher war man wieder zu Sanduhren zurückgekehrt.

In der Stadt musste man Verabredungen treffen und einhalten, Märkte hatten feste Öffnungszeiten und auch Schöffen, Richter und Kaufleute richteten ihr Handeln neuerdings nach der Uhr aus. Geschäfte durfte man zum Beispiel erst ab der Prim, ab sechs Uhr morgens, machen.

Lediglich die Kirche erinnerte ihre Schäfchen zwar mit Glockengeläut an ihre Pflichten, sammelte sie aber auch bereits zu festen Uhrzeiten zur Heiligen Messe ein. In Bitburg hatte es keine Turmuhr gegeben, da wurde zu bestimmten Zeiten geläutet, sogar wenn keine Messe war.

Zuerst musste sich Niklas einmal in so einer großen Stadt zurechtfinden. Das war nicht so leicht wie gedacht, für Köln hatte Niklas aber vorgeplant. Da er mit seiner Familie nicht in einem unsicheren Gasthof absteigen wollte und er zudem eine prallvolle Geldkatze mit sich führte, besuchten sie einen Kaufmann, der des Öfteren in Bitburg auf der Durchreise gewesen und vom Römerbier begeistert war. Dieser Johannes Küpper bot ihnen an, gegen ein geringes Entgelt in seinem Haus zu wohnen, bis Niklas etwas Eigenes gefunden hatte. Außerdem half er ihm, die Wechsel einzulösen, die de Foro ihm zum Teil für die Brauerei gezahlt hatte.

Die Bürgerrechte musste er nicht mehr erwerben, er zeigte dem zuständigen Schöffen seine Urkunde aus Bitburg und erhielt auch schnell eine für Köln. Wieder gegen Bezahlung einer nicht unerheblichen Gebühr und dem Ableisten eines neuen Treueids auf die Stadt Köln.

Er ging sogleich auf die Suche und fand bald, durch einen glücklichen Zufall, ein passendes Haus in der Große Budengasse, einer Seitenstraße der Hohe Straße, angrenzend ans jüdische Viertel.

Das Haus hatte bereits einem weniger erfolgreichen Vorbesitzer als Brauhaus gedient und entsprach baulich Niklas' Vorstellungen.

Den alten Namen ›Beim Tünn‹ wollte er ersetzen durch den Namen ›Brauhaus zum Stern‹. Er wollte, wie in Bitburg, versuchen, mit dem Hexagramm der ›Reinen Brauer‹ an die Öffentlichkeit zu gehen, diesmal aber sollte es in Namen u n d Symbol für sein Bier stehen.

Durch einen Torbogen, der groß genug war, dass ein Karren mit Fässern oder ein Braukessel hindurchpasste, kam man in einen Hausflur. Links war ein kleiner Saal, in dem gebraut werden sollte, dahinter lag dann die Bierstube, darunter die Keller.

Die Hohe Straße war die wichtigste und mit fast 30 Metern auch breiteste Straße Kölns. Viele Händler boten dort ihre Waren feil, weil sie, genau wie die Römer mehr als 1000 Jahre zuvor, erkannt hatten, dass die Hohe Straße, wie der Name schon sagte, am sichersten vor Hochwasser war.

Ein Ende weiter um die Ecke, in der Gasse Unter Taschenmacher, gab es ein Brauhaus, das sich ›Guitleith‹ nannte. Der dortige Brauherr war Richard Comes, genannt Greve. Er hatte sich bereits spezialisiert und braute Medebier. Noch niemals hatte Niklas ein Bier getrunken, das aus Getreide, Kräutern und Honig hergestellt wurde. Die Konkurrenz gleich um die Ecke hatte aber den Vorteil, dass zwischen dem Haus Guitleith und dem ›Brauhaus zum Stern‹ einer der größten Kölner Brunnen lag, die hier Pütz genannt wurden. Beide durften sich diesen Brunnen zum Bierbrauen teilen.

Die Große Budengasse war nur zwei kleine Straßenzüge von der Großbaustelle des neuen Doms entfernt, und Niklas hoffte auf Kundschaft unter den zahlreichen Handwerkern, die dort arbeiteten.

Außerdem war der Baustelle ein großer Platz vorgelagert, dem die Kölner aus unerfindlichen Gründen noch keinen Namen gegeben hatten. Auf diesem Platz wurden zu besonderen Anlässen die Aufzüge der Mächtigen, weltlicher wie kirchlicher Herrscher, durchgeführt. Er hatte schon Päpste und Könige gesehen, diente aber ebenfalls sowohl den Henkern als auch den Herolden als Bühne. Pilger, Bettler und Prostituierte drängten sich an normalen Tagen durch das Gewühl, in dem auch die Brauer ihre Waren anboten. Der erfolgreichste Tag in der Geschichte der Kölner Brauer war der 23. Juli 1164 gewesen. Da hatte Erzbischof Rainald von Dassel die Gebeine der Heiligen Drei Könige feierlich in den alten Dom gebracht. An diesem Tag platzte Köln und besonders der Platz ohne Namen aus allen Nähten. Die Brauer hatten d a s Geschäft ihres Lebens gemacht.

An einer Ecke des Platzes lag das bischöfliche Gefängnis. Dort wurden immer wieder einmal, wenn es opportun erschien, Frauen als Hexen verhaftet, eingesperrt, peinlich verhört und gefoltert. Die Verurteilung geschah öffentlich auf dem Platz und unter aktiver Teilnahme der anwesenden Bevölkerung. Die Hinrichtung der Armen wurde, zum Leidwesen des Pöbels, unehrenhaft vor den Toren der Stadt, auf Melaten, vollzogen.

Niklas nahm sich vor, bei allen sich bietenden Gelegenheiten auf dem Platz ohne Namen Bier zu verkaufen.

12

Allerdings wollte er nicht den gleichen Fehler machen wie anfangs in Bitburg, und so erkundigte er sich vorab nach besonderen Regelungen und Gesetzen im Zusammenhang mit dem Betrieb einer Brauerei.

Und da gab es einiges: In Köln existierte neben den etablierten Brauern auch noch das alte Recht des Reihebrauens. Viele Bürger Kölns besaßen die eine Brauberechtigung, aber keine Brauerei. Diesen wurden nach einem festgelegten Plan die Braukessel, die der Bürgerschaft gemeinsam gehörten, ins Haus gefahren. Der Zeitpunkt wurde per Los entschieden. Zu diesem Zweck konnte man dann sogar einen Praxator anmieten. Die Häuser der berechtigten Bürger erkannte man leicht an den großen, extrabreiten Toreinfahrten mit hohen, runden Bögen, groß genug für die Braukessel. Die Rohstoffe wurden nur jeweils für diese Brautage mit verkauft und es wurde ausschließlich Gruitbier hergestellt.

Hopfenbier war in Köln zwar bereits bekannt, allerdings nicht so beliebt, nur im Umland und für den Export. Die meisten Kölner Brauer verwendeten zur Herstellung der Grut, wie es hier genannt wurde, Lorbeer, Ingwer, Kümmel und Anis als Bierwürze. Bisweilen wurden auch Bestandteile der Mohnblume untergemischt. Mohnbier wurde überdies als schmerzstillendes Medikament verkauft.

Hier wurde diese Grut vorher mit Malz aus Gerste, Dinkel und Hafer vermischt und nur in dieser Mischung an die Brauer verkauft. Ursprünglich hatte der Erzbischof das Monopol zu Herstellung und Verkauf der Grut gehabt, dieses Alleinrecht war aufgeweicht worden, weil es nicht mehr zu kontrollieren war.

Niklas wollte seine Rohstoffe sowieso nicht über den Grüter kaufen und deswegen alles anders machen. Er wollte sein eigenes Malz herstellen und den Hopfen aus Holsthum kommen lassen. Noch 50 Jahre vorher hätte er durch einen Bruch des Monopols Streit mit dem Erzbischof riskiert, der hatte jedoch mittlerweile andere Sorgen.

Eine weitere Regelung, die ihm neu war, jedoch sehr gut gefiel, war die Bestrafung von unehrlichen Brauern. Die Brauer Kölns waren formell den Bäckern zugeordnet und hatten noch keine eigene Zunft. Und die Bäcker hatten seit Langem Bestrafungen für schwarze Schafe ihres Standes. Die übliche war die ›Bäckertaufe‹. Der unehrliche Bäcker wurde in einen Käfig gesteckt und damit an einer Kette in den Rhein eingetaucht. Für jedes fehlende Lot beim Gewicht des Brotes wurde einmal getaucht. Bäckertaufen gab es fast jede Woche und hatten immer den Charakter eines Volksfestes.

Bei den Brauern war es schwieriger, den Nachweis zu führen, doch wenn ein Brauer nachweislich Dünnbier als Dickbier verkauft hatte, wurde er getauft. Und zwar fünfmal. Die Bierpolizei versuchte seit Längerem schon, andere Strafen durchzusetzen, wie das Zerschlagen von Bierfässern, bislang ohne Erfolg.

Neben diesen Strafen mussten die Brauer auch noch mit der Konkurrenz des Weins leben. Köln war Zentrum des europäischen Weinhandels. Wein war preiswert, zumindest in guten Zeiten, und meistens von gleichmäßigerer Qualität als das Kölner Bier. Dieser Konkurrenz musste Niklas sich bis 1286 erwehren. Dann kam ein extrem harter Winter, in dem alle Weingärten in der Region erfroren. Die Leute waren nun auf das Bier angewiesen, also hoben Niklas und die anderen Kölner Brauer die Preise kräftig an. Von diesem Winter er-

Das Bild der Bäckertaufe ist aus: ›Heute back' ich, morgen brau' ich – Zur
Kulturgeschichte von Brot und Bier‹, von Irene Krauß, herausgegeben vom
Deutschen Brotmuseum Ulm, 1994

holte sich der Weinhandel niemals wieder, zumindest nicht in Köln. Aber um der Entwicklung nicht vorzugreifen: Zuerst musste Niklas die Brauerei bauen lassen.

Er knüpfte Kontakte zu den anderen Brauern in der Stadt. Das waren nicht wenige. Zu seiner großen Überraschung gab es sogar zwei Brauhäuser, die von Frauen betrieben wurden, den sogenannten Braxatrices.

Die eine hieß Margarete und hatte ihr Brauhaus neben der Kirche St. Aposteln. Breithüftig, kräftig und mit ausladenden Brüsten stand sie vor ihm als lebendiges Denkmal einer Brauerin, die ihren Beruf genauso liebte wie ihr Produkt. Sie erzählte Niklas schon gleich vorab, dass sie den ältesten Stammbaum aller Kölner Brauer habe, da sie als Einzige noch in reiner Linie von den Ubiern abstamme.

»Die Rheinlande waren seit Jahrhunderten unsere Heimat gewesen. Selbst die Römer hatten es nicht geschafft, uns zu vertreiben. Aber die meisten Ubier haben sich mit den Franken vermischt. Meine Familie ist eine der letzten, die immer in Köln gelebt hat, seit der Römerzeit. Und ich werde mich nicht verheiraten, außer mit einem echten Ubier!«

Die andere hieß Emma und war eine Enkelin der legendären Brauherrin Sapienta, der ersten verbürgten Brauerin Kölns, nach der sogar die Straße zwischen Johannisstraße und Am alten Ufer benannt war. Dort stand auch ihr Brauhaus. Wie bei Margarete ließ Emmas Erscheinung ebenfalls auf häufigen Biergenuss schließen. In der lebenslustigen Ausstrahlung und dem breiten Lachen waren sie sich ähnlich.

Doch während Margarete noch abgehackt mit altgermanischem Einfluss sprach, was für Niklas gut verständlich war, schien Emma zu singen anstatt zu reden. Sie sprach auf eine melodische, schnelle Weise, mit deren Verständnis Niklas zumindest anfangs große Schwierigkeiten hatte.

Später machten sie gerne Spott darüber, dass Niklas anfangs die Kölner so schwer verstanden hatte.

Niklas lernte schnell, was es über die anderen Brauer zu wissen gab: Das älteste Brauhaus Kölns wurde von den Nachkommen des Ezelin betrieben, der die Brauerei um 1130 herum gegründet hatte.

Dann gab es noch Greve, Niklas' Nachbarn, sowie zwei weitere Medebierhäuser: Ecke Alter Markt und Bechergasse lag ›Zum Medehuys‹ sowie das ›Methaus‹ an der Foller- und Weberstraße.

Weiterhin ein Brauhaus ›Heinrich zur Krähe‹ am Heumarkt Ecke Salzgasse. Drei Häuser weiter, wieder aufgrund der günstigen Lage zum Brunnen, lag das Brauhaus ›Zum hohen Durpel‹. Niemand konnte Niklas erklären, was ein ›Durpel‹ ist, genauso schien es niemanden zu wundern.

Die Kölner sind schon ein lustiges Volk, dachte Niklas ein ums andere Mal.

Seit über 60 Jahren stand das Brauhaus ›Zur Britzele‹ am Apfelmarkt. Dort, am Markt direkt am Rheinufer, wurde vorwiegend Obst und Gemüse verkauft.

Das Haus ›Rome‹ an der Würfelportzen, seit 50 Jahren im Besitz des bereits steinalten Helperich Roemer, war eines der beliebtesten Brauhäuser Kölns.

Kleinere Brauhäuser waren der ›Hirsch‹ und ›Em Salzrunp‹, die brauten nur für ihre eigene kleine Gaststube.

Andere Brauer waren noch Bodo in der Schildergasse, seit 1255, und Johann van Rile in der Marzellenstraße. Bodo und Johann van Rile hatten einen schlechten Ruf, weil sie korrupt waren und schon einige Zeit im Kerker abgesessen hatten. Auf ihre Brauberechtigungen hatte das offenbar keinen Einfluss gehabt. Da hatte Bodo aus seiner Zeit als Schöffe anscheinend noch vorgesorgt.

Der Bischof versorgte sich selbst, und zwar auf halber Strecke zwischen seinem Haus und der Dombaustelle. Dort lag der erzbischöfliche Hof. Es gab eine Kornkammer, eine Bäckerei, Küche und ein Brauhaus, einen Weinkeller, einen Fleischhof und einen Plückhof, wo das Geflügel des Erzbischofs gerupft wurde. Es gab eine Waffenschmiede, Werkstätten für Gürtel-, Taschen- und Sporenmacher.

Emma und Margarete machten ihm den Einstieg ins Kölner Braugeschäft leichter als die Männer, weil sie offener für Neues waren und weniger Angst vor Konkurrenz hatten.

»Es wäre mal an der Zeit, dass hier ein frischer Wind durchgeht«, meinte Emma, nachdem Niklas ein wenig von seinen Plänen und dem Hopfenbier erzählt hatte.

»Die Kölner saufen zwar wie die Löcher, aber Geschmack für gutes Bier haben sie noch nicht entwickelt«, ergänzte Margarete. »Ich musste letzten Monat eine Totenwache beim Bischof versorgen. Die fünf Lupusbrüder, die den Dienst versahen, haben in drei Tagen zwei Drittel eines Ohms vertilgt! Das muss eine lustige Totenwache gewesen sein. Aber weil der Bischof nicht gut zahlt, habe ich ihnen mein dünnstes Bier geschickt. Gesoffen haben sie's trotzdem. Weil, das eigene Bier vom Hof des Erzbischofs ist das schlechteste von ganz Köln. Vor Winand, der als Provisor auf dem Domhof für das Bier zuständig ist, brauchst du keine Angst zu haben.«

Beide erzählten über die Biersorten, die die Kölner gerne so trinken: »Ezelins Erben preisen ihr Bier als Zwei-Heller-Bier an, Bodo verkauft seines als Mörchenbier. Du musst wissen, ein Mörchen ist die kleinste Münze hier in Köln. Wir Braxatrices geben den Bieren die Namen nach der Farbe, es gibt Gelbbier, Schwarzbier, Braunbier und Rotbier.«

Emma beugte sich vor und sagte mit Verschwörermiene: »Bei den Reihebrauern werden bisweilen auch Dollbiere gebraut. Die sind mit Kräutern versetzt, die den Trinker in Ekstase und Raserei versetzen. Diese sind offiziell verboten, werden aber im Geheimen für viel Geld verkauft. Und die Brauhäuser und Bierschenken zu Melaten und Rodenkirchen brauen und verkaufen nur Dollbiere, sie sind nicht dem Rat der Stadt unterworfen. Die nennen ihr Bier ›Kölsche Knupp‹. Und die Kölner sind manchmal wie verrückt danach.«

Melaten lag etwa fünf Kilometer im Westen, Rodenkirchen etwa sechs Kilometer im Süden, jenseits der Stadtmauern.

Von den Braxatrices erfuhr Niklas auch, dass die Kölner Brauer ihren Kunden gerne Zitrone oder Muskatnuss mit zum Bier anboten, weil das Bier sonst häufig ungenießbar war.

Niklas hatte weder das eine noch das andere jemals gehört.

»Zitrone ist eine sehr saure Frucht aus Italien«, sagte Emma.

»Und Muskat ist ein Gewürz aus dem Orient, das die Kreuzfahrer mit nach Köln gebracht haben«, führte Margarete aus.

Beide seien sehr schmackhaft, aber auch äußerst teuer, und nur die wohlhabendsten Bürger könnten sich Bier mit Zitrone oder Muskat leisten.

Sie gaben Niklas gute Ratschläge, vor allem, was die Handwerker und die zusätzlichen Arbeitskräfte anging. Niklas suchte sich gute, schnelle Handwerker aus und verteilte die Aufträge. Er stellte zwei Knechte zur Arbeit auf der Malztenne und im Brauhaus an sowie wieder eine Brühfrau. Leider hatte er kein fließendes Wasser für eine Mühle, also musste er entweder in der Kölner Ratsmühle am Duffesbach mahlen lassen oder sich eine Malzquetsche beschaffen, die nicht mit Wasser betrieben wird. Er entschied sich für die Quetsche, da in den Ratsmühlen sehr viel Malz auf unerklärliche Weise ›verschwand‹, außerdem dort die Besteuerung einfacher berechnet werden konnte und zudem, da ein Monopol, teuer war.

Ohne fließendes Wasser konnte er auch sein Antriebssystem mit den Ledergurten nicht mehr wie in Bitburg betreiben. Das hieß: wieder mehr körperliche Arbeit für seine Brauerknechte.

Im Brauhaus ließ er, in Erinnerung an das Feuer von Bitburg, das mit Bier gelöscht worden war, einen Christophorus ins Gebälk schnitzen. Der Schutzpatron der Feuerhüter hatte dabei einen großen Bierkrug in der Hand und goss das Bier in ein imaginäres Feuer. Damit hoffte er, weiteres Unglück fernzuhalten.

Wie in Bitburg half Maria fleißig mit. Sie würde sich in Zukunft um das leibliche Wohl der Gäste kümmern und eine ›Foderkaat‹ – wie die Kölner eine Speisenkarte nannten – präsentieren, bei der einem das Wasser im Mund zusammenlief.

Zu jeder Jahreszeit sollte es eine herzhafte Suppe geben, mit allem, was die Gärten und Äcker so hergaben, aber mit einem ordentlichen Stück Suppenfleisch darin, sowie frisches Brot mit Wurst und Käse dazu.

An Feiertagen bisweilen mal ein gebratenes Huhn oder eine Sau am Spieß.

Die Kölner mischten gerne Dinge miteinander, die anderswo mit Skepsis betrachtet worden wären, wie zum Beispiel Äpfel mit Blutwurst oder Zwiebeln mit Milch. In Köln wurde die Blutwurst nicht, wie anderswo, geräuchert, sondern gekocht.

Maria konnte bald mit diesen ungewohnten Mischungen umgehen und bereitete schmackhafte Gerichte daraus.

Freitags sollte getrockneter Stockfisch serviert werden, im Winter eingelegter Pökelfisch.

Allseits beliebt waren dicke, grüne Saubohnen oder dünne Schnippelbohnen, jeweils mit Speck angemacht und serviert.

Im Keller standen Fässer mit eingelegtem Sauerkraut, dicken Saubohnen, Kappeskohl oder Rübstiel, um im Winter über die Runden zu kommen.

Für den Winter wurde außerdem frühzeitig Fleisch gepökelt.

Maria erstellte einen richtiggehenden Kalender, der festlegte, an welchen Feiertagen welches Gemüsefass geöffnet werden durfte.

Die Arbeit ging gut voran, und Niklas konnte bereits zu Beginn des Herbstes, nach weniger als drei Monaten Bauarbeiten, die ersten Sude machen. Die Ergebnisse waren vorzüglich. Den Sommer hatte er einerseits genutzt, um sich einen Keller graben zu lassen, der so kalt war, dass er das Bier länger lagern konnte. Zum anderen hatte er sich mit dem komplizierten Kölner Rechts- und Steuersystem beschäftigt. War er in Bitburg überrascht worden, hatten ihn hier Emma und Margarete vorgewarnt, was ihn in Köln erwartete.

Obwohl Bier bei den Kölnern nicht ganz so hoch im Kurs stand wie Jahre später, als Einnahmequelle war es schon seit fast 400 Jahren nicht mehr wegzudenken. Noch im Jahre 1225 war in Köln aufgrund einer Hungersnot durch Erzbischof Engelbert I. ein Brauverbot erlassen worden, um das Getreide für das höher geschätzte Brotbacken zu retten. Niklas hatte es von Anfang an nicht verstanden, warum Bier besteuert wurde, und die Klöster um ihre Steuerprivilegien beneidet. Anfangs mussten nur festgelegte Biermengen abgeliefert werden und das Brauen im eigenen Haus und für den eigenen Bedarf war abgabenfrei. Dann wurden die Ausschankberechtigungen eingeschränkt und besteuert. Und schließlich wurde das Brauen selbst Opfer der staatlichen Beutelschneiderei, und zwar in barer Münze. Die Obrigkeit fand immer neue, harmlos klingende Namen für diese Akzisen, wie Bierpfennig, Bierheller oder Kriegsmörchen – denn mit der Biersteuer wurden häufig Kriege finanziert.

Bis hin zum Ausschank war alles geregelt: Im Hausflur durfte Bier nur an die Gruppen der gesellschaftlich Geächteten ausgeschenkt werden, dem Henker und seinen Knechten, den Abdeckern und den Knechten der Richter. Die mussten ihr Bier aus zerbrochenen Krügen trinken und ohne Deckel.

Allerdings hielten sich viele Leute nicht daran und wollten häufig gerne einmal ein schnelles Bier im Stehen trinken. Zuerst weigerte sich Niklas, die Bestellungen auszuführen. Nach einer Zeit bemerkte er aber, dass es die Kölner hierbei nicht so eng sahen. Bei diesem bunt gemischten Publikum – es gab ehrbare Bürger und Abenteurer, Reisende, Schiffer und Handelsleute, Gesunde und Kranke, Frauen und Spieler, laute und stille Zecher – war es unmöglich, exakt zu unterscheiden. Und was alle praktizierten, machte er schließlich mit.

Niklas machte sich mit allen Abgaben vertraut, die ihn betrafen, und zahlte pünktlich zum Frühjahr alle fälligen Geldsummen des vergangenen Winters. Nachdem alle Brauer gleich zahlen mussten, war es kein Nachteil im Wettbewerb, die verschiedenen Getreide-, Bier- und Ausschanksteuern zu berappen. Dazu gehörte ebenfalls der Mahl- und Braupfennig, der nach Albertus Magnus' Urteil immer noch zu gleichen Teilen an den Kölner Rat und den Erzbischof abzuführen war. Als Niklas diesen Namen hörte, erinnerte er sich an Regensburg und dass Albertus ihm gesagt hatte, er lebe im Dominikanerkloster Heiligkreuz in Köln. Niklas dachte an den gewaltigen Durst, den Albertus Magnus in Regensburg unter Beweis gestellt hatte, packte im Herbst ein kleines Fass Bier auf einen Leiterwagen und ging los Albertus einen Besuch abzustatten.

Im Kloster Heiligkreuz angekommen, musste er bestürzt vernehmen, dass Albertus zwei Jahre zuvor, im gesegneten Alter von 80 Jahren, gestorben war. Um den Weg nicht ganz unnütz gemacht zu haben, ließ Niklas das Fass im Kloster mit der Bitte, es im Gedenken an Albertus zu öffnen und zu trinken. Dies sollte sich geschäftlich als kluger Schachzug erweisen, denn die alten Herren, die dort ihren Lebensabend verbrachten, schätzten sein Bier sehr und gehörten bald zur festen Stammkundschaft.

Außerdem erfuhr er noch, dass Albertus an der Komödienstraße, nicht weit von der Kirche St. Andreas, einen Kräutergarten angepflanzt hatte, in dem es sogar Hopfen gab. Da der Weg von Heiligkreuz zu weit war, um diesen Garten zu pflegen, erhielt Niklas die Erlaubnis, sich um den Hopfen zu kümmern. Für die nächsten 20 Jahre studierte Niklas die Hopfenpflanzen und suchte nach Verbesserungen, ganz im Sinne von Albertus. So fand er heraus, dass nur die weiblichen Pflanzen wirklich Bittere ins Bier bringen. Alles was er entdeckte, übermittelte er auch nach Holsthum. Dort wurden seine Erkenntnisse in größerem Maßstab umgesetzt.

13

Neben seiner Brauerarbeit versuchte Niklas, so viel wie möglich zu lernen. Nachdem er im Kloster lesen und schreiben gelernt hatte sowie das Latein auch recht anständig verstand, hätte ihm dabei eigentlich nichts im Weg stehen sollen. Außerhalb der Klöster war der Zugang zu guten Büchern aber immer schwer gewesen. Zum Glück für Niklas änderte sich das langsam. Die zunehmende Flucht in die Städte, begleitet vom Sprichwort ›Stadtluft macht frei!‹, sorgte für einen neuen Hunger nach Bildung und große Nachfrage nach Büchern aller Art.

Besonders Köln als größte Stadt Europas war für diese Entwicklung ein denkbar günstiger Ort. Fahrende Händler brachten Bücher aus allen Teilen Europas mit. Liebevoll kolorierte Werke, manchmal schon auseinanderfallend, manchmal nahezu unberührt. In allen Sprachen, nicht nur in lateinischer.

Niklas kaufte, was ihn interessierte, und verschlang die Bücher regelrecht. Aber er war schweigsam nach außen hin und wollte sich nicht durch ungewöhnlichen Wissensdurst bei seinen Mitbürgern verdächtig machen.

Er erstand ›De natura rerum‹ von Isidor von Sevilla, das bekannteste Unterrichtsbuch in Europa. Er las über die Einteilung der Welt in drei Bereiche – Asien, Afrika und Europa. Das Schaubild ›Rota terrarum‹ war die erste Landkarte, die er jemals sah. Er las, dass alles zusammenhängt, die drei Kontinente, die vier Elemente – Feuer, Wasser, Luft und Erde –, die vier Primärqualitäten – heiß, kalt, nass und trocken –, die vier Jahreszeiten und die vier ›Humores‹, die Körpersäfte – Blut, Schleim, gelbe und schwarze Galle.

Eigentlich muss es einen vierten Kontinent geben, da die ganze Natur auf die Zahl Vier ausgerichtet ist, dachte er ein ums andere Mal. Es gab vier Himmelsrichtungen, vier Hauptwinde – Aeolus, Auster, Zephyr und Boreas. Und vier Flüsse flossen ins Paradies. Wirklich alles basierte auf der Zahl Vier.

Er hatte in Weihenstephan, nicht zuletzt durch das unselige Erdbeben, Erfahrungen bei der Behandlung Kranker und Verletzter gemacht. So interessierten ihn insbesondere die Schriften von Galen über Natur und Medizin. Galen war, wie Niklas, überzeugt von der Viererstruktur der Natur. Galens Schriften kursierten in der Form der ›Articella‹ – kleiner, abgeschriebener Aufsätze, versehen mit Kommentaren meist arabischer Ärzte.

Niklas überlegte, ob er das Bier dank seiner vier Rohstoffe – Wasser, Getreide, Hopfen und Zeug –, als göttliches Getränk ansehen könnte. Er machte sich Gedanken, Bier noch besser zum Nutzen der Menschen, vielleicht zu medizinischen Zwecken, anzuwenden, und fragte sich, wie man die Kunst des Reinen Brauens in Form dieser Articella verbreiten könnte.

Er versuchte zu erfassen, wie sich das ganze Essen und Trinken der Menschen an den vier Elementen ausrichtet, die vier Humores beeinflusst, und wie gute Speise und guter Trank dafür sorgen, dass die vier Primärqualitäten in perfekter Harmonie zueinander stehen. Nur dann war der Körper gesund, wenn bei diesen Qualitäten nicht eine über die andere vorherrschte.

Während er so lernte, wie Nahrung und Krankheit zusammenhingen, las er alles über Arzneien und stellte fest, dass manche seiner Bierzutaten sogar Verwendung dafür fanden.

Ypocras, auch Hippokrates genannt, empfahl zum Beispiel neben Hydromel, Oxymel und Wein ein Getränk namens ›Ptisane‹, welches aus Gerstensaft hergestellt wurde.

Niklas nahm sich vor, in Zukunft gelegentlich mit Arzneirezepten zu arbeiten, sobald es seine Zeit erlauben würde. Er hatte zwar die grausigen Experimente Reginalds in St. Gallen nicht vergessen, das waren aber keine Arzneien gewesen, ganz im Gegenteil!

Hin und wieder wurde Hildegard von Bingen in verschiedenen Kräuterbüchern erwähnt, die bei den Gewürzhändlern sehr begehrt und deswegen teurer waren. Sein liebstes Kräuterbuch war das des Apuleius.

In einem lateinischen Buch über Medizin las er eine Notiz, dass den Mitgliedern der großen Orden seit dem vierten Laterankonzil von 1215 das Kauterisieren, Brennen und Schneiden von Kranken verboten war. In der Praxis, wieder erinnerte er sich an das Erdbeben von Weihenstephan und die schmerzhafte Behandlung der Schwerverletzten, wurde dies anscheinend selten befolgt.

In einem Buch mit Handschriften über die Sinnesorgane und die Einteilung der Gehirnregionen zu bestimmten Geisteskräften stieß er auf den Namen Albertus Magnus, der dort seine Notizen hinterlassen hatte. Es beeindruckte ihn sehr, wie sein großer Mentor, als den er ihn trotz des volltrunkenen Auftritts in Regensburg betrachtete, geistigen Fähigkeiten wie Vorstellungsvermögen, Phantasie, Gedächtnis und Urteilsfähigkeit einen exakten Platz im Gehirn zugeordnet hatte. Er beschloss, dieses Buch besonders in Ehren zu halten.

Aber er las auch Bücher mit Mythen und alten Geschichten. Im ›Aviarium‹, einem Werk von Hugo von Folieto über die Bedeutung der Vögel, beeindruckte ihn ein Bild des mythischen Vogels ›Caladrius‹ sehr. Der Vogel sitzt am Bett eines Königs und entscheidet über Genesung oder Tod, je nachdem, ob er den König ansieht oder seinen Blick abwendet. Fortan stellte Niklas sich jedes Mal den Vogel auf seinem Bett vor, wenn er krank war.

14

Sein Wissensdurst führte ihn auf der Suche nach Büchern häufig ins jüdische Viertel. Dieses lag innerhalb der Straßenzüge Kleine Budengasse, Unter Goldschmied, Obenmarspforten und Judengasse. Es war eine eigene Welt, neben reichen Privathäusern standen dort die öffentlichen Gebäude der jüdischen Gemeinde: Bäckerei und Badestube, Synagoge, die Mikwe – das Ritualbad der Juden –, ein Hospiz sowie ein Hochzeits- und Spielhaus. 200 Jahre zuvor war die Synagoge bei Ausschreitungen gegen die Juden während des ersten Kreuzzuges zerstört und die Juden vertrieben worden. Sie waren später zurück in ihr Viertel gekommen und hatten die zerstörten Gebäude wieder aufgebaut. Sogar die zerstörte Synagoge stand seit 1270 wieder, der Neubau hatte einen eigenen Eingang für Frauen sowie einen neuen Keller bekommen.

Mittlerweile war die Kölner Gemeinde in stetigem Aufschwung. Wie die christlichen profitierten die jüdischen Kaufleute von der Bedeutung Kölns als einer der wichtigsten Handels- und Messestädte des Reichs.

Die Aufnahme- und Schutzgelder, die der Erzbischof forderte, waren zwar hoch, garantierten jedoch Sicherheit, und die Kölner Juden gehörten zu den reichsten in Deutschland. Wichtig war in diesem Zusammenhang, dass Juden als Kölner Bürger Grundbesitz erwerben durften. Sie hatten 1266 von Erzbischof Engelbert von Falkenburg sogar das Privileg auf gerechte Behandlung und freie, ungehinderte Benutzung ihres Friedhofes, der außerhalb der Stadtmauern am Bonntor lag, erhalten.

Weisheit und Gelehrsamkeit der jüdischen Alten waren weithin geschätzt, und für einen wissensdurstigen Praxator gab es keine bessere Quelle für neue Bücher als das jüdische Viertel.

Besonders das Geschäft eines gewissen David Rosenzweig in der Judengasse, gleich hinter dem Rathaus, hatte es ihm angetan. Nach ein paar Besuchen grüßte man sich bereits mit Namen und verbrachte jeweils etwas Zeit plaudernd miteinander.

Rosenzweig hatte zwei Söhne, Mosche und Salomon, die beide sehr an Niklas' Beruf interessiert waren. Immer fragten sie ihn die erstaunlichsten Dinge. Wobei der elfjährige Mosche den zwei Jahre älteren Salomon ständig zu übertrumpfen suchte.

Niklas antwortete, so gut er konnte, und lud die Jungen ein, ihn gelegentlich einmal in der Brauerei zu besuchen.

Der Einladung leisteten sie gerne Folge, die Brauerei war nur zwei kleine Seitenstraßen entfernt. Im ganzen nächsten Jahr verbrachten die beiden Jungen viel Zeit in der Brauerei und fingen dabei an, Niklas und seinen Knechten zur Hand zu gehen. Zuerst freuten sich die Knechte nicht besonders, weil sie sich durch die vielen Fragen in ihrer Arbeit gestört fühlten. Sie wussten zwar, dass Juden viele eigene Regeln für ihre Speisen und Getränke befolgten, hatten aber keine Ahnung, ob Juden Bier trinken durften.

Einer machte mal einen Witz und sagte zu Salomon: »Unser Bier ist koscher, das kannst du trinken. Da ist nämlich kein Schweinefleisch drin!«

Beide Knechte lachten und machten weiter ihre derben Scherze, bis Niklas davon erfuhr und ihnen einen anständigen Rüffel erteilte.

Von da an waren sie freundlich zu den beiden Jungen, die ihnen auch halfen, die Wissenslücken zu füllen.

Salomon erzählte:

»Unser Volk hat nach dem Auszug aus Ägypten das Wissen um die Bierbrauerei mit ins Gelobte Land genommen. Bei unseren Vorfahren hieß Bier ›Sechar‹ und es wurde bald zum Alltagsgetränk. Doch für die Feiertage oder zum Trankopfer schätzten sie den Wein höher ein. Insofern waren sie wie die Kölner; sie hatten lediglich eine viel längere Biertradition.«

Und Mosche fügte hinzu:

»Eine Regelung ist, dass das Getreide im siebten Jahr des Anbaus nicht geerntet werden darf. Das ist wegen dem Sabbatjahr! Das beachten nur die ganz Frommen unter uns.«

Das Einzige, was Juden bei der Bierherstellung beachten mussten, war besondere Reinlichkeit bei der Herstellung. Und, dass nirgendwo mit der Speckschwarte geschmiert wurde, wo Bier hingelangte. Und kein Blut, das war in der Brauerei aber sowieso nicht üblich.

Als seine Knechte einmal kurzfristig beide ausfielen, einer wurde krank, der andere hatte sich bei einer Wirtshausrauferei verletzt, halfen Mosche und Salomon in der Brauerei aus und putzten einmal gründlich durch. Danach war die Brauerei so sauber wie am ersten Tag. Niklas dachte, dass diese Seiten der Religion für seinen Beruf durchaus Vorteile hätten.

Vielleicht sollten meine Knechte zum jüdischen Glauben wechseln, wenn sie dann die Brauerei sauberer halten, dachte er manchmal, wenn die Reinlichkeit mal wieder zu wünschen übrig ließ.

Der Winter von 1283 auf 1284 war lang und kalt. Die Öfen Kölns rauchten auf Hochtouren, das Brennholz wurde knapp. Im Februar konnten sich nur noch die wohlhabenden Kölner leisten, das ganze Haus zu heizen. In den meisten Häusern wurde lediglich der Ofen in der Küche geheizt.

Auch Niklas musste mit dem Brennholz in der Brauerei haushalten. Die Bierpreise stiegen dadurch an, die Leute tranken weniger, und alle hofften auf einen baldigen Frühling.

Im Judenviertel wurde mehr geheizt als in anderen Vierteln Kölns, dort gab es mehr wohlhabende Bürger als anderswo. Und mitten in dieser bitteren Kälte brach Ende Februar 1284 in der Judengasse ein Feuer aus. Anscheinend hatte ein Ofen der andauernden Belastung nicht standgehalten und war geplatzt. Das dabei entstehende Feuer griff schnell auf andere Häuser über. Die Bürger, die in der grimmigen Kälte auf die Straßen liefen, um zu helfen, hatten zu wenig Wasser, weil fast alle Pütze zugefroren waren und man sie erst aufschlagen musste. Zum Rhein am alten Markt war es zwar nicht weiter als zu den Pützen, aber dennoch dauerte auch das zu lange.

Mosche und Salomon waren gleich auf die Straße gelaufen, nachdem ihr Haus Feuer gefangen hatte. Sie versuchten verzweifelt, Hilfe zu finden, die ihre Eltern aus dem Haus retten würde.

Die meisten Menschen waren damit beschäftigt, zu verhindern, dass das Feuer auf das teure, von den Geldern aller Bürger erbaute Rathaus übergriff.

Als diese Gefahr gebannt schien, wandten sie sich den Häusern in der Judengasse zu, nur für die Häuser im Zentrum des Feuerballs kam jede weitere Hilfe zu spät.

Fünf Häuser wurden komplett zerstört, darunter das Rosenzweig-Haus. Acht anliegende Häuser wurden so schwer beschädigt, dass die Bewohner sie verlassen und sich komplett neu einrichten mussten.

Noch tagelang waberte der Rauch der Feuersbrunst, gemischt mit dem Geruch von verkohltem Fleisch, in einer Rußwolke durch die Altstadt.

Nach drei Tagen waren die Trümmer so weit abgekühlt, dass man die zerstörten Häuser räumen konnte.

David Rosenzweig und seine Frau, oder besser, was von ihnen übrig geblieben war, wurden tot in dem Raum gefunden, der unterhalb des Schlafzimmers gewesen war. Die steinernen Wände des Hauses waren stehen geblieben, die Holzböden waren verbrannt und alles war ins Erdgeschoss gefallen, sofern es nicht verbrannt war.

Ob sie am Rauch gestorben oder verbrannt waren, ließ sich nicht mehr feststellen.

Niklas hatte noch in der Nacht des Feuers die beiden Jungen gesucht und sie bis zur Klärung der Lage bei sich untergebracht. Er ging davon aus, dass die beiden Vollwaisen Verwandtschaft innerhalb der jüdischen Gemeinde hatten, die sich um sie kümmern konnte.

Das war aber nicht der Fall.

Niklas fragte Mosche und Salomon, ob sie bei ihm bleiben mochten. Beide, völlig verstört von den Ereignissen, stimmten zu.

Niklas wollte also die beiden Jungen, die 13 und 15 Jahre alt waren, an Kindes statt offiziell annehmen.

Natürlich mit dem Hintergedanken, dass die beiden zwei hervorragende Brauer abgeben würden.

Doch der Rabbi wollte dies nicht zulassen.

»Solange es Juden in Köln gibt, werden wir unsere Waisen nicht in die Hände von Nichtjuden geben, so freundlich sie uns auch gesonnen sein mögen!«, predigte er vor den Jungen und vor Niklas' Familie.

Niklas fand keine Möglichkeit, den Rabbi umzustimmen. So wurde ein jüdischer Vormund namens Samuel Hirsch bestimmt, der mit David Rosenzweig befreundet gewesen war. Niklas hatte ihn zwei- bis dreimal in Rosenzweigs Laden gesehen und sich immer kurz mit ihm über Bücher unterhalten.

Hirsch stimmte zu, dass die beiden Jungen in der Brauerei arbeiten durften, aber nur unter zwei Bedingungen.

Die Schule und das Studium durften nicht zu kurz kommen und Niklas musste zusagen, beim Essen und Trinken
für die beiden jüdische Regeln einzuhalten.

Niklas versprach beides, auch dem Rabbi, der das letzte
Wort hatte.

Nach einer festlichen Beerdigungsprozession für die 14 Juden unter den 18 Opfern der Feuersbrunst nahm Niklas die
beiden Jungen als Brauer in Lohn und Brot.

15

NIKLAS HIELT SICH im Wesentlichen an die Zusagen, die er
Samuel Hirsch und dem Rabbi gegeben hatte.

Die Jungen durften weiterhin die jüdische Schule besuchen. Es war für Niklas nicht schwer, der Verpflichtung,
auch bei Speisen und Getränken für ein reinliches, gewissermaßen koscheres Umfeld zu sorgen, nachzukommen.
Reinlichkeit war nicht nur in der Brauerei, sondern auch
daheim oberstes Gebot.

Mosche und Salomon mussten sich an die Kölner Kleiderordnung halten, die für Juden spezielle Kleidung vor-
sah, um sie von Christen zu unterscheiden. Sie mussten an
ihren Überröcken zu erkennen sein, bei diesen durften die
Rockärmel nicht länger als eine halbe Elle sein, und deren
Pelzbesatz sollte nicht sichtbar sein. Draußen im Freien
mussten sie Mäntel mit Fransen tragen, die mindestens bis
zu den Waden reichten. Seidenschuhe waren tabu.

Diese Kleider waren zum Brauen denkbar unpraktisch,
und so durften sie im Brauhaus, wenn sonst niemand anwesend war, normale Hemden und ein Wams tragen. Niklas
achtete aber darauf, dass beide, wenn sie das Haus verließen, sich wie Juden kleideten.

Salomon fing als Erster damit an, sich über gewisse Ta-
bus seiner Religion hinwegzusetzen. Mosche folgte bald
nach. Da die Tabubrüche nur die religiösen Traditionen berührten, nicht aber das Zusammenarbeiten in der Brauerei
erschwerten, machte Niklas kein Aufhebens darum. Und
in der Bierstube gab es immer etwas zu essen, was koscher

war oder zumindest so aussah. Es mussten ja nicht gerade Schnippelbohnen mit Speck sein.

Als Brauergehilfen waren beide von schneller Auffassungsgabe, fleißig, diszipliniert und reinlich. Schon nach kurzer Zeit schickte Niklas seine beiden Knechte fort. Er sah Mosche und Salomon fast als seine eigenen Söhne an. In Zukunft würden sie die Brauerei, bis auf die Brühfrau, somit als reinen ›Familienbetrieb‹ führen. Schon in wenigen Jahren würde Matthias Friedrich mithelfen können, wenngleich Niklas ihm eine noch bessere Ausbildung zu geben gedachte, als er erhalten hatte.

Die Brauerei lief zufriedenstellend, die Konkurrenz der älteren Kölner Brauereien war hart und die Gruitbiere immer noch sehr beliebt. Durch die Unterstützung von Mosche und Salomon hatte Niklas sich allerdings große Sympathien in der jüdischen Gemeinde erworben. Wann immer es ein Fest zu feiern gab, ob Hochzeit oder Bar-Mizwah, er durfte nicht nur bisweilen mitfeiern, er durfte auch meist das Bier dazu liefern.

Salomon hatte bald das kleine Hexagramm am Boden des Maischbottichs entdeckt und Niklas gefragt, welcher jüdische Schreiner den Bottich gebaut hätte.

Niklas vertröstete ihn mit der ganzen Geschichte auf den nächsten Winter, dann nahm er beiden den Eid der ›Reinen Brauer‹ ab.

Ende 1284 bekam er nach langer Zeit wieder einmal Besuch von Johannes Küpper. Der Kaufmann und der Brauherr hatten sich, bedingt durch große Geschäftigkeit auf beiden Seiten, immer seltener gesehen. Aber man verstand sich gleich wieder gut, leerte den einen und anderen Krug und erzählte sich aus dem Leben.

Küpper war gerade in Trier gewesen und hatte auf dem Rückweg in Bitburg Station gemacht.

»Der Schöffe Peter de Foro, der deine Brauerei übernommen hatte, ist letzten Sommer gestorben. Er knickte auf der Straße um wie ein Baum, der vom Sturm gefällt wird, und war sofort tot. Hugo La Penna und sein Vater haben die Brauerei übernommen. Jetzt hoffen die Bitburger, dass das Bier wieder besser wird.«

Beide lachten und leerten zuerst einen Krug zum Andenken an de Foro, dann einen auf den Erfolg von La Penna und Elli, der hoffentlich noch dabei war.

Dann wurde Küpper ernst und sagte:

»Eines muss ich dir noch erzählen. Ein Mann ist in Köln, der nach dir fragt. Gekleidet wie ein Dominikanermönch, aber kein echter, wenn du mich fragst. Er ist äußerst streitlustig, treibt sich in den Bierschänken herum, jedoch ohne etwas zu trinken. Er beschimpft und verlästert Betrunkene und ist schon mehrfach in Raufhändel verwickelt worden. Weißt du, wer das sein könnte?«

Niklas erschrak zu Tode. Seit Jahren hatte er nicht mehr an Bernard gedacht. Seit seiner Bitburger Zeit glaubte er sich sicher vor dessen Wahnsinn.

Er wusste nicht, dass Bernard erfahren hatte, dass Niklas' Haus abgebrannt war. Dass er ebenso über die Umstände seines Abschieds aus Bitburg Bescheid wusste. Bernard hatte sogar vom Verlust der Briefe erfahren, was Niklas allerdings nur dem Verwandten seiner Frau in Bitburg, dem Kerzenmacher Valentin Lichter, erzählt hatte. Dieser jedoch hatte es im Rahmen der Heldengeschichte des Feuer-mit-Bier-Löschens arglos weitergegeben, und so war die Kunde schließlich zu de Foro gekommen, der eines Tages überraschend Besuch von Bernard von Dauerling bekommen hatte.

Bernard war bereits einige Jahre zuvor aus dem Dominikanerorden entlassen worden, unter anderem aufgrund seines ungezügelten Fanatismus, der bisweilen an Irrsinn grenzte. Er war fortgegangen, bevor er exkommuniziert oder sogar selbst peinlich verhört werden konnte. Seitdem lebte er unstet, als wäre er auf der Flucht, und suchte abwechselnd die Städte heim, in denen Niklas gelebt und gearbeitet hatte. Und immer fand er Menschen, die ihm arglos Neuigkeiten über seinen ärgsten Feind und andere ›Reine Brauer‹ erzählten. Das hielt seine Jagdlust aufrecht und seinen Hass am Kochen.

Er hatte in Regensburg bereits die beiden Brauer Schnaitter und Welser denunziert, jedoch ohne Erfolg. Sogar Albert in Weihenstephan war zeitweise sein Ziel gewesen. Überall hatte man ihm aber die Tür gewiesen.

Da ihm der Weg nach Urbrach verwehrt war, konzentrierten sich seine hasserfüllten Anstrengungen nun einzig und allein auf Niklas, der für ihn der Rädelsführer der ›Reinen Brauer‹ war.

Er glaubte fest daran, dass die ›Reinen Brauer‹ nicht nur hinter den Morden von St. Gallen steckten, sondern auch anderswo ähnliche Untaten verübt hatten.

Es konnte nur eine Frage der Zeit sein, bis sich die beiden in Köln über den Weg laufen würden.

16

EINE EIGENSCHAFT DER KÖLNER schätzte Niklas sehr: Sie hielten sich im Alltag in der Regel aus der hohen Politik heraus. Eine Ausnahme, weil es ein wirkliches Ärgernis darstellte, war der sogenannte Limburger Erbfolgestreit. Es war ein politischer Konflikt, der schon seit einigen Jahren schwelte und permanent für Unruhe sorgte. Herzog Walram IV. von Limburg war im Jahre 1280 ohne männlichen Nachkommen gestorben, drei Jahre später seine Tochter Irmgard von Limburg ebenso, die das Lehen ein Jahr zuvor von König Rudolf übergeben bekommen hatte. Seither balgten sich der Erzbischof von Köln sowie die Herrscher von Geldern, Luxemburg und Brabant um die Führungsnachfolge des reichen Limburger Landes, mit dessen Herrschaft auch der Titel des Herzogs von Niederlothringen verbunden war.

Irmgards Witwer, Rainald von Geldern, sowie der Graf Adolf V. von Berg als naher Verwandter Walrams IV. von Limburg erhoben Ansprüche auf das Territorium.

Doch Adolf von Berg verkaufte seine Ansprüche noch 1283 an einen der damals mächtigsten Fürsten im Nordwesten des Römisch-Deutschen Kaiserreichs, an den brabantischen Herzog Johann I.

Der Kölner Erzbischof in dieser Zeit war Siegfried von Westerburg.

Siegfried war am 16. März 1275 in Lyon zum Erzbischof von Köln geweiht worden. Die Stadt Köln befand sich seit 1268 unter dem Kirchenbann und war daher als Ort einer Weihe denkbar ungeeignet.

1275 hob er als neuer Erzbischof die Bannsprüche gegen Köln auf und unterzeichnete einen Freundschaftsvertrag mit der Stadt.

Die Ambitionen des Brabanter Herzogs Johann veranlassten Siegfried von Westerburg, den mächtigsten Kirchenfürsten des Reiches, um 1283 für die Seite des Grafen von Geldern Partei zu ergreifen, da Köln einen allzu großen Machtzuwachs Brabants fürchtete. Dies war ein verhängnisvoller Fehler. Denn nicht nur von Geldern verkaufte seine Erbansprüche 1288 an Luxemburg als Verbündeten von Köln. Auch Siegfried von Westerburg verkaufte seinen Anspruch im Mai 1288 an Heinrich von Luxemburg. Doch der hatte seinen Anspruch eigentlich schon zu Gunsten Reinalds aufgegeben!

Inmitten dieses politischen Chaos war es schwer, zwischen Gut und Böse, Freund und Feind zu unterscheiden.

1287 war ein weiterer, wiewohl erfolgloser Versuch einer friedlichen Einigung unternommen worden. Im Juli 1287 befreite Siegfried die Stadt Köln nach einem Treueid der Bürger auf ihn von den Zöllen zur Finanzierung seiner Kriegskosten im diesem Streit.

Schließlich aber eskalierte die Situation, und es sollte zur Schlacht kommen.

Die Bürger von Köln packten die Gelegenheit beim Schopf, sich gegen ihren Stadtherren, den Erzbischof von Köln, aufzulehnen. Sie traten auf der Seite Brabants in die Schlacht ein.

Die Kölner Bürger mit Gerhard Overstolz an der Spitze und einer Abteilung Bergischer Soldaten unter der Führung von Walter Doddes machten sich bereit zum Kampf.

Alle Kölner Bürger wurden aufgerufen, sich zu stellen.

Waffen und Rüstzeug musste jeder für sich mitbringen. Wer nicht wollte oder konnte, hatte die Möglichkeit, sich freizukaufen. Nach offizieller Lesart war das ›wichtige finanzielle Kriegsunterstützung‹. Viele wohlhabende Kölner wollten nicht kämpfen und trotzdem nicht als Feiglinge gelten.

Die Kölner Brauer sahen hier eine gute Gelegenheit gekommen, etwas für ihren Einfluss in der Stadt zu tun. Zwar war die Brausaison offiziell beendet, jetzt wurden nur abschließend die Keller leer getrunken. Und obwohl diese noch recht voll waren – durch langen Frost und einen kalten Frühling war bis in den Mai hinein gebraut worden – hatten die Brauer immerhin jetzt mehr Zeit als im Winter.

Unter der Führung des Medebierbrauers Greve, der als ältester und erfahrenster unter den kämpfenden Brauern dieses Recht beanspruchte, formierte sich die Brauerlegion.

Auch die beiden anderen Medebierbrauer hatten je einen Brauer entsandt. Der junge Ezelin und Heinrich von der ›Krähe‹ kamen persönlich. Ein junger Brauerbursche kam vom ›Hohen Durpel‹, der ›Britzele am Apfelmarkt‹ schickte sogar zwei. Je einer kam vom ›Hirschen‹ und aus ›Em Salzrunp‹. Niklas von Hahnfurt ließ es sich nicht nehmen, persönlich zu erscheinen.

Helperich Roemer, Johann van Rile und der Schildergassen-Bodo hatten sich mit größeren Summen freigekauft.

Emma und Margarete hatten sich freiwillig gemeldet, um sich um die Verpflegung und die Versorgung Verwundeter zu kümmern.

Die Brauerarmee bestand nun aus elf Kämpfern und zwei Sanitätern.

Greve, der einzige Schlachterprobte unter ihnen, erklärte, um was es ging, wie man sich geschickt verteidigte und den Feind am besten in Bedrängnis brachte.

»Elf ist eine heroische Zahl! Wir wollen aber keine toten Helden werden, sondern gut für unsere Stadt kämpfen und lebendig zurückkehren.«

Außerdem erzählte er, dass der Domhof für das gegnerische Lager zwei Brauer gestellt habe.

»Wenn die so schlecht kämpfen, wie sie Bier machen, dann wird es leicht!«, lachte er.

Die Brauer waren finanziell besser gestellt als die Angehörigen der meisten anderen Berufe, dadurch konnten sie sich einen guten, weniger gefährlichen Platz in der Schlachtordnung erkaufen.

»Wir treffen uns auf der Frühlingsheide bei Worringen!«, entließ Greve seine Truppe.

Bis zum Vorabend des fünften Juni trafen die Truppen nach und nach in Worringen ein.

Niklas hatte noch organisiert, dass alle Brauhäuser ihren Kämpfern ein oder zwei Fässer Bier mitgaben. Diese waren an den Tagen zuvor eingesammelt worden. Als die Bierkarren auf der Frühlingswiese eintrafen, wurden sie freudig begrüßt.

Er hatte zu diesem Anlass ausnahmsweise noch einmal ein Bier mit Kräutern gebraut.

Seit Jahren sammelte Maria im Wald regelmäßig Heilkräuter, darunter auch das Maikraut, welches auch Waldmeister genannt wird. Der Duft verhalf ihnen seither zu einem guten Schlaf, da Maria die getrockneten Pflanzen in kleinen Säcklein ins Bett legte. Da Niklas die beruhigende Wirkung bekannt war, dachte er:

Bier zum Befeuern des Kampfgeistes gepaart mit Waldmeisterkraut, damit wir beim Kampf den Verstand nicht verlieren, das scheint mir ein guter Gedanke zu sein.

Und so versetzte er sein Schlachtenbier mit getrockneten Waldmeisterkräutern. Und alle, die davon tranken, lobten später seine Wirkung auf Tapferkeit und Mut, aber gegen den Übermut. Und seinen besonderen Geschmack ebenfalls.

Im Heerlager stellte sich schnell heraus, dass die drei Brauerzelte zu den beliebtesten gehörten. Es ging hoch her und so mancher trank sich Mut an für das kommende Gemetzel.

Viele wahre und unwahre Geschichten wurden erzählt und mancher erlag der Versuchung der ebenfalls mitgereisten ›Kuniberts Gänse‹; morgen könnte man ja tot sein, also lieber vorher noch einmal alles auskosten.

Der Morgen des fünften Juni 1288 brach an. Niklas und seine Mitstreiter tranken ein jeder noch zwei Krüge Bier, dann reihten sie sich in die Formation ein. Ein Fass Bier nahmen sie mit aufs Schlachtfeld, für alle Fälle.

Niklas trug einen Helm, einen Schild und eine leichte Rüstung aus Leder, die mit Metallplatten besetzt war. Alles hatte er sich anfertigen lassen, als er in Bitburg die Bürgerrechte erhalten hatte.

Er war nicht erfahren im Kampf und hatte keinen vorderen Platz, also hoffte er, damit ausreichend geschützt zu sein. Als Waffe trug er einen Dolch, den er sich in Köln besorgt hatte, nachdem feststand, dass sie in die Schlacht ziehen würden.

Insgesamt standen auf der Wiese in beiden Lagern ungefähr 9000 Mann, aufgeteilt in mehrere Heeresgruppen. Etwa 4800 Mann bei Johann I. von Brabant und den Kölner Bürgern, etwa 4200 auf der Seite Siegfrieds von Westerburg.

Gerhard Overstolz und Walter Doddes sollten mit ihren Truppen links vom prächtig anzusehenden Johann von Brabant kämpfen. Und die elf Brauer mittendrin. Emma und Margarete waren hinten im Feldlager geblieben.

Rechter Hand war der Platz von Adolf von Berg mit seinen Truppen, die zum größten Teil aus einfachen Bauern bestanden.

Die Kölner kamen aber etwas spät zur Formation, denn andere Truppenteile hatten sich ebenso noch Mut angetrunken und den Abmarsch verpasst. Walter Doddes wirkte zögerlich, sodass Greve ihm einen großen Krug Bier reichte und dies mit den Worten kommentierte:

»Wenn wir uns Mut antrinken dürfen, dann auch unsere Anführer!« Doddes bedankte sich, leerte den Krug zur

Hälfte und reichte ihn dann an Overstolz weiter. Der trank aus bis zur Neige, lächelte und rief:

»Auf, meine tapferen Kölner, lasst uns Kurköln und von Geldern das Fürchten lehren! Nie mehr soll der Erzbischof uns sagen, was wir tun müssen!«

Als sie ankamen, hatte die Schlacht bereits begonnen. Dennoch konnten sie ohne Schwierigkeiten den ihnen zugedachten Platz einnehmen und im Schlachtgetümmel, nach einem zögerlichen Anfang, entscheidende Impulse setzen.

Der siegessichere Johann hatte seinen eigenen Dichter mitgebracht. Jan van Heelu beschrieb die Schlacht in seiner Heldengeschichte, der ›Slag van Woeringen‹:

›Aber ich werde erst berichten,
wie sie mit ihren Knüppeln,
die mit Eisenspitzen versehen waren,
hinzukamen und zu Werke gingen
die kühnen Bauern von Berg,
die, in der Sprache Brabants,
zu Recht Dorfleute genannt werden.
Diese kamen alle wohl zum Kämpfen bereit,
in der Gewohnheit, die dort besteht.
Ein Großteil von ihnen hatte Wams und auch Haube,
ein Teil sogar Panzer;
zwar der Schwerter mit scharfen Klingen
wollten sie sich nicht bedienen;
aber Knüppel hatten sie alle,
am Ende mit großen Hufnägeln gespickt.
Ihren Scharen hatten sich die Kölner
mit ihren Treffen beigesellt:
In ihrer Gesellschaft sah man glänzende Kettenhemde,
Halsberge und Schwerter blinken.
Ehe noch diese dritte Schar hinzukommen wollte,
hatte lange Zeit der Herzog von Brabant
den Kampf allein gehalten mit seinen Leuten.

Wohl kann ich nicht angeben,
wäre der Herzog unterlegen,
was sie dann getan hätten,
die mit ihren Nagelkeulen dort bereitstanden:
Aber Bruder Walter Dodde,
das sage ich wohl, ihm war angst,
dass sie so lange zögerten,
ehe sie dem Herzog zu Hilfe kamen;
dabei halfen ihm die Natur und die Treue von Brabant,
die er erlangt hatte;
aber obschon er ein eifriger Laienbruder war,
ritt er mutig, kreuz und quer, vor ihrer Truppe, und rief:
›So ehrenvoll, wie sich nur jemals ein Fürst
in irgendeinem Lande wehrte,
so hat sich der Herzog von Brabant gewehrt,
mit dem Schwert an der Kehle,
und hat den Sieg errungen:
Zieht von dannen!
Denn es ist an der Zeit, wollt ihr gewinnen.
Gut, dass ihr es nun angeht;
denn die Feinde sind ermattet.‹
Sobald sie dies angehört hatten,
zogen sie in die Schlachtordnung,
tapfer ins Gefecht, munter rufend:
›Hya, ruhmreiches Berg!‹
Aber als sie auf das Schlachtfeld kamen,
war deutlich zu sehen,
dass die Brabanter Oberhand gewannen,
denn der Graf von Berg, augenblicks,
führte den Bischof gefangen mit sich vom Felde, ohne
Zweifel:
Das wäre nicht geschehen,
hätte man den Bischof nicht vorher
mit Waffengewalt bezwungen.

Aber das braucht man nicht zu vermelden,
denn es wurde schon beschrieben.
Die Bauern, die dort im Kampf blieben,
stellten sich an einen Graben
und schlugen nieder Freund und Feind,
ohne Schonung, denn wer zu den einen
oder den anderen gehörte,
davon hatten sie keine Kenntnis.
Plötzlich begab es sich, wie Gott gab,
das Battele, ein Gefolgsmann und Knappe
des Herzogs von Brabant,
auf einer Mähre saß,
die weder vorwärts noch rückwärts wollte:
Auf ihn stürzten sich die von Geldern.
Als er das Pferd nicht schneller sich bewegen fand,
sprang er auf die Erde
und erschlug es selbst mit dem Schwert
und kam zu denen von Berg gerannt,
gerade als sie den Kampf begannen.
Da wollten sie ihn niederschlagen,
dass er nicht wieder aufstehen könnte,
doch er rief: ›Ihr tut unrecht!
Ich bin Gefolgsmann des Herzogs von Brabant,
der es nicht verdient, hier von euch,
dass Ihr seine Freunde und seine Mannen niederschlagt.‹
Da riefen sie alle zurück:
›Seid Ihr von Brabant, freimütig rufet:
Ruhmreiches Berg!
Und wir helfen Euch allen sofort.
Geht voran und führet uns schnell dorthin,
wo wir Feinde finden können.
Wir sollen wohl alsbald den Kampf beenden,
wenn wir sie wohl herausfinden können.‹
Der Gefolgsmann rief nach ihrer Rede:

›Brabant! Ruhmreiches Berg!
Folgt mir, wohin ich vorgehe.
Ich werde euch augenblicklich dorthin bringen,
wo ihr Feinde finden könnt.‹
So führte er sie dann von hinten
an die Feinde heran.
Die Kölner mit ihren Truppen folgten ihnen
und umzingelten ihre Feinde in einem ganzen Ring:
Das war eine erbärmliche Sache,
den großen Jammer zu sehen;
denn sie schlugen von hinten tot,
manchen Mann ohne Gegenwehr.
Da war in ihres Feindes Heer niemand,
war er auch noch so tapfer,
der nicht abgewehrt wurde,
denn durch die Schwerter der Brabanter
fielen sie ohne Umschweife,
wenn sie vorwärts drängen wollten,
und wenn sie umkehren wollten,
fanden sie die Kölner oder die Bauern von Berg,
wenn sie sich noch näher dahin zurückzogen.
Als die Sache sich solchermaßen verhielt,
fühlte sich mancher Ritter,
mancher Gefolgsmann höchst unbehaglich,
die sich gerne ergeben hätten,
wenn sie nur gewusst hätten,
wie sie es anstellen sollten,
wie ich hiernach noch kundtun werde.‹
Die Bauern von Berg wüteten furchtbar, aber auch die Kölner mit dem Brauertrupp schlugen sich mehr als tapfer. Die
Schlacht dauerte den ganzen Tag, dann stand der Sieger fest:
Johann I. von Brabant, Adolf von Berg, die Kölner Bürger und
Brauer hatten gewonnen; der Kölner Erzbischof stand auf der
Seite der Besiegten und verlor die Stadtherrschaft über Köln.

An diesem Tag starben ungefähr 2000 Menschen, darunter zwei Kölner Brauerburschen.

Das prominenteste Todesopfer war Graf Heinrich VI. von Worringen, Graf von Luxemburg und Sohn Heinrichs des Blonden – des Mannes, der Bitburg einst die Stadtrechte verliehen hatte. Er starb mit vielen seiner Ritter. Sie hatten auf der falschen Seite gekämpft.

Niklas hatte bis auf ein paar Schrammen keine Verletzungen aufzuweisen, Emma und Margarete hatten dennoch genug zu tun. Greve war durch ein Schwert an der Hüfte verletzt worden, Ezelin durch eine Armbrust am Arm. Beide zum Glück nicht tödlich.

Das Geschrei der Verwundeten und die ebenso schmerzhaften Behandlungen sorgten für einen Lärm, der fast noch größer war als der Schlachtlärm. Niklas fühlte sich an das Erdbeben in Weihenstephan erinnert. Am Ende des Gemetzels half er, obwohl völlig erschöpft, beim Verbinden der Wunden und beim Kauterisieren. Nur beim Töten der unrettbar Schwerverletzten half er nicht mit, das war ihm doch zu viel.

Siegfried von Westerburg wurde von Herzog Johann gefangen genommen und an den Grafen Adolf V. von Berg übergeben. Nachdem er zuerst eine Nacht im Monheimer Schelmenturm eingesperrt worden war, wurde er anschließend nach Schloss Burg gebracht. Er kam am sechsten Juli 1289 wieder frei, erkrankte aber in der Zeit seiner Gefangenschaft schwer.

Zuvor hatte er am 19. Mai 1289 Friedensverträge mit den Siegern von Worringen schließen müssen; er musste 12.000 Mark, etwa drei Tonnen Silber, an Reparationen an den Grafen von Berg zahlen sowie zahlreiche Gebiete abtreten: unter anderem Lünen mit allen bischöflichen Rechten, Westhofen, Brackel, Werl, Menden, Isenberg und Raffenberg. Graf Eberhard von der Mark, der somit am meisten vom Sieg bei Worringen profitierte, erhielt die Vogtei Essen.

Weiterhin musste Siegfried einige Burgen verpfänden, andere Burgen wie Worringen, Zons und Volmarstein wurden geschleift.

Das Herzogtum Limburg besetzte Herzog Johann I. von Brabant.

Als Folge seiner Niederlage musste Siegfried von Westerburg am 18. Juni 1288 in einem Vertrag mit der Stadt die Souveränität Kölns anerkennen.

Ab sofort übernahmen die Patrizier und Großkaufleute endgültig die Herrschaft und lenkten die Geschicke der Stadt.

Köln war endlich und wahrhaftig eine ›Freie Stadt‹!

Die Kölner feierten sich, ihre Stadt und ihre Kriegshelden mit ausgelassenen Festen. Die Brauer mussten die letzten Vorräte aus den Kellern holen, um der Nachfrage Herr zu werden. Dieses Fest war das letzte der Saison und ein würdiger Abschluss eines für Köln denkwürdigen Ereignisses. Es war eigentlich nur aufgrund des ungewöhnlich kalten Wetters möglich, dass es im Juni überhaupt noch Bier gab.

»Aber wenn Gott auf unserer Seite ist, dann auch der Wettergott und alle Bier-Schutzheiligen«, witzelten die Kölner.

Und noch eine besondere Belohnung wurde den Brauern zuteil: Die Bierpolizei wurde abgeschafft. Gerade eine Saison vorher hatte die Obrigkeit verfügt, dass unehrliche Brauer nicht mehr mit der Bäckertaufe bestraft wurden. Stattdessen wurde Bier, das bei der Bierbeschau durchgefallen war, in die Gosse laufen gelassen und das Fass zerschlagen. Meist wurde auch noch ein Schild an der Tür angebracht:

›Wegen Brauens von schlechtem Bier zugesperrt.‹

Diese Strafen wurden nun ersatzlos gestrichen, als Dank für den Einsatz bei der Schlacht von Worringen.

17

WÄHREND IM VORFELD der Schlacht von Worringen der
Limburger Erbfolgestreit tobte, war im Jahre 1287 Papst
Honorius IV. verstorben. Honorius war ein Freund der Ordensbrüder, besonders der Dominikaner und der Franziskaner, gewesen, bis auf deren Regeln zur Mäßigung, dafür
hatte er keinerlei Verständnis. Gerüchte besagten, dass ihn
die Gicht dahingerafft hätte. Er war schon länger so gicht-
krank gewesen, dass er an Händen und Füßen beinahe ge-
lähmt gewesen war. Nur mit Hilfe einer mechanischen Vorrichtung, die speziell für ihn konstruiert worden war, war er
in der Lage gewesen, die Hostie und den Abendmahlskelch
zu erheben, wenn er die heilige Messe gefeiert hatte.

Das Konklave, das dem Tod von Honorius folgte, war
eines der schwierigsten in der gesamten Geschichte der Kirche. Es dauerte fast ein Jahr lang. In der Hitze des römischen
Sommers brach eine Malaria-Seuche aus. Sechs Kardinäle
starben qualvoll. Das Konklave wurde unterbrochen, die
Kardinäle verließen Rom. Alle, bis auf einen: den Franziskaner Girolamo Masci d'Ascoli. Als das Konklave schließlich wieder zusammentrat, hatte er leichtes Spiel. Wer so ein-
drucksvoll seine Überlebensqualitäten unter Beweis stellte,
müsste auch als Papst lange durchhalten.

Der Norditaliener wurde also nach Wiederaufnahme des
Konklaves zwangsläufig zum neuen Papst gewählt. Er nahm
als 189. Papst den Namen Nikolaus IV. an und war der erste
Franziskanermönch auf dem Papstthron.

Nicht nur sein Vorgänger hatte die Macht der Ordensbrüder, denen er die alleinige Leitung der Inquisition anvertraut hatte, schon beträchtlich gestärkt, sondern auch sein

Namensgeber, Papst Nikolaus III., der acht Jahre zuvor gestorben war.

Nikolaus IV. gedachte nicht, diese Macht ungenutzt verstreichen zu lassen, auch wenn ihn der Nepotismus seiner Vorgänger anwiderte.

Er förderte die Mission, sandte Franziskaner als Missionare nach China an den Hof des Khans und unterstützte maßgeblich die Einsetzung des ersten Bischofs von Peking. Als der andere Khan, der von Persien, Verbündete gegen die Muslime suchte, rief er zu einem erneuten Kreuzzug ins Heilige Land auf. Durch interne Streitereien der christlichen Regenten in Europa wurde daraus jedoch nichts.

Am Hof in Rom führte Nikolaus wieder etwas Mäßigung ein. Als Ordensbruder wusste er jedoch ein gutes Bier zu schätzen.

Dies sprach sich schnell herum und Bier wurde zum beliebten Gastgeschenk in Rom. Nicht immer war das Bier noch genießbar, wenn es endlich auf der päpstlichen Tafel landete. Umso höher wurde jenes Bier gepriesen, so es denn dem päpstlichen Franziskanergaumen mundete.

Auch Siegfried von Westerburg hatte von der päpstlichen Schwäche für Bier erfahren.

Der Erzbischof und der Rest seines Klerus kamen seit der schmählichen Niederlage in der Schlacht von Worringen nur noch zu besonderen kirchlichen Anlässen nach Köln.

Residiert wurde im nahe gelegenen Bonn.

Am 18. Januar 1290 entband ihn jedoch Papst Nikolaus IV. von allen Versprechen, die er den Kölnern hatte geben müssen.

Am 31. Januar forderte der Papst sogar die Erzbischöfe von Mainz und Trier auf, Siegfried bei der Rückgewinnung kurkölnischen Besitzes zu helfen.

In der Folge wurde durch diese Fürsprache Siegfrieds Macht so gestärkt, dass er seinen Schwager, den Grafen

Adolf von Nassau, im Juni 1292 in Aachen höchstselbst zum König krönen konnte.

Siegfried war ein dankbarer Mensch und vergaß nicht, wer ihm geholfen hatte.

Nach der päpstlichen Fürsprache beschloss Siegfried von Westerburg, Nikolaus IV. das beste Bier Kölns zu senden. Er wusste, dass sein eigenes, am Hof gebrautes Bier nahezu ungenießbar war, obwohl er sich immer seltener in Köln aufhielt. Sein Verhältnis mit dem Rat der Stadt Köln war zwar immer noch angekratzt, mit den Kaufleuten und Handwerkern kam er notgedrungen gut aus. Siegfried wusste, dass viele Bürger gegen ihn gekämpft hatten, war jedoch nicht in der Lage, ihnen dies heimzuzahlen.

Nach einigen Erkundigungen fiel seine Wahl auf Niklas. Siegfried war gut mit Albertus Magnus befreundet gewesen und hatte mit diesem die Liebe zum Bier geteilt. Albertus hätte ihm sicherlich Niklas empfohlen, hätte er dessen Brauerei in Köln noch miterleben können. Irgendwie hatte Siegfried aber doch erfahren, dass Niklas Albertus einmal ein besonderes Trinkerlebnis beschert hatte. Also bestellte Siegfried bei Niklas im März 1290 fünf Fässer vom stärksten Bier, nicht ohne den Hinweis, dass das Bier für den Papst bestimmt war. Daher sollte er es sich als Ehre anrechnen und das Bier ohne Bezahlung herausgeben.

Niklas konnte zu diesem Zeitpunkt, da der Winter bald zu Ende ging, nicht so viel Bier herstellen, wie die Kölner tranken. Außerdem wollte er nicht unbedingt mit einem politischen Gegner Geschäfte machen. Daher sagte er ab.

Wutentbrannt schickte Siegfried seinen Legaten zu Niklas, der zog jedoch unverrichteter Dinge wieder ab. Innerhalb der Mauern von Köln war Siegfried machtlos und musste sich den Gesetzen des Kölner Gewerbes unterwerfen. Schließlich gab er nach, sandte einen Wagen für die Fässer und zahlte gleich.

Er brauchte nicht nur das Bier, er wollte nicht auch bei den anderen Kölner Handwerkern in Verruf geraten, die seit 1248 an der neuen, großen Kathedrale St. Peter und Maria bauten.

In diesem neuen Dom sollten die Gebeine der Heiligen Drei Könige ihre letzte Ruhe finden, die der Erzbischof Rainald von Dassel 1164 nach der Eroberung Mailands mit nach Köln gebracht hatte.

Die Kathedrale war allen Kölnern ein Anliegen, aber der gute Ruf und die prompte Zahlung der Bauherren waren wichtiger, sonst stellten die Kölner schnell die Arbeit ein.

»Ich hoffe, dass Euer Gebräu den Aufwand wert ist«, sagte der Legat bei der Abholung des Wagens. »Sonst gnade Euch Gott oder der Papst. Ich weiß nicht, was schlimmer ist!«

Nach ungefähr zwei Monaten war die kostbare Fracht, zusammen mit anderen Geschenken, in Rom angekommen.

Im Sommer erhielt Niklas wieder Besuch von Siegfrieds Legaten. Diesmal war er äußerst freundlich, fast schon unterwürfig.

»Seine päpstliche Hoheit war sehr angetan von Eurem Gebräu. Es sei das beste Bier, was er jemals getrunken habe. Er bietet Euch an, nach Rom zu gehen und dort für die Kurie zu brauen. Es soll Euch dort an nichts mangeln.«

Niklas verschlug es die Sprache.

»Darf ich darüber drei Tage Bedenkzeit haben?«, fragte er.

Er bekam sie.

Niklas jedoch entschied sich, in Köln zu bleiben. Er wusste um die Kurzlebigkeit der meisten Päpste. Nikolaus IV. ging schon ins vierundsechzigste Lebensjahr, die Ehre, päpstlicher Bierbrauer zu sein, wäre wahrscheinlich keine Berufung von Dauer.

Und dann müsste er wieder von vorne anfangen.

Um dies nicht als Beleidigung oder Abwertung klingen zu lassen, entschied er sich für den indirekten Weg.

»Ich habe lange Jahre an dieser Bierrezeptur gearbeitet. Nur hier in Köln finde ich das Wasser, das Malz, den Hopfen und das Zeug, all die Zutaten, welche dieses Bier zu etwas Besonderem machen. In Rom wäre mein Bier nicht mehr so gut. Lasst mich die päpstliche Tafel von Köln aus versorgen. Ich verspreche, dass immer ein Wagen nach Rom unterwegs sein wird.«

Der Legat murrte halbherzig, gab sich aber letztendlich zufrieden mit der Antwort.

Auch er und Siegfried von Westerburg hatten Gefallen an Niklas' Bier gefunden. Sie hätten es vermisst, wäre er nach Rom gegangen.

Mit den Gedanken beim päpstlichen Durst, beschloss Niklas, die Brauerei zu vergrößern, um der neuen Nachfrage Herr zu werden.

Von Beginn der Brauerzeit im Winter 1290/91 an ging alle vier Wochen ein Wagen mit zwölf Fässern Bier Richtung Rom.

Siegfried von Westerburg zahlte, wenngleich einen vorher vereinbarten päpstlichen Sonderpreis.

Er wusste, was er der Macht in Rom schuldig war. Und ebenso, dass man sie unter Umständen immer mal wieder benötigte.

In Köln hatte Bernard von Dauerling inzwischen ein neues Stammlokal gefunden. In der Schildergasse, in Bodos Brauhaus, war er immer willkommen. Bodo hörte gerne zu, wenn Bernard seine Schauergeschichten über teuflische ›Reine Brauer‹ erzählte. Der eigentümliche, kümmelähnliche Geschmack von Bodos Bier ließ ihn kalt, weil Bodo ihm auf seinen Wunsch hin das Bier sehr verdünnte und mit Muskatnuss würzte.

So saß er in der Schildergasse, Stunde um Stunde, Tag um Tag, und spann seine Intrigen.

Und im November 1291 hörte er dann hocherfreut die Nachrichten, die schnell die Runde machten.

Er wähnte sich, ohne viel eigenes Zutun, am Ziel seiner Wünsche.

18

DA NÄMLICH ERSCHIENEN WACHEN des Kölner Rats in Niklas' Brauerei.

»Wo ist der Brauherr Niklas Hahnfurt?«, rief der Offizier der Wache.

»Ich habe Auftrag, ihn mit mir zu nehmen und zu befragen!«

Niklas war sich keiner Schuld bewusst und ging mit.

Er wurde ins Bürgerhaus geführt. Den Vorsitz hatte der groß gewachsene Kaufmann Hermann von der Stesse. Ernst und schmallippig, verkörperte er vollkommen die Bürde seines schweren Amtes.

Ein dumpfer, süßlicher Schweißgeruch lag in der Luft. Hier hatten viele Männer schon viele Stunden an Beratungen und Besprechungen abgesessen.

Es waren zwölf Männer anwesend. Außer Hermann von der Stesse erkannte er noch sieben weitere: Johann Luf vom Horne, Richolf Mennegin von der Aducht, Gottschalk vom Stave, Johann vom Spiegel, Dietrich von Brempt, Heinrich von Mainz und Johann Quattermart. Die anderen vier Gesichter sagten ihm nichts.

»Was du hier vor dir siehst, ist die Richerzeche, die Versammlung der führenden Kaufleute von Köln«, sagte Hermann.

»Es liegen schwere Anschuldigungen gegen dich vor, erhoben von Siegfried von Westerburg. Es liegt uns fern, ihn als unseren Freund zu betrachten. Aber wenn seine Anschuldigungen wahr sind, müssen wir dich an seine Gerichtsbarkeit übergeben.«

»Was wirft man mir vor?«, fragte Niklas.

»Du sollst eines der schwersten Verbrechen überhaupt begangen haben. Der Papst ist schwer erkrankt und es soll deine Schuld sein. Man redet von einer Vergiftung der Galle und der Eingeweide«, meldete sich jetzt Johann Quattermart. »Der Brauer Bodo hat uns bestätigt, dass du in dem Ruf stehst, Kenntnisse über geheime Zauberkräuter zu haben, die, dem Bier zugegeben, zum Tode führen können. Und es liegen uns Berichte über tödliche Versuche und andere Untaten in St. Gallen vor, in die du verstrickt gewesen sein sollst. Wenngleich die Heilige Inquisition hier nicht viel zu sagen hat, so werden wir sie, falls erforderlich, doch anhören. Wir werden ein Schöffengericht zusammenstellen und über dich und die Überstellung an Siegfried von Westerburg urteilen. In 14 Tagen werden wir zusammenkommen. Dann magst du dich rechtfertigen. Bis dahin musst du im Kerker bleiben.«

Ohne weitere Anhörung wurde Niklas abgeführt und in ein kaltes, verlaustes, verdrecktes Loch im Keller des Bürgerhauses geworfen.

Die nächsten zwei Wochen wurden für Niklas die längsten seines Lebens. Neben Läusen musste er seine Zelle auch mit Ratten und allerlei anderem Ungeziefer teilen.

Er schiss und kotzte sich die Eingeweide aus dem Leib, während er sich bereits im bischöflichen Gefängnis sah, in einer Zelle, die normalerweise den Hexen vorbehalten war.

Nachts schrie er seinen Schmerz und seine Wut laut hinaus. Er verfluchte den Papst, den Bürgerrat, die Stadt Köln, Bernard, Bodo und sein ganzes Leben.

Währenddessen stießen Bodo und Bernard auf ihren Erfolg an. Bodo hatte einen Konkurrenten weniger, Bernard glaubte seinen Feind endgültig besiegt.

Maria, Agnes und Matthias kamen ihn täglich besuchen, auch Mosche und Salomon schauten vorbei, aber an seinem mitleiderregenden Zustand konnten sie wenig ändern. Sie besserten lediglich seine Kost auf, da er ohne diese Ergänzung die zwei Wochen unter Umständen nicht überleben würde.

Matthias hatte angefangen, in der Brauerei zu arbeiten. Er und die beiden jüdischen Brauer führten die Brauerei in dieser Zeit allein. Als Niklas schließlich dem Schöffengericht vorgeführt wurde, sah er aus wie ein wandelnder Leichnam. Nur noch Haut und Knochen.

Die Verhandlung begann.

Niklas, so schlecht er auch beieinander war, beschrieb, wie Siegfried von Westerburg ihm die ersten Bierlieferungen abgekauft hatte.

Von dem Angebot des Papstes, Brauer der Kurie zu werden. Ebenso von der Ablehnung, die Niklas dem Papst erteilte.

Er gab Auskunft über seine Rezepturen und Zutaten.

Er erzählte von seinem Wissen über Kräuterzutaten, die wie Gift wirken können, beschwor aber gleichzeitig, niemals etwas Derartiges getan zu haben. Er beschuldigte Bodo, ihn nur mit der Absicht denunziert zu haben, einen Konkurrenten aus dem Weg zu schaffen. Von den verbrannten Briefen in Bitburg erzählte er ebenso wie vom verrückten Reginald.

»Ich habe die Briefe seinerzeit in Bitburg vorzeigen müssen, um die Bürgerrechte zu erhalten. Lasst euch dies gerne von den Bitburger Schöffen bestätigen. Sie sollten wohl gut genug sein für meinen untadeligen Leumund!«

Dann wies er auf die Möglichkeit hin, dass das Bier unterwegs verdorben war. Dies käme häufiger vor, als man annehme. Besonders im Sommer. Der Papst hätte ja ausdrücklich auch über die Märzensaison hinaus noch Bierlieferungen gefordert.

Schließlich wollte er sich noch die Zeichen der päpstlichen Vergiftung beschreiben lassen. Aber niemand konnte darüber Auskunft geben, da Siegfried und seine Legaten noch auf dem Rückweg von Rom nach Köln waren, mit neuen Nachrichten über den Gesundheitszustand des Franziskanerpapstes.

Niklas beschwerte sich lautstark:

»Und ihr habt mich beinahe verrecken lassen da unten, ohne genau zu wissen, weswegen! Bevor ihr in Zukunft jemand in den Kerker legt, solltet ihr euch genau überlegen, wie die Anschuldigung lautet. Sonst seid ihr ach so freien Bürger Kölns nicht besser als ein verblendeter Feudalherr. Ihr wollt es besser machen, so aber nicht!«

Die peinlich berührten Mitglieder der Richerzeche erlaubten Niklas, nach Hause zu gehen und zu warten, bis Siegfried von Westerburg von Rom zurückgekehrt war.

Nach weiteren fünf Tagen war es so weit.

Siegfried berichtete: Der Papst lebe und sei auf dem Wege der Besserung, wenn auch durch tagelangen Durchfall sehr geschwächt.

Doch anstatt sich bei Niklas für die falsche Anklage zu entschuldigen, hob er die gesunde Konstitution von Nikolaus IV. sowie dessen großen Glauben hervor, die ihn diesen Giftanschlag hätten überleben lassen.

Niklas entgegnete, alle Anzeichen sprächen dafür, dass das Bier unterwegs verdorben sei. Er habe jedenfalls einwandfreies Bier ausgeliefert.

Hermann von der Stesse beschloss am Ende, Niklas nicht an Siegfried von Westerburg zu übergeben.

»Es gibt keine eindeutigen Zeichen dafür, dass Niklas wissentlich eine Vergiftung herbeiführen wollte. Was dem Papst widerfahren ist, war eine Krankheit, aber keine Vergiftung. Und für das Unrecht, welches wir dir angetan haben in den zwei Wochen im Kerker, wirst du vom Rat entschädigt werden. Dem Schildergassen-Bodo wird eine Rüge erteilt, er soll in Zukunft vorsichtiger sein mit seinen Anschuldigungen.«

So wurde es im Ratsprotokoll eingetragen.

Siegfried von Westerburg fuhr unverrichteter Dinge zurück nach Bonn.

Bernard von Dauerling saß, wieder einmal enttäuscht, mit roten Zornesadern auf der Stirn im Keller der Schildergasse. Ausnahmsweise einmal trank er vom starken Schwarzbier. Nachdem er mit Bodo einige Krüge geleert hatte, fiel er beim treppauf gehen prompt die Treppe wieder hinunter. Die Wunde auf der Stirn blutete stark und hinterließ eine deutliche längliche Narbe, die rötlichblau schillerte.

Niklas sah niemals auch nur einen einzigen Pfennig der zugesagten Entschädigung, traute sich aber nicht, sie einzufordern.

Es schadete nichts, wenn man im Geheimen beim Rat etwas guthatte.

Und noch eine Lektion merkte er sich: Bei Bierlieferungen in weit entfernte Städte brauchte er in Zukunft jemanden, der das Bier in Empfang nahm und prüfte, ob es noch gut war.

Jemanden, dem er vertrauen konnte.

Papst Nikolaus IV. starb ein halbes Jahr später, im April 1292, verdorbenes Bier war nicht die Todesursache.

19

DIE KERKERHAFT UND DIE DEMÜTIGUNGEN waren bald vergessen, Niklas erholte sich wieder und braute weiter das, was viele als die besten Biere Kölns bezeichneten.

Er verdiente gutes Geld und konnte es sich leisten, Maria gelegentlich mit teuren Geschenken zu überraschen. So schenkte er ihr zu Weihnachten 1291 ein tönernes Geschirr, welches komplett mit Glas umkleidet und bemalt war. Ein Kaufmann hatte es ihm aus Italien mitgebracht, der Preis war astronomisch hoch, aber Niklas freute sich an der ungekünstelten Freude Marias mehr, als er dem Geld nachtrauerte.

Die Brauer Kölns beschlossen im Winter 1291/92, etwas für das Ansehen ihres Standes zu tun. Zum einen hatte der große Sieger der Schlacht von Worringen, Herzog Johann I. von Brabant, sich mittlerweile als Ehrenmitglied in die Brüsseler Brauergilde aufnehmen lassen. Die Kölner Brauer sorgten nun dafür, dass jeder es zur Kenntnis nahm: Der Sieger von Worringen ist ein Praxator!

Außerdem erwählten sie sich einen Schutzheiligen, wie die anderen Berufe es bereits getan hatten. Das durch die Schlacht von Worringen gestiegene Renommee der Brauer verlangte dies geradezu. Albertus Magnus hatte diese Idee bereits Jahre zuvor, bevor Niklas in Köln arbeitete, angeregt und er hatte dazu einen Vorschlag gemacht. Nach Meinung von Albertus sollte ein Dominikaner der Schutzpatron der Kölner Brauer werden: der heilige Petrus von Mailand. Dieser war zwar Zeit seines Lebens niemals in Köln gewesen. Er war aber, obwohl erst 40 Jahre tot, bereits ein anerkannter Schutzheiliger der Feldfrüchte und gegen Unwetterschäden. Und Unwetter und Missernten fürchteten die Brauer mehr als alles andere.

Der Überlieferung nach wurde Petrus von Mailand auf einer Mission 1252 in Farga bei Como von zwei Ketzern durch einen Schwertstoß in den Kopf ermordet und bereits ein Jahr später von Papst Innozenz IV. heiliggesprochen.

Auch nach seinem Tod hatte Albertus' Stimme noch immer Gewicht. Er war durch seine große Liebe zum Bier so etwas wie das geistige Zentrum der Kölner Brauer gewesen, den alle respektiert und um sein Urteil angerufen hatten, wenn es Streit gegeben hatte. Nachdem St. Petrus von Mailand nach heftigen Debatten auserwählt wurde, beschlossen die Kölner Brauer zudem, die gerade im Umbau befindliche Kirche St. Andreas zur Brauerkirche zu erheben. Dort wurde ab dann an jedem 29. April zu Ehren von St. Petrus von Mailand ein Patronatsfest abgehalten.

Das Leben in Köln war lebhaft und unterhaltsam. Niklas und seine Familie nahmen regen Anteil und hielten sich in jeder freien Minute auf Kölns Straßen und Plätzen auf.

Häufig baute er einen Stand auf, wenn etwas Besonderes passierte, und verkaufte das eine oder andere Fass Bier. Der Platz ohne Namen war immer gut für Schauspiele aller Art. Tierkämpfe erfreuten sich besonderer Beliebtheit. Hunde gegen Bären, Hunde gegen Stiere oder Ratten, Hunde untereinander oder Hahnenkämpfe; immer ging es recht grausam zu.

Das Publikum zahlte wenig, wollte aber viel Blut sehen. Und je heftiger ein Kampf war, desto größer war der Bierdurst der Zuschauer.

Eine weitere beliebte Form der Volksunterhaltung waren die öffentlichen Prediger auf den Kölner Marktplätzen. Manchmal ging Niklas mit Maria hin, obwohl Maria die Dinge, die die Prediger von sich gaben, ernster nahm als er und obwohl er manchmal auch Bernard predigen sah. Dann ergriff er Marias Arm und ging schnell weiter.

Einige Redner ergingen sich in recht drastischen Worten über die ach so sündigen Kölner Bürger. Jeder hatte seine Lieblingssünder, einer der Prediger schimpfte über die Säufer und den ihnen innewohnenden ›Saufteufel‹, ein anderer am liebsten über die Frauen von Köln:

»Ihr Lasterweiber, Kussmäuler und Sausuhlen«, schrie er sich fast in eine Ekstase hinein, »an euch mästet sich der Satan wie an leckeren Bissen! Grausam wird er euch verschlingen, wie ihr ehrbare Männer verschlingt. Löwinnen seid ihr, die mit gesträubter Mähne leichtsinnige Männer zu blutiger Umarmung an sich zerren, wütende Nattern seid ihr!«

Und so ging es weiter, manchmal stundenlang.

Dann forderte der Sprecher die Sünderinnen auf, ihm zur Beichte zu folgen.

Häufig kam es dabei in den Beichtkammern zu Gewalttaten, Notzucht und Vergewaltigung.

Da sich die katholische Geistlichkeit in Köln aufgrund ihrer Unbeliebtheit merklich zurückhielt, war das Unwesen der falschen Geistlichen mittlerweile etwas außer Kontrolle geraten.

Auch Maria war schon mal an einen falschen Beichtvater geraten, hatte sich jedoch losreißen und weglaufen können.

Daher wurde in diesem Sommer eine neuartige Beichtkammer vorgestellt, die Beichtstuhl genannt wurde. Die große Neuerung war, dass Beichtvater und Beichtende durch eine Wand getrennt waren. Dadurch konnte man sich zwar hören, jedoch nicht mehr sehen.

Und alle Kölner, besonders die Frauen, wurden angehalten, den Beichtstuhl nur dann zu betreten, wenn der Beichtvater bereits darin saß.

Was die unter Umständen falschen Geistlichen mit sich und ihren lüsternen Gedanken anstellen würden, während sich die Frauen bei ihnen erleichterten, erschien dem Kölner Rat als das kleinere Übel.

Die Erfindung funktionierte, in kurzer Zeit ging die Zahl der Notzuchtverbrechen drastisch zurück.

Überhaupt, die Kölner waren sehr erfinderisch, in Sachen der Kirche wie des Geldes. Und am besten darin, beides zu kombinieren. Ein Kölner ›Mechanicus‹, der sich auf feine Arbeiten wie neuartige Uhrwerke spezialisiert hatte, hatte gerade erst erfolgreich einen antiken Apparat nachgebaut. Der griechische Mathematiker und Ingenieur Heron von Alexandria hatte vor über 1000 Jahren ein Buch namens ›Pneumatika‹ geschrieben. Dieses war jetzt wieder verfügbar, in einer lateinischen Übersetzung. Darin beschrieb er die Konstruktion eines Weihwasserautomaten. Bei diesem lag eine Holzscheibe auf der Wasseroberfläche des Weihwassers. Sobald eine Münze in den Automaten hineingeworfen wurde, drückte deren Gewicht das geweihte Nass durch ein Metallrohr nach oben, das vom Gläubigen in Empfang genommen werden konnte.

Der Mechanicus hatte den Automaten erfolgreich getestet und sogleich wurde er in der Kirche St. Gereon aufgestellt. Die Menschen drängten sich darum, obwohl es das Weihwasser in anderen Kirchen noch umsonst gab. Aber wie lange wohl? Einige Kirchen, wie St. Severin, St. Aposteln und St. Ursula, hatten bereits Automaten bestellt. Als Niklas davon hörte, ging er sofort nach St. Gereon, um sich die Konstruktion anzusehen. Er dachte gleich an andere Anwendungen. Die Brauerei lief so gut, dass er die Hauptarbeit seinen drei Brauern überlassen konnte und sich wieder neuen Erfindungen oder Verbesserungen zuwenden konnte. Darum suchte er den Mechanicus auf und besprach mit ihm die Konstruktion eines ähnlichen, wiewohl ungleich größeren Automaten, der einen Krug Bier spenden sollte.

Otto, der Mechanicus, versprach Niklas, darüber nachzudenken und, sobald die Zeit es erlaube, den Automaten auch zu bauen. Niklas überlegte angestrengt, wie man die beiden größten Probleme dabei in den Griff bekommen könnte. Zum einen die größere Menge. Beim Weihwasser bekamen die Gläubigen so viel Wasser, wie es dem Gewicht der Münze entsprach. Das wäre bei Bier viel zu wenig oder man müsste sehr viele schwere, aber wertlose Münzen einwerfen. Zum anderen, wie konnte er sicherstellen, dass das Bier immer frisch war.

Für beide Probleme fand er eine Lösung:

Er könnte eigene Münzen herstellen lassen, zum Beispiel aus Stein, die so geformt waren, dass nur sie hineinpassten. Und in den Automaten würde er von hinten ein Fass mit Bier stellen, aus dem man einfach den Kübel wieder auffüllen könnte, der den Krug des Benutzers füllte. Man müsste nur zweimal täglich zum Nachfüllen vorbeikommen.

Otto hatte bald Zeit für sein Anliegen, und gemeinsam arbeiteten sie den Sommer über daran. Niklas ließ bei einem Steinmetz Steine zuschneiden, die in seinem Brauhaus verkauft werden sollten. Durch einen geschickten Hebel, den Otto bei der Mechanik einsetzte, wurden die Steine nicht ganz so schwer, wie zu Anfang befürchtet.

Bald musste ein Schreiner hinzukommen, da der Kasten für den Automaten bereits die Abmessungen einer großen Kleidertruhe hatte.

Niklas ließ sich nicht beirren.

Die ersten Versuche waren erfolgreich, und im Oktober 1292 wurde am Kölner Hahnentor der erste Bierautomat der Welt aufgestellt.

Der Aufruhr war sogar noch größer als beim Weihwasserautomaten. Neben reichlich Zustimmung nicht nur der Biertrinker, sondern auch der Stadtadligen, die sich dem Fortschritt verpflichtet fühlten, gab es auch Ablehnung, und zwar aus verschiedenen Gründen.

Viele Bürger lehnten neue Erfindungen genauso ab wie die Brüder zu Niklas' Klosterzeit. Es wurde als gotteslästerlich angesehen, den Lauf der Welt verbessern zu wollen.

Die Prediger gegen den ›Saufteufel‹ hatten ein neues Ziel, und im ersten Monat wurde der Automat zweimal zerstört. Doch die Konstruktion war sehr solide und die Reparatur ging schnell vonstatten. Niklas verkaufte am Tag zwei Fässer Bier mehr, seit der Automat am Hahnentor stand. Die anderen Brauer fragten nach dem Geheimnis, doch Otto war von Niklas rechtzeitig zum Stillschweigen verpflichtet worden.

Niklas machte sich damit unter seinen Brauerkollegen nicht nur Freunde. Mangels eigener Zunft oder Gaffel hatten sie zum Glück für ihn keine Handhabe, ihn zur Herausgabe von Geheimnissen zu zwingen.

Größerer Ärger als von seinen Brauerkollegen drohte ihm wieder einmal von der Richerzeche. Einige Bürger, darunter auch Brauer, hatten sich beschwert, dass Trunkenheitsdelikte stark zugenommen hätten, seit der Automat in Betrieb war. Konnte ein Wirt einem Betrunkenen das Bier verweigern, wenn er genug oder zu viel hatte – obwohl dies selten geschah –, gab der Automat immer, solange man den Stein in den Einwurfschlitz hineinbekam.

Schwerer aber wog der Vorwurf, die Trunkenheit von Kindern damit zu fördern. Diese stahlen die Steine aus den Taschen argloser Zecher und berauschten sich dann bis zur Bewusstlosigkeit.

Niklas schaffte Abhilfe, indem er den Automaten bewachen ließ, Tag und Nacht. Damit war allerdings dem Gerät ein Teil seines Sinns genommen, nämlich der, ohne menschliche Hilfe auskommen zu können. Und billiger wurde das Bier dadurch auch nicht.

Im nächsten Januar fand Niklas erstmals Steine in der Münzkassette, die nicht von ihm waren. Der Automat war bereits das Ziel von Falschmünzern geworden, vor allem deshalb, weil die Steinmünzen leichter zu fälschen waren als echte Münzen. So langsam verstand er, dass die Zeit für diese Art von Automaten noch nicht gekommen war.

Und um den Streit nicht auf die Spitze zu treiben, ließ er in einer Erklärung, die nur so troff vor Demut und Zerknirschung, das Ende des Bierautomaten bekannt geben. Der vom Hahnentor und der andere, den Otto gerade fertiggestellt hatte, wurden in seinem Brauhaus ausgestellt, aber nicht mehr befüllt.

Dennoch war das Geschäft mit dem Automaten einen Winter lang so lukrativ gewesen, dass Niklas kein Geld damit verloren hatte.

Er war überhaupt froh, in diesem Winter Bier verkauft zu haben. In anderen Regionen Deutschlands hatte man den ›Bierpott‹ höher hängen müssen. In Bayern zum Beispiel hatte es 1292 wieder einmal eine Missernte gegeben, und die niederbayerischen Herzöge Ludwig und Otto hatten per Dekret erlassen, dass es sinnvoller sei, aus dem knappen Getreide Brot und nicht Bier herzustellen.

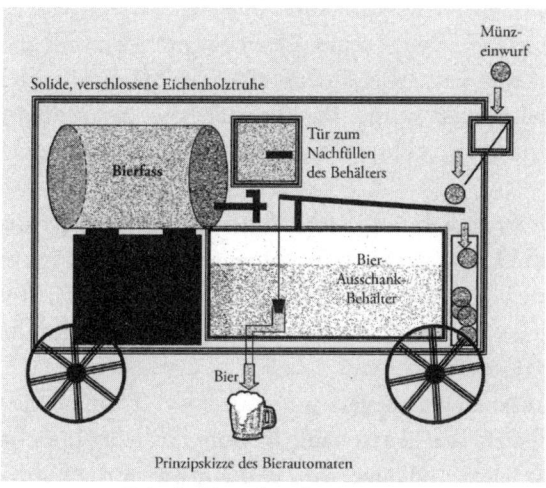

Prinzipskizze des Bierautomaten

20

DIE QUALITÄT der von Niklas hergestellten Biere war in
der Regel über jeden Zweifel erhaben. Durch Besucher aus
Regensburg, die im ›Stern‹ einkehrten und anderen Gästen aus Niklas' Regensburger Zeit erzählten, kam sein alter
Spitzname, der Bier-Magus, wieder zu Ehren. Vor Bodo und
Bernard hatte er eigentlich keine Angst mehr. Bodo hielt sich
sehr zurück und Bernard war ihm in seiner Kölner Zeit noch
nicht in Person begegnet. Langsam vergaß er, dass Küpper
ihm überhaupt davon erzählt hatte. So fühlte sich Niklas
in Köln sicher vor Vertretern der Heiligen Inquisition und
so versuchte er diesmal nicht, die Verbreitung des Spitzna-
mens zu unterbinden.

Er hatte sich inzwischen seinen Platz unter den Kölner
Brauern gesichert. Unter anderem hatte ihm dabei die Erkenntnis geholfen, dass es manchmal hilfreicher ist, nicht alles besser zu wissen. Einige seiner Ideen hatte er sogar mit anderen
Kölner Brauern geteilt, obwohl sie seiner Meinung nach keine
›Reinen Brauer‹ waren. Für ein paar Jahre herrschten Ruhe
und Frieden in Köln, genauso wie in Niklas' Leben.

Niklas hatte sich mit regelmäßigen Bierlieferungen auf der
großen Dombaustelle bekannt gemacht. Allerdings war er
das eine oder andere Mal mit Meister Arnold, dem Leiter der
Baustelle, in Streit geraten wegen zu üppiger Zuteilungen
für die Gerüstarbeiter.

Arnold trank niemals auch nur einen Tropfen Bier und
missbilligte den Ausschank, konnte ihn jedoch nicht ver-
bieten. Klein und hager von Gestalt, war er doch mit einer
gewaltigen Stimme ausgestattet, die er für diese große Bau-

stelle dringend benötigte. Er fühlte sich wie ein Vater für seine Arbeiter verantwortlich.

»Jeden Mann, der mir betrunken vom Gerüst fällt, werde ich Euch in Rechnung stellen!«, hatte Arnold ihn angefaucht.

Niklas hatte Verständnis für Arnold, sah er doch die Gefahr, die von den Gerüsten ausging. Er versprach, die Biere nur noch an Arbeiter nach Ende ihrer jeweiligen Schicht auszuschenken. Bis auf einige wenige Ausnahmen hatte das schon seit Längerem gut funktioniert.

Eine dieser Ausnahmen war leider Arnolds Sohn Johannes, der, im Gegensatz zu seinem Vater, von Leidenschaft für Niklas' Bier erfüllt war.

Klein von Wuchs wie sein Vater, hatte er sich in jungen Jahren bereits eine recht rote Zechernase erworben, und wenn er, ausgestattet mit einem ansehnlichen Bäuchlein, das Baugerüst erkletterte, erzitterte es wie vom Sturm gebeutelt.

Und mehr als einmal war Johannes nach Arbeitsende mit seinen Steinmetzen im ›Brauhaus zum Stern‹ eingefallen und hatte ein wüstes Gelage veranstaltet. Für Niklas grenzte es an ein Wunder, dass auf der Baustelle nicht mehr Unfälle geschahen.

Doch Arnold, der die Dombaustelle seit 1262 beherrschte, wurde langsam alt. Er hoffte, dass sein Sohn mit der Zeit dem Bier entsagen und sich mehr der Ernsthaftigkeit des Dombaus widmen würde.

Im Jahre 1296 übergab Arnold dann, nach über 30 Jahren, die Bauleitung an Johannes, der sogleich die noch unfertige Westfassade des Doms in Angriff nahm.

Johannes war sich der neuen Verantwortung bewusst, wurde überraschend ruhig und trank weniger Bier. Dennoch kehrten er, sein Domzimmermann Gerard und sein Schwiegervater, der Steinmetzmeister Thilman von Salecgin, immer wieder im ›Stern‹ ein, um bei dem einen oder anderen Bier diverse Probleme des Dombaus zu erörtern.

Dabei wurde manch fröhlicher Unfug getrieben. Einmal baten Johannes und Gerard Niklas zum Gespräch und fragten ihn, ob er im Turm des Doms eine Brauerei einrichten wolle.

»Weißt du, Niklas, wir sind dort auf eine Quelle mit allerfeinstem Wasser gestoßen. Und es würde sich doch anbieten, dieses Wasser aus einer gewissermaßen heiligen Quelle zu heiligem Bier zu verarbeiten.«

Niklas nahm die Frage ernst, er wusste nicht, wie viele Biere die beiden bereits intus hatten.

»Verträgt sich denn eine Brauerei mit der Würde des heiligen Domes und der Reliquien der Heiligen Drei Könige?« Und während er noch unschuldig weiterfragte und nicht bemerkte, wie er auf den Arm genommen wurde, schütteten sich der Dombaumeister und sein Zimmermann aus vor Lachen.

Niklas wurde rot bis über beide Ohren, lachte dann aber mit.

Da Johannes, seine Meister und seine Dombautruppe in der ganzen Stadt bekannt waren, mehrten diese Treffen ebenso Niklas' Ruhm als Bierbrauer.

Die Baustelle lief, auch dank regelmäßiger Bierlieferungen vom ›Stern‹, harmonisch wie seit Jahren nicht. Die in diesen Jahren entstandenen Meisterwerke des Chorgestühls und des Hochaltars wurden von Spöttern auf der Straße zu einem reichlichen Teil dem Gerstensaft aus dem ›Brauhaus zum Stern‹ gutgeschrieben.

Maria hatte sich zwischenzeitlich mit Mechthildis, der Frau von Johannes und Tochter von Thilman, angefreundet.

Doch der nächste Rückschlag ließ nicht lange auf sich warten: Im Herbst 1296 erkrankte Agnes Maria schwer. Sie war zu einem hübschen Mädchen aufgeblüht und Niklas hatte gehofft, sie bald verheiraten zu können, vielleicht sogar mit einem anderen Kölner Brauherrn. Agnes hatte sowohl in der Brauerei bei leichten Arbeiten als auch im Ausschank kräftig mitgeholfen und war auf dem Weg, eine Stütze des Geschäfts zu werden. Aber nicht nur deswegen wollte Niklas sie um keinen Preis verlieren.

Der Medicus, den Niklas konsultierte, stellte Blattern fest. Die Blattern waren eine Pockenkrankheit, die fast genauso gefürchtet war wie die Pest. Auch sie verlief häufig tödlich. Der Medicus verschrieb ihr ›Theriak‹, eine Mischung aus Opiaten aus der Mohnblume, Schlangengift und Krötenpulver. Niklas ergänzte diese Kur mit einem hellen, fruchtig-bitteren Bier, das er speziell für diesen Zweck braute.

Trotz dieser Medizin geschah das Wunder: Agnes Maria überlebte die Blattern, war aber fortan von hässlichen Narben im Gesicht gezeichnet. Außerdem hatte ihr Gehör Schaden erlitten und durch eine Lähmung zog sie seitdem den linken Fuß nach. Dadurch war es unmöglich geworden, sie jetzt noch standesgemäß zu verheiraten.

Niklas raufte sich die Haare, er und Maria verfluchten die Krankheit und das Schicksal, das ihnen ihre einzige Tochter verunstaltet hatte.

Dennoch wollte Niklas ihr ein gutes Leben ermöglichen. Agnes war nach der Krankheit in Trübseligkeit verfallen, hatte ihre Freundinnen gebeten, sie in Ruhe zu lassen und verließ das Haus nicht mehr.

Niklas beriet sich mit Maria, was mit Agnes geschehen sollte. Das übliche Vorgehen in solchen Fällen war die Übersiedelung in ein Kloster. Niklas hörte sich um. Ein Kaufmann, den er über Küpper kennengelernt hatte und der auf den seltsamen Namen Eskerich Strötgen hörte, reiste viel nach Norddeutschland und empfahl ihm das Kloster Ebstorf.

Das Kloster Ebstorf lag eine Tagereise südlich von Lüneburg. Es gehörte zu einer Gruppe von Benediktinerinnenklöstern in Norddeutschland. Hierzu zählten weiterhin die Klöster Wienhausen bei Celle, Lüne in Lüneburg, Medingen bei Lüneburg und Preetz in Holstein. Um 1160 war das Kloster Ebstorf als Prämonstratenserstift mit Mauritius als Klosterpatron gegründet worden. Später hatten dann Benediktinerinnen aus Walsrode das Kloster übernommen. Eskerich kannte die Priorin Magthildis, mit der er gelegentlich Geschäfte machte. Niklas sandte einen Brief nach Ebstorf, der nach drei Monaten wohlwollend beantwortet wurde. Agnes Maria packte ihre Sachen, das wenige, das sie im Kloster benötigte, und sagte ihrer Familie ›Auf Wiedersehen‹.

Sie reiste mit Eskerich, der sich wieder einmal nach Lübeck aufmachte, um Geschäfte zu machen. Als dieser einige Wochen später zurück war, berichtete er, Agnes sei gut aufgenommen worden. Ihre Melancholie war schon während der Reise geschwunden, da sie jetzt wieder einen Sinn in ihrem Leben sehen konnte. Niklas dankte Eskerich Strötgen herzlich für seine Hilfe und lud ihn ein, wann immer er wollte, in sein Haus zu kommen und sich auf ein Bier oder mehrere niederzulassen. Gerne folgte Eskerich dieser Einladung, und in der nächsten Zeit wurden die beiden gute Freunde.

Im Herbst 1298 kam dem Kölner Magistrat die glorreiche Idee, zusätzlich zu all den verschiedenen Abgaben, welche die Brauer leisten mussten, eine eigene Kölner Malzsteuer zu erheben. Die Kölner Brauer zeigten zum ersten Mal Geschlossenheit und protestierten lautstark. Sie erhöhten geschlossen die Preise, sagten jedem Kunden, die Schuld träfe den Magistrat.

Alles war zwecklos, der Magistrat blieb hart, er brauchte das Geld dringender als ein gutes Auskommen mit den Brauern. Niklas versuchte, die anderen Brauer zur Gründung einer Zunft zu überreden, wie sie in anderen Berufen schon üblich war, hatte aber keinen Erfolg. Zu unbedeutend erschien den meisten anderen Brauern der Einfluss des Biers auf die Geschicke und die Politik der größten Stadt Europas.

21

Niklas hatte bereits als Novize in Urbrach erfahren, dass eine derjenigen Einrichtungen von Mutter Kirche, von der alle Brauer immer profitiert hatten, egal ob im Kloster oder in der Stadt, die Fastenzeit war.

Er hatte dies vor Jahren schon mit Bernard diskutiert, während seines Augsburger Besuchs, damals, als sie noch befreundet gewesen waren. Und ganz gleich, wie man es sah, Bier war eines der wenigen schmackhaften Dinge, die sich alle guten Christenmenschen auch in der Fastenzeit ohne Bedenken zu Gemüte führen konnten.

Das war nicht ohne Folgen für die Geschäftspolitik der Brauer geblieben. In der Fastenzeit gab es stärkeres, aber auch teureres Bier. Je nach Stadt und Gegend unterschied sich die Anzahl der offiziellen Fastentage. Während in den Klöstern bis zu 200 Tage im Jahr gefastet wurde, kamen die Städter mit erheblich weniger Fastenzeit aus. Und sogar in diesen wenigen Tagen wurden nicht alle Regeln streng befolgt.

Maria hielt sich an das Verbot der Laktizinien, es kamen also weder Milch noch Käse oder Butter auf den Tisch. Während Bier, das ›flüssige Brot‹, ausdrücklich erlaubt war, war ›flüssiges Fleisch‹, für das Eier angesehen wurden, ebenso ausdrücklich verboten. Auch unreines Fleisch, wie Pferdefleisch, oder erstickte Tiere, Tiere aus Fallen oder nicht ausgeblutete Tiere waren tabu. Diese Art Fleisch kam sowieso eher selten auf den Tisch, schon wegen Mosche und Salomon.

Beim Essen außer Haus war Niklas jedoch nicht mehr an Marias Fastenküche gebunden. So grämte er sich ebenso wenig über die Fastenzeit wie die anderen Kölner. Es gab nicht nur gutes Bier, auch entwickelten einige Köche eine wahre Meisterschaft im Umgang mit den wenigen erlaubten Zutaten. So konnte man den leckersten Fisch während der Fastenzeit essen. Es gab nahrhafte, wohlschmeckende Getreidepasteten, in denen manchmal sogar Milch, Eier oder Hackfleisch versteckt waren. Und falls alles nichts half, wurden die Gerichte wenigstens besonders phantasievoll und ausschweifend dekoriert.

Dazu noch ein prächtiges starkes Bier, süß und gleichzeitig bitter, im Krug schäumend, da hatte niemand mehr das Gefühl, beim Fasten etwas zu verpassen. Wenn man bis nach der Messe nüchtern bleiben musste, trank man danach eben eines mehr.

Alles in allem hatte in Köln niemand Angst vor der Fastenzeit, die vom Aschermittwoch bis zur Ostermette am Ostersonntag dauerte.

Und auf den Vorabend der großen Fastenzeit freuten sich beinahe alle Kölner. Da gab es den sogenannten Fastabend, die Nacht vor Aschermittwoch. Jeder feierte ausgelassen, die Stadt war voller Menschen. Alle Plätze, Brauhäuser und Schenken barsten vor freudig erregtem Publikum. Dadurch, dass die Richerzeche die Narreteien genehmigt hatte, hatten die Menschen bereits vor längerer Zeit begonnen, sich am Fastabend Masken aufzusetzen und so unerkannt allerlei Schabernack zu treiben.

Sogar die Kirche hatte sich inzwischen angeschlossen. Hatte noch vor gar nicht so langer Zeit der Bischof von Köln den Fastabend als heidnisches und teuflisches Treiben angeprangert, setzte sich auch der Klerus mittlerweile die Narrenkappe auf. In allen Kirchen Kölns wurde immer am sechsten Januar, dem Tag der Epiphanie, von der niederen Geistlichkeit ein ›Narrenpapst‹ oder ›Narrenbischof‹

gewählt, gewissermaßen als Vorgriff auf die baldige Fastenzeit. Diesen ließ man zum Gaudium der Bevölkerung auf
einem Esel in die Kirche reiten. Dann folgte ein Gottesdienst mit einem Lobgesang auf den Esel. Und nach dem
Gottesdienst gingen alle in die Schenken, um dem Narrenpapst kräftig einzuschenken.

Die religiösen Bruderschaften von Köln hielten sich mehr
an die österliche Fastenzeit und veranstalteten am Fastabend
immer eine Prozession durch die Hohe Straße. Manchmal
trugen sie Frauenkleider, sehr zum Ärger der Kircheno-
beren, aber umso mehr zur Erheiterung der Kölner. Auch
dort wurde nach der Prozession schon mal ein kräftiger
Vorschuss auf das Fastenbier eingeholt.

An diesem Fastabend des Jahres 1303 platzte das ›Brauhaus
zum Stern‹ buchstäblich aus allen Nähten.

Traditionell wurde am Fastabend ein Fastenspiel veranstaltet. Alle durften mitmachen, die geladenen Spielleute
genauso wie die Gäste. Bei einer Mischung aus Tanz, Gesang
und Schauspielen amüsierten sich alle königlich. Ein jeder
durfte seinen Wünschen und Begierden freien Lauf lassen.
Es ging obszön und deftig zu. Es wurde gefressen und gesoffen bis zum Erbrechen, es wurde gelacht und gesungen bis
zur Heiserkeit.

Das erste Schauspiel parodierte eine Gerichtsverhandlung,
bei der die Richerzeche nicht gut wegkam. Die Schauspieler imitierten die führenden Kölner Köpfe derart gekonnt,
gleichzeitig aber in einer unflätigen Bauernsprache, dass die
Gäste vor Lachen brüllten.

Es folgte ein Tanzreigen einiger sogenannter ›Jungfrauen‹.
Die Stimmung drehte ins Lüsterne.

»Wenn das Jungfrauen sind, bin ich ein Eunuch!«, schrie
ein Gast, der sich dann am meisten über seinen eigenen
Witz amüsierte.

Das nächste Schauspiel behandelte die Eheprobleme eines bekannten Kölner Bürgers. Wieder brüllendes Gelächter. Als in der Handlung dann der nicht sonderlich hochgeschätzte, schon alte und senile Erzbischof Wigbold von Holte auftrat, um dem Paar mit Rat und Tat zur Seite zu stehen, kannte die Heiterkeit keine Grenzen mehr.

Denn der Erzbischof verlangte viel Geld dafür, dem Paar bei seinen Eheproblemen zu helfen.

»Wie da der Bock zum Gärtner wird!«, rief einer laut und wischte sich die Tränen aus den Augen.

»Wigbold, du Witzbold, du alter Mann, wie wollt Ihr wissen, was Leidenschaft ist?«, meldete sich ein anderer.

»Aber Hauptsache, die Kasse klingelt!«

Der Bischof machte noch einige Anmerkungen über die Ämter, die er nebenbei dem Ehemann bei Zahlung größerer Summen zuschanzen könnte. Dann trat der Ehemann im Büßergewand auf, und der alte Erzbischof verwandelte sich auf der Bühne in einen jungen, geilen Mönch.

Das Publikum tobte.

Als am Ende die Schauspieler wenig subtil andeuteten, dass der Mönch mit der Ehefrau Unzucht pflege, um die Eheprobleme genau zu erforschen, gab es kein Halten mehr.

Das Bier floss in Strömen, das Fastenspiel war vorbei.

Der Lärm blieb weiterhin ohrenbetäubend. Geschrei vermischt mit Gesang und dem lallenden Gegröle derer, die schon zu viel Fastenbier genossen hatten. Die Schauspieler wurden gepriesen, besungen und fleißig mit Bier abgefüllt.

Die Würfel rollten, es wurde getanzt und geschäkert.

Und mittendrin stand Niklas und versuchte, einen klaren Kopf zu behalten.

»Hierher, diese Krüge!«, schrie er in Richtung eines seiner Schankburschen und zeigte auf einen Tisch in der Ecke.

»Und du, bring deine Ladung dorthin!«, wies er einen anderen in die Gegenrichtung.

Über die Hälfte seiner Gäste war maskiert. Als Bauer, Teufel oder altes Weib, als Pfaffe oder mit Pferdekopf, sogar als Gevatter Tod waren sie gekommen. Ein paar Söldner waren auch anwesend. Sie prahlten mit ihren Kriegserlebnissen, waren sie doch gerade mit den Flamen siegreich aus der ›Sporenschlacht von Courtai‹ gegen die Franzosen hervorgegangen. Sie fanden es lustig, sich mit gelben Schleifen an den Schuhen und Röcken als Prostituierte auszugeben.

Die Luft war geschwängert mit Bierdunst, Essensgeruch, Urin und Schweiß. Erstaunlicherweise schien es aber niemanden zu stören.

Das große Spanferkel am Spieß war das letzte des Tages und somit das letzte vor der Fastenzeit. Nur noch einige Reste hingen an den abgeschabten Knochen. Dann nahm Niklas den Spieß vom Feuer, riss die Reste des Ferkels vom Spieß und legte ihn beiseite.

Er sah einen als Narr maskierten Zwerg und musste lächeln. Der Zwerg trug ein farbiges Kleid, ein sogenanntes ›Mi-parti‹.

Der linke Arm war blau, der rechte Arm war rot. Die Beine waren genau andersherum bestrumpft.

Der Rumpf war ebenso mehrfarbig genäht.

Zusätzlich war das ganze Kleid mit Schellen behängt.

Am Gürtel des Hosenbundes hing ein Spiegel.

Auf dem Kopf trug er eine ›Gugel‹, eine lange, zipfelige Mütze mit einer Schelle daran.

Wie alle Zwerge, hatte dieser einen übergroßen Kopf, sein Bart war ungepflegt und die Zähne alle schwarz.

Der Zwerg kam zum Schanktisch und stellte sich auf einen Stuhl, der gerade frei wurde.

»Gebt mir ein Bier, aber ein großes, starkes!«

Gelächter der anderen Gäste war die Folge.

»Darfst du denn schon trinken?«

»Na, du kleiner Kobold, warum bist du nicht in deinem Käfig?«

»Zwerge bringen doch Glück! Bringt dem Kleinen ein Bier!«

Einer der Gäste fasste dem Zwerg in den Schritt: »Mal sehen, ob ein Zwerg da auch so viel kleiner ist.«

Das Gelächter schwoll an, der Zwerg lachte notgedrungen mit.

Scheinbar war er dies gewohnt.

Er bekam sein Bier, stieß mit seinen Spöttern an und trank den Krug in einem Zug leer.

Dann ergriff er den Spieß, den Niklas soeben beiseite gelegt hatte, und rammte ihn seinem Nachbarn genau ins Auge, tief hinein in den Kopf.

Blut spritzte umher, ein markerschütternder Schrei war sein letztes Lebenszeichen.

Bevor die anderen Männer reagierten, hatte der kräftige Zwerg den Spieß schon wieder herausgezogen und sich Richtung Niklas gewandt, der ihm in diesem Moment den Rücken zukehrte.

»Niklas, gebt acht!« Die Schreie gellten durch den Raum.

Niklas ging sofort in die Hocke; oft genug hatte er bei Raufereien schnell handeln müssen, wenn Gegenstände durch die Luft flogen.

Er war aber nicht schnell genug.

Der Bratspieß nagelte seine Hand an die hölzerne Wand.

Niklas schrie, wie er seit dem Gottesurteil in Urbrach nicht mehr geschrien hatte.

Brüllte im wahrsten Sinne des Wortes wie am Spieß.

Währenddessen versuchte der Zwerg zu fliehen, wurde jedoch eine leichte Beute für die angetrunkenen Soldaten, von denen einer dem flüchtenden Zwerg quasi im Vorbeilaufen mit seinem Morgenstern den Schädel zertrümmerte.

Der Fastabend war vorüber.

Maria war herbeigeeilt und versuchte zusammen mit anwesenden Gästen, Niklas' Hand zu befreien. Nachdem sie das geschafft hatten, bereitete sie einen Verband mit Kräutern vor, um die starke Blutung zu stoppen. Sie kannte sich mit Verletzungen gut genug aus, um zu sehen, dass Niklas Glück gehabt hatte. Der Spieß war durch die ganze Hand hindurchgegangen, hatte aber nur das Fleisch durchbohrt, ohne Sehnen oder Nerven zu treffen. Niklas würde ein paar Tage Ruhe brauchen, da kam die Fastenzeit nicht gerade recht. Sie würden für die Dauer von Niklas' Genesung noch einen oder zwei zusätzliche Schankburschen einstellen müssen.

Die Leiche des Zwergs wurde von der Richerzeche beschlagnahmt und untersucht. In seiner Tasche fand man einen Ablassbrief, in dem ihm ewiges Leben im Paradies und ein vollständiger Erlass aller Sünden versprochen wurde, wenn er mithelfen würde, dem gottlosen Fastabendtreiben Einhalt zu gebieten.

Die Diskussion ging los, wer der Urheber dieses Briefes sein könnte.

»Das Siegel fehlt und der Name des Unterzeichneten ist nicht zu entziffern.«

»Der arme Teufel, er hat sich reinlegen lassen.«

»Ohne Unterschrift und Siegel werden die Sünden doch nicht erlassen«, murmelte ein Dritter. »Der Ablassbrief ist wertlos.«

»Wer uns da wohl unseren Fastabend neidet?«

Aber Niklas glaubte nicht an Zufälle. Er war sicher, Bernard hatte seine Hand im Spiel gehabt. Beweisen konnte er es allerdings nicht.

Nach diesem Fastabend 1303 war nichts mehr so wie vorher. Die Richerzeche strich alle Geldmittel und Zuschüsse für das Fest. Die Angst, dass unter der Narrenkappe Diebe, Mörder und Verbrecher die Stadt unsicher machen könnten, war zu groß geworden.

Und obwohl alle wussten, dass Niklas nur eines der unschuldigen Opfer eines Verrückten geworden war, trug er für alle Brauer doch eine Mitschuld am Geschäftsrückgang der Fastabende der kommenden Jahre.

Es dauerte über zehn Jahre, bis sich die Narren zum Fastabend wieder so aufführten wie gehabt.

22

DER BEINAHE TÖDLICHE FASTABEND und die Krankheit, die ihm Agnes Maria geraubt hatte, waren aber nicht alles, was das Schicksal für Niklas bereithielt. Anfang 1305 erkrankten auch Maria und sein Sohn Matthias Friedrich. Beide zeigten plötzlich Geschwüre und verfielen körperlich. Sie hatten zeitweilig Störungen der Augen oder konnten manchmal nicht einmal mehr gerade gehen.

Niklas war ratlos und ließ wieder den Medicus kommen. Der schaute die beiden Patienten an und wollte sie gleich mitnehmen nach Melaten. Niklas fragte: »Was gibt es in Melaten, außer schauderhaftem Dollbier?«

Der Medicus verfiel beinahe in einen Tonfall, als ob er predigte: »So steht es geschrieben im Buche Leviticus: ›Ein Aussätziger, der vom Aussatz befallen ist, soll in zerrissenen Kleidern einhergehen und sein Haupthaar aufgelöst tragen. Er soll seinen Bart verhüllen und ›Unrein! Unrein!‹ rufen. Da er unrein ist, soll er abgesondert wohnen, außerhalb des Lagers sich aufhalten.‹«

Niklas fragte ungläubig: »Aussätzig?«

Der Medicus bestätigte, dass es vielleicht, oder wahrscheinlich sogar, Lepra sei. In Melaten war das große Kölner Leprosorium, in dem alle Verdachtsfälle untersucht wurden.

Maria und Matthias Friedrich, der ein sehr guter Brauer geworden war und mit dem Gedanken spielte, mit seinen 29 Jahren in einer andern Stadt eine eigene Brauerei zu gründen, wurden in Melaten vorgeführt und nach kurzer Besichtigung wurde beiden ein Lepraschaubrief mit der vernichtenden Feststellung ›Immundus et leprosus – unrein und leprakrank‹ ausgestellt. Sie durften noch nicht einmal mehr nach Hause gehen, die sofortige Absonderung von den Gesunden war Pflicht. In Melaten gab es einen eigenen, abgeschlossenen Flügel für an Lepra Erkrankte, wo sie sofort eingewiesen wurden.

Niklas musste die typische Leprösenkleidung für die beiden kaufen, diese bestand aus einem grauen, weiten Umhang, der mit einer Kapuze versehen war, einem grauen, breitkrempigen Hut, der durch ein langes Band gehalten wurde, sowie Handschuhen.

Weiterhin musste er für den Fall, dass ein Lepröser einmal Melaten verließ – was nicht oft vorkam – eine dreiteilige Klapper beschaffen, mit der man kastagnettenartige Geräusche von sich geben konnte. Dadurch wurden gesunde Zeitgenossen rechtzeitig gewarnt und konnten die Flucht ergreifen.

Die Grundausstattung der Leprakranken wurde komplettiert durch die ebenfalls erforderliche Trinkflasche, eine Brottasche und einen langen Stock, mit dem man auf Gegenstände, die man kaufen wollte, weisen konnte. Denn Waren oder gar Menschen zu berühren, war den Leprösen strikt verboten.

Zu Hause musste Niklas all ihre Kleidung verbrennen. Er durfte seine Angehörigen bei Besuchen nur von Weitem sehen. Erstaunlicherweise lebten beide noch sehr lange. Von Lepra gezeichnet, starb Maria erst 1325 und auch Matthias lebte noch sechs Jahre lang mit der Krankheit.

Niklas zahlte viel Geld an das Leprosorium Melaten, um sicherzustellen, dass seiner Familie die bestmögliche Unterkunft und Behandlung zuteil wurde.

Aber nach diesem Lepraschaubrief für seine Liebsten war er ein gebrochener Mann. Er hatte damit seine Hoffnung aufgegeben, eine eigene Dynastie der ›Reinen Brauer‹ zu gründen und sich damit unsterblich zu machen. Jetzt wollte er nur noch für sein Zweitliebstes leben, das Bier. Und damit für immer im Gedächtnis der Bierliebhaber bleiben.

Auch Salomon und Mosche konnten ihn nicht trösten.

Er jammerte nächtelang und beklagte sein Schicksal. Darüber wurde er selber todkrank. Seine Gemütskrankheit griff in Form eines hohen Fiebers auf seinen Körper über. Nach mehreren durchwachten Nächten, die er, nass geschwitzt, in Fieberträumen durchgestanden hatte, entsann er sich alter Rezepte von Bruder Thomas aus Urbrach.

Er erinnerte sich an Kresse und Thymian zur Fiebersenkung sowie an Sellerie und Rosmarin zur Belebung der Lebensgeister. Zum ersten Mal seit der Schlacht von Worringen braute er wieder Bier, das nicht nur mit Hopfen gewürzt war. Das Bier war stark, schwarz und würzig. Die Kräuter gaben ihm einen kräftig-aromatischen, beinahe scharf-bitteren Geschmack. Niklas nahm täglich, von morgens bis abends, mehrere Krüge dieses Gebräus zu sich. Er vergaß dabei jedoch die Wirkung, die große Mengen Thymian auf die Körpersäfte haben können und wurde einige Tage lang von heftigem Durchfall geplagt.

Aber eines Tages wachte er auf und stellte fest, dass seine Lebensgeister wieder da waren.

Die Rezeptur dieses Biers verkaufte er für gutes Geld an einen Quacksalber, da er nicht vorhatte, dieses ›unreine Bier‹ noch einmal zu brauen.

Um seinen Kummer endgültig zu vergessen, verbrachte er einige saufselige Nächte mit seinen Kaufmannsfreunden Küpper und Strötgen. Eskerich brachte ihn dabei auf die Idee, mit ihm nach Lübeck zu fahren. »Da fließt im Moment das ganze Geld hin«, sagte er. »Wenn wir Kölner nicht aufpassen, haben wir bald in der Hanse nichts mehr zu sagen.

Und die Hanse, das ist das Geschäft der Zukunft – auch mit Bier!«

»Und außerdem kannst du unterwegs deine Tochter besuchen«, fügte Küpper hinzu. Niklas machte mit, beim nächsten Aufbruch von Eskerich war er dabei. Er freute sich darauf, Agnes wiederzusehen. Unterwegs erzählte ihm Eskerich mehr über die Hanse und über Lübeck, da Niklas, zu Eskerichs großem Erstaunen, keine Ahnung davon hatte. Sie machten Station in Ebstorf. Niklas besuchte Agnes und war froh, als er sah, dass sie ihren inneren Frieden wiedergefunden hatte. Sie erschien ihm ruhig und gefasst, nicht im Geringsten mit ihrem Schicksal hadernd. Voller Stolz führte sie ihn ins Refektorium und zeigte auf ein riesiges Bild, das dort auf dem Boden lag. Niklas erkannte eine Karte, ähnlich, wie er sie im Buch ›De natura rerum‹ gesehen hatte. Nur war diese doppelt so groß wie er selbst, in Länge wie Breite.

Agnes erklärte: »Dies ist eine Karte des gesamtes Erdkreises, es ist die größte Karte, die jemals gemalt wurde. Sie ist der kostbarste Besitz unseres Klosters. Unser alter Propst Gervasius hatte sie angefertigt. Ist sie nicht ein Meisterwerk?«

Niklas konnte sich nicht sattsehen an den Farben, den prächtigen Bildern und den zahlreichen Details der Karte. Sie bestand aus 30 Pergamentblättern, die aneinandergelegt wurden und das Gesamtbild ergaben.

»Wir verwenden sie zum Lernen. Darauf können wir alle heiligen Orte nachsehen. Auch die Heilsgeschichte und wichtige Epochen der Weltgeschichte werden hier für uns anschaulich gezeigt.«

Agnes war sichtlich begeistert:

»Und den Pilgern unter unseren Besuchern zeigen wir mit Hilfe der Karte Gottes Vielfalt und Schönheit auf.«

Niklas studierte die Karte, so gut und solange er konnte. Dann war es bald wieder Zeit zum Aufbruch.

Er versprach, jetzt regelmäßig nach Agnes zu sehen, wenn ihn sein Weg nach Norden führen würde.

Auf dem Weg zur Lüneburger Saline, wo Strötgen noch Salz einkaufen wollte, welches in Lübeck ein begehrtes Gut zum Einpökeln der Heringe war, gerieten sie in ein Unwetter. Dabei blieb ihre Kutsche in einem vom Platzregen gefüllten Schlammloch stecken und bei einem der vielen Versuche, die Kutsche aus dem Schlamm zu ziehen, brach die Hinterachse.

Fluchend und schimpfend verbrachten sie eine regendurchweichte Nacht im Freien, weil beide zu viel Geld und zu viele Waren dabeihatten, um die Kutsche allein stehen zu lassen. Am nächsten Tag holten sie Hilfe und hebelten die Kutsche aus dem Schlamm. Der eilig herbeigerufene Wagner setzte eine neue Achse ein, und mit zwei Tagen Verzögerung konnte die Reise weitergehen.

23

Bald erreichten sie Lübeck. Hier, in der nach Köln zweit-
größten Stadt des Reiches und schnell wachsendem Zentrum der Hanse, waren Bier und seine Rohstoffe als Wirtschaftsfaktor bereits richtig eingeschätzt worden. Sogar die
neue Stadtmauer hatten die Lübecker indirekt dem Bier zu
verdanken. Im Jahre 1147 hatten Kaufleute an einer Land-
zunge Lübecks angelegt, um in der erst wenige Jahre alten
Stadt Geschäfte zu machen. Die Kaufleute sprachen dem
Bier aber derart reichlich zu, dass sie, als sie in der Nacht
überfallen wurden, keine Gegenwehr leisten konnten und
alle niedergemetzelt wurden. Bis 1160 hatte man an dieser
Stelle eine solide Stadtmauer errichtet, die 1227 nochmals
erweitert wurde.

Das Datum 1160 galt denn auch als Gründungsjahr der
Hanse, wenngleich Kölner Kaufleute bereits drei Jahre vorher im Londoner Stalhof die erste Genossenschaft gegründet
hatten, aus der letzten Endes die Hanse hervorging.

»Also eigentlich sind wir Kölner die Gründer der Hanse«,
sagte Eskerich ein ums andere Mal.

Trotzdem hatte Lübeck die Führung im wachsenden
Hanseimperium übernommen. Vor allem Dank der besseren Wege nach Osteuropa.

Um 1250 war ›Brasium‹, wie Malz hier genannt wurde,
bereits ein wichtiger Exportartikel. Sogar der norwegische
König Haakon bat die Lübecker, seine Untertanen trotz
Piratenangriffen mit Malz zu versorgen.

In Lübeck sah Niklas erstmals, wie Malz richtig verschnit-
ten wird. Die Lübecker Hansekaufleute hatten daraus eine

regelrechte Kunst gemacht: Auf einen Scheffel Hafermalz kamen sieben Scheffel Gersten- oder Weizenmalz. Dadurch wurde eine gute Qualität des Malzes garantiert. Auf der anderen Seite stellte Niklas fest, dass Hopfen hier im Norden zwar nicht unbekannt, jedoch nicht sehr beliebt war. Die ersten Norddeutschen, denen er sein Bier zum Verkosten anbot, schüttelten voller Grausen die Köpfe und verlangten nach ihrem hopfenlosen Kesselbier. So wurde das Gruitbier in Lübeck genannt. Es gab ein paar Brauer, die Hopfen verwendeten, für den Export hatte es sich noch nicht durchgesetzt.

Diese Hopfenbrauer schauten auf die Dünnbier- und Kesselbierbrauer herab, obwohl das billige Bier in viel größeren Mengen verkauft wurde, und nannten sich selber die ›Dickbierbrauer‹. Diese Einstellung gefiel Niklas. Er knüpfte Kontakt mit einem Brauer, der den passenden Namen Harald Brauberger trug und erst seit ein paar Wochen mit Hopfen arbeitete. Sie freundeten sich an und beschlossen, gemeinsam zu arbeiten. Niklas wollte für die Hanse im westlichen Bereich Deutschlands, in Flandern und den Niederlanden Geschäfte machen, Harald in Norddeutschland, in Skandinavien und in der Kiewer Rus.

Da Niklas die größere Erfahrung hatte, sollte er versuchen, die Biere besonders hinsichtlich ihrer Haltbarkeit und Fähigkeit zum Export zu verbessern. Dafür würde er mit dem Recht entlohnt werden, Bier im Namen der Hanse zu liefern. Die Brauer in England hatten mittlerweile Hopfenbiere entwickelt, die sie ›Ale‹ nannten. Diese waren lange haltbar und daher gut für weite Transporte geeignet. Sie machten der Hanse harte Konkurrenz.

Niklas und Brauberger arbeiteten sehr gut zusammen, und Niklas reiste in den nächsten Jahren oft nach Lübeck und in andere Hansestädte. Sein Bier wurde trotz langer Transportwege – ein Biertransport von Köln nach Brügge dauerte trotz der eigentlich kurzen Entfernung mindestens acht, manchmal 14 Tage – sogar in Flandern und den Niederlanden gerne getrunken; die Kaufleute von Brügge hatten es im Winter 1308 sogar geschafft, ein paar seiner Fässer nach London zu verkaufen. Dort wollte Niklas auch unbedingt irgendwann hinreisen und sei es nur, um sich über das englische Bier kundig zu machen.

Durch das Geschäft mit der Hanse wurde ihm wieder bewusst, wie kompliziert die Umrechnungen zwischen den verschiedenen Städten waren. Da dies meistens zu Zollzwecken benötigt wurde, waren die Umrechnungen im Kloster, im Bidgau und in der Stadt Köln für ihn nicht wissenswert gewesen. Dort war er immer im gleichen Zollgebiet geblieben.

Jetzt aber fand er endlich die Zeit, um die Maße von seinen verschiedenen Stationen aufzuschreiben:

In Urbrach gab es das ›Gerstenscheffel‹, in Weihenstephan den ›Metze‹ als Getreidemaß. In St. Gallen wurde das Getreide im ›Sack‹, in Regensburg dagegen in ›Hefermetz‹ gemessen. Bitburg hatte die ›Malter‹, in Köln regierte das ›Fass‹, in Lübeck das ›Haferschäffel‹ und das ›Weizenschäffel‹.

Für Flüssigkeitsmaße galt ähnliches: von ›Eimer‹, ›Maas‹ und ›Ohm‹, von ›Quart‹ und ›Quartier‹ bis ›Köpfln‹, ›Pinte‹ oder ›Kanne‹.

Jeder Stadtrat, jedes Fürstentum und jeder Herrscher kochte sein eigenes Süppchen, ob es um Geld ging oder Gewichte.

Niklas glaubte nun, die Grundidee dahinter sei, so gründlich Verwirrung zu stiften, dass man niemals wusste, ob es einem anderswo besser oder schlechter erging. So versuchte er mehrmals, eine übersichtliche Anordnung zu finden, mit der man die Maße weitergeben könnte. Er fragte andere Reisende nach Maßen aus anderen Städten, in denen er noch nicht gewesen war.

Aber eine Anordnung, die sich lesen würde wie ›30 Kölner Fass sind 68 Berliner Schäffel oder 45 Dresdner Schäffel oder 57 Wiener Metzen oder 32 Lübecker Haferschäffel‹, dazu noch der Hinweis ›Ein Kölner Fass Bier hat 25 Eimer mit jeweils 64 Maß, wobei 66 Kölner Maß von den Berlinern 59 Maß und von den Lübecker Quartiern 45 Stück entsprechen‹, das hätte den fleißigsten Studenten in den Wahnsinn getrieben.

Wieder einmal auf der Rückreise nach Köln, hörte er, wie Mitreisende Geschichten aus Süddeutschland erzählten.

»Da geschehen im Moment schlimme Dinge«, sagte einer.

»Das Korn vertrocknet auf den Feldern, die Menschen hungern, bei Freiburg hat gar die Erde gebebt und die Straßen haben nach Schwefel gerochen.«

»Der Antichrist zeigt seine Ankunft und die Juden bereiten sie vor!«, rief ein anderer.

»Ich habe von einem Kaufmann gehört, in Ägypten seien die biblischen Plagen wieder ausgebrochen. Es regnet bitteres Wasser mit Würmern darin!«, rief ein Dritter.

Der Erste bestätigte:

»Überall kommt Nebel aus der Erde, der die Menschen wahnsinnig macht. Und Berge speien Feuer oder brechen ein.«

»Hexenwerk und Judenwerk«, »Teufel und Magie«, so ging es weiter.

Niklas sagte nichts; in Köln angekommen, versuchte er, den Gerüchten auf den Grund zu gehen. Hier wurden ähnliche Geschichten erzählt und immer wurden die Juden als mitschuldig angesehen. Einer seiner Kunden verstieg sich, nach einigen Krügen Dickbier, zu der Behauptung, die Juden planten die große Vernichtung der Christenheit.

»In ihren geheimen Synagogen, in die kein Christenmensch hinein darf, wird das Ende der Christenheit sauber geplant. Seht euch vor!«, rief er lauthals aus.

Obwohl Niklas es besser wusste, sagte er nichts. Er wollte seine Brauer verteidigen, war sich jedoch im Klaren darüber, dass er gegen einen betrunkenen Zecher nichts ausrichten konnte und das Ganze nur schlimmer werden würde, wenn er sich auf einen Streit einließe. Er wurde nachdenklich, weil er als Freund und Gönner der jüdischen Gemeinde bekannt war. Daher verdrängte er diese Gedanken und widmete sich mit vollem Einsatz dem Geschäft. Er überlegte, ob in Zukunft vielleicht Mosche oder Salomon die Biertransporte für die Hanse überwachen sollten. Da wären sie unter Umständen auch besser geschützt. Andererseits glaubte Niklas nicht, dass seine Brauerburschen wirklich in Gefahr waren.

Es war doch nur Geschwätz auf der Straße.

Die Juden in Köln glaubten sich sicher. Ihre Gemeinde wuchs sogar noch an, da 1306 in England und Frankreich viele Juden vertrieben wurden und in Köln ein neues Leben anfingen.

24

EINIGE MONATE nach Marias Leprabefall und ein paar Wochen nach Niklas' Rückkehr von seiner ersten Lübeck-Reise traf er auf der Hohen Straße zufällig mit der Braxatrice Margarete zusammen. Beide freuten sich über das Wiedersehen – das Tagesgeschäft erlaubte nur wenig Kontakte mit anderen Bierbrauern – und beide hatten ausnahmsweise einmal Zeit für ein wenig Müßiggang. Sie gingen zu Greve ins Brauhaus ›Guitleith‹ und bestellten sich Medebier. Aus einem Medebier wurden mehrere, die Zeit verrann wie im Flug, beide hatten viel auf der Seele, was sie einfach einmal jemandem erzählen mussten.

Niklas fühlte sich sehr allein, seit Maria in Melaten war. Und Margarete mit ihren üppigen Formen, die sie gerne so weit zur Schau stellte, wie es die Kleiderordnung zuließ, zeigte ihm deutlich, dass sie ihn mochte.

»Glaub nicht, dass du alleine einsam bist, auch ich habe die Hoffnung schon aufgegeben, jemals den mir zugedachten Ubier zu finden.«

Sie nahm Niklas in die Arme und der fand Trost zwischen ihren großen Brüsten.

Nach einigen weiteren heimlichen Liebestreffen beschlossen sie, in Zukunft ganz offen Bett und Tisch des Öfteren zu teilen. Da beide ein Brauhaus betrieben, kam es nicht infrage, dass einer von ihnen dieses aufgab.

Und nachdem Maria als leprös bekannt war, konnte von außen niemand etwas gegen diese Friedelehe einwenden, auch wenn Niklas noch mit Maria verheiratet war.

Nichtsdestotrotz gab es Stimmen, die Margarete einen lüsternen Hausdrachen nannten, während Niklas eher Mitleid für die Umstände zuteil wurde, die einen praktisch verwitweten Mann in die Arme dieser Buhle getrieben hätten.

Die gemeinsten Stimmen waren wie üblich in Bodos Brauhaus zu hören, auch Bernard ergötzte sich an diesen Beschimpfungen; in anderen Bierstuben gab es sie nur nach überreichlichem Biergenuss. So störten sich beide nicht daran; solange der Rat und die Obrigkeit keinen Anstoß nahmen, war alles recht.

Die Friedelgemeinschaft mit Margarete tat ihm sichtlich gut und erneuerte seinen Tatendrang. Er fühlte sich wieder gestärkt für die kommende Zeit.

Als sichtbares Zeichen dieser Genesung gab er ein Bild in Auftrag.

»Wenn ich schon keine Nachkommen habe, dann soll wenigstens ein Bildnis von mir die Zeiten überdauern.«

Aber gemäß der Sitte, dass sich niemand direkt abmalen ließ, weil dies als prunksüchtig, eitel und unchristlich galt, wartete Niklas nur auf eine passende Gelegenheit.

Die kam, nachdem in der Kirche zum heiligen Lupus ein neues Altarbild in Auftrag gegeben werden sollte. Die Kirche lag an der Ecke von der Trankgasse zur Maximinenstraße, nicht weit weg vom ›Brauhaus zum Stern‹ und war eine der ältesten Kirchen Kölns. Der Sage nach war der Kirchenstifter der heilige Kunibert, der im siebten Jahrhundert neunter Bischof von Köln war und von dem Niklas bislang nur in Verbindung mit Kölns gelb beschleiften Gänsen gehört hatte.

Nun hatte der neue Bischof, Heinrich II. von Virneburg, beschlossen, nicht nur den Dombau zu fördern, sondern auch anderen Kirchen neuen Glanz zu verleihen.

Heinrich von Virneburg war der Nachfolger des im Fastenspiel so verspotteten, geldgierigen Erzbischofs Wigbold von Holte. Wigbold war zwei Jahre zuvor in hohem Alter gestorben.

Niklas hatte Heinrich von Virneburg bei der Schlacht von Worringen kennengelernt, als beide auf derselben Seite kämpften. Dort hatte Heinrich zum ersten Mal von Niklas' Bier gekostet. Seither liebte Heinrich das Bier vom ›Stern‹ und verbrachte dort mehr Zeit, als es seiner Bischofswürde guttat. Bei einem dieser Besuche hörte Niklas von dem geplanten Altarbild.

»Meister Stefan wird das Bild persönlich malen«, prahlte der Bischof.

»Ich habe bereits eine Anzahlung geleistet und mein Konterfei wird den Apostel Petrus darstellen!«

Meister Stefan war in der ganzen Region bekannt und berühmt für seine ergreifenden Kirchenbilder. Niklas nahm Kontakt mit ihm auf und war überrascht, dass er diesem bereits ein Begriff war.

Stefan war ein kleines, schalkhaftes Männlein mit einer Vollglatze, großen Kulleraugen und einem kugelrunden Bäuchlein.

Er grinste zur Begrüßung.

»Ihr sollt ein Bierzauberer sein, ich angeblich ein Zauberer mit Farben und Pinsel. Aber es ist hochmütig, darüber zu reden, also lasst uns das Thema wechseln. Obwohl, Euer Bier ist wirklich ein Genuss!«

Niklas erklärte ihm sein Anliegen, welches durchaus üblich war. Altarbilder waren teuer und aufwändig und der Bischof freute sich, wenn wohlhabende Bürger sich mit Spenden beteiligten. Im Gegenzug erhielten sie Ablass von ihren Sünden oder, wenn die Spende reichlich genug ausgefallen war, einen Platz auf dem Bildnis, sei es als Cherubim oder Seraphim, sei es als Hirte bei der Verkündigung der Geburt Jesu.

Während Stefan ihm die Bildkomposition erläuterte, hatte Niklas eine diabolische Idee.

»Hier an dieser Stelle öffnet sich der Höllenschlund, darin werden nur Sünder, Bestien und Teufel zu sehen sein.«

»Könnt Ihr mir auch einen Teufel malen?«, fragte Niklas.

Stefan lachte, seine Kulleraugen funkelten ihn an.

»Was treibt Euch dazu? Wen hasst Ihr so, dass Ihr ihn als Teufel verewigen wollt?«

Niklas schickte Stefan zur Beobachtung in Bodos Brauhaus.

»Aber seid unauffällig. Schaut ihn nur an, macht auf keinen Fall Skizzen oder nehmt sonst wie Maß. Er ist sehr misstrauisch, bis zum Wahnsinn.«

Nachdem Stefan mehrere Male sein Bier bei Bodo verzehrt hatte, meldete er sich wieder bei Niklas und bestätigte, während er sich vor Lachen ausschüttete:

»Die beiden würde ich Euch auch umsonst als Teufel malen. Das sind prächtige Modelle für mich, im Ausdruck des Körpers wie dem der Seele.«

Niklas selber saß mehrmals Modell, zahlte weiterhin fleißig und am 13. Juli 1307 – Bischof Heinrich hatte den Termin aus Eitelkeit auf seinen eigenen Namenstag gelegt – wurde das neue Altarbild von St. Lupus mit einer feierlichen Hochmesse eingeweiht.

Niklas stand mit ganz vorne und erwartete voller Aufregung den Moment, da das Altarbild aufgeklappt wurde. Sein Herz klopfte bis zum Hals.

Dann öffnete Heinrich II. von Virneburg unter den staunenden Blicken der Anwesenden das Kunstwerk. Alle Gläubigen bewunderten das neue Triptychon und priesen die Kunstfertigkeit von Meister Stefan.

Die, die genauer hinsahen, erkannten einige ihrer Zeitgenossen wieder. Nicht nur der Apostel Petrus, auch der Apostel Thomas kam ihnen sehr bekannt vor. Niklas hatte gedacht, der ungläubige Thomas passe am besten zu ihm, da er Teile seines Glaubens bereits vor Längerem verloren hatte; das durfte er allerdings nicht öffentlich kundtun.

»Wo ist denn dem Apostel Thomas sein Braukessel?«, spotteten die Ersten.

»Und sein Brauhaus wird bestimmt ›Zum nüchternen Zwilling‹ genannt.«

»Jetzt fehlt nur noch, dass der Heiland beim letzten Abendmahl Hopfenbier anstatt Wein getrunken haben soll.« Alle lachten und fingen sich damit einen Verweis des Bischofs ein.

Da aber mehrere Bürger sich im Himmel verewigt sahen, verteilte sich der gutmütige Spott gleichmäßig auf alle Mäzene des Altarbildes.

Mehr Aufsehen erregte allerdings die Kehrseite des Himmels.

Im finstersten Höllenschlund, der auf dem Bildnis dramatisch dargestellt war, hockten zwei Teufel und bearbeiteten einige arme Sünder auf eine Art und Weise, die Niklas nur aus seinen allerschlimmsten Alpträumen kannte.

Als er die Teufelsgesichter sah, musste er grinsen.

Bodo war auf Niklas' ausdrückliches Geheiß etwas undeutlicher porträtiert und nur für Eingeweihte sofort zu erkennen – der Schlag wäre gegen einen direkten Konkurrenten einfach zu grob geführt gewesen –, aber Bernard war einfach zu gut gelungen. So hatte Niklas ihn seit ihrer letzten Begegnung in Erinnerung behalten, Stefan hatte ihn nur noch hässlicher, fratzenartiger gemalt. Seine Hagerkeit und seine schiefen Zähne waren gezielt hervorgehoben, seine Narbe schillerte auf der Stirn; sogar einen Zwerg hatte ihm Meister Stefan an die Seite gestellt.

Niklas freute sich über jede Münze, die er Stefan über das vereinbarte Honorar hinaus nebenbei zugesteckt hatte.

Das war seine kleine, feine Rache.

Bernard und Bodo tobten vor Wut, als sie die ersten Kinder Spottlieder über einen ›Brauerteufel und seine Spießgesellen‹ auf der Straße singen hörten. Beide verbrachten viel Zeit damit, zu beratschlagen, wie man es Niklas heimzahlen könnte.

Obwohl die Spottlieder mehr Bodo galten, Bernard war nicht so bekannt und lediglich der ›Spießgeselle‹, war Bernard mehr auf Rache aus.

»Unsere Stunde wird noch kommen, sei geduldig«, sagte Bodo ein ums andere Mal.

Doch Bernard wollte diese Demütigung lieber heute als morgen vergessen machen.

Dennoch, was er gerne getan hätte, davor scheute sogar er sich noch. Aber die Zeit zermürbt jedes Gewissen, besonders, wenn es bereits angenagt ist.

Am 13. Juli 1308, pünktlich zum ersten Jahrestag des Triptychons, ging das Bild in Flammen auf. Eine Stunde vor Beginn der feierlichen Messe bemerkte der Kirchenkustos den Rauch und löste sofort Alarm aus. In Vorbereitung auf die Messe waren bereits viele Menschen in der Nähe und konnten zu Hilfe eilen.

So wurden weitere Schäden an der Kirche verhindert, das Altarbild jedoch war zerstört. Lediglich obere Teile des Himmels waren noch erkennbar, da das Feuer offensichtlich – viele Kölner sahen das als böses Vorzeichen – in der Hölle losgelodert war.

Ein Täter wurde nie gefasst, obwohl der Kustos einen Mann in einer Mönchskutte gesehen hatte, dies leider nur von hinten, und daher nicht erkannt hatte.

Zufällig verschwand Bernard zur gleichen Zeit für einige Monate aus Köln.

Und in Bodos Brauhaus floss das Bier umsonst, was mit dem Brand angeblich nicht das Geringste zu tun hatte.

Stefan wurde erneut verpflichtet, malte abermals ein großartiges Bild und Niklas erhielt wieder einen Platz im Himmel, nur die Hölle ließ Niklas diesmal Hölle sein. Er hatte seine Rache genossen und wollte nicht, dass die Kirche durch einen weiteren Racheakt erneut Schaden nahm.

25

Im Frühjahr 1309 geriet Niklas in Köln mit seinem Bier noch einmal in den Mahlstrom der Weltgeschichte, und zwar bei einem Konflikt zwischen Kaisertum und Papsttum, der eine lange und interessante Geschichte hatte.

Benedetto Caetani hatte sich als Papst Bonifaz VIII. genannt und dieses Amt von 1294 bis 1303 bekleidet. Er war ein sehr merkwürdiger Mann gewesen. Er hatte eigentlich nur drei Ziele in seinem Leben verfolgt: lange zu leben, viel Geld zu verdienen und seine Familie zu bereichern. Weniger Aufmerksamkeit hatte er seinem Amt gewidmet. Bonifaz hatte sieben verschiedene Leibärzte beschäftigt gehalten und sich auf die Magie verstanden, er hatte Elixiere verwendet, um sich ein langes Leben zu sichern. Er war gefürchtet und verhasst gewesen und hatte seine Mitmenschen verachtet, war blutgierig und grausam gewesen. Doch hinter all seinen unangenehmen Eigenschaften, neben Ehrgeiz, Stolz und Habgier auch die Fresssucht – einmal hatte er seinen Koch gerügt, weil der ihm an einem Fastentag nur sechs Fleischgerichte servieren ließ –, hatte sich auch ein kluger, mutiger und gebildeter Geist und ein versierter Jurist verborgen.

Er hatte die Sapienza-Universität in Rom gegründet. Sein überragender Verstand hatte ihn aber schließlich zum Unglauben geführt. Er hatte Dinge gesagt, die bis dahin unerhört waren, wie ›Die christliche Religion ist ebenso gut Menschenwerk wie der Glaube der Juden oder Araber‹, ›Die Jungfrau Maria kann, da sie einen Sohn gebar, so wenig Jungfrau gewesen sein wie meine eigene Mutter, als sie mich zur Welt brachte‹, ›Es ist dumm zu glauben, ein

Gott sei ein dreifacher Gott‹ bis hin zu ›Die Toten werden so wenig auferstehen wie mein vorgestern krepiertes Pferd‹ oder ›Es gibt kein Weltende, denn die Welt ist ewig, nur für den Menschen bedeutet freilich der Tod das Ende der Welt, denn es gibt keine andere als die sichtbare‹. Damit hatte er sich viele Feinde geschaffen.

Bonifaz erklärte das Jahr 1300 zum Jubeljahr, in dem er allen Pilgern in Rom gegen bare Münze Ablass versprach. Damit sollten rückwirkend die Kreuzzüge finanziert werden. Zwei Millionen Menschen kamen seiner Aufforderung nach, sodass es ein Novum für die Nutzung der Engelsbrücke gab: die Pilger hatten Linksverkehr einzuhalten.

Er verbündete sich mit dem französischen König Philipp IV., genannt ›Der Schöne‹. Bald darauf gerieten die beiden in Streit um den Zehnten und die Steuern der Kirche. Daraufhin schrieb Bonifaz kirchliche Bullen, um Philipp zur Räson zu bringen. Philipp IV. fälschte dreist die Bullen, brachte sie in Umlauf und hetzte so das Volk gegen den Papst auf.

Fortan verfolgten sich die beiden Kontrahenten mit unversöhnlichem Hass. Am siebten September 1303 wurde ein Attentat auf Bonifaz verübt, als er in seiner Sommerresidenz in Anagni weilte. Urheber war Philipp IV., der mehrere Kardinalspaläste, die unter päpstlichem Banner standen, erstürmen ließ. Bonifaz wollte lieber sterben als abdanken. Die Eindringlinge konnten besiegt werden, Bonifaz ging, schwer verletzt, zurück nach Rom und starb am elften Oktober 1303.

Sein Nachfolger Benedikt XI. machte noch einen Versöhnungsversuch mit Frankreich, starb aber bereits 1304. Am fünften Juni 1305 wählte das Konklave in Perugia den Südfranzosen Bertrand de Got zum neuen Papst. Das Konklave hatte über elf Monate getagt. Da sich die Zahl der französischen und italienischen Kardinäle die Waage hielt, konnte man sich lange nicht auf einen Kandidaten einigen. Die Krönung von Papst Clemens V. fand auf seinen Wunsch hin am 14. November 1305 in Lyon statt. Bei der Krönung des neuen Papstes war dessen Freund, der französische König Philipp IV., anwesend. Da ihm der Weg nach Rom verwehrt war, hielt er abwechselnd Hof in Bordeaux, Poitiers und Toulouse. Im März des Jahres 1309 schließlich bestimmte er Avignon zum neuen, dauerhaften Sitz der Päpste.

Heinrich VII., Graf von Luxemburg und Laroche, Markgraf von Arlon, war am 27. November 1308 in Frankfurt am Main von den sechs anwesenden Kurfürsten überraschend zum römisch-deutschen König gewählt und am sechsten Januar 1309 in Aachen gekrönt worden.

Schon bald bekam er Lust auf mehr: die Kaiserkrone des Heiligen Römischen Reiches.

Die aber wurde im Moment nur in Avignon ausgehändigt.

Als das Frühjahr 1309 in Köln zu Ende ging, hatte Niklas eine sehr gute Saison hinter sich. Die Verkäufe waren gut, das Geschäft mit der Hanse entwickelte sich prächtig. Er hatte die Keller noch voller Bier, die Brautätigkeit war jedoch bereits eingestellt worden. In etwa drei bis vier Wochen wären die Biervorräte erschöpft und man musste bis zum Herbst auf neues warten.

Da kam eines Abends eine größere Gruppe vornehmer Männer in sein Brauhaus marschiert. Sie setzten sich und verlangten nach Bier und Speisen. Beides wurde gebracht.

Niklas hatte ein großes Bohnenfass im Keller. Das wurde geholt und die dicken, eingelegten Bohnen wurden zusammen mit deftigem Speck und Schweinerippen serviert.

Die Gruppe griff beherzt zu und aß und trank, bis so manchem die Zunge locker saß.

»Lasst uns noch einmal ordentliches Bier trinken, bei den Franzmännern gibt es nur gepanschten Wein«, lästerte einer.

»Ach, was waren das für Zeiten, als die Päpste in Rom saßen und dem römischen Kaiser das Recht schuldeten«, so ein anderer.

Im Lauf des Abends verstand Niklas, der ab und zu an den Tischen vorbeiging, dass diese Männer die Gesandtschaft Heinrichs von Luxemburg waren, der sich anschickte, deutscher Kaiser zu werden. Heinrich hielt sich zur dieser Zeit häufig in Böhmen und Thüringen auf, und so waren sie auf dem Weg von Meißen nach Avignon, um einen Termin für die Kaiserkrönung auszuhandeln.

Nach drei Stunden heftigster Trinkerei stand der Oberste der Gesandtschaft, ein Heinrich von Sponheim, plötzlich auf und verlangte nach Niklas.

»Bringt mir sofort den Urheber dieses göttlichen Gesöffs her!«, donnerte er mit lauter Stimme durch den Saal.

Niklas tat wie geheißen und stand etwas eingeschüchtert vor dem riesenhaften, vollbärtigen Adligen.

»Das ist das beste Gebräu, das ich jemals getrunken habe. Ich will, dass Ihr mir bis morgen einen Wagen vollladet, damit wir bis nach Avignon und darüber hinaus genug zu trinken haben.«

»Und wenn unser Wunsch vom Papst erfüllt wird, kriegt er auch noch etwas ab«, fiel ihm ein anderer Vornehmer ins Wort.

»Ruhe!«, sagte Heinrich von Sponheim. »Was wir von hier mitnehmen, das saufen wir allein, da brauchen wir keine Kuttenfurzer der Kurie. Die sollen den französischen Fuselwein saufen. Also, wie viel könnt Ihr uns mitgeben? Wir werden einen guten Preis zahlen.«

Niklas gab zu verstehen, dass die Saison praktisch vorbei und das Bier schon nicht mehr ganz frisch war.

»Bis ihr in Avignon ankommt, wird das Bier sicherlich verdorben sein.«

Er erinnerte sich an das Fiasko mit Siegfried von Westerburg und Papst Nikolaus IV.. Das lag zwar bereits 18 Jahre zurück, nagte manchmal aber immer noch an ihm.

Niklas setzte sich zum Sponheimer, versprach ihm, dass er und seine Mannen in seinem Haus trinken könnten, so viel und so lange sie wollten. Er versprach einen Sonderpreis, nur, um nicht seine Fässer wieder auf den Weg zum Papst bringen zu müssen.

Von Sponheim trug es mit Fassung, hieb Niklas so auf die Schulter, dass die Knochen krachten und sagte:

»Ich werde immer wieder mal in Köln vorbeikommen und nach gutem Bier Ausschau halten. Daher will ich es mir nicht mit einem derart guten Praxator verderben. Das Angebot für heute Nacht nehme ich aber gerne an. Setzt Euch zu mir und trinkt mit mir.«

Niklas trank mit Heinrichs Gesandtschaft bis zum Morgengrauen. Er erzählte aus seinem Leben, sogar die Geschichte als päpstlicher Bierlieferant verschwieg er nicht. Sponheims Mannen grölten und johlten, als sie vom päpstlichen Dünnschiss hörten. Und nach mehreren Krügen Bier musste sogar Niklas beim Andenken daran lachen.

Auch die königlichen Gesandten hatten so manche Geschichte zu erzählen.

»In England regiert jetzt ein Sodomit«, erzählte einer.

»Ich wurde als Gesandter zu Edward II. geschickt. Er ist zwar mit Isabella von Frankreich verheiratet, hält sich aber tatsächlich einen Geliebten. Er hat den Soldatensohn Piers Gaveston zum Duke of Cornwall gemacht, nur damit er an seiner Seite sein kann. Und als der König letztes Jahr in Frankreich um Isabellas Hand anhielt, war er in dieser Zeit sogar der Wächter des Königreichs.«

»Stellt euch vor, ein Sodomit würde unser Königreich bewachen wollen!«

Jetzt redeten alle durcheinander.

»In Frankreich ist es auch nicht besser. Ein König, der

sich mit ›Der Schöne‹ ansprechen lässt, ist mir wahrhaft ein schöner König!«

»Ich war vor zwei Jahren in Paris«, nahm von Sponheim wieder das Heft in die Hand. »Da hatte Philipp gerade den Templerorden enteignet, weil er Geld brauchte. Der Templerorden war unglaublich reich, und in einer Nacht im Oktober wurden alle Templer verhaftet. Jacques de Molay, der Großmeister des Ordens, und mehrere Gefolgsleute werden seitdem peinlich verhört. Sie haben bereits zugegeben, dass sie bei der Aufnahme in den Orden Christus verleugnen und auf das Kreuz spucken müssen. Der Prozess dauert zwar bis heute an, aber Philipp hat das Geld der Templer bereits ausgegeben.«

Alle nahmen einen tiefen Schluck und tranken auf ihren König.

»Philipp hat zwar seither keine Geldsorgen mehr. Er konnte sich sogar den Papstsitz in Avignon erkaufen. Und neuerdings behauptet er sogar, direkt von Kaiser Karl dem Großen abzustammen. Aber zum Heiligen Römischen Kaiser wird in Avignon ein Deutscher gekrönt werden, unser Heinrich«, schloss Heinrich von Sponheim die Geschichte würdig ab.

Die Gesandtschaft fühlte sich in Köln so wohl, dass sie den Aufenthalt dort kurzerhand verlängerte. Die Biervorräte schwanden rapide. Und nach einer Woche waren die Keller leer, viel früher, als Niklas gehofft hatte. Der Bierdurst der Mannen von Sponheims war unbezähmbar.

So machte sich die Delegation Heinrichs von Luxemburg schließlich doch, mit einer Woche Verspätung, auf in Richtung Avignon, um die Kaiserkrönung zu planen.

Und wenn Niklas' Biervorräte nicht zur Neige gegangen wären, wäre Heinrich VII., der Graf von Luxemburg, vielleicht niemals zum Kaiser des Heiligen Römischen Reiches gekrönt worden.

26

IM FRÜHJAHR 1310 nahm Niklas, trotz des Spotts, den von Sponheimer und seine Gesandtschaft über England ausgeschüttet hatten, das schon seit Längerem geplante Englandabenteuer in Angriff und unternahm eine Reise nach London, zusammen mit einer größeren Fuhre seines besten Biers.

Das Bier hatte er speziell für diesen Zweck eingebraut. Zum einen war es besonders dick und stark, zum anderen war es äußerst bitter mit viel Hopfen darin. Damit wollte er den englischen Ales Paroli bieten.

Von Brügge aus schiffte er sich Richtung England ein. Die Überfahrt war stürmisch, die raue See machte es unmöglich, etwas zu essen, ohne es sogleich wieder dem Meeresgott zu opfern. Zum Glück war die Strecke kurz, und ohne größere Blessuren von seiner ersten Seefahrt liefen sie in die Themsemündung ein.

Sich in London zurechtzufinden, war kein Problem. Seit die Normannen im Jahre 1066 die Stadt eingenommen hatten, war die Stadt wirtschaftlich und politisch unabhängig. Wilhelm I. hatte nach seiner Krönung in der Westminster Abtei die besonderen Rechte Londons garantiert. Seit 1192 wählten die Londoner ihr eigenes Stadtoberhaupt. Der König hingegen durfte die freie Stadt nur mit einer besonderen Genehmigung betreten.

Die politische und wirtschaftliche Macht Londons lag überwiegend in den Händen einer Oberschicht von Kaufleuten des Stalhofs, die fast allesamt der Hanse angehörten.

Er wurde aufs Herzlichste willkommen geheißen. Im Stalhof, dem Kontor der Hansekaufleute, wurde ihm ein

Quartier bereitet. Dann wurden ihm die Wirte vorgestellt, die Interesse an seinem Bier hatten.

In London hatten sich die Besitzer der Gaststätten, die öffentliche Häuser waren und mit ihrem lateinischen Ausdruck ›domus publicus‹ benannt wurden, bereits richtig organisiert. Es gab einen Sprecher, es gab vornehme und weniger vornehme ›Landlords‹, es gab vorlaute und ruhige und von Anfang an nüchterne und weniger nüchterne. Nach einer ersten, langwierigen Verkostung waren aber alle Mann, Niklas wie seine Kunden, betrunken wie die Lords. So jedenfalls drückte einer der Wirte seine Geringschätzung für den englischen Adel aus. Sie machten Scherze und versuchten, Niklas die Eigenheiten englischer Gewichte, Währungen und Hohlmaße näherzubringen.

Die Hohlmaße verstand Niklas schnell: Die Londoner tranken ihr Bier aus Lederkrügen, die sie ›Bombards‹ nannten. Ein Bombard enthielt acht Pints oder vier Quarts oder, wie Niklas mit einem Lachen umrechnete, beinahe sechs Regensburger Köpfln. Das war eine Größe nach seinem Geschmack!

Und sogleich fügte er die Bombards, Pints und Quarts seiner Sammlung der Maßeinheiten hinzu.

Während Niklas London erkundete, sahen Mosche und Salomon eines Tages eine verdächtige Gestalt in der Kleidung eines Dominikanermönches, die sich im Brauhaus herumtrieb. Nachdem sie ihm zugerufen hatten, was er dort treibe und wer er sei, verschwand er ohne ein Wort. Sowohl Mosche als auch Salomon stellten fest, dass anscheinend nichts fehlte, und beide beschlossen, den Vorfall zu vergessen. Der Mönch hatte bestimmt nur den Abort gesucht und sich in der Tür geirrt.

Dabei übersahen sie die ›Teufelskräuter‹, die ihr ungebetener Gast in einer Ecke ganz unscheinbar deponiert hatte.

Die Trunkenbeeren, den wilden Rosmarin, die Trespe, den Sumpfhorst und die Kuckuckskörner hätten sie aber auch nicht als Unglück bringend erkannt, sogar, wenn sie die Kräuter gefunden hätten.

Das Essen in London war entsetzlich. Es fing an mit dem Brot. Das Brot wurde nach Stand aufgeteilt. Anscheinend konnten die Engländer kein Brot so backen, dass man alles davon essen konnte. Die Arbeiter im Stalhof bekamen den verbrannten Boden, die ansässigen Kaufleute den mehr oder weniger matschigen Mittelteil und er sowie andere Gäste den oberen Teil. Seine Kollegen klärten ihn gleich darüber auf, dass es in England immer wichtig war, die ›Upper Crust‹ zu bekommen, auch im Geschäft.

Serviert wurde auf alten, wurmstichigen Holzbrettern, die vorher mit Speck eingerieben worden waren. Dadurch hatte alles, was sich darauf befand, einen ranzigen Geruch. Dazu gab es verkochtes Gemüse und verbranntes Fleisch. Niklas sehnte sich nach einer guten Suppe, frischem Fisch oder einem schönen Stück Käse oder Schinken.

Dann machte er sich daran, London zu erkunden. Zuerst besuchte er den Tower. Der war Festung, Waffenkammer, königlicher Palast und Gefängnis in einem. Schon über 200 Jahre alt, war es eines der ältesten Gebäude Londons. Ursprünglich gedacht, um die Normannen vor den Londonern zu schützen, waren die Londoner mittlerweile sehr stolz auf diese uneinnehmbare Festung, die bereits das Wahrzeichen Londons geworden war.

Die große Kathedrale von St. Paul war zwar bereits vor zehn Jahren eingeweiht worden, am Langhaus wurde jedoch immer noch gebaut. Sie war eine der größten und längsten Kirchen aller Zeiten, ergriffen stand Niklas vor diesem monumentalen Bauwerk mit seinem 150 Meter hohen Turm. Dann kehrte sein Realitätssinn wieder und er dachte:

Bald haben wir in Köln eine Kathedrale, die wird größer und vielleicht sogar höher.

Zum Schluss schaute er noch die Krönungskirche ›The Collegiate Church of St. Peter‹ in Westminster an, die von allen Londonern nur ›Westminster Abtei‹ genannt wurde. Alle englischen Könige wurden hier, in der ältesten Kirche Londons, gekrönt und ebenso begraben.

Auch die Westminster Abtei war eine Baustelle, nicht ganz so groß wie die in Köln, und die englischen Bauarbeiter sprachen dem Bier genauso reichlich zu.

Niklas sprach mit ihnen, trank mit ihnen und versuchte herauszufinden, wie man den Bierdurst dieser tüchtigen Trinker noch steigern könnte. Dabei erfuhr er manch kuriose Eigenart der Engländer, darunter ein paar lustige und einige, bei denen er sich mit Grausen abwandte.

Da das Klima in England für Wein nicht geeignet war, von einigen kleinen Winzern in Kent abgesehen, war der größte Konkurrent für Bier der Schnaps. Die Engländer destillierten bereits ›aqua ardens – brennendes Wasser‹ in großem Maßstab. Alles, was sich irgendwie vergären ließ, egal, ob Getreide, Rosskastanien oder Zuckerrüben. Sogar etwas, was ihm als ›Reis‹ bekannt gemacht wurde, wurde vergoren. Der Schnaps schmeckte scheußlich, scharf-bitter und aufdringlich brannte er in der Kehle, man brauchte aber nur wenig, um ziemlich betrunken zu sein. Vor allem fiel ihm auf, dass dieses ›aqua ardens‹ in all seinen Spielarten eine andere Art der Betrunkenheit verursachte. Die Menschen sahen rot und ungesund aus, wurden streitsüchtig und regelmäßige Trinker verfielen schnell und wurden richtiggehend blöde.

Dennoch merkte sich Niklas diesen Reis. Er wollte mehr darüber herausfinden und sehen, ob er eventuell zur Bierherstellung geeignet war.

Ganz besonders faszinierte ihn aber ein Getränk, das die Engländer ›aqua vitae‹ oder in ihrer alten, gälischen Sprache

›uisge beatha‹ nannten. Die Iren, eingeschworene Feinde der Engländer, hatten sich damit vor jeder Schlacht zusätzlich motiviert. Die Engländer waren beeindruckt von der Tapferkeit dieser irischen Kämpfer, und so hatten sie inzwischen Mittel und Wege gefunden, dieses Lebenswasser auch in London verkaufen zu können. Was Niklas so faszinierte, war, dass diese klare, farblose Flüssigkeit auch aus Malz hergestellt wurde und sogar nach Malz roch. Ob sie auch nach Malz schmeckte, konnte Niklas nicht feststellen, denn als er den ersten Schluck nahm, verbrannte er sich fast den Rachen. Er hustete und spuckte, die Engländer lachten.

»Es brennt wie die Hölle, aber mein lieber Niklas, ich sage dir: Ein Glas am Tag und du brauchst keinen Medicus. Das ist die beste Medizin auf der ganzen Welt. Schade nur, dass es anscheinend außer den dreckigen Iren niemand richtig zu machen versteht«, sagte der Wirt des ›Royal Oak‹, den alle nur Oak, die Eiche, nannten. Niklas verbrachte eine Nacht, in der er mit Oak und anderen Wirten nur ›uisge beatha‹ trank, anstatt sein Hopfenbier zu genießen. Am nächsten Morgen hatte er den schlimmsten Kater seines Lebens und schwor sich, nie wieder zu viel von diesem Lebenswasser zu trinken und sei es noch so gesund. Trotzdem wollte er nach seiner Rückkehr nach Köln anfangen, mit diesem Getränk zu experimentieren.

Es gab Bräuche in London, die ihm sehr gut gefielen. Waren die Totenwachen in Deutschland bisweilen schon sehr feuchtfröhlich, hielten die Engländer diese mindestens doppelt so lang ab. Sie nahmen das Wort ›Wache‹ nämlich äußerst wörtlich und mussten bei einer ›Wake‹ tagelang neben dem Toten sitzen bleiben, um zu sehen, ob er nicht vielleicht doch wieder aufwachte. Da wurde so manches Fass Bier geleert.

Niklas beschloss, länger zu bleiben als geplant. Die Stadt und alles andere, bis aufs Essen, gefielen ihm sehr gut und die

Geschäfte ließen sich gut an. Er war sicher, dass Mosche und Salomon in Köln alles im Griff hatten. Er schickte Nachrichten und fragte nach, wie die neue Saison begonnen hatte. Immerhin war er schon fast ein halbes Jahr weg. Er bestellte außerdem noch Nachschub von seinem englischen Bier. Dieser aber blieb genauso aus wie Nachrichten von seiner Brauerei. Stattdessen hörte er sehr beunruhigende Meldungen, nicht nur aus Köln, sondern aus allen Gegenden, von Freiburg bis Xanten.

Sofort machte er sich auf die Heimreise. Aber er kam zu spät. Das Unfassbare war bereits passiert.

27

DAS GESCHWÄTZ AUF DER STRASSE hatte sich zum Irrsinn gesteigert. In Köln hatte es einige neue Fälle von Lepra gegeben. Diese, zusammen mit allen brodelnden Gerüchten über Schwefel, Hungersnöte und Pestilenzen, hatten die Menschen alle Vernunft vergessen lassen. Man suchte einen Schuldigen. Und hatte ihn schnell gefunden. Es wurde nun behauptet, die Juden hätten die Aussätzigen, die Leprakranken, bestochen, um die Wasserbrunnen zu vergiften. Sie hätten von diesen Haut, Gewebe, Blut und Harn genommen, in einen Teig geknetet und kleine Kugeln daraus in die Brunnen geworfen. Und daraus wäre dann die Seuche entstanden.

Untermauert wurden diese Verleumdungen mit der Behauptung, die Juden tränken kein Brunnenwasser, weil sie um die tödliche Gefahr wüssten.

Natürlich erzählte niemand dies in aller Offenheit, nur hinter vorgehaltener Hand.

Es fehlte nur noch der letzte Funke, um alles in Brand zu stecken. Und eines helllichten Tages Anfang 1311 verfinsterte sich die Sonne in Form einer Korona, die Menschen erstarrten, schauten zum Himmel und verfolgten wie gebannt das Schauspiel, das sich ihnen dort bot. Dieses war in der Tat furchterregend. Das Zentrum der Sonne war schwarz, nur ein Ring am Rand loderte hell wie eine Fackel. Der Sonnenring versetzte alle in Raserei.

»Das ist das Zeichen der Apokalypse, das Ende ist nah!«

»Setzt dem schändlichen Treiben der Antichristen ein Ende, bevor es zu spät ist!«

Und so brach der Kölner Mob auf, um die zu bestrafen, die für schuldig befunden waren.

Bernard sah seinen Moment gekommen, seine Sternstunde sollte gleichzeitig, trotz dessen Abwesenheit, Niklas' schwärzeste Stunde werden.

Der Wahnsinn begann am Severinstor. Neben den Juden wurden die Wahrsager und Kräuterfrauen, die dort am Kirchplatz ihre Geschäfte machten, gleich mitgeschleift und es wurde ihnen von der johlenden Meute der Prozess gemacht.

Ein einfaches Holzgerüst wurde auf dem Kirchplatz aufgestellt und die ersten Juden, die man fand, sowie drei Kräuterfrauen wurden sofort bei lebendigem Leib verbrannt.

Als Nächstes wollte man Geständnisse. Zwei Wahrsager und zwei Juden wurden auf Holzböcke gebunden und gemartert. Man schnitt ihnen die Waden auf und goss siedendes Pech hinein, verbrannte ihnen die Fußsohlen und stieß ihnen heiße Nägel in die Finger. Die Qualen waren entsetzlich, die Gepeinigten gestanden alles, was sie gefragt wurden, nur um endlich erlöst zu werden. Der Mob nahm die Geständnisse johlend auf, tötete die Gefolterten und machte sich auf den weiteren Weg durch die Kölner Straßen.

Sengend und mordend zogen sie durch das Judenviertel. Dann kamen sie durch die Große Budengasse. Das Schild mit dem Hexagramm hing außen vor der Brauerei, in der zu diesem Zeitpunkt Mosche und Salomon mit Biersieden beschäftigt waren. Unter den Wortführern des Mobs war nicht nur der Brauer Bodo aus der Schildergasse, sondern auch ein hagerer Mann in einer alten, abgewetzten Mönchskutte mit einer großen Narbe auf der Stirn.

Er geiferte lautstark:

»Seht her, schaut euch das Zeichen hier an, der Brauer Niklas ist nicht nur ein Teufelsbrauer, sondern ein heimlicher Jude«, wohl wissend, dass der Pöbel zu solch feinen Unterscheidungen momentan nicht fähig war.

»Und ich habe gehört, in seinem Bier seien schon Leprakugeln gefunden worden. Er macht mit den Juden gemeinsame Sache. Und er und seine Buhle sollen darüber hinaus des Zauberns verdächtig sein. Zahlen wir es ihm heim!«

Alle stimmten ein.

»Zerstört seine Braustube!«

»Hexenbier vom Antichristen, macht der Gottlosigkeit ein Ende!«

»Schlagt ihn tot!«

»Sucht seine Buhle und hängt sie auf!«

Die aufgeregte Meute stürmte das Brauhaus. Als Erste mussten der Brauknecht Bruno und die Brühfrau dran glauben, die einfach nur im Weg waren. Sie wurden umgerissen und zu Tode getrampelt.

»Sucht diese brauenden Judenbengel und ihren Hexenmeister!«, rief Bernard ein ums andere Mal.

»Schaut, da sind auch Teufelskräuter.« Bernard nahm ein paar Kräuter, die in der Ecke lagen, und hielt sie triumphierend nach oben. »Das bedarf wohl keines weiteren Beweises mehr!«

Mosche und Salomon hatten keine Chance. Sie wurden vom Mob ergriffen und geschlagen. Mosche landete im Maischbottich und schrie vor Schmerzen, als er sich an der heißen Maische verbrühte. Salomon wurde in den Braukessel geworfen, wo er mit einer großen Holzgabel heruntergedrückt wurde, bis sein Leben beendet war. Doch damit war seine Folter noch nicht beendet. Die nun vollends Rasenden rissen seinen aufgeblähten, roten, verbrannten Körper in Stücke und stießen triumphierende, tierähnliche Schreie aus.

Dann wurde der halbtote Mosche aus dem Maischbottich gezogen und am Kühlschiff festgebunden.

Bodo und Bernard durchsuchten das Haus, konnten aber weder Niklas noch Margarete finden, die sich sowieso nur selten hier aufgehalten hatte.

»Warte nur, Niklas, wir werden dich finden und zur Rede stellen!«, schrien beide laut durch das Brauhaus, blind vor Hass.

Zum Abschluss wurde die Brauerei in Brand gesteckt, Mosche verbrannte bei lebendigem Leib.

Nachdem der Mob abgezogen war, versuchten die Nachbarn, das Feuer zu löschen. Die Wohnungen konnten zwar gerettet werden, für Mosche und das Brauhaus kam jedoch jede Hilfe zu spät.

Als Niklas drei Wochen später aus London zurückkehrte, stand er vor den Trümmern seiner Brauerei. Die Überreste von Mosche und Salomon waren bereits beerdigt worden. Jetzt hatte er niemanden mehr außer Margarete. Agnes war im Kloster, Maria und Matthias in Melaten, Mosche und Salomon waren tot.

So schnell, wie der Pöbel sich erhoben hatte, so schnell hatte sich der Aufruhr auch wieder gelegt. Margaretes Brauhaus lag zu weit abseits für einen direkten Angriff, und nach der Zerstörung von Niklas' Brauhaus hatten sich die Übeltäter schnell verstreut. Der Spuk war plötzlich vorüber und niemand wollte dabei gewesen sein. Der Magistrat, die Richerzeche wie auch die anderen Adligen der Stadt hielten sich sehr zurück, sowohl mit Schuldzuweisungen als auch mit sonstigen Äußerungen über Strafen und eventuelle Entschädigungen. Man ging schnell wieder zur Tagesordnung über, obwohl es unter der Oberfläche weiter brodelte.

Für Niklas war jetzt alles vorbei. Die Trauer fraß ihn von innen auf, er wollte nicht mehr, hatte keine Kraft mehr für noch einen Neuanfang. Er war jetzt zweiundsechzig Jahre alt, hatte in drei Klöstern als Brauer gearbeitet, in Regensburg die Brauerei geleitet sowie zweimal eigene Brauereien besessen. Trotz der Zerstörung der Kölner Brauerei war er ein wohlhabender Mann, das Geschäft mit der Hanse hatte ihm zusätzlichen Reichtum beschert. Er hatte mehr erlebt als die meisten Menschen seiner Zeit und war viel älter geworden als der Durchschnitt. Er hatte auch mehr Elend, Gewalt und Tod gesehen als die meisten Menschen.

Was sollte er mit seiner restlichen Lebenszeit anfangen wollen?

Den Sommer verbrachte er damit, seine Reichtümer zu sichten, das Haus in der Großen Budengasse zu verkaufen. Er machte alles zu Geld, was er besaß. Er löste seine Konten in Lübeck, Brügge und London auf. Dann schickte er Nachricht nach Urbrach und bat, ob er dort, natürlich gegen angemessene Bezahlung, seinen Lebensabend verbringen könnte. Man erinnerte sich an ihn – seit er fort war, hatte es dort keinen besseren Brauer mehr gegeben – und hieß ihn willkommen.

Von seinen Reichtümern vermachte er ein Viertel dem Leprosorium Melaten und ein weiteres Viertel dem Kloster Ebstorf. Damit war sichergestellt, dass seine Familie gut versorgt wurde.

Der Abschied von Margarete war schmerzhaft und tränenreich. Er schenkte ihr einige Rezepturen, darunter die des Waldmeisterbiers der Schlacht von Worringen, nicht ahnend, dass Margarete damit in den nächsten Jahren ein Vermögen verdienen würde.

Er verabschiedete sich von Küpper und Strötgen sowie der Braxatrice Emma. Alle drei bedauerten Niklas' Fortgang.

Sie hatten ihn auch nach dem Pogrom als Erste besucht und ihm Hilfe angeboten.

Brauberger ließ er seine Rezepturen für das englische Bier zukommen und grüßte ihn herzlich.

Mit den wenigen übrig gebliebenen Gütern, darunter das Buch, welches ihm der Molinarius Heinrich fast 40 Jahre zuvor vermacht hatte, wollte er sich auf den Weg zurück nach Urbrach machen.

So saß er an seinem letzten Abend in Köln in seinem beinah leeren Haus, als es an der Tür klopfte.

Die Jagd ging zu Ende ...

28

DIE LETZTEN AUFZEICHNUNGEN aus Niklas' Buch:

›Oh, unsere moderne Zeit ist voller wunderbarer Erfindungen! Sogar für alte Männer wie mich, die zu nichts mehr nütze sind und ein schwaches Gesicht haben. Daher habe ich jetzt vom Kloster einen geschliffenen Bergkristall bekommen, der mein Augenlicht verdoppelt. Damit fällt mir das Lesen so viel leichter. Ich bewundere dabei nicht nur die Idee, sondern auch die Ausführung: Der Kristall ist zweigeteilt, für jedes Auge einer, und über ein Scharnier sind beide Hälften miteinander verbunden. Diese neue Vorrichtung wird Brille genannt. Und wie viele gute, neue Erfindungen kommt auch diese aus Italien. Wir Deutschen sind doch arm an Erfindergeist, aber wenigstens gutes Bier haben wir der Welt geschenkt.

Ich bin dankbar, dass ich so alt werden durfte. Viele Möglichkeiten hätte Gott gehabt, um mich vorzeitig zu sich zu rufen. Zum Glück musste ich außer Worringen nie in den Krieg ziehen, und ich habe mich sonst aus allen Raufhändeln möglichst herausgehalten; da gab es nicht wenige in meinen Brauhäusern, wenn ich nur an den Zwerg von damals denke. Ich bin niemals betrunken in Gefahr geraten, dass ich vom Weg abgekommen und ertrunken wäre, wie es einige meiner Kunden erlebt haben. Auch von wilden Tieren und Räubern wurde ich auf meinen Reisen niemals behelligt. Es erscheint mir wie ein Wunder, ich bin jetzt beinahe achtundsiebzig Jahre alt; ein unglaubliches, gesegnetes Alter.

In Köln hätte ich eigentlich sterben sollen. Zweimal ein Gottesurteil zu überstehen, gelingt nur den Heiligen. Nachdem es aber Bernards Urteil war, glaubte ich nicht daran, dass es ein Gottesurteil war. Zum Glück fiel mir ein, wie ich Bernard täuschen konnte. Ich hatte in St. Gallen gesehen, wie ein Mensch auf ein vergiftetes Bier reagiert, und vor Bernard genauso getan. Er ließ sich täuschen und trank aus Freude über den Sieg das Teufelsbier. Gott sei seiner Seele gnädig, obwohl er bestimmt in der Hölle brennt. Natürlich hätte es auch mich treffen können, doch ich glaube an das Gute, und Bernard hatte diesen Sieg nicht verdient.

Mein Leben neigt sich dem Ende zu, ich glaube kaum, dass ich das Ende des Jahres 1326 noch erleben werde. Ich habe, seit ich nach Urbrach zurückgekommen war, meine Erlebnisse, Bierrezepturen und alles, was mir erinnernswert erschien, in dieses Buch eingetragen. In den letzten Jahren haben mehrfach große Hungersnöte das ganze Land heimgesucht, sodass vielerorts das Mälzen und Bierbrauen bei Strafandrohung verboten wurde. Ich hoffe, dass es mit dem Bierbrauen eines Tages wieder besser wird und mein Buch eines Tages von Nutzen sein kann.‹

Niklas verwendete für die letzten Aufzeichnungen eine Mischung aus Altdeutsch und Latein, die Handschriften wechselten, scheinbar je nach Gesundheitszustand, zwischen gut lesbar und nur für Experten dechiffrierbar. Einige akkurate Zeichnungen über Geräte zur Bierherstellung, Werkzeuge, aber auch Lagepläne der Brauereien in Weihenstephan, St. Gallen, Bitburg und Köln fertigte er an.

›Ich weiß nicht, ob mein Leben es wert war, aufgezeichnet zu werden, aber ich habe viel gesehen und erlebt. Sollte ich sterben, bevor ich dieses Buch zu Ende gebracht habe, schickt es bitte an meinen alten Freund Albert ins Kloster Weihenstephan.

Er wird mich hoffentlich um ein paar Jahre überleben, bevor er es weiterreichen wird. Dieses Buch soll bitte immer an einen Menschen weitergegeben werden, der vom Vorbesitzer als würdig in der Profession des Praxators erachtet wurde. Es steckt viel Arbeit und ein noch viel arbeitsreicheres Leben in diesem Buch.

Mittlerweile aber bin ich alt und müde, nur wenig macht mir wirklich Freude. So wie dieses Buch aus Italien, welches mir Albert aus Weihenstephan zum Geschenk machte bei seinem Besuch im Sommer. Und eine Übersetzung hat er gleich mitgebracht, denn ich bin zwar des Lateinischen mächtig, aber dieses Italienisch ist schwer verständlich für mich.

Meine Augen sind so schlecht geworden, dass mir das Lesen trotz der Brille größte Mühe bereitet, aber Bruder Rainald schickt mir bisweilen einen Novizen, der mir vorliest.

Dieses Buch von einem gewissen Dante Alighieri ist mir Trost und Freude zugleich. Es sorgt bestimmt für große Aufregung unter den Menschen. Zu lesen und zu hören, wie schlechte Menschen im ›Inferno‹ leiden und die Guten im ›Paradiso‹ belohnt werden, das ist großartig; ich erhoffe mir das Paradiso, sogar, wenn ich vorher im ›Purgatorio‹ geläutert werden muss.

Ich bin jetzt immer noch stolz auf das Wissen, welches ich mir angeeignet habe, doch der Stolz ist verachtenswert und meine schlimmste Sünde. Ich würde in den dritten Kreis des Purgatorios gehören, Lasten sollen auf mir liegen, bis ich geläutert bin.

Mein alter Kunde, Papst Nikolaus IV., würde eigentlich ins Inferno gehören, ich finde ihn jedoch nicht im achten Kreis der Hölle, wo die Lügner und Zwietrachtstifter sind.

Dafür hat Dante einen seiner Vorgänger, Nikolaus III., wegen seines unerträglichen Nepotismus schwer gestraft:

›Aus jedem Schlunde sah man aufwärts ragen
Die Füße und die Beine eines Sünders
Bis zu den Waden, und der Rest war drinnen.
An allen diesen brannten beide Sohlen,
Weshalb so heftig die Gelenke zuckten,
dass sie ein jedes Tau zerrissen hätten,
Wie sonst, wenn fettgetränkte Stoffe brennen,
die Flammen auf dem höchsten Ende zucken,
So ging's hier von den Fersen zu den Zehen.‹

Ach, wenn ich könnte, ich würde diesem Herrn Dante schreiben, in welchen Kreis oder Hof der Hölle ich die falschen, die unreinen und unehrlichen Brauer stecken würde.

Sie würden überall hingehören:

Die mit dem Malz geizen in den vierten Kreis zum Schleppen schwerer Lasten.

In glühende Särge im sechsten Kreis die, die ihre Arbeit nicht Gott widmen und ihn verleugnen.

Die das Bier zu teuer verkaufen, in den siebten Kreis, sitzend im Feuerregen mit den anderen Wucherern.

In den achten Kreis die Betrüger: Die Heuchler, die ein Bier besser preisen, als es ist, gehören in die vergoldeten Bleimäntel.

Die Diebe, die ihre Kunden bestehlen, indem sie ihnen zu geringe Mengen an Bier verkaufen, sollen in Schlangen verwandelt werden.

Und ekelhafte Krankheiten für die Brauer, die wissentlich schlechtes Bier machen.

Und die allerschlimmsten Qualen, für die Verräter in der untersten Hölle, sollten für die Brauer bestimmt sein, die ihre Heimat in Verruf bringen mit ihrem Gebräu. Die Verräter an der Heimat friert der Herr Dante bis zum Hals ein.

Und zu den Verrätern und Lügnern gehört natürlich auch meine Nemesis, Bernard von Dauerling. Ein Verräter an seinen Freunden, an seinem Glauben, an seinem Orden. Und gleich, ob er friert oder im Höllenfeuer brennt, ich kann nicht leugnen, dass mir diese Vorstellung ein gewisses Vergnügen bereitet. Doch das sind wohl mehr die wunderlichen Gedanken eines alten Mannes, der viel gesehen hat und dessen Leben sich dem Ende zuneigt.

Gestern Morgen habe ich wieder einmal das Schauspiel sehen können, wie die Sonne sich total verfinsterte. Ich weiß immer noch nicht, ob es ein gutes oder schlechtes Vorzeichen ist. Ich wurde ja angeblich während einer Sonnenfinsternis geboren, eine andere aber war der Auslöser für den Tod von Mosche und Salomon und die Zerstörung meines Brauhauses. Auch wenn es ein ungutes Zeichen ist: Ich habe keine Furcht mehr vor dem Tod. Vor ein paar Tagen habe ich die Nachricht erhalten, dass Maria nun aus Melaten heimgegangen ist in die Ewigkeit, wie ich hoffe. Sie wird wohl mit Matthias Friedrich auf mich warten. Und wir werden gemeinsam Agnes Maria erwarten, wiewohl dies hoffentlich dauern wird.

Ich fühle, dass der Vogel Caladrius schon auf mir sitzt. Diesmal wird er seinen Blick abwenden und mich in den Tod schicken. Ich spüre es. Aber wenn es nach dem Vers ›Am jüngsten Tage wird geschaut, was mancher für ein Bier gebraut‹ zugeht, dann schneide ich hoffentlich nicht zu schlecht ab. Ich habe mich im Kampf zwischen Gut und Böse auf die Seite der Guten geschlagen und hoffe, dass ich als guter Kämpfer anerkannt werde.

Wäre ich jünger, ich wüsste mir zu helfen. Der Geschlechtsverkehr, Bäder und das Trinken stark gewürzter Getränke werden in dem Buch ›Secretum Secretorum‹, aus welchem Bruder Rainald seine Behandlungsmethoden für mich aussucht, immer wieder angepriesen. Nur für das meiste, besonders für den Verkehr, bin ich zu alt. Alles wäre mir lieber als das, was jetzt wieder kommt. Gleich wird wieder Bruder Rainald kommen mit seiner Medizin und seine probatesten Methoden an mir anwenden. Ich hasse es, doch anscheinend ist diese Mischung aus Erbrechen, Aderlass und Klistier die einzige Möglichkeit, meinen alten, kranken Körper kurzfristig wieder zu reinigen.

Besonders hasse ich es, wenn er mir die Spritze mit der Schweinsblase daran in den After steckt. Sogar wenn sie mit Kamillensud, Weizenkleie und Honig gefüllt und mit Butter eingeschmiert ist.

Und das Brechmittel schmeckt scheußlich.

Das Beste an dieser Behandlung ist der Schlaf danach!‹

Epilog

Damit endet das Buch.

Niklas hatte die letzte Behandlung von Bruder Rainald anscheinend nicht überlebt.

Zwei Dinge blieben mir noch zu tun: die Überprüfung der historischen Fakten sowie die Nachverfolgung des Weges, den das Buch nach Niklas' Tod bis zur Mälzerei in Andernach genommen hatte.

Zuerst machte ich mich an die mühsame, aber äußerst interessante und lehrreiche Überprüfung der historischen Tatsachen. Manche waren leicht herauszufinden, bei anderen musste ich lange suchen und auch etwas weiter ausholen:

Die Dörfer Hahnfurt und Dauerling sind anscheinend durch die Pest so gründlich zerstört worden, dass später niemand mehr zurückgekehrt ist. Da Chroniken nur von größeren Orten und Städten angelegt wurden, existiert von beiden nichts mehr, kein einziges Schriftstück. Viele, vor allem kleinere Ortschaften in Europa wurden damals verlassen oder durch die Pest entvölkert und später nicht wieder besiedelt. Nur noch vereinzelt finden sich Namen solcher Verwüstungen in alten Chroniken.

Ebenso ist das Kloster Urbrach völlig aus den Annalen verschwunden. Ob Erdbeben, Pest oder eine andere Naturkatastrophe das Kloster traf, ist nicht zu sagen. Ebenso gut möglich könnte schlechte Führung gewesen sein. Durch Misswirtschaft blieben die Novizen aus, ein paar Missernten hätten den Vorgang noch beschleunigen können, und das Kloster wurde aufgelöst. Es kam zwar selten, aber doch vor.

Ganz anders Weihenstephan. Das Kloster wurde der Grundstein für die heutigen Universitäts-Lehrstühle für Brauereiwesen der Technischen Universität München. Und es existiert dort die Staatsbrauerei Weihenstephan, die (immer noch) hervorragende Biere macht, sich die ›älteste noch existierende Brauerei der Welt‹ nennt und ihre wechselvolle Geschichte auf ihrer Internet-Homepage folgendermaßen beschreibt:

›Das Jahr 725 markierte für Weihenstephan einen entscheidenden Wendepunkt: Der heilige Korbinian gründete in diesem Jahr mit zwölf Gefährten auf dem Nährberg ein Benediktinerkloster und begründete damit, bewusst oder unbewusst, die Braukunst in Weihenstephan.

Die erste geschichtliche Erwähnung von Hopfen in Weihenstephan geht auf das Jahr 768 zurück. Es gab zu dieser Zeit einen Hopfengarten in der Nähe des Klosters Weihenstephan, dessen Besitzer dem Kloster zehntpflichtig war. Die Vermutung liegt nahe, dass dieser Hopfen im Kloster verbraut wurde.

Im Jahr 955 legten die Ungarn durch die Plünderung und Zerstörung des Klosters Weihenstephan einen Grundstein für eine lang währende Tradition, die die Benediktinermönche dazu verdonnerte, ihr Kloster immer wieder aufzubauen.

Zwischen 1085 und 1463 brannte das Kloster Weihenstephan viermal vollständig ab, wurde durch drei Pestepidemien, diverse Hungersnöte und ein großes Erdbeben zerstört oder entvölkert.

Was die Ungarn 955 begonnen hatten, führten Kaiser Ludwig der Bayer im Jahr 1336 und später die Schweden und Franzosen im 30-jährigen Krieg und die Österreicher im

Spanischen Erbfolgekrieg erfolgreich weiter. Sie zerstörten und plünderten das Kloster Weihenstephan.

Was all die Katastrophen in der gut 1000-jährigen Geschichte des Klosters Weihenstephan nicht vermochten, wurde am 24. März 1803 durch einen Federstrich vollzogen: seine Auflösung. Im Zug der Säkularisation gingen sämtliche Besitztümer und Rechte des Klosters an den bayerischen Staat über.‹

Die Stadt Freising, zu der Weihenstephan gehört, führt bis heute einen Bären im Wappen, der wohl auf das Abenteuer des heiligen Korbinian zurückgeht.

Die erste Erwähnung des Dominikanerkonvents Augsburg erfolgte bereits 1225, nach Köln und Straßburg die dritte Niederlassung des Ordens in Deutschland. Er befand sich in unmittelbarer Nachbarschaft zu den Tempelrittern. Nach Auflösung des Templerordens wurden 1312 dessen Besitz, Gebäude und die Bibliothek den Dominikanern zugesprochen, was für einen kräftigen Aufschwung sorgte. In der Folgezeit wurde man immer wieder in Kriegszeiten vertrieben, baute aber stets neu auf. Anfang des 18. Jahrhunderts galt Augsburg als einer der reichsten Konvente des Ordens. Die Säkularisation brachte dann auch hier 1807 das endgültige Ende. Seit 1966 befindet sich das ›Römische Museum‹ in den Gemäuern des ehemaligen Klosters.

Das Kloster St. Gallen machte ebenfalls viel durch. Als Gründungsdatum steht die Zahl 719, sechs Jahre älter als Weihenstephan. Das Kloster wurde am Grab des heiligen Gallus gegründet, daher der Name. Es entwickelte sich unter brillanter Leitung zu einem bedeutenden geistigen Zentrum des europäischen Abendlandes. Besonders im neunten und zehnten Jahrhundert war St. Gallen ein Nabel der Welt. Legendär ist die Stiftsbibliothek mit Handschriften aus diesen und späteren Zeiten, darunter 800 Schenkungsurkunden aus dem achten bis zum zehnten Jahrhundert, 2000 Handschriften, mehr als 400 davon über 1000 Jahre alt, und insgesamt über 150.000 Bücher.

Die Stiftsbibliothek besitzt eine der wichtigsten Sammlungen irisch-keltischer Handschriften. Das Lateinisch-Deutsche Wörterbuch aus dem Jahr 790 ist das älteste deutsche Buch überhaupt.

Die Brauerei hatte im zehnten Jahrhundert die sagenhafte Kapazität von zehn bis zwölf Hektolitern am Tag, mit denen rund 300 ständige Bewohner sowie Pilger und Durchreisende verköstigt wurden.

St. Gallen wurde wie Weihenstephan Opfer der Ungarn, und zwar 926, im Jahr 937 gab es ein verheerendes Feuer. Doch das Kloster erholte sich und konnte ab dem elften Jahrhundert wieder an seine Glanzzeiten anknüpfen.

Im 13. und 14. Jahrhundert war die Existenz des Klosters durch habsburgische Politik mehrmals bedroht.

1529, während der Reformationszeit, stürmten die Bürger das Kloster, die Mönche flohen. Am achten Mai 1805 erfolgte die Aufhebung des Klosters. Die Stiftsbibliothek und der Stiftsbezirk St. Gallen wurden 1983 in die UNESCO-Weltkulturerbeliste aufgenommen.

Die drei beteiligten klösterlichen Orden haben sehr unterschiedliche Historien:

Die Benediktiner galten gemeinhin, seit der Spätantike, als grundlegender Orden des Christentums. Sie gehen zurück auf Benedikt von Nursia (480 bis 547), der 529 im Kloster bei Montecassino die Benediktsregel verfasste. Wesentliche Haltungen, die die Regel von den Mönchen verlangte, waren Gehorsam, Schweigsamkeit, Beständigkeit und Demut. Bezeichnend sind zwei Grundsätze des Ordens: ›Ora et labora – bete und arbeite‹ und ›Stabilitas

Loci‹ – die Bindung des einzelnen Ordensmitgliedes an das jeweilige Kloster, in welchem die Gelübde abgelegt wurden. Der Einfluss der Benediktinermönche erstreckte sich nicht nur auf die Christianisierung Europas, sondern auch auf die Kultur (Obstbau, Weinbau, Schulen, Bücher). Es ist weitgehend den Benediktinern zu verdanken, dass das kulturelle Erbe der Antike in Westeuropa erhalten blieb. Benediktinerklöster wurden im Mittelalter stark in die Verwaltung integriert, da Mönche lesen und schreiben konnten, was zu dieser Zeit außer Klerikern kaum jemand konnte. Äbte lebten wie Fürsten und verloren ihre eigentliche Rolle als geistliche Führer ihrer Gemeinschaft. Abteien verloren ihre Selbstständigkeit und unterstanden dem König oder regionalen Fürsten. Die Gründung der Abtei Cluny 910 wurde zum Beginn einer Klosterreform, die diesen Missstand beenden wollte. In der Gründungs- urkunde wurde der Abtei freie Abtwahl und Unabhän- gigkeit vom Bischof und weltlichen Herrschern garan- tiert. Die Lebensweise der Mönche von Cluny erregte in der Folge Kritik. Das in der Benediktsregel vorgesehene Gleichgewicht von Gebet und Arbeit wurde zugunsten des Gebets aufgeweicht.

Der Benediktinermönch Robert von Molesme gründete eine Reformabtei in Molesme, in der die Mönche getreu nach der Benediktsregel lebten und ihren Unterhalt durch Arbeit statt durch Messstipendien und Stiftungen verdie- nen sollten. Dieser Versuch scheiterte. Ein zweiter Versuch glückte. In Cîteaux baute Robert ein Reformkloster auf, das er als Abt leitete und das unter seinen Nachfolgern Albe- rich von Cîteaux und Stephan Harding zum Mutterkloster des Zisterzienserordens wurde.

Bis ins Hochmittelalter waren die Benediktiner der be- deutendste Orden, verloren diese Stellung dann sukzessive an die Zisterzienser.

Durch die Säkularisierung wurden in Deutschland ab 1803 fast alle Benediktinerklöster aufgelöst. Heute gibt es in Deutschland 34 Männer- und 27 Frauenklöster, die sich vorwiegend mit Erziehung, Mission und Jugendarbeit beschäftigen.

Die Zisterzienser, die in Cîteaux ihre Anfänge sehen, wurden 1119 durch ihre Verfassung ›Charta Caritatis‹ von Papst Kalixt II. bestätigt. Stephan Harding gilt somit als Gründer des Zisterzienserordens.

Insgesamt setzte ab dem 13. Jahrhundert aber eine Angleichung der Lebensart der Zisterzienser an die der Benediktiner ein. Genau wie diese hatten nun auch die Zisterzienser ihr Ideal der Zurückgezogenheit verlassen und sich in den Dienst der Welt gestellt. Aktivität und Reichtum führten zum allmählichen Abfall vom monastischen Grundideal. Kriegsperioden, die Reformation sowie die Französische Revolution schwächten den Orden über die Jahrhunderte.

Seitdem sind die Zisterzienser in zwei weitgehend unabhängige Orden gespalten, mit je eigenem Generalabt und Generalkapitel, die beide vorwiegend an Schulen tätig sind.

Ende 2005 gehörten dem Zisterzienserorden (ohne Trappisten) etwa 1500 Mönche, davon 700 Priester, und etwa 900 Nonnen an.

Der Dominikanerorden wurde erst 1215 von dem Kastilier Domingo de Guzmán, meist Dominikus genannt, in Toulouse als lokale Kongregation mit dem Zweck gegründet, die katholische Lehre zu verbreiten und Ketzerei, sprich: damals die ›Katharer‹, zu bekämpfen, und bereits ein Jahr darauf vom Papst genehmigt.

Von Anfang an betonte der Orden der Prediger – der offizielle Name der Dominikaner – das Studium. Die Dominikaner mussten intellektuell gut ausgerüstet sein, um den Argumenten der Ketzer zu begegnen, und deshalb erhielten ihre Novizen eine sorgfältige Schulung.

Da der von Dominikus gegründete Orden der Dominikaner bei der Inquisition aktiv engagiert war, wird auch dieser oft mit der Inquisition in Verbindung gebracht. Dies ist jedoch historisch nicht korrekt, da die Inquisition erst 1235, 14 Jahre nach dem Tod des Dominikus, eingesetzt wurde.

Mit Papst Gregor IX. kam 1227 ein Freund des Dominikus auf den Stuhl Petri. Im April 1233 erließ er eine Bulle, die die Dominikaner mit der Ausmerzung der Häresie beauftragte. Zwei Tage später richtete er sich mit einer weiteren Bulle erneut an die Dominikaner und ermächtigte sie, den Klerikern, die von der Ketzerei nicht ablassen, ihre Pfründe für immer zu entziehen und gegen sie ohne Berufung vorzugehen sowie, wenn nötig, die Hilfe des weltlichen Armes anzurufen. Außerdem verkündete der Papst die Einrichtung eines ständigen Tribunals, das mit Dominikanerbrüdern besetzt werden sollte. Damit war die Inquisition etabliert.

Ein Jahr später, 1234, nahm sie ihre Arbeit auf. Bemerkenswert ist, dass auch herausragende Dominikaner wie Giordano Bruno und Girolamo Savonarola als Ketzer der Inquisition zum Opfer fielen. Im Jahr 2000 nahmen die Dominikaner, zu deren Inquisitionspersonal auch Heinrich Institoris, der üble Autor des noch übleren Buches ›Der Hexenhammer‹, angehört hatte, zur Beteiligung der Dominikaner an der Inquisition kritisch und entschuldigend Stellung.

Zu den Dominikanern gehörten viele herausragende Köpfe der europäischen Geschichte, unter anderem auch Albertus Magnus.

Die Dominikaner betätigen sich heute bevorzugt im philosophischen Bereich (Katechese, Erforschung nichtchristlicher Kulturen, Gerechtigkeit und Ähnlichem).

Heute gibt es weltweit etwa 6000 Brüder und über 30.000 apostolisch-karitativ tätige Schwestern.

Zur Geschichte der Brautechnik sowie den Erfindungen des Mittelalters:

Im Mittelalter wurde Hefe, bis in die Neuzeit allgemein Zeug genannt, zwar gezielt zum Brauen und Backen verwendet, jedoch nicht als Lebewesen erkannt. Ob die Gärung gelang oder nicht, hing ganz und gar davon ab, was zuerst in die Maische gelangte, Hefezellen aus der Luft oder andere Keime, die dann das Bier verdarben und sauer machten.

Ebenso wenig wusste man, dass Hefe bei zu hohen Temperaturen abstirbt.

Niklas konnte nichts von all den Vorgängen ahnen, die erst Jahrhunderte später, mit Hilfe des dann erfundenen Mikroskops, entdeckt und erforscht wurden.

Das Kühlschiff war bis in die zweite Hälfte des 20. Jahrhunderts in vielen Brauereien als eines der wichtigsten Geräte in Gebrauch, findet sich aber heute nur mehr in Brauereimuseen.

Das Mahlen des Malzes ist heute genauso selbstverständlich wie das automatische Abseihen mit einer Apparatur, die Läuterbottich genannt wird. Der Läuterbottich arbeitet im Prinzip noch genau wie der, den Niklas in Bitburg konstruierte.

Gruitbiere werden nicht mehr gebraut, es sei denn, zu experimentellen oder wissenschaftlichen Zwecken.

Das missglückte Korianderbier von Bruder Peter in Weihenstephan war gar nicht so ungewöhnlich. Die Blätter und Früchte tragen allerdings völlig unterschiedliche Aromen in sich. Der Geschmack der Blätter wird allgemein als nach Seife und zerquetschten Wanzen schmeckend beschrieben. Seife war zwar im Mittelalter bereits bekannt, dennoch verpönt, da man glaubte, sie würde Krankheiten erst in den Körper hineintragen. Doch nicht nur deswegen durfte ein Bier nicht nach Seife schmecken. Wegen seines warmen, aromatischen und würzigen Duftes wird Koriander heutzutage gerne in der Parfümindustrie verwendet. Die Früchte finden Verwendung im Lebkuchengewürz, in Currymischungen, in Brotmischungen, für Liköre – und im Bier: Die sogenannte ›Gose‹ war ein obergäriges Korianderbier, das ursprünglich aus Goslar stammte und in der Gegend von Dessau, Halle und Leipzig weit verbreitet war.

Die von Bernard von Dauerling erfundene ›Braces‹ wurde durch umgangssprachliche Verfremdung über Jahrzehnte und Jahrhunderte die heutige Breze oder Brezel.

Über die ersten Papiermühlen in Deutschland herrscht Uneinigkeit, aber man darf eine Datierung gegen Ende des zwölften Jahrhunderts annehmen. Die Araber hatten bis zum elften Jahrhundert bereits eine bedeutende Papierindustrie aufgebaut. Es dauerte jedoch bis zum 14. Jahrhundert, dass Papier in Deutschland auch für offizielle Anlässe (Urkunden, Verträge etc.) verwendet werden durfte.

Die Hadernseuche, die Heinrich und seiner Mühle zum Verhängnis wurde, entwickelte sich in der Folgezeit zur klassischen Berufskrankheit der Papiermacher, solange sie noch mit Lumpen arbeiteten. Erst später, nachdem die Papierproduktion auf Holz umgestellt wurde, legte sich die Krankheit, zumindest für diesen Beruf. Die Krankheit wurde zuerst für eine Variante der Pest gehalten. Neuere Forschungen stärken jedoch die These, dass es sich dabei um Lungenmilzbrand handelte. Der Bacillus Anthracis wurde dabei beim Zerreißen und Sortieren von infizierten Lumpen freigesetzt.

Die älteste in Deutschland vorhandene Papierhand-
schrift, geschrieben auf spanisches, wahrscheinlich in Lyon
gekauftes Papier, ist das 1246 begonnene Registerbuch des
Domherrn und Domdekans von Passau, Albert Behaim.

Ältester bislang namentlich bekannter deutscher bürger-
licher Buchbinder war der Buchbinder Hermann, der um
1302 in Wien tätig war.

Als Briefpapier ist Papier in Deutschland erstmalig ebenfalls im Jahr 1302 mit einem Fehdebrief des Johann Van
Buren an die Stadt Aachen nachweisbar.

Das Buch von Niklas von Hahnfurt (1270 bis 1326) war
aber beileibe nicht das erste Fachbuch, das um diese Zeit
geschrieben wurde. Bereits seit Anfang des 13. Jahrhunderts
entstanden die ersten Bücher zu verschiedensten Themen:

Rechtsbücher, Anatomie, Enzyklopädien, Schwanksamm-
lungen, Naturkunde, Vogelkunde (Ornithologie), Pferde-
heilkunde, ja sogar Regiebücher, Kochrezepte und Bücher
über Gesellschaftsspiele, mit einer ersten ausführlichen in
Europa erschienenen Darstellung des Schachspiels.

Die älteste Autobiographie in deutscher Sprache, von
Niklas' einmal abgesehen, ist die Lebensbeschreibung des
deutschen Mystikers Heinrich Seuse, die unter dem Titel
›Der Seuse‹ nach Mitteilungen Seuses von der Dominika-
nerin Elsbeth Stagel niedergeschrieben und um 1362 von
Seuse höchstpersönlich abgeschlossen wurde.

Die Spitalsbrauerei in Regensburg ist seit dem Jahr 1226 un-
unterbrochen im Braubetrieb. Das Katharinenspital ist eine
einzigartige Institution, die Kirche, Altenheim und Brauerei
unter einem Dach zusammengeführt hat. Lediglich die Bierpreise waren keiner Kontinuität unterworfen. Kostete Ende
des 15. Jahrhunderts eine Maß Winterbier einen Pfennig (!),
kletterte der Preis im Inflationsjahr 1923 auf 164,67 Mark.
Heute steht er wieder bei gemütlichen vier Euro. Das Spi-

tal, seine Brauerei sind wie die Geschichte von Regensburg gut dokumentiert.

Von der Brauerei ›Zur Gestochenen Sau‹ ist, obwohl ihr Besitzer Albrecht von dem Marchte als Regensburger Brauereibesitzer historisch beweisbar ist, anscheinend nichts mehr geblieben.

Bier als Wirtschaftsfaktor hat ebenfalls eine lange Geschichte in Bitburg. Die Insassen des St. Johannis-Hospitals hatten bereits im 13. Jahrhundert ein verbürgtes Anrecht auf gutes Bier. Schriftlich nachgewiesen sind Brauereien in Bitburg allerdings erst ab 1760.

Am Albach gab es bis in die Neuzeit bis zu drei Mühlen. Die letzten Mühlen dort wurden 1766 erbaut und bis 1957 betrieben.

St. Thomas bei Kyllburg: Ein Brand im Jahr 1742 zerstörte die gesamte Abtei, nur die Kirche blieb erhalten.

Die Straße an der ehemaligen Richtstätte des Kyllburger Hochgerichts in der Nähe von Orsfeld trägt heute noch den Namen ›Am Gericht‹.

Die Fürstabtei Prüm des Benediktinerordens in Prüm wurde 721 von der Schwiegermutter Pippins des Jüngeren gestiftet, aber erst 752 von König Pippin und seiner Frau, der Mutter Karls des Großen, tatsächlich gegründet. Außer Lothar I. verbrachten auch andere Karolinger, wie Pippin der Bucklige, der Sohn Karls des Großen, oder Karl der Kahle, er wurde als Zehnjähriger für eine Weile nach Prüm verbannt, sowie Hugo, der Sohn Lothars II., mehr oder weniger freiwillig einige Zeit in der Abtei.

Aufgrund der bitteren Erfahrung normannischer Zerstörungswut ließ Abt Regino – wohl der bedeutendste Leiter des Prümer Klosters – 893 ein genaues Güterverzeichnis der Abtei erstellen. Dieses Verzeichnis, das Prümer Urbar, ist in einer Abschrift vom Jahr 1222 zusammen mit einem erläuternden Kommentar vollständig erhalten. Hierin sind ungezählte Orte in der Eifel, an der Ahr, im Gebiet von Münstereifel, auf dem Taunus, im Hinterland von St. Goar, in Frankreich, Holland und anderswo erstmals schriftlich erwähnt. Um den weiträumigen Besitz zu verwalten, gehörten sechs Filialklöster zur Prümer Abtei: Revin in Frankreich, Güsten in Holland, Münstereifel, St. Goar, Kesseling an der Ahr und Altrip.

Ansehen und Besitz des Prümer Klosters wuchsen bis zum Beginn des 13. Jahrhunderts; dann ging es abwärts. Durch ein Gesetz Friedrichs II. war auch die Abtei Prüm mit ihrem Umland zu einem selbstständigen Fürstentum mit einem Fürstabt zusammengefasst worden. 1576 kam die Abtei zum Kurstaat Trier. Im Jahr 1802 wurde die Abtei Prüm im Rahmen der Säkularisation unter Napoleon aufgehoben. Sämtliche Besitztümer wurden verteilt oder versteigert.

Wer durch das untere Prümtal fährt oder wandert, der entdeckt bei Holsthum eine Rarität, die er sonst in der ganzen Eifel nirgends vorfindet: die Sonderkultur Hopfen. Nachweislich wird der Hopfen seit 1560 in der Eifel angebaut. 1868 wurde in Bitburg ein Hopfenbauverein mit fast 400 Mitgliedern gegründet. Die Anbaufläche betrug damals immerhin schon mehr als 100 Morgen. Um die Jahrhundertwende erreichte der Hopfenanbau seine Blütezeit. Das Anbaugebiet Bitburg ist heute das bedeutendste in Rheinland-Pfalz und das einzige Anbaugebiet im Rheinland.

Die Historie von Köln ist gut bekannt und überall nachzulesen. Vom Bau der Stadtbefestigung und des Doms, der Schlacht von Worringen bis zu anderen Details der Kölner Geschichte. Diese Schlacht vom fünften Juni 1288 war die blutigste des gesamten Mittelalters auf rheinischem Boden, aber eine der wichtigsten für die Geschichte Kölns. Sie wurde besungen, bedichtet und gemalt. Nachdem die Erzbischöfe entmachtet waren, führten die bürgerlichen Herrscher, zusammen mit den Zünften und Handwerkern, die größte Stadt Deutschlands zu einer hohen und lang andauernden Blüte. Kaum eine Stadt hat ihre lange Geschichte so gut dokumentiert.

Genau wie die des Brauwesens. Die Einführung der zusätzlichen Malzsteuer 1298 hat mit Sicherheit die Bildung der Brauerzunft in Köln beschleunigt, obwohl diese erst etwa 100 Jahre später erfolgte. Im Jahr 1396 wurden alle wahlberechtigten Kölner Bürger im sogenannten Verbundbrief auf 22 Gaffeln aufgeteilt, die meist aus mehreren, nicht notwendig verwandten Zünften gebildet waren. Das Brauamt war eine der Kölner Zünfte, die allein eine dieser Gaffeln bildete, sodass also Zunft und Gaffel identisch waren. In der reichen Kölner Quellenüberlieferung ist bis zu diesem Zeitpunkt erstaunlicherweise kein Hinweis auf eine organisierte Brauerzunft bekannt geworden. Vermutlich schien angesichts der starken Verbreitung der Hausbrauereien den wenigen vollgewerblichen Brauern ein Zusammenschluss nicht notwendig. Erst 1396, als die neue, weitgehend auf den Zünften aufbauende Gaffelverfassung entstand, wurden auch die Brauer als Zunft, als eigenständige Gruppe, die das gleiche Gewerbe verband, in die Gaffelstruktur eingebunden.

Die Kölner Brauer nannten sich von da an ›St. Peter von Mailand Bruderschaft‹. Dieser ungewöhnliche Name kommt von dem Dominikaner St. Peter von Mailand. Peter wurde 1252, als er als päpstlicher Großinquisitor durch Norditalien reiste, durch gedungene Mörder der Albigenser getötet. Sein Märtyrertod war spektakulär und erregte in der damaligen Welt großes Aufsehen. Er wurde bereits ein Jahr später heilig gesprochen und bald danach aus bislang ungeklärten Gründen zum Schutzpatron der Kölner Brauer gewählt. Ein Grund ist vielleicht, dass er auch die heilige Zuflucht für

Menschen mit Kopfschmerzen ist. Sein Andenken feiert die Bruderschaft noch immer jedes Jahr mit einem gemeinsamen Brauermahl und einem Gottesdienst in der Patronatskirche St. Andreas. Das Brauerbanner der ›St. Peter von Mailand Bruderschaft‹ zeigt den Märtyrer traditionsgemäß mit einem Schwert in der linken Hand. Die Kirche wurde nach dem Zweiten Weltkrieg von Kardinal Frings an die Dominikaner übertragen. Seither gibt es in St. Andreas das berühmte, für die Brauer sehr wichtige Altartriptychon ›Rosenkranzbild‹. Auf dem rechten Flügel des in der zweiten Hälfte des 15. Jahrhunderts gemalten Bildes ist St. Petrus von Mailand abgebildet, mit einer klaffenden Wunde am Kopf, das Schwert in der Hand. Links ist übrigens unter anderem Heinrich Institoris abgebildet, der zusammen mit Heinrich Sprenger eines der bösesten und einflussreichsten Bücher aller Zeiten verfasst hat: den ›Hexenhammer‹. Das ›Rosenkranzbild‹ wurde 1475 von Kaiser Friedrich III. den Dominikanern gestiftet.

Die genannten Brauer, Brauhäuser und Namen der prominenten Kölner sind fast alle belegt.

Der Medebierbrauer in der ›Guitleiht‹ ist das Stammhaus des ›Altstadtbräu Johann Sion‹.

Das Brauhaus ›Zur Britzele am Apfelmarkt‹ ist heute der Brauereiausschank der ›Privatbrauerei Gaffel‹.

Der heutige Quatermarkt ist benannt nach der Familie des Johann Quattermart, der als Mitglied der Richerzeche Niklas' Papstvergiftung aburteilen sollte.

Am Platz des erzbischöflichen Hofes steht heute das Brauhaus des ›Cölner Hofbräu P. Josef Früh‹. Das ›Hofbräu‹ bezieht sich deswegen nicht auf irgendwelche fürstlichen Privilegien, sondern auf die Lage des Hauses.

Der Platz ohne Namen ist der heutige Roncalliplatz.

St. Lupus ist Name einer ehemaligen katholischen Pfarrei und Pfarrkirche in Köln. Sie wurde 1171 erstmals als Pfarrkirche erwähnt und 1808 abgerissen. Der heilige Kunibert soll ihr Begründer gewesen sein.

Das Hexagramm wurde unter den Brauern langsam populär und ab dem 15. Jahrhundert ganz offiziell als Brauerstern im Zunftzeichen geführt. Bis weit ins 20. Jahrhundert führten viele Brauereien den Stern im Firmenlogo; die Ottakringer Brauerei in Wien zum Beispiel hat es immer noch im Boden vieler Bierflaschen eingestempelt. Weiterhin durften sich damit ab dem Mittelalter Häuser auszeichnen, die eine Genehmigung zum Bierausschank hatten, analog den Besen bei den Weinwirtschaften. Erstaunlicherweise, und bis heute ungeklärt, geschah dies sowohl mit dem Pentagramm wie mit dem Hexagramm, manchmal sogar mit einem doppelten Hexagramm. In Franken hat sich das Symbol bis heute als sogenannter Zoigl erhalten, mit dem Häuser angezeigt werden, in denen selbstgebrautes, unfiltriertes Bier ausgeschenkt wird.

Im 17. Jahrhundert fand der Sechsstern Zugang in amtliche Wappen und Gebetbücher jüdischer Gemeinden sowie immer mehr auf Grabstätten. Die Zionismus-Bewegung erhob es 1897 zu ihrem Wahrzeichen, in der Nazizeit wurde es als gelber ›Judenstern‹ zum Zwangsabzeichen pervertiert. Seit 1948 ziert der Brauerstern die Staatsflagge Israels. Bereits während der Nazizeit wurde öfter die Frage gestellt, was die Brauer mit dem damals verfemten Judensymbol gemeinsam hätten.

Es ist jedoch mittlerweile unbestritten, dass die Gleichheit der beiden Symbole der Brauer und Juden ein ungewöhnlicher historischer Zufall war.

Die Pest gilt bis heute als schlimmste Krankheit der Menschheitsgeschichte. Und dies zu Recht: Bei der großen Pestepidemie, die ab 1347 für fünf lange Jahre Europa heimsuchte, starb ein Drittel der gesamten Bevölkerung. Schon vorher gab es kleinere, lokale Epidemien. Gallien und Germanien waren seit dem sechsten Jahrhundert immer wieder einmal vom Schwarzen Tod betroffen. Die Pest wütete regelmäßig im Abstand von zwölf Jahren, grassierte zwei oder drei Jahre lang in einem bestimmten Gebiet und schwächte sich dann wieder ab, ohne dass man eine Erklärung für den eigenartigen Rhythmus finden konnte. Der Volksmund sprach nicht umsonst ›vom Unglück, das selten allein kommt‹. Neben den Toten durch die Pest wurde das Land auch durch Flucht leer gefegt. In erster Linie konnten es sich der Adel und der Klerus leisten, zu fliehen und der Pest den Rücken zu kehren. Der dadurch entstandene Mangel an Ärzten und Priestern machte die Not nur noch größer. Keine Behandlungen mehr, keine Sakramente wie Beichte und letzte Ölung mehr, die Verzweiflung der Menschen steigerte sich ins Unermessliche. Die Menschen starben am Ende völlig abgewrackt, physisch wie psychisch.

Auch wenn die Pest, zumindest in der westlichen Welt, ihren Schrecken verloren hat, so ist sie doch noch nicht besiegt. Impfungen sind entweder unverträglich, nur für kurze Zeit wirksam oder unmöglich (Lungenpest). Die Pest kann heute bei rechtzeitiger Diagnose mit Antibiotika wirksam behandelt werden, die beste Vorbeugung der Pest sind aber nach wie vor verbesserte hygienische Zustände.

Die Pocken (an denen Niklas' Tochter Agnes erkrankte) waren seit Jahrtausenden bekannt (z.B. als sechste ägyptische Plage im alten Testament). Sie galten in Europa aber lange Zeit als Kinderkrankheit und lösten die Pest erst in der frühen Neuzeit als schlimmste Krankheit ab. Der englische Landarzt Edward Jenner (1749 bis 1832) führte am 14. Mai 1796 die erste erfolgreiche Pockenimpfung durch. Die Pocken gelten heute als ausgerottet.

Die Geschichte der jüdischen Gemeinde Köln war sehr wechselhaft. Nach stetigem Aufschwung vom zehnten bis zum 13. Jahrhundert wuchsen anscheinend ab dem beginnenden 14. Jahrhundert die Spannungen zwischen Christen und Juden stark an. Schließlich kamen sie während der Pestepidemie gewaltsam zum Ausbruch. Da sich niemand die Ursache dieser bisher unbekannten Seuche erklären konnte, entstanden zahlreiche Gerüchte und Spekulationen. Die größte Verbreitung fand der Vorwurf gegen die Juden: Sie hätten die Brunnen vergiftet und dadurch die Pest verursacht. In Köln kam es dann wie in vielen anderen Städten immer wieder zu spontanen, ungeplanten Judenverfolgungen mit Gewalttaten bislang ungekannter Ausmaße. Die schwerste in Köln geschah im August 1349. Das jüdische Viertel wurde zerstört, die meisten seiner Bewohner umgebracht. Weder der Rat noch das Domkapitel verurteilten das Massaker an den Juden. Den verwaisten Besitz der Getöteten beanspruchten aber sowohl die Stadt als auch der Erzbischof und Adlige der Umgebung.

Reste des alten jüdischen Friedhofes in Köln wurden erst 1922 wiederentdeckt, 1936 ließ die Stadt auf diesem Gelände eine Großmarkthalle errichten. Bei Ausgrabungen, die von 1953 bis 1957 im alten jüdischen Viertel durchgeführt wurden, stieß man neben Privathäusern auf die öffentlichen Gebäude der Gemeinde. Heute sind die Grundrisse dieser Gebäude in der Pflasterung kenntlich gemacht. Die Mikwe wurde restauriert und kann besichtigt werden.

Das jüdische Friedhofsprivileg des Erzbischofs Engelbert von Falkenburg aus dem Jahr 1266 ist, in Stein gehauen, noch heute im Kölner Dom zu sehen.

Lepra war neben der Pest eine weitere Geißel des Mittelalters, kam aber nicht in Form von Epidemien über die Menschen, sondern war immer präsent. Die alttestamentarische Vorschrift zur strikten Trennung lepröser Personen von den

Wohnstätten der Gesunden blieb bis zum Verschwinden der Lepra in Mitteleuropa zu Beginn des 18. Jahrhunderts die wichtigste Bestimmung für den Umgang mit Aussätzigen, zum Großteil mangels Heilmittel und aus Angst vor Ansteckung. Eine schnelle Erkennung der Kranken war außerdem gefordert.

Die älteste bekannte Vorschrift, die sich mit Lepra beschäftigte, stammt aus einer langobardischen Gesetzessammlung aus dem Jahr 643.

Zur möglichst genauen Identifizierung der Lepra wurde während der Untersuchung vor allem nach typischen Kennzeichen wie Geschwürbildungen, Muskelschwund, Sensibilitätsstörungen und Kehlkopfveränderungen gesucht. Das in einem besiegelten Lepraschaubrief festgelegte Ergebnis der Untersuchung entschied dann über das weitere Schicksal des Patienten.

Im Kölner Leprosorium Melaten waren zwei Urteilsvarianten möglich: ›Mundus‹ bedeutete, dass keine Lepra festgestellt worden war, der Patient somit als rein galt. ›Immundus et leprosus‹ bezeichnete den Patienten als unrein und leprakrank, die sofortige Absonderung von den Gesunden war die Folge.

Welche Personen mit der Untersuchung in Melaten betraut waren, ist erstmals in einer Quelle aus dem Jahr 1456 überliefert. Demnach gab es im Leprosorium nach Auskunft der Provisoren von alters her mehrere Leprosenmeister, die mit der Untersuchung von mutmaßlich an Lepra Erkrankten betraut waren.

Bis zur Mitte des 15. Jahrhunderts blieb das Leprosorium Melaten unbestritten der bedeutendste Lepraschauort im Rheinland.

Heute gilt die Lepra in Europa als ausgerottet. Weltweit infizieren sich jährlich noch etwa 700.000 Menschen mit der Krankheit.

Die Hanse war eine kaufmännische Organisation, der in besten Zeiten etwa 70 große und über 100 kleinere Städte angehörten. Aus- und Eintritte, Zusammenschlüsse und Verfeindungen waren an der Tagesordnung. Viele kleine Hansestädte waren nur ihrer größeren Nachbarstadt zugeordnet und gehörten dem Verbund nur über diese Zuordnung zu einer größeren Hansestadt an.

Die Hansestädte lagen in einem Gebiet, das heute sieben europäische Staaten umfasst: von der niederländischen Zuidersee im Westen bis zum baltischen Estland im Osten, vom schwedischen Visby im Norden bis zur Linie Köln-Erfurt-Breslau-Krakau im Süden. Aus diesem Raum heraus erschlossen sich die hanseatischen Fernkaufleute einen wirtschaftlichen Einflussbereich, der im 16. Jahrhundert von Portugal bis Russland und von den skandinavischen Ländern bis nach Italien reichte, ein Gebiet, das 20 europäische Staaten in den heutigen Grenzen einschließt.

Schon vor dem offiziellen Zusammenschluss gab es – etwa seit dem elften Jahrhundert – deutsche Kaufmannsgenossenschaften, die im Ausland privilegiert waren. Die erste Genossenschaft dieser Art wurde 1157 in London urkundlich belegt. In dieser schlossen sich Kölner Kaufleute zusammen und erwarben ein Grundstück, den Stalhof.

In ihrer Blütezeit war die Hanse so mächtig, dass sie zur Durchsetzung ihrer wirtschaftlichen Interessen Wirtschaftsblockaden gegen Königreiche und Fürstentümer verhängte und im Ausnahmefall sogar Kriege führte.

Vom 13. bis in die Mitte des 15. Jahrhunderts beherrschte die Hanse weitgehend den Fernhandel des nördlichen Europa, konnte aber nie eine Monopolstellung erringen.

Die Hanse wollte Anzahl und Namen ihrer Städte niemals festlegen – so weigerte sie sich zum Beispiel gegenüber dem König von England, eine detaillierte Liste mit Städtenamen vorzulegen. Vielleicht schlicht deswegen, weil es nie eine solche Liste gegeben hat.

Die hanseatischen Kaufleute versorgten West- und Mitteleuropa mit den Luxuswaren, Nahrungsmitteln und Rohstoffen des nördlichen und östlichen Europa. Hierzu gehörten zum Beispiel Pelze, Wachs, Getreide, Fisch, ebenso Flachs, Hanf, Holz und Holzbauprodukte wie Pech, Teer und Pottasche. Im Gegenzug brachten die Hansekaufleute in diese Länder die gewerblichen Fertigprodukte des Westens und Südens wie Tuche, Metallwaren, hier insbesondere Waffen, und Gewürze sowie Bier.

Zentrale Umschlagplätze dieses Handels waren die Kontore der Hanse in Novgorod in Nordwestrussland (St. Peterhof), in Bergen in Norwegen (Deutsche Brücke), in Brügge in Flandern und in London. Daneben unterhielt die Hanse von Russland bis nach Portugal, über halb Europa verteilt, zahlreiche kleinere Niederlassungen, die sogenannten Faktoreien.

Die Ebstorfer Weltkarte wurde im 13. Jahrhundert (geschätzt auf 1239) angefertigt, entweder von oder nach einer Idee des Engländers Gervasius von Tilbury. Er war zeitweilig Klosterprobst in Ebstorf. Die Karte ist eine farbige Radkarte von gut dreieinhalb Metern Durchmesser. Mit fast 13 Quadratmetern war sie die größte und am reichsten illustrierte Weltkarte des Mittelalters. Die Karte wurde 1830 zufällig beim Aufräumen in einer fensterlosen Abstellkammer des Klosters entdeckt. Offenbar hatte sie dort 600 Jahre lang gelegen und war entsprechend beschädigt. Erst 1843 kam sie in ein Archiv nach Hannover, später nach Berlin, wo sie zerlegt und fotografiert wurde. Das zerlegte Original wurde im Zweiten Weltkrieg vernichtet. Nach den Fotovorlagen wurden vier originalgetreue Kopien, von denen sich je eine in Ebstorf, Lüneburg, Coburg und im Privatbesitz der Königin von Griechenland befindet, angefertigt. Das Kloster Ebstorf ist heute ein beliebtes Ausflugsziel.

Der Londoner Stalhof, engl. Steelyard, umfasste die alte Gildehalle der deutschen Kaufleute. Er wurde 1598 geschlossen, aber erst 1853 von den Hansestädten Lübeck, Bremen und Hamburg verkauft. Auf dem Grundstück an der Themse befindet sich heute der Bahnhof Cannon Street.

Die Bezeichnung Pub ist eine Erfindung des viktorianischen Zeitalters. Das Wort Pub geht trotzdem auf die römischen Besatzer in der Antike zurück und bedeutete ursprünglich ›öffentliches Haus‹ (public house – domus publicus). In der Folgezeit kamen und gingen die Eroberer Englands, aber die Pubs blieben, auch weil alle Eroberer dem Ale sehr zugetan waren. Im siebten Jahrhundert nach Christus wurde erstmals von König Ethelbert von Kent eine Regelung hinsichtlich der Anzahl der ›Alehouses‹, wie sie damals hießen, und der Trinkgefäßgröße getroffen. Im Mittelalter nahm die Trinkwasserqualität rapide ab (Seuchen, Abwässer von Gerbereien etc.) und Ale wurde aufgrund der desinfizierenden Wirkung des Alkohols zum einzigen sicheren Getränk in England. Die Rolle der Alehäuser wurde noch wichtiger. Zu Beginn des 18. Jahrhunderts wurden aber die Beschränkungen zum Destillieren von Gin aufgehoben und das Land in billigem Alkohol praktisch ertränkt. Das Ausmaß des Alkoholkonsums war so gewaltig, dass trotz verbesserter hygienischer Zustände die Bevölkerungszahl Londons merklich abnahm. Die Briten tranken sich buchstäblich zu Tode. Vor allem die Armen verfielen dem Gin. Das zeitgenössische Gemälde von William Hogarth zeigt eine Mutter auf der ›Ginstraße‹, die so betrunken ist, dass sie ihren Säugling fallen lässt, während

Beer Street (William Hogarth, 1751)

auf der ›Bierstraße‹ nur gesunde, fröhliche Menschen zu
sehen sind.

Das Wort Whisky leitet sich vom Schottisch-Gälischen ›uisge beatha‹ ab (gesprochen: uschke bäha, auch uschkeba)
bzw. vom Irischen ›uisce beatha‹ (gesprochen: ischke baha
oder ischke ba) und bedeutet Lebenswasser (uisge/uisce =
Wasser, beatha = Leben). Im fünften Jahrhundert begannen
christliche Mönche, allen voran der irische Nationalheilige
St. Patrick, das Land der Kelten zu missionieren und brachten technische Geräte sowie das Wissen um die Herstellung

354

Gin Lane (William Hogarth, 1751)

von Arzneien und Parfum nach Irland und Schottland. Einer Legende nach waren sie die Ersten, die eine wasserklare Flüssigkeit destillierten – das ›aqua vitae‹ oder ›uisge beatha‹. Das hierzu nötige Wissen verbreitete sich in den folgenden Jahrhunderten wohl durch das Aufkommen der Klöster, die damals das Zentrum vieler Ansiedlungen waren und eigene Gasthäuser betrieben. Mit dem Einfall des anglo-normannischen Königs Heinrich II. in Irland um 1170 entdeckte auch England das ›uisce beatha‹. Man beobachtete, dass es die irischen Feinde zu ›tapferen Kämpfern‹ machte. Der Rest ist Geschichte.

Hopfen ist ab dem 16. Jahrhundert aus dem Bier nicht mehr wegzudenken. Es ist die einzige Pflanze, die heutzutage neben dem Malz noch als Rohstoff dem Bier zugegeben wird. Es wird sogar in der Definition von Bier so weit gegangen, dass, wenn kein Hopfen darin ist, es kein Bier ist. Hopfen wird heutzutage in der Regel als Extrakt verwendet, sollte aber immer noch kalt, dunkel und trocken gelagert werden.

Über mehrere Jahrhunderte tobten regelrechte Kämpfe zwischen Anhängern von Gruitbier und Hopfenbier, sowohl unter Brauern wie unter Biertrinkern. Zum Beispiel beschwerte sich im Jahr 1350 Johann, der Bischof von Lüttich und Utrecht, bei Kaiser Karl IV., dass man seit einiger Zeit das Bier mit einer merkwürdigen Zutat braue, welche ›humulus‹ oder ›hoppe‹ hieß. Auf die Seite des Gruitbiers schlugen sich immer wieder die Bäcker, die auf die hopfenlose Hefe der Brauer angewiesen waren. Es gab im Mittelalter einige höchstrichterliche Entscheidungen zu diesem Thema, meist zugunsten der Brauer, von denen höhere Steuereinnahmen zu erwarten waren. Im Jahr 1381 wurde in Köln Hopfenbier per Erlass des Erzbischofs dennoch für kurze Zeit verboten.

Zu den historischen Personen

HILDEGARD VON BINGEN und Siegfried von Westerburg sind bekannte Personen der deutschen Geschichte. Albertus Magnus war einer der größten Köpfe seiner Zeit und spielte eine entscheidende Rolle bei der Gründung der ersten Kölner Universität im Jahr 1248, deren begabtester Schüler, Thomas von Aquin, bei ihm in Köln studierte. Das Kölner Biersteuerurteil von Albertus Magnus ist belegt, ebenso seine Freundschaft mit Siegfried von Westerburg.

Der Verdacht liegt nahe, dass Niklas in Regensburg mit der Vereidigung seiner Mitarbeiter Markus Schnaitter und Lukas Welser zu ›Reinen Brauern‹ auch die Gründung zweier legendärer Münchner Brauereidynastien mit gefördert hat.

1524 wurde mit ›JÖRG SCHNAITTER, PIERPREW‹ erstmals ein Bierbrauer auf dem Anwesen in der Löwengrube 17 in München erwähnt. Daraus wurde der weltberühmte Münchner Löwenbräu.

Und im Jahr 1397 weist das Steuerbuch der Stadt München erstmals für das Anwesen in der Neuhausergasse 4 einen Brauer aus, Hans Welser, den ›Welser Prew‹. Dies war die Geburtsstunde der Spatenbrauerei München, die dann 1807 von Gabriel Sedlmayr übernommen wurde und zeitweise eine der führenden Brauereien Europas war.

Die beiden Brauereien Löwenbräu und Spaten fusionierten 1997.

Vorher hatten sich bereits 1922 die ebenfalls im Besitz der Familie Sedlmayr befindliche Franziskaner-Brauerei und Spatenbrauerei zur gemeinsamen Aktiengesellschaft

›Gabriel und Joseph Sedlmayr Spaten-Franziskaner-Leist-
bräu AG‹ zusammengeschlossen.

Alle Brauereien wurden 2003/2004 von der belgischen
InBev-Gruppe übernommen.

Die Familien DE PORTA und DE FORO waren führende
Adelsfamilien in Bitburg, die sich später, nicht mehr latini-
siert, von der Pforte und vom Markt nannten.

Der Brauer Hugo La Penna entstammte aller Erkenntnisse nach der Bitburger Adelsfamilie Flügel; Flügel heißt auf
Lateinisch penna. Ein Christoph Flügel ist als ältester ver-
bürgter Brauer in Bitburg bekannt, der seine Brauerei (Ecke
Trierer Straße/Borenweg) 1773 an seinen Bruder abtrat. Dieser baute sie zur ›Bavaria-Brauerei‹ aus und trat sie 1830 an
die Familie Zangerle ab. Die ›Bavaria-Brauerei‹ war bis 1944
in Betrieb, wurde dann aber bei einem Bombenangriff völlig
zerstört. Eine Tochter von Zangerle heiratete 1905 Bertrand
Simon aus der Brauer-Dynastie der Simons.

Im Jahr 1817 gründete Johann Peter Wallenborn in Bitburg vor dem Schakentor eine obergärige Brauerei mit ange-
schlossener Mälzerei. Wallenborn kam aus einer Familie,
die in Kyllburg eine Brauerei und eine Gerberei betrieb,
seine Vorfahren hatten aber bis ins 18. Jahrhundert in Oberkail gelebt. Nach seinem Tod führte seine Witwe die Brauerei weiter, ihre Tochter heiratete 1842 einen gewissen Ludwig Bertrand Simon, auch aus Kyllburg, dessen Enkel später in die Familie Zangerle einheiratete. Diese beiden Männer, Johann Peter Wallenborn und Ludwig Bertrand Simon,
sind die offiziellen Gründerväter der Bitburger Brauerei
Th. Simon.

Die Bitburger Brauerei hat sich mittlerweile zu einer der
führenden Brauereien Deutschlands entwickelt.

Interessant in diesem Zusammenhang ist die wenig
bekannte Tatsache, dass die dritte Brauerei im Bitburg des

19. und beginnenden 20. Jahrhunderts, neben Simonbräu und Bavaria, die Brauerei Schadeberg war, in den Gebäuden an der Außenseite der alten Römermauer, außerhalb der alten Kastellmauern. Die Schadebergs verkauften 1920 an die Simons und zogen nach Kreuztal-Krombach. Die Nachkommen sind seit 1961 Besitzer der Krombacher Brauerei, einer weiteren äußerst erfolgreichen deutschen Familienbrauerei. Zurzeit (2007) sind dies Friedrich Schadeberg, der 1920 in Kreuztal geboren wurde, seine Schwester Barbara Lambrecht-Schadeberg sowie Friedrichs Kinder Bernhard Schadeberg und Petra Schadeberg-Hermann.

Der in Worringen siegreiche HERZOG JOHANN I. VON BRABANT wurde nach dieser Schlacht als Volksheld verehrt, da er den Grundstein zum Wachsen der Stadt Köln gelegt hatte. Der Brabanter Hof in Köln war das Geschenk der Stadt Köln an den Sieger, sein Bildnis wurde zuerst im Gildesaal aufgehängt, hing aber fortan in allen Zunfthäusern der Brauergilden. Und durch die Übersetzung und Umdeutung von Johann I. über Jan I. zu Jan Primus wurde aus seinem Namen ab dem späten 16. Jahrhundert der legendäre Gambrinus, der König, Schutzpatron und angebliche Erfinder des Bieres. Dies ist zumindest die bekannteste von mehreren Deutungen über die Entstehung des Namens Gambrinus. Zahllose Gedichte wurden zum Lob des Gambrinus verfasst, das bekannteste ist wohl das uralte Volkslied:

›Gambrinus im Leben ward ich genannt,
Ein König in Flandern und in Brabant,
Aus Gersten hab' ich Malz gemacht
Und das Bierbrauen daraus erdacht.
Drum können die Brauer mit Wahrheit sagen,
Dass sie einen König zum Meister haben.‹

Heron von Alexandria war ein antiker Mathematiker und Ingenieur. Seine Lebensdaten lassen sich nur ungenau angeben; er muss auf jeden Fall nach Archimedes gelebt haben, am wahrscheinlichsten ist das erste Jahrhundert nach Christus. Herons Werke beschäftigen sich unter anderem mit mathematischen, optischen und mechanischen Themen. Bekannt sind vor allem seine Ausführungen zu automatischen, teilweise sogar schon programmierbaren Geräten und der Ausnutzung von Wasser und Luft als treibender Kraft, hier insbesondere die Erfindung der Aeolipile oder Heronsball. Heron von Alexandria gilt als der Erfinder des Maschinengewehrs.

Der Dombaumeister Johannes von Köln war der dritte Dombaumeister. Geboren um 1270 als Sohn des zweiten Dombaumeisters Arnold, gestorben nach 1330. Historisch fassbar wird Johannes seit 1296, zunächst lediglich als Sohn des Dombaumeisters Arnold erwähnt. Er löste seinen Vater, der am Dom seit etwa 1262 tätig war, in der Leitung des Dombaues ab. Beide kommen als Verfasser des noch erhaltenen vier Meter hohen Planes der Westfassade infrage. Auch der Domzimmermann Gerard, der Steinmetzmeister Thilman von Salecgin und seine Tochter Mechthildis sind belegt.

In einem Turm des Kölner Doms soll der Sage nach tatsächlich eine Quelle verborgen sein, die von den Baumeistern zugemauert wurde.

Die im Buch von Niklas genannten Päpste sind ebenfalls historische Figuren, als Biertrinker jedoch nur wahrscheinlich, nicht bewiesen.

Wigbold von Holte wurde 1297 zum Erzbischof von Köln gewählt und galt bereits damals als ›senio confracti‹, als Greis. In den Wissenschaften hinlänglich unterrichtet, beschäftigte er sich vornehmlich damit, die politischen Schäden der Worringer Niederlage seines Vorgängers zu mindern. Er stand in dem Ruf, dass er mehr als alles andere das Geld liebe und simonistisch sei, weil er gegen Bezahlung Kirchentitel verlieh. Er starb im März 1304 in Soest, wo er auch begraben liegt.

GRAF HEINRICH II. VON VIRNEBURG war von 1304 bis 1332 Erzbischof des Erzbistums Köln. 1288 nahm er zusammen mit seinem Vater und seinem Bruder Ruprecht an der Seite des Herzogs von Brabant an der Schlacht von Worringen teil. Heinrich war ein entschiedener Förderer des Dombaus zu Köln. Am 27. September 1322 konnte er den Hochchor des neuen Kölner Doms feierlich einweihen. Er war maßgeblich am Ketzerprozess gegen Meister Eckhart beteiligt. Als 1325 die Anklageschrift bei ihm eingereicht wurde, übergab er das Verfahren der päpstlichen Kurie in Avignon. Nach Aussagen von Zeitgenossen soll Heinrich geschwätzig und trunksüchtig gewesen sein. Er verstarb am sechsten Januar 1332 in Bonn und wurde in der Barbarakapelle des Bonner Münsters beigesetzt. Sein Grab ist heute nicht mehr erhalten.

Ein Meister Stefan und Werke von ihm sind der Nachwelt nicht überliefert.

KÖNIG PHILIPP IV. VON FRANKREICH konnte bereits 1310 erreichen, dass noch ein Prozess gegen das Andenken Bonifatius VIII. geführt wurde. Philipps Motiv dafür war sicherlich persönlicher Hass auf seinen früheren Feind, doch sind die zahlreichen gesammelten Zeugenaussagen über Bonifatius VIII. glaubwürdig und in sich übereinstimmend. So darf es als sicher gelten, dass sich Papst Bonifatius VIII.

mit manchmal nihilistisch-hedonistischen, manchmal auch bemerkenswert kritisch-freigeistigen Äußerungen hervorgetan hat. Das Papsttum in Avignon, das sogenannte ›babylonische Exil‹ der Kirche, begann 1309 mit Papst Clemens V. und wurde im Jahr 1377 durch Papst Gregor XI. beendet. Insgesamt sieben Päpste und mehrere Gegenpäpste residierten dort.

Der spätere KAISER HEINRICH VII., geboren um 1278, stammte aus dem Hause Luxemburg und war seit 1312 römisch-deutscher Kaiser. Er war der Sohn des Grafen Heinrich VI. von Luxemburg, der 1288 in der Schlacht von Worringen fiel, und Beatrix von Avesnes. Er war nach 92 Jahren, seit der Krönung des Staufers Friedrich II. 1220, der erste König, der römisch-deutscher Kaiser wurde, wobei er tatkräftig auf eine Erneuerung der kaiserlichen Herrschaft hinarbeitete und sich dabei gegen den Papst und den französischen König stellte. Er war der erste der insgesamt drei Kaiser des Heiligen Römischen Reiches aus dem Hause Luxemburg.

Er geriet bald in Konflikt mit Philipp IV. Bereits früh hatte sich Heinrich mit den Plänen für eine Romreise und einer aktiveren Italienpolitik beschäftigt. Dies war bereits in der Wahlanzeige an den Papst zum Ausdruck gekommen, in der man dem Wunsch nach einer baldigen Kaiserkrönung Ausdruck verliehen hatte; zudem war 1309 eine Gesandtschaft Heinrichs nach Avignon aufgebrochen und hatte erfolgreich einen Termin für die Kaiserkrönung aushandeln können. Vorgesehen war der zweite Februar 1312. Streit mit Philipp und die Bürgerkriege in Italien sorgten jedoch dafür, dass Heinrich in Italien blieb und sich im Juni 1312 in Rom zum Kaiser krönen ließ. Seine Regierungszeit indes war kurz. Während der Belagerung von Siena erkrankte er schwer an Malaria und verstarb im August 1313 in dem kleinen Ort Buonconvento. Seine Leiche wurde feierlich nach Pisa überführt und dort im Dom in einem prächtigen Grabmal beigesetzt.

PHILIPP IV., der den Beinamen ›Der Schöne‹ trug, war der zweite Sohn von Philipp III. von Frankreich und dessen erster Gemahlin Isabella von Aragon. Besonders erinnert man sich an seine Regierung durch zwei Ereignisse: die von ihm veranlasste Zerschlagung des Templerordens und die Überführung des Papsttums nach Avignon.
Jacques de Molay (auch: Jacobus von Molay) war der letzte Großmeister des Templerordens. Im Templerprozess 1307 wurde er durch Folter zu falschen Geständnissen gezwungen und zunächst zu lebenslanger Haft verurteilt. Nachdem er die Geständnisse widerrufen hatte, wurde er 1314 in Paris auf dem Scheiterhaufen verbrannt.

EDUARD II. war König von England von 1307 bis 1327. Im Januar 1308 heiratete Eduard II. Isabella von Frankreich, genannt die ›Wölfin von Frankreich‹, die jüngste Tochter des französischen Königs Philipp des Schönen. Die beiden hatten trotz der ständigen homosexuellen Gerüchte um Eduard vier Kinder. Der Legende nach kam er zu Tode, indem seine Gefängniswärter ihm einen glühenden Eisenspieß durch ein aufgesägtes Kuhhorn in die Gedärme stießen; durch die natürliche Öffnung, da sie keine Spuren hinterlassen durften. Diese Art der Ermordung ist zugleich eine Anspielung auf die vermutete homosexuelle Beziehung zu Eduards Günstling Piers Gaveston.

Soweit die geschichtlichen Fakten.

Aufgrund der kosmischen Ereignisse innerhalb der Handlung lassen sich abschließend noch einige Daten ziemlich genau rekonstruieren:

Eine totale Sonnenfinsternis (zu Niklas' Geburt) fand am 24. Mai 1248 gegen 12.14 Uhr statt.

Das Kloster Weihenstephan wurde während einer Mondfinsternis am 30. September 1270 kurz nach 22 Uhr von einem Erdbeben heimgesucht und zerstört.

Am 20. Januar 1311, kurz nach Mittag, ereignete sich eine spektakuläre ringförmige, sogenannte Korona-Sonnenfinsternis, die den Auslöser für das Kölner Pogrom darstellte.

Die letzte totale Sonnenfinsternis im Leben von Niklas von Hahnfurt war am Morgen des dritten April 1326, am nächsten Tag verstarb er offensichtlich.

Der Weg des Buches über die Jahrhunderte, soweit es möglich war, ihn nachzuvollziehen:

Nach Niklas' Tod wurde das Buch nach Weihenstephan gebracht und an Albert übergeben. Albert verstarb aber bereits drei Jahre später. Das Buch wurde in der Klosterbibliothek aufbewahrt. Ludwig der Bayer nahm es 1336 bei der Zerstörung des Klosters an sich und bewahrte es ein paar Jahrzehnte lang in München auf.

Kurz vor 1400 kam es wieder zurück nach Weihenstephan und lag dort für kurze Zeit im Archiv, wurde dann von dem Brauer Lukas Welser gefunden und wiederum nach München gebracht. Von dessen Nachfahren erhielt es Gabriel Sedlmayr bei der Übernahme der Spatenbrauerei 1807, dieser erkannte den Wert des Buches und gab es weiter an fähige Kollegen, bis es zu Theobald Simon, dem Sohn von Ludwig Bertrand Simon, kam.

Der ließ das Buch in Andernach liegen, niemand weiß, warum. Vielleicht war er sicher, dass eine Mälzerei ein guter

Ort ist, um ›Reine Brauer‹ zu finden. Wer weiß? Ich jedenfalls habe mit dem Buch das gemacht, was mir am zweckmäßigsten erschien. Zudem die Mälzerei im vergangenen Jahr Insolvenzantrag stellte und mittlerweile geschlossen wurde, gibt es wohl niemanden mehr, der noch Ansprüche auf die Rückgabe des Buches stellen könnte.

Es findet sich bis heute, außer den Brauersternen an den Gasthöfen und Brauereien, kein Hinweis darauf, ob und wie lange die Bruderschaft der ›Reinen Brauer‹ noch nach Niklas' Tod weitergeführt wurde.

Oder habe ich etwas übersehen?

Nachbemerkung

Zum besseren Verständnis des Buches wurden die beschriebenen Geschehnisse und Dialoge hier in Hochdeutsch wiedergegeben. Die Verständigung zwischen Menschen verschiedener Regionen war im Deutschland des Mittelalters jedoch nicht ganz so leicht.

Eine Mischung aus den jeweiligen Dialekten, zum Beispiel Altfränkisch, Alemannisch, Moselfränkisch, zusammen mit etwas Vulgärlatein machte Verständigung dennoch möglich.

Wo im Buch etwas für uns nicht leserlich oder komplett unverständlich war, habe ich nach bestem Ermessen den Text bzw. die Handlung ergänzt.

Details wie Währungseinheiten, Längen-, Gewichts- und Hohlmaße habe ich nur übernommen, wenn es der Verständlichkeit oder Unterhaltsamkeit des Textes diente. Das heillose Durcheinander im Mittelalter wäre für uns heutzutage völlig unverständlich. Aber sowohl im Buch als auch im hierauf folgenden Nachtrag wird ja darüber berichtet.

Auch habe ich das Manuskript nicht Wort für Wort übersetzt, sondern in einen lesbaren Prosastil übertragen. Persönliche Angaben sind teilweise von mir ergänzt worden, da das Manuskript sich im Wesentlichen auf die Brauerei, das soziale Umfeld sowie andere Personen bezog und es nach dem Selbstverständnis der Menschen im Mittelalter nicht üblich war, über sich als Mensch zu schreiben. Ich hoffe, dass dies der Faszination des Textes keinen Abbruch tut.

Die Jahreszahlen, Feiertage und andere Daten sind nach dem heutigen, gregorianischen Kalender wiedergegeben. Diejenigen Daten des Manuskripts, die offensichtlich im julianischen Kalender oder ohne Kalenderbezug geschrieben waren, habe ich so weit angepasst, dass sie in den historischen Kontext und in die Gesamthandlung hineinpassten.

Mein besonderer Dank gilt hier noch meinem Freund Rolf S. aus Trier für die großartigen Leistungen und die unglaubliche Geduld beim Entziffern des Manuskripts.

Weiterhin möchte im mich herzlich bedanken bei Herrn Prof. Ludwig Narziß aus Weihenstephan, dem echten ›Bierzauberer‹, für die freundliche Unterstützung bei meinem ersten Bierbuch, bei Herrn Dr. Klaus-Peter Walter für wirklich wertvolle Schreibtipps, bei Marlen und Thomas Meyer, den ersten Fans des Bierzauberers, Günter Geyer für seinen Einsatz bei der Herstellung dieses Buches sowie meiner lieben Alexandra für viel Geduld und konstruktive Kritik beim Korrekturlesen.

Brunn/Geb., im Januar 2008
Günther Thömmes

Anhang

Umrechungstabelle für Maße und Gewichte sowie sonstige Anmerkungen

Praxator (lat.) – Brauer
Pierprew oder Pierpreu (mittelalterl. Deutsch) – Bierbrauer
Brassator (mittelalterl. Moselfränkisch) – Bierbrauer

Buch 1, Kap. 1: Ein halbes Scheffel Gerste entsprach etwa 120 Litern.

Buch 3, Kap. 2: Die Muntehe war die gebräuchlichste Form der Eheschließung im Mittelalter. In einem dabei geschlossenen Vertrag erhielt der Ehemann die ›eheherrliche Gewalt‹ (Munt) über die Frau.

Buch 2, Kap. 15: 30 Eimer Bier entsprachen etwa 800 Litern.
Ein Malter entsprach etwa 52 Litern.

Buch 2, Kap. 19: Fünf Zumessungen Bier entsprachen fast zehn Litern.

Buch 3, Kap. 2: Ein Regensburger Köpfl entsprach ca. 0,8 Litern.

Buch 3, Kap. 12: Zwei Drittel eines Ohms entsprachen etwa 90 Litern.

Buch 3, Kap. 23: Ein Scheffel Weizen oder Roggen entsprach in Lübeck etwa 23 Litern, ein Scheffel Gerste oder Hafer in der gleichen Stadt hingegen etwa 30 Litern.

Buch 3, Kap. 26: Ein Bombard, acht Pints oder vier Quarts entsprachen ca. 4,5 Litern.

Epilog: Ein Hektoliter (hl) entspricht 100 Litern.
Ein Morgen entspricht 25 Ar oder einem Viertel Hektar. Somit entspricht eine Hopfenanbaufläche von 100 Morgen einer Fläche von 250.000 Quadratmetern!

Geschichtliche Datentabelle

1200	Geburt Albertus' Magnus
1226	Gründung der Spitalsbrauerei Regensburg
1239	Tod Gervasius' von Tilbury, Entstehung der Ebstorfer Weltkarte und Zeichnung des Trier-Luxemburger Vertrages
1245	Regensburg wird Freie Reichsstadt
1247	Geburt Bernards von Dauerling
1248-1254	Albertus Magnus in Köln als Leiter der neu gegründeten Ordensschule
1248	Niklas' Geburt in Hahnfurt und Baubeginn des Kölner Doms
1250	Tod des letzten Stauferkaisers Friedrich II.
1256–1273	›Interregnum‹, die kaiserlose Zeit
1257-1260	Albertus Magnus in Köln, erneut als Leiter der Ordensschule
1260-1262	Albertus Magnus Bischof von Regenburg
1260	Niklas beginnt in Urbrach als Novize
1261-1264	Papst Urban IV.
1262	Freiheitsbrief für Bitburg
1265-1268	Papst Clemens IV. Niklas' Zeit im Kloster Urbrach endet
1266	Beginn der Weihenstephaner Tätigkeit
1268	Kirchenbann für Köln
1270	Erdbeben in Weihenstephan/Niklas' Zeit in Weihenstephan endet/Beginn der St. Galler Brauerzeit
1271-1276	Papst Gregor X.
1273	Niklas' Zeit in St. Gallen endet, Familie stirbt an der Pest
1274-1276	Niklas als Brauer in Regensburg
1276	Geburt von Niklas' Sohn Matthias Friedrich
1276–1281	Niklas betreibt eigene Brauerei in Bitburg
1278	Geburt von Niklas' Tochter Agnes Maria
1280	Tod von Albertus Magnus
1281	Ende von Niklas' Bitburger Zeit
1282–1310	Niklas' Brauertätigkeit in Köln
1288	Schlacht von Worringen
1288-1292	Papst Nikolaus IV., Erster Franziskanerpapst
1290-1291	Niklas liefert Bier an den Papst
1296	Agnes Maria geht ins Kloster
1305	Maria und Matthias Friedrich erkranken an Lepra
1307-1308	Niklas reist mehrmals nach Lübeck
1310	Niklas reist nach London
1311	Zerstörung der Kölner Brauerei/Ende von Niklas' Brauereiarbeit/Tod von Bernard/Matthias Friedrich stirbt/Beginn von Niklas' Lebensabend in Urbrach
1325	Maria stirbt
1326	Niklas stirbt im Kloster Urbrach
1396	Kölner Verbundbrief, mit dem Brauer eine Zunft bilden
1397	Erste Erwähnung von Hans Welser, dem Welser Prew in

1524	München Erste Erwähnung von Jörg Schnaitter, pierprew in München
1817	Gründung der Bitburger Brauerei Th. Simon
2006	Schließung der Mälzerei (dem Fundort des Buches) in Andernach

Literaturverzeichnis

Zur Nachverfolgung bibliographischer Quellen und/oder zum Weiterlesen:

ALLTAG IM SPÄTMITTELALTER, Harry Kühnel (Hg.), Styria Verlag, 1984

DIE BAUERN IM KAMPF UM GERECHTIGKEIT 1300-1525, Adolf Waas, Verlag Georg D.W. Callwey, München, 1964

DAS BRAUWESEN IN BAYERN VOM 14. BIS 16. JAHRHUNDERT, INSBESONDERE DIE ENTSTEHUNG UND ENTWICKLUNG DES REINHEITSGEBOTES (1516), Dr. Karin Hackel-Stehr, Gesellschaft für Öffentlichkeitsarbeit der Deutschen Brauwirtschaft e.V. (Hg.), 1987

CHRONIK DER BITBURGER BRAUEREI, Bitburger Brauerei Th. Simon GmbH (Hg.), Bitburg, 2003

DIE EBSTORFER WELTKARTE, von Birgit Hahn-Woernle, Kloster Ebstorf (Hg.), 1993

GAMBRINUS – EIN FRÖHLICHES BIERBUCH AUS ZWEI JAHRTAUSENDEN, Erich v. Ehrenfels-Meiringen, Carl Lange Verlag, Duisburg, 1953

GESCHICHTE VON BITBURG, Arbeitsgemeinschaft für Landesgeschichte und Volkskunde des Trierer Raumes in Verbindung mit der Stadt Bitburg (Hg.), 1965

HEILKUNST DES MITTELALTERS IN ILLUSTRIERTEN HANDSCHRIFTEN, Peter Murray Jones, Belser Verlag, Stuttgart, 1999

HEUTE BACK' ICH, MORGEN BRAU' ICH – ZUR KULTURGESCHICHTE VON BROT UND BIER, Irene Krauß, Deutsches Brotmuseum (Hg.), Ulm, 1994

DAS HOHE MITTELALTER 1000-1300 – BESICHTIGUNG EINER FERNEN ZEIT, Rolf Toman (Hg.), Taschen Verlag, Köln, 1988

DER HUNGER UND DER ÜBERFLUSS – KULTURGESCHICHTE DER ERNÄHRUNG IN EUROPA, Massimo Montanari, Verlag C.H. Beck, München, 1999

JUSTIZ IN ALTER ZEIT, Mittelalterliches Kriminalmuseum (Hg.), Rothenburg o.d. Tauber, 1989

KAISER, KALIFEN UND KAUFLEUTE – DAS FRÜHE UND HOHE MITTELALTER, ADAC Verlag, München, 1999

KLEINES LEXIKON DES MITTELALTERS, Wilhelm Volkert, Verlag C.H. Beck, München, 1991

Kölner Brauhaus-Wanderweg, Franz Mathar, Hans-Sion-Stiftung (Hg.), J.P. Bachem Verlag, Köln, 2005

Kölsch Story – die Geschichte des Kölschen Brauwesens, Franz Mathar & KH Schrörs, Emons Verlag, Köln, 2003

Lebensformen im Mittelalter, Arno Borst, Nikol Verlag, Hamburg, 2001

Menschen im Jahr 1000 – Ein Lesebuch, F.-J. Brüggemeier & H. Hoffmann, Herder Verlag, Freiburg i.B., 1999

Der mittelalterliche Kosmos – Karten der christlichen und islamischen Welt, Evelyn Edson, Emilie Savage-Smith & Anna-Dorothee von den Brincken, Primus-Verlag, Darmstadt, 2005

Mittelalterliches Leben auf dem Lande, Marie Collins & Virginia Davis, Tosa Verlag, Wien, 2003

Mühlen der Eifel – Geschichte – Technik – Untergang, Erich Mertes, Helios Verlag, Aachen, 1994

Ritter, Mönch und Bauersleut' – Eine unterhaltsame Geschichte des Mittelalters, Dieter Breuers, Verlagsgruppe Lübbe, Bergisch-Gladbach, 1994

Die Spaten-Brauerei 1397-1997, Wolfgang Boehringer, Piper Verlag, München, 1997

Staat und Nation in der europäischen Geschichte, Hagen Schulze, Verlag C.H. Beck, München, 1999

Stadtluft, Hirsebrei und Bettelmönch – Die Stadt um 1300, Katalog zur Ausstellung, Landesdenkmalamt Baden-Württemberg & Stadt Zürich (Hg.), 1992

Das Weltbild des mittelalterlichen Menschen, Aaron J. Gurjewitsch, C.H. Beck Verlag, München, 1997

Fachartikel, Internetseiten und Zitatquellen

Davidschild und Brauerstern – Zur Synonomie eines Symbols, Peter Freimark, Jahrbuch der Gesellschaft für Geschichte des Brauwesens e.V., Berlin, 1990

Das Bier und die Sterne, Martin Hürlimann, Jahrbuch der Gesellschaft für Geschichte des Brauwesens e.V., Berlin, 1976

Spitalbrauerei Regensburg – Braukontinuität seit dem 13. Jahrhundert, Manfred Kaiser, Krones-Magazin, 1/2003

Ein braugeschichtlicher Überblick vom Frühmittelalter bis zur Industrialisierung, Gunther Freudenthal, Homepage des Deutschen Brau- und Malzmeisterbundes: www.dbmb.de

Marias Hochzeitsgedicht ist von Mechthild von Magdeburg (1207-1282)

Niklas' Erwiderung bei der Hochzeit stammt von ›Dem von Kürenberg‹ (um 1150) und heißt Wip, vil schoene

DIE GÖTTLICHE KOMÖDIE, Dante Alighieri, (Auswahl), Reclam Heft Nr. 9813, S. 23, Philip Reclam, Stuttgart, 1976

ZUR TRADITIONSBRAUEREI BRAUBERGER IN DER LÜBECKER ALFSTR. 36, Auszüge aus der Ansprache von Colin de Lage, Stadtentwicklungsgesellschaft Lübeck

VON DER GRUITABGABE IM 9. JAHRHUNDERT BIS ZUR HEUTIGEN BIERSTEUER, H. K. Eul, Frechen, Brauwelt, Nr. 44 (1994)

FÜR ALLGEMEINE INFORMATIONEN: Wikipedia – http://de.wikipedia.org

ZUM HOPFENANBAU IN HOLSTHUM: www.eifel.de/go/sehenswertes-detail/hopfenanbau_in_der_eifel.html

ZUR KÖLNER BRAUEREIGESCHICHTE: www.koelner-brauerei-verband.de

NACHDENKLICHES ÜBER DIE BRAUKUNST IM MITTELALTER, Karl Fr. Kretschmer, ›Der Ulmer Braumeister‹, Nr. 78, VEU e.V. (Hg.), Ulm, September 1991

ZUR HANSE: www.hanse.org

Die SLAG VAN WOERINGEN, Jan van Heelu, Reimchronik aus dem 13. Jahrhundert, Übersetzer unbekannt

Bildnachweis

(Soweit nicht bei der Illustration schon genannt.)

S. 18   Titelvignette erstes Buch, aus dem Straßburger ›Vergil/Ländliche Arbeiten‹, Grüninger, 1502

S. 42   Titelvignette zweites Buch, Li Livres dou Sante‹, Ende des 13. Jahrhunderts, British Library

S. 66   Der ›Pyrprew Herrtel‹, www.brauer-bund.de

S.131   Das Kloster St. Gallen in einem Kupferstich von Matthias Merian, 1642 (Ausschnitt)

S. 152   Titelvignette drittes Buch, Der Bierbreuwer (Bierbrauer) – Holzschnitt aus Jost Amman (1539-1591): Eygentliche Beschreibung aller Stände auff Erden hoher und nidriger, geistlicher und weltlicher, aller Künsten, Handwerken und Händeln ... (erstmals Frankfurt am Main 1568; auch bekannt als: ›Das Ständebuch‹)

S. 185   Stadtplan Bitburg, Zeichnung des Autors

S. 216   Vignette des Flugblatts, aus ›Konsultationsszenen‹, Medizin aus dem frühen 14. Jahrhundert, British Library

S. 227   Bäckertaufe, aus »Heute back' ich, morgen brau' ich – Zur Kulturgeschichte von Brot und Bier«, von Irene Krauß, herausgegeben vom Deutschen Brotmuseum Ulm, 1994

S. 277   Prinzipskizze des Bierautomaten, Zeichnung des Autors

S. 354   Beer Street (William Hogarth, 1751), http://de.wikipedia.org

S. 355   Gin Lane (William Hogarth, 1751), http://de.wikipedia.org

Bereits im Selbstverlag erschienen: ›Jetzt gibt es kein Bier, sondern Kölsch! – Das etwas andere Bierlexikon.‹
ISBN 3-200-00363-4.
Der Autor ist zu erreichen unter: gthoemmes@mmay.at

Weitere Krimis finden Sie auf den
folgenden Seiten oder im Internet:
www.gmeiner-verlag.de

GÜNTHER THÖMMES
Das Erbe des Bierzauberers

....

421 Seiten, Paperback.
ISBN 978-3-89977-788-8.

BRAUER, TOD UND KAISER
Fünf weite Bierreisen durch das Heilige Römische Reich, vier ermordete Bierbrauer, drei mächtige Herzöge und zwei Habsburger-Kaiser liegen auf dem Weg zu einem Gesetz, das die Jahrhunderte überdauern sollte: das Reinheitsgebot für Bier.

Auf seiner Reise durch die wichtigsten Bierstädte des 15. Jahrhunderts ist der »Kaiserliche Bierkieser« Georg den Geheimnissen seiner Zeit auf der Spur: Was bedeutet Kaiser Friedrichs mystisches Rätsel AEIOU? Gab es bereits im Mittelalter bewusstseinserweiternde Drogen? Und wer hat die Brauer aus vier verschiedenen Städten ermordet?

Ein epochaler Mittelalter-Krimi um Habsburger, Wittelsbacher und das liebe Bier.

GÜNTHER THÖMMES
Der Fluch des Bierzauberers

....

373 Seiten, Paperback.
ISBN 978-3-8392-1074-1.

EIN NEUER ANFANG Der Dreißigjährige Krieg stürzt Deutschland in die Katastrophe. Der Magdeburger Brauherr Cord Heinrich Knoll verliert bei der Vernichtung seiner Heimatstadt alles, was ihm lieb und teuer ist: Frau, Kinder, die Brauerei. Als endlich Frieden herrscht, bekommt er die Chance, unter der Herrschaft des Prinzen Friedrich von Homburg dessen neue Brauerei zu Ehre und Ansehen zu führen. Doch dann droht neues Ungemach von höchster Stelle. Ausgerechnet der Große Kurfürst von Brandenburg zwingt den Bierbrauer zu einem Kampf ums nackte Überleben …

Wir machen's spannend

Unsere Lesermagazine

2 x jährlich das Neueste aus der Gmeiner-Bibliothek

DIN A6, 20 S., farbig *10 x 18 cm, 16 S., farbig* *24 x 35 cm, 20 S., farbig*

Alle Lesermagazine erhalten Sie in Ihrer Buchhandlung oder unter www.gmeiner-verlag.de.

GmeinerNewsletter

Neues aus der Welt der Gmeiner-Romane

Haben Sie schon unsere GmeinerNewsletter abonniert?

Monatlich erhalten Sie per E-Mail aktuelle Informationen aus der Welt der Krimis, der historischen Romane und der Frauenromane: Buchtipps, Berichte über Autoren und ihre Arbeit, Veranstaltungshinweise, neue Literaturseiten im Internet und interessante Neuigkeiten.

Die Anmeldung zu den GmeinerNewslettern ist ganz einfach. Direkt auf der Homepage des Gmeiner-Verlags (www.gmeiner-verlag.de) finden Sie das entsprechende Anmeldeformular.

Ihre Meinung ist gefragt!

Mitmachen und gewinnen

Wir möchten Ihnen mit unseren Romanen immer beste Unterhaltung bieten. Sie können uns dabei unterstützen, indem Sie uns Ihre Meinung zu den Gmeiner-Romanen sagen! Senden Sie eine E-Mail an gewinnspiel@gmeiner-verlag.de und teilen Sie uns mit, welches Buch Sie gelesen haben und wie es Ihnen gefallen hat. Alle Einsendungen nehmen automatisch am großen Jahresgewinnspiel mit attraktiven Buchpreisen teil.

Wir machen's spannend

GMEINER

Wir machen's spannend

Alle Gmeiner-Autoren und ihre Romane auf einen Blick

GARDENER, EVA B.: Lebenshunger **GEISLER, KURT:** Friesenschnee • Bädersterben **GERWIEN, MICHAEL:** Isarbrodeln • Alpengrollen **GIBERT, MATTHIAS P.:** Menschenopfer • Zeitbombe • Rechtsdruck • Schmuddelkinder • Bullenhitze • Eiszeit • Zirkusluft • Kammerflimmern • Nervenflattern **GOLDAMMER, FRANK:** Abstauber **GÖRLICH,HARALD:** Kellerkind und Kaiserkrone **GORA, AXEL:** Die Versuchung des Elias • Das Duell der Astronomen **GRAF, EDI:** Bombenspiel • Leopardenjagd • Elefantengold • Löwenriss • Nashornfieber **GUDE, CHRISTIAN:** Kontrollverlust • Homunculus • Binärcode • Mosquito **HÄHNER, MARGIT:** Spielball der Götter **HAENNI, STEFAN:** Scherbenhaufen • Brahmsrösi • Narrentod **HAUG, GUNTER:** Gössenjagd • Hüttenzauber • Tauberschwarz • Höllenfahrt • Sturmwarnung • Riffhaie • Tiefenrausch **HEIM, UTA-MARIA:** Feierabend • Totenkuss • Wespennest • Das Rattenprinzip • Totschweigen • Dreckskind **HENSCHEL, REGINE C.:** Fünf sind keiner zu viel **HERELD, PETER:** Die Braut des Silberfinders • Das Geheimnis des Goldmachers **HOHLFELD, KERSTIN:** Glückskekssommer **HUNOLD-REIME, SIGRID:** Die Pension am Deich • Janssenhaus • Schattenmorellen • Frühstückspension **IMBSWEILER, MARCUS:** Schlossblick • Die Erstürmung des Himmels • Butenschön • Altstadtfest • Schlussakt • Bergfriedhof **JOSWIG, VOLKMAR / MELLE, HENNING VON:** Stahlhart **KARNANI, FRITJOF:** Notlandung • Turnaround • Takeover **KAST-RIEDLINGER, ANNETTE:** Liebling, ich kann auch anders **KEISER, GABRIELE:** Engelskraut • Gartenschläfer • Apollofalter **KEISER, GABRIELE / POLIFKA, WOLFGANG:** Puppenjäger **KELLER, STEFAN:** Totenkarneval • Kölner Kreuzigung **KINSKOFER, LOTTE / BAHR, ANKE:** Hermann für Frau Mann **KLAUSNER, UWE:** Engel der Rache •Kennedy-Syndrom • Bernstein-Connection • Die Bräute des Satans • Odessa-Komplott • Pilger des Zorns • Walhalla-Code • Die Kiliansverschwörung • Die Pforten der Hölle **KLEWE, SABINE:** Die schwarzseidene Dame • Blutsonne • Wintermärchen • Kinderspiel • Schattenriss **KLIKOVITS, PETRA M.:** Vollmondstrand **KLUGMANN, NORBERT:** Die Adler von Lübeck • Die Tochter des Salzhändlers • Schlüsselgewalt • Rebenblut **KOBJOLKE, JULIANE:** Tausche Brautschuh gegen Flossen **KÖSTERING, BERND:** Goetheglut • Goetheruh • Flatline • Grabtanz • Zugzwang **KOPPITZ, RAINER C.:** Machtrausch **KRAMER, VERONIKA:** Todesgeheimnis • Rachesommer **KREUZER, FRANZ:** Waldsterben **KRONECK, ULRIKE:** Das Frauenkomplott **KRONENBERG, SUSANNE:** Kunstgriff • Rheingrund • Weinrache • Kultopfer • Flammenpferd **KRUG, MICHAEL:** Bahnhofsmission **KRUSE, MARGIT:** Eisaugen **KURELLA, FRANK:** Der Kodex des Bösen • Das Pergament des Todes **LADNAR, ULRIKE:** Wiener Herzblut **LASCAUX, PAUL:** Mordswein • Gnadenbrot • Feuerwasser • Wursthimmel • Salztränen **LEBEK, HANS:** Todesschläger **LEHMKUHL, KURT:** Kardinalspoker • Dreiländermord • Nürburghölle • Raffgier **LEIMBACH, ALIDA:** Wintergruft **LEIX, BERND:** Fächergrün • Fächertraum • Waldstadt • Hackschnitzel • Zuckerblut • Bucheckern **LETSCHE, JULIAN:** Auf der Walz **LICHT, EMILIA:** Hotel Blaues Wunder **LIEBSCH, SONJA / MESTROVIC, NIVES:** Muttertier @n Rabenmutter **LIFKA, RICHARD:** Sonnenkönig **LOIBELSBERGER, GERHARD:** Mord und Brand • Reigen des Todes • Die

Wir machen's spannend

Alle Gmeiner-Autoren und ihre Romane auf einen Blick

Naschmarkt-Morde **MADER, RAIMUND A.**: Schindlerjüdin • Glasberg **MARION WEISS, ELKE**: Triangel **MAXIAN, JEFF / WEIDINGER, ERICH**: Mords-Zillertal **MISKO, MONA**: Winzertochter • Kindsblut **MORF, ISABEL**: Satzfetzen • Schrottreif **MOTHWURF, ONO**: Werbevoodoo • Taubendreck **MUCHA, MARTIN**: Seelenschacher • Papierkrieg **NAUMANN, STEPHAN**: Das Werk der Bücher **NEEB, URSULA**: Madame empfängt **NEUREITER, SIGRID**: Burgfrieden **ÖHRI, ARMIN / TSCHIRKY, VANESSA**: Sinfonie des Todes **OSWALD, SUSANNE**: Liebe wie gemalt **OTT, PAUL**: Bodensee-Blues **PARADEISER, PETER**: Himmelreich und Höllental **PARK, KAROLIN**: Stilettoholic **PELTE, REINHARD**: Abgestürzt • Inselbeichte • Kielwasser • Inselkoller **PFLUG, HARALD**: Tschoklet **PITTLER, ANDREAS**: Mischpoche **PORATH, SILKE / BRAUN, ANDREAS**: Klostergeist **PORATH, SILKE**: Nicht ohne meinen Mops **PUHLFÜRST, CLAUDIA**: Dunkelhaft • Eiseskälte • Leichenstarre **PUNDT, HARDY**: Bugschuss • Friesenwut • Deichbruch **PUSCHMANN, DOROTHEA**: Zwickmühle **RATH, CHRISTINE**: Butterblumenträume **ROSSBACHER, CLAUDIA**: Steirerherz • Steirerblut **RUSCH, HANS-JÜRGEN**: Neptunopfer • Gegenwende **SCHAEWEN, OLIVER VON**: Räuberblut • Schillerhöhe **SCHMID, CLAUDIA**: Die brennenden Lettern **SCHMÖE, FRIEDERIKE**: Rosenfolter • Lasst uns froh und grausig sein • Wasdunkelbleibt • Wernievergibt • Wieweitdugehst • Bisduvergisst • Fliehganzleis • Schweigfeinstill • Spinnefeind • Pfeilgift • Januskopf • Schockstarre • Käfersterben • Fratzenmond • Kirchweihmord • Maskenspiel **SCHNEIDER, BERNWARD**: Todeseis • Flammenteufel • Spittelmarkt **SCHNEIDER, HARALD**: Blutbahn • Räuberbier • Wassergeld • Erfindergeist • Schwarzkittel • Ernteopfer **SCHNYDER, MARIJKE**: Stollengeflüster • Matrjoschka-Jagd **SCHÖTTLE, RUPERT**: Damenschneider **SCHRÖDER, ANGELIKA**: Mordsgier • Mordswut • Mordsliebe **SCHÜTZ, ERICH**: Doktormacher-Mafia • Bombenbrut • Judengold **SCHUKER, KLAUS**: Brudernacht **SCHWAB, ELKE**: Angstfalle • Großeinsatz **SCHWARZ, MAREN**: Treibgut • Zwiespalt • Maienfrost • Dämonenspiel • Grabeskälte **SENF, JOCHEN**: Kindswut • Knochenspiel • Nichtwisser **SKALECKI, LILIANE / RIST, BIGGI**: Schwanensterben **SPATZ, WILLIBALD**: Alpenkasper • Alpenlust • Alpendöner **STAMMKÖTTER, ANDREAS**: Messewalzer **STEINHAUER, FRANZISKA**: Sturm über Branitz • Spielwiese • Gurkensaat • Wortlos • Menschenfänger • Narrenspiel • Seelenqual • Racheakt **STRENG, WILDIS**: Ohrenzeugen **SYLVESTER, CHRISTINE**: Sachsen-Sushi **SZRAMA, BETTINA**: Die Hure und der Meisterdieb • Die Konkubine des Mörders • Die Giftmischerin **THIEL, SEBASTIAN**: Wunderwaffe • Die Hexe vom Niederrhein **THADEWALDT, ASTRID / BAUER, CARSTEN**: Blutblume • Kreuzkönig **THÖMMES, GÜNTHER**: Malz und Totschlag • Der Fluch des Bierzauberers • Das Erbe des Bierzauberers • Der Bierzauberer **TRAMITZ, CHRISTIANE**: Himmelsspitz **TRINKAUS, SABINE**: Schnapsleiche **ULLRICH, SONJA**: Fummelbunker • Teppichporsche **WARK, PETER**: Epizentrum • Ballonglühen **WERNLI, TAMARA**: Blind Date mit Folgen **WICKENHÄUSER, RUBEN PHILLIP**: Die Magie des Falken • Die Seele des Wolfes **WILKENLOH, WIMMER**: Eidernebel • Poppenspäl • Feuermal • Hätschelkind **WÖLM, DIETER**: Mainfall **WOLF, OLIVER**: Netzkiller **WUCHERER, BERNHARD**: Die Pestspur **WYSS, VERENA**: Blutrunen • Todesformel

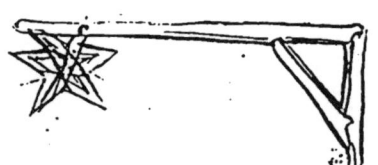